Diogenes Taschenbuch 22770

Joan Aiken

Mitternacht ist ein Ort

Roman

Aus dem Englischen von Ilse Bezzenberger

Diogenes

Titel der 1974 bei Viking Press
in New York erschienenen Originalausgabe:
›Midnight is a Place‹

Umschlagillustration:
René Magritte, ›L'empire des lumières‹,
1953 (Ausschnitt)

Deutsche Erstausgabe

200/94/43/1
ISBN 3 257 22770 1

Der Nacht geflügelte Pferde,
unaufhaltsam stürmen sie fort.
Doch Mitternacht ist kein Augenblick,
Mitternacht ist ein Ort.

Denzils Lied

Abend

Es hatte den ganzen Tag geregnet. Selbst bei gutem Wetter war der Park von Schloß Mitternacht kein anheimelnder Ort. Der Qualm aus den vielen Schornsteinen der Stadt hatte die meisten der großen Kastanienbäume, die wie Schachfiguren eines halb beendeten Spiels weit verstreut im rußigen Grase standen, geschwärzt und halb erstickt. Es war schwer, sich vorzustellen, daß unter diesem schmutzig tröpfelnden Geäst einmal Schafe gegrast oder Damen mit Sonnenschirmen gelustwandelt haben sollten, oder daß Kinder auf den Steinbrocken herumgeklettert wären, die wie entblößte Zähne aus dem Erdboden hervorstaken, als sei er zu mürbe, sie zu bedecken. Und immer der Rauch in der Luft. Selbst an klaren Tagen lag er wie ein dünnes Gazegespinst über der Mulde, in welche die Stadt Blastburn gebettet war.

Der Junge, der zusammengekauert auf dem Fenstersitz hockte und in die trostlose Landschaft hinausblickte, verharrte dort schon seit zwei Stunden, einfach, weil er sonst nichts Besseres zu tun wußte. Auf einem Regal zu seiner Rechten stand eine Reihe Schulbücher. Ein erst teilweise fertiggeschriebener Aufsatz lag auf dem tintenverschmierten Tisch. Das Thema hieß: *Weshalb die Industrie eine gute Sache ist.* Unter diese Überschrift hatte der Junge geschrieben: »Die Industrie ist eine gute Sache, weil es besser ist, in einer Teppichfabrik zu arbeiten, als im Regen zu stehen ohne etwas zu essen.« Aber kaum hatte er die Worte hingeschrieben, da stockte er schon und fragte sich: »Ist das eigentlich wahr?« Und wandte sich wieder zum Fenster, um in den regengepeitschten Park hinauszublicken. Die Dämmerung senkte sich herab. Einen Augenblick lang zeigte sich dort, wo die Sonne untergegangen war, ein schwacher Streifen stürmischen Lichts und spiegelte sich blinkernd in den Pfuhlen aus regennassen, gelben Blättern unter den Bäumen, dann erlosch der Schein und war verschwunden. Mehr denn je sahen die Bäume aus wie verdrießliche Gespenster, die durch einen grausamen Zauberbann gezwungen waren, zitternd dort draußen in der Nässe auszuharren. Man erwiese ihnen geradezu eine Wohltat, dachte der Junge, wenn man sie zu Holzscheiten zersägte und sie in irgendeinem behaglichen Kamin in Brand steckte. Aber gewiß nicht in diesem Hause. Er blickte über die Schulter auf den kläglichen Versuch eines Feuers, das unter dem schwarzglänzenden Kaminsims vor sich hinglomm. Es war kaum zu sehen in dem dämmrigen Raum. Kräftige Feuer waren in Schloß Mitternacht unbekannt, ebenso wie helle Lichter oder fröhliche Stimmen oder lebhafte Musik oder Gelächter.

Der Junge hauchte gegen die große, vom Regen streifige Fensterscheibe und schrieb darauf die Worte: »Ich bin einsam.« Darunter setzte er seinen Namen und das Datum. Morgen war sein Geburtstag. Er fragte sich, ob wohl irgend jemand sich dieser Tatsache entsann. Die Worte ›Lucas Bell, 30. Oktober 1842‹ verloschen, als der warme Dunst seines Atems sich auflöste. Niemand in der Zukunft würde je wissen, daß sie einmal geschrieben worden waren.

Er tat einen Seufzer, der halb ein Gähnen war. Gerade wollte er sich aus seiner verkrampften Haltung auf dem steilen Fenstersitz aus braunem Rippensamt lösen, um durchs Zimmer zu gehen und seinen Atem zweckdienlicher zu gebrauchen, nämlich zum Anblasen des jämmerlichen Feuers, als sein Blick weit hinten im Park auf das erste interessante Objekt fiel, das er den ganzen Nachmittag über gesehen hatte. Eine Kutsche, deren Zwillingslaternen im Regenschauer flackerten, hielt vor der Einfahrt, während der Pförtner die beiden schweren, eisernen Torflügel in der hohen Einfriedungsmauer des Parkes entriegelte. Jetzt setzte sich die Kutsche wieder in Bewegung. Langsam kroch sie über die sanfte Anhöhe in die flache Schüssel aus Grasland hinunter, in welcher das Schloß lag, und fuhr die lange, gebogene Auffahrt entlang, die zur Vorderseite des Schlosses herumführte.

Der Junge verfolgte das Ereignis mit gespannter Aufmerksamkeit. Besucher waren auf Schloß Mitternacht so gut wie unbekannt. Während der letzten paar Wochen jedoch hatte es deren vier gegeben. Zwei Reiter und zwei Kutschen. Und hier kam die dritte Kutsche. Dem Jungen war über diese Ereignisse keinerlei Mitteilung gemacht worden. »Geschäftliche Angelegenheiten deines Vormunds«, hatte sein Hauslehrer Mr. Oakapple ungeduldig gesagt, »gehen dich gar nichts an.«

Nie wurde dem Jungen irgend etwas erklärt. Manchmal kam er sich in dem Haus vor wie ein Geist. Jetzt aber stachelte die Langeweile seinen Tatendrang an. Er sprang auf, durchquerte das große, schäbige Zimmer, öffnete leise die Tür und lief ebenso verstohlen wie flink etliche frostig-steinerne Korridore entlang. Niemand sah ihn, wie er den Schulzimmerflügel verließ und sich bis zur großen Eingangshalle vorwagte.

Das war ein kahler Raum, der aussah wie nach einer Plünderung. Die blasseren Stellen an den gestrichenen Wänden zeigten an, wo Bilder abgenommen worden waren. Ein Loch in der Decke war alles, was von einem Kronleuchter übriggeblieben war. Jemand hatte ein zerrissenes Stück Leinwand über das steinerne Wappenrelief oberhalb des Kamins gehängt. Die Halle war groß, und doch standen keinerlei Möbel darin außer einem Schirmständer mit einem rostigen Schwert und einem kleinen, ovalen Spieltisch mit einem zerbrochenen Bein.

Kein Mensch war zu sehen. Geräuschlos schlich sich der Junge weiter bis an den halb offenen Eingangsportikus, durch den der Regen hereinnieselte, blickte hinaus und sah die Lichter der Kutsche bereits wieder in der feuchten Nacht entschwinden. Wer konnte so rasch gekommen und wieder gegangen sein?

Oder hatte der Reisende beschlossen, gar nicht erst zu halten? War jemand ausgestiegen? Und wenn, wo waren sie hin?

Dem Jungen, der in der Stille der großen, leeren Halle angespannt auf jedes noch so kleine Geräusch lauschte, kam es so vor, als sei der Klang unbekannter Stimmen soeben erst verhallt, als sei das Echo eiligen Fußgetrappels auf den langen Marmortreppen eben erst erstorben.

Unentschlossen an seinem Daumennagel kauend, blieb Lucas am Fuß der Treppe stehen. Seit vielen Nächten schon hatte er schlecht geschlafen, hatte sich in dem mächtigen Bett mit den vier hohen Pfosten herumgeworfen, war immer wieder aufgestanden, um vom Fenster aus auf den wabernden Feuerschein über Blastburn zu blicken, wo bei Tag und bei Nacht die Fabrikschornsteine ihren rotglühenden Dampf ausspieen und die Luft von säuerlich metallischem Geruch erfüllt war. Irgend etwas stimmte nicht hier im Hause, da war er ganz sicher. Irgend etwas, er wußte selbst nicht was, irgendein ungutes Gefühl ließ ihn nicht los. Obgleich ihm niemand etwas erzählte, witterte er sich anbahnendes Unheil. Einen guten Teil seiner Zeit verbrachte er damit, zu horchen wie jetzt – auf eine scharfe Stimme, auf irgendeine Explosion, irgendeinen Donnerschlag, der sein Unbehagen erklären würde.

Er spähte die Treppe hinauf. Wenn man ihn dort oben erwischte, so bedeutete das Strafe, denn es war ihm streng verboten, außerhalb seines eigenen Reviers herumzustrolchen; Sir Randolph verabscheute Kinder. Aber die Gefahr, ertappt zu werden, war nicht sehr groß, weit geringer, als sie es noch vor sechs Monaten gewesen wäre. Denn kürzlich war das Gesinde auf Schloß Mitternacht – es war niemals sehr zahlreich gewesen – erheblich reduziert worden. Sechs Lakaien, acht Mägde, der Butler, der Kutscher, der Stallmeister und die meisten der Reitknechte und Gärtner waren entlassen worden. Das riesige Haus stand halb leer; dreißig Zimmer waren zugesperrt worden.

Viele Fenster waren zerbrochen. Mauern bröckelten. Das Dach hatte angefangen, hier und dort undicht zu werden.

Lucas rannte die Treppe hinauf.

Am Kopf der Treppe lag noch von früher her die fadenscheinige Bahn eines grobgewebten braunen Teppichläufers, die bis zur Arbeitszimmertür seines Vormunds reichte. Darauf konnte man entlangschleichen, ohne das kleinste Geräusch zu machen. Ein paar Kerzen, nicht viele, waren angezündet worden und brannten flackernd in den Mauernischen. Dazwischen aber gab es große Schattenzonen, und der Junge huschte von einer Dunkelheit in die nächste, bewegte sich mit äußerster Vorsicht und horchte dabei angespannt, neugierig gemacht durch das schwache Stimmengeräusch hinter der geschlossenen Tür des Arbeitszimmers.

Als er sich näher heranschob, konnte er die Worte deutlicher hören.

Ein Streit war da drinnen im Gange.

»Idiot! Einfaltspinsel! Wie kommen Sie dazu, einfach zu schreiben und eine solche Einwilligung zu geben! Sie hatten keine Ermächtigung dazu!«

Eine dünne, hohe, rostige, bösartige Stimme – das war sein Vormund, Sir Randolph Grimsby. Die Antwort, in viel tieferer Tonlage gesprochen, war dem Jungen nicht verständlich; es war nicht auszumachen, wer da sprach.

Sir Randolph unterbrach den Sprechenden. »Sie dachten, es sei das Beste? Verdammt noch mal, wer sagt Ihnen, daß Sie denken sollen? Wer bezahlt Sie fürs Denken?«

Man hörte ein wütendes Pochen auf den Boden. Sir Randolph hatte sich in jüngeren Jahren beide Beine gebrochen, als er wegen einer Wette sein Pferd dazu bringen wollte, über sechs aufgestellte schwere Jagdflinten zu springen. Seitdem ging er stark lahmend an zwei Krückstöcken, die er außerdem häufig dazu benutzte, sein Mißfallen kundzutun.

»Behalten Sie Ihre Gedanken gefälligst für sich, mein Herr! Was hat der Junge mit der Sache zu tun? Der ist doch schon lästig genug. Sie haben Ihre Befugnisse überschritten! Unglaublich, was Sie sich da herausgenommen haben! Was zum Teufel erwartet man eigentlich von mir? Ist dies ein Waisenhaus? Oder ein Armenasyl? Ich stecke doch auch so schon bis zum Hals in Schwierigkeiten, durch diese zähen, hochnäsigen Schnüffler von der Steuerbehörde, ganz zu schweigen von dem bösartigen Pöbel da unten in der Spinnerei – alle Naselang aufgehetzt von irgendwas! Als ob das nicht reichte – jetzt müssen Sie sich auch noch in Dinge einmischen, die Sie nichts angehen und mir noch eine teuflische Belastung aufbürden. Verdammt noch mal, mein Herr, ich hätte größte Lust, Sie zu feuern...«

Wieder ertönte ein zorniges Pochen und gleich darauf ein ebenso wütendes Bellen – offensichtlich hatte Sir Randolph beim Herumfuchteln mit seinen Stöcken versehentlich seinen Wolfshund Redgauntlet getroffen, der meistens schnarchend und Haare verlierend unter dem großen Mahagonyschreibtisch döste.

»Ruhig! Wirst du wohl! Verflucht, Mann, nun sehen Sie sich an, wozu Sie mich gebracht haben! Laß los, verflixt – loslassen, sag ich! He, Sie, schmeißen Sie den Hund raus! Wirst du wohl den Stock loslassen! Los, ab zur Hölle ...!«

Es war unklar, ob Sir Randolph damit den Hund oder seinen Gesprächspartner meinte, klar war nur, daß er sich in seiner gewohnten üblen Stimmung befand.

Die Tür flog auf, und der knurrende Redgauntlet wurde rücklings in den Korridor hinausbefördert. Mr. Oakapple, der Hauslehrer, der ihn hinausgestoßen hatte, trat rasch ins Zimmer zurück und schloß die Tür hinter sich. Hastig verzog sich der Junge – ganz abgesehen von seiner Angst, entdeckt zu werden, hatte nie große Liebe zwischen ihm und dem unberechenbaren Hund bestanden. Aber Redgauntlet trottete in die entgegengesetzte Richtung und drehte sich nicht einmal um.

In dem Augenblick, da die Tür aufging, hatten sich die Blicke von Lucas und seinem Hauslehrer getroffen. Ob Mr. Oakapple ihn jetzt bei Sir Randolph verpetzte? Oder waren die beiden so schlecht aufeinander zu sprechen, daß er es vorzog, zu schweigen?

Wie auch immer, es hatte wenig Sinn, noch länger in so gefährlicher Nähe der Tür zu bleiben, jetzt, da der Hauslehrer von seiner Anwesenheit wußte. Lucas wandte sich ab und machte sich zögernd auf den Weg zu seinem eigenen Quartier. Verdrossen stieß er dabei mit den Fußspitzen in den braunen Läufer. Er nahm einen der oberen Korridore – selbst auf die nicht sehr große Gefahr hin, dort einem der wenigen verbliebenen Bediensteten zu begegnen. Um diese Zeit befanden sie sich meistens im Souterrain.

Er war jedoch kaum halbwegs den Korridor entlang, da blieb er verwundert vor der Tür eines Zimmers stehen, das sonst unbewohnt war. Er war fast sicher, daß er drinnen die schwachen Laute einer hohen, ihm unbekannten Stimme gehört hatte.

Während er noch mit gespitzten Ohren dastand, bewegte sich der Türgriff, und heraus kam Mrs. Gourd, die Haushälterin. Beim Anblick des Jungen schlug sie heftig die Tür hinter sich zu.

»Master Lucas! Was zum Teufel machen Sie denn hier?« fragte sie und blickte ihn unwirsch an.

»Ich messe die Distanz zwischen dem Ost- und dem Westflügel aus – für meinen Arithmetikunterricht«, antwortete er schlagfertig. »Mr. Oakapple hat es mir aufgetragen. Ist was dabei?«

Selbst wenn sie ihm nicht glaubte – vor der alten Gourd fürchtete er sich nicht sonderlich. Allerhöchstens konnte sie ihm eine Kopfnuß verpassen und ihm die Marmelade zum Frühstück entziehen.

»Was dabei ist? Den Teppich nutzen Sie ab, wirbeln Staub auf. Lärm machen Sie und bringen Sir Randolph in Rage – weiß der

Himmel, wir haben doch schon Ärger genug im Haus, ohne daß Sie alles noch schlimmer machen. Jetzt gehen Sie sofort zurück in Ihre Schulstube. Und lassen Sie sich nicht wieder hier oben erwischen, wo Sie nichts zu suchen haben. Sehen Sie sich vor, sag ich Ihnen!«

Brummelnd und den grauen Kopf schüttelnd eilte sie in die andere Richtung davon. Seltsam genug, daß sie etwas trug, das aussah wie ein immens langer Brotlaib, geknetet zu einer Form, wie Lucas sie noch nie zuvor gesehen hatte, im Umfang nicht dicker als sein Handgelenk, dabei aber so lang wie einer von Sir Randolphs Krückstöcken. Und im Gehen murmelte sie vor sich hin: »Goo-tay, goo-tay – was das bloß für'n Wort ist, da wo die zu Hause is?«

Lucas rannte in sein Schulzimmer zurück, wo während seiner Abwesenheit das Feuer vollständig ausgegangen war. Um diesem Mißgeschick beizukommen (ein häufiges Vorkommnis wegen der armseligen Qualität der Kohle), hortete er einen heimlichen Vorrat an Kerzenstümpfen und Schwefelhölzern, die er nebenan in der unbenutzten Vorratskammer des Butlers in einer leeren Weinkiste verstaut hatte. Jetzt holte er sich ein paar seiner Schätze, grub einen kleinen Krater oben in den trostlosen Haufen schwarzer Schlacke, tat zwei Kerzenreste hinein und zündete sie sorgsam an. Eine träge, blasse Flamme kräuselte sich in die Höhe. »Goo-tay, goo-tay«, dachte er bei sich, während er in die Flamme blies. ›Goûter‹ vielleicht? Das französische Wort für Mittagessen?«

Aber Mrs. Gourd konnte kein Französisch. Er mußte sie falsch verstanden haben.

Während er sich geradezu schmeichlerisch um das Feuer bemühte, kam Pinhorn, das Erste Zimmermädchen, mit seinem Essen herein. Es war unübersehbar, daß sie in ebenso schlechter Stimmung war wie Sir Randolph. Manchmal ließ sie sich bewegen, ein wenig dazubleiben und zu plaudern, während er sein

Abendbrot aß, aber heute knallte sie das Tablett oben auf zwei Schulbücher, und mit einem energischen Rascheln ihrer gestärkten Schürze, die über dem langen Rock aus schwarzem Bombasin lag, strebte sie zur Tür zurück, als Lucas fragte: »Wer ist in der Kutsche gekommen, Pinhorn?«

»Der, wo keine Fragen stellt, lebt am längsten«, versetzte sie kurz angebunden und zog eilig die Tür hinter sich zu, öffnete sie jedoch gleich noch einmal, steckte den Kopf hindurch und sagte: »Werden es noch früh genug erfahren, glaub ich, wenn's Sir Randolph recht ist. Soll der Teufel diesen Oakapple holen, der sich in alles einmischt!«

Lucas seufzte und blickte angewidert auf sein Abendessen. Es bestand aus einem Teller mit kalten Hammelkoteletts, einem Glas Dünnbier und zwei Scheiben braunem Brot. Er war hungrig, denn er hatte seit dem Mittag nichts gegessen, aber dieses Mahl war alles andere als appetitanregend. Die Koteletts lagen in einer Pfütze kalter Bratensauce und waren von erstarrtem Fett überzogen, und das Bier war auf das Brot übergeschwappt.

Er setzte das Tablett auf den Fußboden und betrachtete nachdenklich die beiden Bücher, auf die Pinhorn es gestellt hatte. ›Doppelte Buchführung‹ und ›Wie leite ich eine Fabrik‹ waren sie betitelt. Lustlos klappte er sie auf, schlug sie wieder zu, wandte sich seinem unfertigen Aufsatz zu und schrieb: »Industrie ist eine gute Sache, weil man sich womöglich langweilt, wenn man nicht arbeitet.«

Danach kaute er minutenlang auf seinem Federkiel herum. Plötzlich schob er den Aufsatz beiseite und zog ein dickes, abgewetztes, braunes Lederbuch mit einer Messingschließe zu sich heran. Er schlug es in der Mitte auf – es war bereits zur Hälfte vollgeschrieben – und kritzelte hastig drauflos:

»Sir Randolph ist wie ein alter, grauer Kondor mit scharfem Schnabel und Klauen. Auf Bildern habe ich Vögel wie ihn auf Felszacken hocken sehen, mit bösen, kleinen, roten Augen. Sie leben in der Wildnis und reißen ihre Beute aufs Geratewohl. Aber er ist ein guter Mensch. Drei Kirchen hat er gebaut und der Stadt Blastburn zu Wohlstand verholfen. Er ist mein Vormund; ich sollte ihm dankbar sein. Ich habe Angst vor ihm. Das muß daran liegen, daß ich schlecht bin. Warum bin ich schlecht? Erbanlage? Das Aufwachsen in einem heidnischen Land? Ist es, weil ich schlechte Träume habe?«

Plötzlich ging die Tür hinter ihm auf, und herein kam sein Hauslehrer. Schuldbewußt zuckte seine Hand – und das Tintenfaß kippte um, rollte über den Tisch, hinterließ eine Tintenspur quer über dem unfertigen Aufsatz und fiel schließlich auf das am Boden stehende Tablett hinunter.

»Jetzt hast du dein Essen verdorben«, sagte Mr. Oakapple gereizt, trat heran und blickte auf die mit Tinte bekleckerten Koteletts. Er war ein rothaariger junger Mann mit einem langen, ernsten Gesicht. Seine Gesichtshaut sah fahl und trocken aus und war mit Sommersprossen übersät. Er hatte helle, sandfarbene Augenwimpern und blaßgraue Augen, in denen gewöhnlich ein ungeduldiger Ausdruck lag, wenn er seinen Schüler anblickte.

»Das ... das war nicht sehr anständig von mir, um es gleich zu sagen«, stammelte Lucas und hoffte, daß der Lehrer von seinem Platz aus die unerledigten Aufgaben nicht sehen konnte, hoffte auch, daß er das verdorbene Mahl als hinreichende Bestrafung für sein Lauschen dort oben betrachten möge.

Überraschenderweise erwähnte Mr. Oakapple den Zwischenfall nicht weiter.

»Hol deinen Hut«, sagte er knapp. »Du kannst das Zeug sowieso nicht mehr essen, da kannst du es ebensogut stehenlassen. Und Sir Randolph will, daß wir ausgehen.«

»Ausgehen?« Lucas war sprachlos. Sir Randolph schickte ihn doch nie irgendwohin.

»Ja. Hinunter zur Spinnerei. Hol deinen Hut – mach schnell.«

Mr. Oakapple fand ganz offensichtlich keinen Gefallen an diesem Auftrag, worin immer er bestand.

Lucas holte Hut und Jacke aus seiner Schlafkammer oben und gesellte sich wieder zu Mr. Oakapple, der undurchdringlicher schwieg denn je. Im ersten Augenblick hatte ihn wilde Angst befallen, man werde ihn wegen seiner Lauscherei draußen vor der Tür des Arbeitszimmers aus Schloß Mitternacht verstoßen, einfach auf die Straße setzen, wo er sich allein durchschlagen müßte. Er war nicht glücklich in Schloß Mitternacht, aber die unbekannte Welt da draußen war noch furchterregender. Wie auch immer, wenn sie jetzt zur Fabrik geschickt wurden... Aber warum wurden sie zur Fabrik geschickt? So etwas war bislang noch niemals vorgekommen.

Lucas wußte – er hatte es von Pinhorn gehört und von einem jungen Reitknecht namens Bob, der kürzlich entlassen worden war –, daß alles Geld, das Sir Randolph besaß, aus der Spinnerei kam. Ihr richtiger Name war ›Murgatroyds Teppich-, Läufer- und Mattenfabrik‹, aber in der ganzen Gegend hieß sie nur ›Mitternacht-Spinnerei‹. Mit ihren ausgedehnten Anlagen in zentraler Lage beherrschte sie die Stadt Blastburn, und ihre Schornsteine spien mehr Qualm aus als alle anderen. Sir Randolph selbst jedoch betrat die Spinnerei nie, und ebensowenig hatte es Lucas bisher getan. Er hatte kaum eine Vorstellung, wie es dort zuging, lediglich eine dumpfe, unbestimmte Furcht, die von Bobs dunklen Worten herrührte: »Oh, bei Murgatroyds, kannst mir's glauben, da krepier'n mehr Leute als in alle die anderen Spinnereien zusammen. Die stellen dauernd neue Leute an, die da bei ›Mitternacht‹, weil sie so schnell wieder verschwinden. Aber wenn einer nach Arbeit sucht, dann versucht er's lieber erst überall anders.«

Womöglich hatte Sir Randolph, der ja nie ein freundlicher oder entgegenkommender Vormund gewesen war, beschlossen, sich ein für allemal der Last dieses Mündels zu entledigen, indem er Lucas in die Spinnerei schickte, damit er sich dort seinen Lebensunterhalt selbst verdiente? Lucas wußte, dort arbeiteten Kinder, die viel jünger waren als er, Kinder von neun oder zehn, ja sogar von sieben oder acht Jahren.

Unglücklich trottete er hinter Mr. Oakapple her, hinaus zu den Ställen, die nach hinten hinaus lagen, zwischen dem Ost- und dem Westflügel des E-förmigen Hauses. Ein leichter Doppelsitzer wartete bereits. Zwischen seinen Deichselarmen stand Noddy, ein altes, hochbeiniges Pferd, eines der wenigen, die übriggeblieben waren. Schweigend fuhren sie los, Mr. Oakapple lenkte. Schließlich nahm Lucas all seinen Mut zusammen und fragte: »Warum fahren wir zur Spinnerei?« Er fühlte sich immer unbehaglich in Mr. Oakapples Nähe, der nie anders als kurz angebunden und abwesend reagierte, so, als sei er mit seinen Gedanken weit, weit weg. Obgleich die beiden doch jeden Tag etliche Stunden zusammen verbrachten bei Französisch-, Arithmetik- und Geographieunterricht, hatte Lucas nicht die leiseste Ahnung, was im Innern von Mr. Oakapples Kopf vorging.

»Ach...« Mr. Oakapple wandte sich bei der Frage leicht zu ihm, konzentrierte sich dann aber wieder auf die dunkle Straße, »...ich dachte, Sir Randolph hätte es dir gesagt? Wir fahren hin, weil du morgen Geburtstag hast.«

»Das versteh ich nicht.«

Lucas wußte, er sollte eigentlich froh sein, daß man sich seines Geburtstags entsann, aber ihm war bloß kalt, feucht und ängstlich zumute. Sie ratterten weiter durch die regnerische Dunkelheit. Das Tor der Einfahrt lag bereits hinter ihnen, und sie fuhren den breiten Hügel hinab, der nach Blastburn hineinführte. Hier und da flackerten Gaslampen auf. Die Hufe des Pferdes rutschten und klapperten auf dem Kopfsteinpflaster.

»Nun ja...« Mr. Oakapple gab einen tiefen, ungeduldigen Seufzer von sich, »...du weißt doch, daß dein Vater Sir Randolphs Kompagnon war.«

»Ja.«

»Und als er starb, stellte sich heraus, daß er ein Testament hinterlassen hatte, welches Sir Randolph zu deinem Vormund bestimmte.«

»Ja«, erwiderte Lucas verzagt, und er mußte wieder an seine Rückreise von Indien nach England denken, damals, im letzten Jahr, nachdem seine Eltern an den Blattern gestorben waren, und an die entsetzliche Ankunft auf Schloß Mitternacht.

»Im Testament deines Vaters wurde ebenfalls verfügt, daß dir vom dreizehnten Lebensjahr an ermöglicht werde, das Spinnereigeschäft kennenzulernen, damit du später, wenn du großjährig bist, den Platz deines Vaters als Kompagnon einnehmen kannst. Dein Vater hat verfügt, daß du jeweils einen Teil des Tages in der Spinnerei verbringen und studieren sollst, wie der Betrieb läuft. Und dabei soll ich dich nun begleiten.«

Mr. Oakapples Ton ließ erkennen, daß er dieses Programm nicht im mindesten guthieß, aber anders als sonst überging Lucas diesmal die Schroffheit seines Erziehers.

In seine große Erleichterung, daß er nicht sofort als Abstreifer oder Fusselgreifer arbeiten sollte, mischte sich jedoch eine neue Besorgnis. Wie fing man es an, fragte er sich, das Betreiben einer Teppichfabrik zu erlernen? Er fand es schon schwierig genug, die Aufgaben in Geometrie oder Geschichte zu lösen, die Mr. Oakapple ihm stellte – der ihn ja auch oft begriffsstutzig nannte. Aber zu lernen, für das Funktionieren einer ganzen Fabrik verantwortlich zu sein, das, dachte er verzagt, überstieg seine Fähigkeiten total.

Sie hatten die Stadt erreicht. Es gab nur wenige Läden, Schenken oder Gasthäuser. Die Gebäude waren zum größten Teil Fabriken, Werkstätten, in denen Waren hergestellt wurden – Nagelschmieden, wo man klirrende Eisenstäbe in Stücke schnitt, Kokereien, wo man in riesigen Öfen Koks brannte, Papiermühlen, wo man Holzpulpe und Ton zu einem Brei verkochte –

dem Rohmaterial für Bücher und Magazine –, Jutespinnereien, Baumwollspinnereien, Töpfereien, Kohlezechen. Keine dieser Anlagen sah aus, als sei sie von menschlichen Wesen erbaut worden oder werde von Menschen benutzt. Riesenhafte, düstere, unregelmäßige Formen ragten ringsum auf wie Felszacken in einer steinigen Wüste, wie zerfallene, prähistorische Ruinen oder wie die zerbrochenen Spielsachen eines Riesenkindes. Die Töpfereien waren gigantische Trichter; die Kokereien riesenhafte Blumentöpfe; die Kohlezechen monströse Pyramiden mit Räderskeletten von der Größe einer Kirchenfront, die über sie hinausragten in den glühenden Himmel.

Immer wieder wurde die Fahrstraße von eisernen Schienenpaaren gekreuzt, und manchmal rollte langsam ein ratternder Zug aus Güterwaggons knapp vor dem Einspänner vorbei, dann schwitzte und wieherte und schauderte die Stute aus Angst vor dem plötzlichen Lärm, vor dem Geruch nach heißem Metall und dem funkensprühenden Rauch.

»Warum sollen wir denn ausgerechnet um diese Zeit in die Fabrik?« fragte Lucas nervös in eine der Pausen hinein, während sie das Vorüberfahren eines Zuges abwarteten. »Wird sie denn nachts nicht geschlossen?«

»Fabriken schließen nie.« Der Lehrer blickte flüchtig zu ihm hinüber. »Hast du noch nie was von Schichtarbeit gehört? Wenn die Tagesarbeiter weggehen, kommen die Nachtarbeiter, so daß die Maschinen, die einen Haufen Geld kosten, niemals stillstehen müssen. Wenn wir ankommen, wird gerade die Nachtschicht die Arbeit übernehmen. Es ist ganz einerlei, wann wir kommen – immer sind die Leute an der Arbeit.«

Irgendwie erfüllte diese Vorstellung Lucas mit Entsetzen. Er dachte an die Maschinen, die immerfort liefen, bei Tag und bei Nacht, an die gewaltigen Feuer, die immerfort brannten, an die riesigen Gebäude, unentwegt angefüllt mit kleinen, umherflitzenden Menschen… Niemals Dunkelheit oder Stille oder Ruhe!

Bei dem Gedanken an Räder, die sich nur immerzu drehten und drehten, ohne je anzuhalten, packte ihn so etwas wie Panik.

»Stehen die Maschinen denn niemals still?«

»Oh, vielleicht eine Woche im Jahr, damit man die Dampfkessel reinigen und die große Presse neu beschichten kann. So, da sind wir«, sagte Mr. Oakapple mit finsterer Miene und zog den Kopf der Stute zur Seite in Richtung auf zwei gewaltige Torflügel in einer Mauer, die noch höher war als die um den Park von Schloß Mitternacht. Schienenstränge liefen mitten durch das Einfahrttor und weiter über einen weitläufigen, kopfsteingepflasterten Platz, der von Gasleuchten erhellt war.

Mr. Oakapple brachte die Stute zum Stehen und fand an einer Seite des Fabrikhofes eine Reihe offener Remisen, wo er sie unterstellen und festbinden konnte. Während er damit beschäftigt war, zog eine erbarmungswürdige kleine Menschenprozession in die entgegengesetzte Richtung an ihnen vorüber. Zwei oder drei Frauen mit karierten Schals über dem Kopf gingen neben zwei Männern her, die etwas trugen – eine kleine Gestalt auf einer Holzplanke, von einer Decke verhüllt.

In kurzem Abstand hinter ihnen ging eine andere Frau, tief unter ihrem Schal verborgen. Sie hielt die Arme verschränkt, den Kopf vornübergeneigt, und sie schleppte sich dahin, als sei sie seit Wochen todmüde, so lange schon, daß sie es kaum noch wußte.

Als sie an Lucas und Mr. Oakapple vorüberging, trat aus einem hellerleuchteten kleinen Kontor ein Mann im schwarzen Rock auf sie zu und redete sie an. »Mrs. Braithwaite... äh, Mrs. Braithwaite! Mr. Gammel läßt Ihnen sagen, daß Ihnen die Entschädigung morgen früh zugeschickt wird... Sie können sich darauf verlassen... Zehn Schilling und eine Gratisfußmatte. Von der allerbesten Qualität!«

»Zehn Schilling?« Die Frau schob ruckartig den Schal zurück und starrte den Mann sekundenlang wortlos an. Ihr Gesicht war sehr bleich. Dann sagte sie: »Was scheren mich Ihre zehn Schilling? Das bringt mir meine Jinny auch nicht zurück. Sie hatte die süßeste Stimme in unserer ganzen Straße, und einen Speckauflauf konnte sie machen, fast wie meiner, und dabei war sie erst acht.«

Der Mann im schwarzen Rock zuckte die Schultern. »Sagen Sie, was Sie wollen, aber es gibt nicht viele, die auf zehn Schilling und eine Gratisfußmatte hochnäsig pfeifen. Wieso, die können Sie doch wieder verkaufen, wenn Sie schon eine haben, und für den doppelten Fabrikpreis!«

»Wenn ich schon eine habe?« sagte sie bitter, und ihre Stimme wurde schrill. »Nein, ich habe schon *drei!* Drei feine Gratisfußmatten! Was sagen Sie nun, Mr. Bertram Smallside?« Sie zog den Schal wieder über das Gesicht und folgte den Trägern mit der Bahre durch das Tor hinaus in die Regennacht.

»Was hat sie gemeint?« flüsterte Lucas bestürzt, als er und Mr. Oakapple den Wagen stehenließen und auf den schwarzberockten Mann zugingen, der sich abgewandt hatte und wieder seinem Kontor zustrebte.

»Ach…« Die Stimme des Erziehers klang gedämpft und brüchig, als er hastig weitersprach. »Ich fürchte, das Kind ist wohl durch die große Presse verletzt worden… sie gehörte vielleicht zu den Fusselgreifern. Das passiert von Zeit zu Zeit, hab ich gehört…«

Er trat in das kleine Kontor. Lucas blieb draußen und blickte zur Toreinfahrt hinüber, wo jetzt niemand mehr zu sehen war. Und ihm fielen die Worte von Bob, dem Reitknecht, wieder ein: »Neunzehn oder zwanzig im Jahr regelmäßig – vor allem Fusselgreifer –, von denen sogar noch mehr als in der Wäscherei und Spannerei in die Strangpresse fallen…«

Drinnen im Kontor hörte er seinen Lehrer sagen: »Mr. Smallside? Guten Abend. Ich glaube, Sir Randolph hat Sie schon benachrichtigt. Ich komme vom Schloß. Wie vereinbart, habe ich den jungen Master Lucas Bell mitgebracht, damit ihm der Betrieb gezeigt wird.«

Mr. Smallsides Verhalten änderte sich schlagartig. Zunächst hatte er die Besucher nur mürrisch angesehen, als habe er wenig Zeit für sie. Jetzt aber lächelte er, und der schroffe, nüchterne Ton, den er Mrs. Braithwaite gegenüber angeschlagen hatte, wich einer unterwürfigen, händereibenden Höflichkeit, als er jetzt in den Hof hinaustrat.

»Der junge Master Bell? Ja, natürlich, ja natürlich. Sir Randolph geruhte es zu erwähnen. Er sandte eine Nachricht. Entzückt, Sie kennenzulernen, Master Bell, wirklich entzückt! Welch ein Vergnügen, welch ein Vergnügen! Wie gut ich mich noch Ihres lieben Vaters entsinne, das heißt, wenigstens fast erinnere ich mich an ihn, denn tatsächlich brach er ja genau ein Jahr, bevor ich hier Vorsteher wurde, nach Indien auf, um dort unser Zulieferkontor zu überwachen, aber ich habe seinen Namen hier so oft gehört, daß es fast dasselbe ist. So ein trauriger Verlust, als er verstarb! Und Sie sind nun also sein Sohn – der junge Master Bell! Schön, schön, junger Master Bell, was können wir für Sie tun?«

»Ich... ich weiß es nicht genau«, stammelte Lucas, höchst befremdet von all dieser Höflichkeit, die sich so kraß von der Behandlung unterschied, die ihm sonst zuteil wurde. Trotzdem – oder vielleicht gerade deshalb – wußte er nicht recht, ob ihm Mr. Smallside gefiel, dieser hagere, blasse Mann mit dem kahl werdenden Kopf und einem Gesicht von der Farbe und Form eines Riegels Teppichseife. Auch seine Hand, mit der er Lucas' Hand ergriff und sie viele Male auf und ab schüttelte, fühlte sich irgendwie feucht-seifig an. Lucas entzog ihm die seine, sobald es eben anging, und rieb die Innenfläche in einem unbewachten Augenblick heftig an seiner rauhen Wolljacke ab.

»Also«, meinte Mr. Smallside, als er die beiden in sein Kontor geleitete – eine Art kleiner Hütte mitten auf dem Fabrikhof, drangvoll eng, heiß, angefüllt mit staubigen Papieren und erleuchtet von zischenden, runden Gaslampen, »also, was können wir denn dem jungen Master Bell anbieten? Ein bißchen Pfefferkuchen? Ein Tröpfchen Pflaumenwein? Einen Bisquit? Ich weiß doch, die jungen Herren sind gewöhnlich Süßmäuler!«

»Gar nichts, danke«, antwortete Mr. Oakapple an Lucas' Stelle. Sein Ton war brüsk. »Ich meine, wir sollten unseren Rundgang unverzüglich beginnen. Der Junge muß auch noch seine Schulaufgaben machen.«

»Ach du liebe Güte!« Mr. Smallside schüttelte gramvoll den Kopf. »Muten Sie dem jungen Sprößling nur nicht zu viel zu, was, Mr. Oakapple? ›Immer Arbeit, niemals Spiel – bringt dich als Sieger nicht ins Ziel‹, so hieß es damals bei uns, als ich ein junger Bursche war.« Er legte den Kopf zur Seite und lächelte Lucas so breit an, daß es aussah, als liefe das Lächeln seitlich um seinen Kopf herum und träfe am Hinterkopf wieder zusammen. Deutlicher denn je wurde sich Lucas bewußt, daß er sich in Mr. Smallsides Gesellschaft bestimmt nie wohlfühlen würde, und er hoffte bloß, daß sie nicht in seiner Begleitung durch die Spinnerei gehen mußten.

Aber er merkte bald, daß er sich deshalb keine Sorgen zu machen brauchte. Sehr plötzlich nämlich gab Mr. Smallside zu erkennen, daß er fand, nun sei es genug mit dem Lächeln. Es fiel ihm vom Gesicht wie geschmolzene Butter. Er trat an die Tür seiner Hütte und brüllte über den Fabrikhof, wo eine Gruppe von Männern damit beschäftigt war, einen Güterwagen auszuladen: »Scatcherd! Scatcherd! Wo steckt der denn? He, einer von euch Stauern da – Barth, Stewkley, Danby, Bloggs –, schickt mir mal sofort den Scatcherd her. Los, beeilt euch!«

Sein Ton war wieder völlig anders – schimpfend, laut, scharf, so, als mache es ihm Vergnügen, seine Macht hervorzukehren.

Ein Mann löste sich von den anderen und rannte über den Hof.

»Da bist du ja endlich«, empfing Mr. Smallside ihn übellaunig. »Hast dir Zeit gelassen, was? Du sollst den jungen Master Bell hier durch den Betrieb führen und ihm alles zeigen. Alles, was er sehen will.«

»Und was ist mit der neuen Ladung Wolle?« fragte der Mann, der in die Hütte getreten war. Sein Ton war zwar nicht ungebührlich, aber auch durchaus nicht demütig; er stand in der Tür, japste ein wenig nach Luft und blickte Smallside unerschrocken an. Er war ein dünner, muskulöser, jüngerer Mann mit bleichem Gesicht, scharfen Zügen und schwarzem Haar, von dem ihm eine Strähne über die Stirn fiel, wodurch die Tatsache, daß er über einem Auge eine schwarze Klappe trug, zwar teilweise verdeckt, aber nicht völlig verborgen war. Es mochte an der Spiegelung des roten Lichtscheins draußen liegen, der durch das nackte Fenster hereinfiel, aber Lucas fand, in Scatcherds anderem Auge glomm ein Funke von irgend etwas Heftigem, etwas Grellem, Gefährlichem. Er sah aus wie ein Zirkustier, das nicht völlig gezähmt war.

»Bloggs wird mit der Wolle schon fertig«, antwortete Smallside barsch. »Führ den jungen Herrn herum, zeig ihm alles, was er sehen möchte.«

»Wo soll ich anfangen?« fragte Scatcherd in mürrischem Ton.

»Na, am Anfang. Zeig ihm die Einlaßschütte. Und dann die Schneidemaschine. Und dann die Webstühle. Und die Leimbereitung, das Zurichten. Und so weiter – großer Gott, bin ich dein Kindermädchen, hä?«

»Soll ich ihm die Presse zeigen?« beharrte Scatcherd. Dabei war an seinem Verhalten nichts Ungewöhnliches, allein die Frage wirkte irgendwie befremdlich.

Smallsides Antwort ließ einen Augenblick auf sich warten. »Später... das kann später kommen. Nach der Pause. Wenn dann noch Zeit ist. Nun los, Mann! Ich muß noch all diese Aufträge gegenzeichnen.«

Mit geschäftiger Miene wandte sich Mr. Smallside den Papieren auf seinem Schreibtisch zu, und Scatcherd bedeutete Oakapple und Lucas durch ein Seitwärtsrucken des Kopfes, daß sie ihm folgen sollten. Sie eilten ihm nach über das Kopfsteinpflaster des Hofes. Lucas warf einen mitleidigen Blick zurück auf Noddy, die arme Stute, die an diesem düsteren, lärmenden, trostlosen Ort alleingelassen wurde, und sah mit größter Abneigung dem entgegen, was ihm bevorstand.

Von dem, was er während der nächsten paar Stunden sah, sollte er nicht nur in der darauffolgenden, sondern in vielen künftigen Nächten träumen.

Nicht so sehr, daß das Gesehene furchteinflößend gewesen wäre – obgleich es das gelegentlich durchaus war –, aber es war alles so ungewohnt, so total anders als alles, was er je gesehen hatte. Die Umrisse, die Bewegungen der Maschinen waren so schwarz, so rasch, so häßlich oder so unvermutet. Die Geräusche waren so ungeheuerlich laut, die Hitze so sengend, die Gerüche so widerwärtig, ätzend oder erstickend.

»Das da is der Mischer...« – oder der Greifer, die Scheidepresse, der Stampfkessel, erläuterte Scatcherd unaufhörlich, während er, sich behende duckend, großen Metallarmen auswich, sich an enormen, schnell rotierenden Bolzen vorbeischob, vorbei an Rädern, die vor Geschwindigkeit fast unsichtbar waren, vorüber an unablässig wirbelnden Treibriemen, durch Bogengänge aus Kolben, die sich hoben und senkten wie die Beine irgendeines großen Insekts, dessen Körper im Wald der Maschinerie über ihnen verborgen war. Scatcherd machte sich nie die Mühe, den Kopf zu wenden oder die Stimme zu modulieren, während er seine Erläuterungen über den Betrieb von sich gab. Oftmals sah Lucas zwar, wie sich seine Lippen bewegten, aber verstehen konnte er manchmal weniger als ein Zehntel dessen, was er sagte. Waren es nun die richtigen Namen für die Maschinen, oder konnte es sein, daß Scatcherd sie absichtlich falsch unterrichtete? So oder so, Lucas hatte das Gefühl, daß er am Ende der zwei Stunden nicht klüger sein werde als am Anfang. Er war lediglich total verwirrt durch all das, was er sah.

Die Ankunft der Rohwolle war der einzige Teil des Prozesses, den er wirklich erfassen konnte: rohe Wolle, so, wie sie vom Rücken der Schafe kam, ratterte in Güterwagen auf den Schienensträngen heran, die durch den Vorhof liefen. Die Wolle war zu riesigen Ballen zusammengezurrt, verschnürt wie überdimensionale Postpakete. Männer schnitten die Kordeln durch, und augenblicklich explodierten die Ballen, quollen auf zu einer widerspenstig federnden Flauschmasse, die durch eine Schütte auf eine Art breite Rutschbahn befördert wurde, auf der sie in einen riesigen Spülbottich hinunterglitt. Hier wurde sie gewaschen und sortiert, sodann gekämmt, um Zotteln, Schmutzklumpen und Dornen zu entfernen. Schließlich wurde – je nach Qualität – ein Teil davon gefärbt und ein Teil gebleicht. Die Männer, die an den Färbekesseln arbeiteten, boten einen seltsamen Anblick, denn sie waren über und über mit den leuchtendsten Farben bespritzt, die Haare bunt, die Arme grün oder blau oder purpurrot bis hinauf zu den Ellbogen.

Einige der Teppiche wurden auf Webstühlen in Weberschiffchentechnik hergestellt. Diese Webstühle mit ihrer hoch aufragenden, komplizierten Mechanik füllten etliche der zentralen Gebäude aus. Andere Teppiche jedoch, die weniger kostspieligen, wurden durch ein neues Verfahren hergestellt, das, wie Scatcherd ihnen berichtete, von Sir Quincy Murgatroyd, dem Gründer der Fabrik, erfunden worden war. Er hatte eine Methode entwickelt, bei der kurze Stückchen Wolle auf einen Leinwandgrund geklebt wurden, ein Verfahren, das gegenüber der Webstuhlherstellung sowohl schneller als auch billiger war. Und wenn die Teppiche auch dazu neigten, sich nach ein paar Jahren aufzulösen – was machte das schon? Es war ja nicht die Sorte Teppich, die reiche Leute kauften. Bei diesem Hinweis bedachte Scatcherd seine Zuhörer mit einem boshaften Seitenblick.

»Sie sehen, der Leim ist nicht von der besten Qualität«, bemerkte er und blieb neben einer riesigen Wanne stehen, in der eine schaumige, übelriechende braune Brühe kurz vor dem Kochen stand. »Sehr schlechter Leim is das, und is auch nur gut so, denn wenn einer von den Burschen da reinfällt, was von Zeit zu Zeit passiert, dann hat er 'ne bessere Chance, lebend wieder rauszukommen – was sie zu Zeiten des alten Sir Quincy durchaus nicht taten, von wegen! Mit dem Leim, den der verwendete, hätte man das Rathaus von Blastburn kopfüber oben auf die Kilnpit-Klippen festkleben können, bis eine Woche nach dem Jüngsten Gericht.«

»Da fallen Leute rein?« fragte Lucas tonlos.

»Na ja, der Rand ringsum is glitschig, wie Sie sehen. Gehen Sie mal nicht zu dicht ran, junger Master, sonst spritzen Sie sich noch Ihre feinen Nankinghosen voll«, meinte Scatcherd mit spöttischem Lächeln.

Oakapple machte den Mund auf, als wolle er etwas erwidern, aber Scatcherd ging bereits weiter, die ganze Zeit redend – vorbei an breiten Walzen, die den Leim über den Leinwandgrund verteilten, vorüber an komplizierten mechanischen Armen, die, an Scharnieren sich vor- und zurückbewegend, die kleingehackte Wolle auf die leimbestrichene Fläche streuten. Dann gab es da Gerätschaften wie Rechen oder Kämme, die die Haufen gleichmäßig verteilten, Kardätscher, die etwaige Leimflecken entfernten, Schwämme, die lose Haare auftupften, und ein Sauggebläse, das die Wollhaare ansog, so daß sie aufrechtstanden, während der Teppich auf einer Drehscheibe, die sich Warbelplatte nannte, rundumgeschleudert wurde.

»Vielleicht reicht's Ihnen jetzt, wie?« fragte Scatcherd, während sie an der Warbelplatte standen, die so schwindelnd und rüttelnd herumsauste, daß Lucas vom bloßen Zusehen ganz taumelig wurde. »Sieht aus, als hätten Sie jetzt so viel gesehen, daß es Ihnen für eine Schicht langt?«

Tatsächlich war es Lucas so zumute, aber Scatcherds Ton reizte seinen Stolz. »Was war das für ein Ding, das Sie Mr. Smallside gegenüber erwähnten – die große Presse? Die haben wir doch noch nicht gesehen, oder?«

»Oh, ich glaube, für einen Abend haben wir reichlich genug gesehen«, mischte sich Mr. Oakapple ein, aber Scatcherd überhörte wieder einmal den Erzieher und erwiderte, als hielte er das für ein höchst unerwartetes Anliegen: »Die Presse? Sie wollen die Presse sehen? Äh... na schön...« Damit drehte er sich auf dem Absatz um. »Dann hier entlang. Das Pressen ist das Ende des Herstellungsprozesses. Danach ist der Teppich fertig zum Verkauf. Hier drinnen ist die Presse. Vorsicht auf den Stufen nach unten, die sind glitschig. Der Leim kommt eben überall hin.« Der Presseraum mit seinem riesigen, tiefergelegenen Becken ähnelte der Krypta einer Kirche. An allen vier Seiten führten Stufen hinunter.

»Wo ist denn die Presse selbst?« fing Lucas an, aber dann, als er nach oben blickte, sah er, daß die gesamte Decke eine einzige, gigantische Metallplatte war, die durch eine hydraulische Vorrichtung gehoben und gesenkt werden konnte.

Soeben wurde in fieberhaftem Tempo ein Teppich auseinandergerollt und im Mittelteil des Beckens ausgebreitet. Kaum eine Sekunde nachdem er flach lag, sprangen die Männer, die das besorgt hatten, die Stufen hinauf – keinen Moment zu früh, denn die Presse kam mit einem dumpfen, ohrenbetäubenden Aufklatschen herabgesaust.

»Da kann man 'ne Haselnuß reinschmeißen, die kriegt man frei und gratis geknackt«, erläuterte Scatcherd sarkastisch.

Das glaubte ihm Lucas aufs Wort. Wenn da jemand ausrutschte und unter der Presse hinfiel, der war erledigt. Jetzt bewegte sich der Metallblock wieder aufwärts, viel langsamer, als er herabgekommen war, und der Teppich wurde von einem mechanischen Greifer weggezogen. Daraufhin sprangen blitzschnell ein halbes Dutzend Kinder in Arbeitsanzügen, die schon mit Besen in den Händen auf den Stufen gewartet hatten, auf den Boden hinunter und fegten ihn in rasender Eile und Emsigkeit sauber, ehe der nächste Teppich ausgerollt wurde.

»Warum kann der Boden nicht maschinell gefegt werden?« wollte Lucas wissen.

»Kinder sind billiger«, meinte Scatcherd lakonisch und warf ihnen wieder einen seiner schnellen Seitenblicke zu. »Maschinen müssen saubergehalten und geölt werden, aber Kinder kriegt man immer wieder neu.«

Eine Frage zitterte Lucas auf dem Herzen; aber Scatcherd, als habe er die unausgesprochenen Worte gehört, fuhr bereits fort: »Das hier is noch nich mal so gefährlich, richtig tückisch wird es erst, wenn der Teppich ausgebreitet wird, und man entdeckt einen Wollefussel oder ein Dreckklümpchen darauf. Ha! So wie da… sehen Sie?«

Ein neuer Teppich war ausgerollt worden, braun und golden. In der Mitte, weithin sichtbar in einem Kreis aus Gold, haftete ein Klümpchen schwarzer, öliger Wolle, hängengeblieben wohl während eines vorhergegangenen Arbeitsprozesses.

»Da sehen Sie… die Burschen an der Warbelplatte arbeiten einfach zu schlampig, da passiert das oft«, erklärte Scatcherd. »Jetzt muß natürlich jemand hin und den Schmutz wegholen, bevor er von der Presse reingedrückt wird. Immer der Schnellste von der Schicht muß das machen – der, den sie den Flitzer oder Fusselgreifer nennen. Da, passen Sie auf…«

Ein barfüßiges Mädchen schoß hinunter auf den Teppich, schnappte sich mit einer Metallzange den Wollfussel und sprang in die Sicherheit der Stufen zurück, just ehe die große Presse wieder herunterklatschte. Sie strauchelte ein wenig auf den Stufen, rettete sich jedoch, indem sie sich vorwärts auf Hände und Knie fallen ließ, während zwei ihrer Kameraden sie an den Armen packten.

Lucas nahm seinen Hut ab und rieb sich die Stirn mit dem Jackenärmel.

»Natürlich kriegt sie 'n bißchen extra bezahlt fürs Fusselgreifen«, sagte Scatcherd, »einen halben Penny Gefahrenzulage die Stunde. Die meisten von uns sind irgendwann mal Fusselgreifer gewesen, als wir jung waren, aber nicht für lange. Man hält das nicht lange durch, 's macht einen nervös. Erst fängt man an, nachts davon zu träumen, und dann beginnen einem die Beine zu zittern und man kann nich mehr so schnell rennen.«

Das konnte Lucas sich sehr gut vorstellen. Allein schon dem Fusselgreifer bei der Arbeit zuzusehen, hatte ihn schier krank gemacht vor Angst. Mr. Oakapple ging es anscheinend genauso.

»Wir müssen jetzt nach Hause«, sagte er abrupt. »Für heute abend haben wir genug gesehen. Vielen Dank.«

Scatcherd nickte. Mit einem leichten Anheben der Schultern deutete er an, daß er wußte, wie ihnen zumute war, dann wandte er sich um und machte sich auf den Weg zu einem Haufen ungeöffneter Wolleballen.

In diesem Augenblick flitzte ein Mann in einem Rollstuhl in geradezu unheimlichem Tempo an Oakapple und Lucas vorbei. Er kurvte mit seinem Stuhl auf Scatcherd zu und rief: »He, Davey! Kommste zum Palaver heut abend in ›Masons Arms‹?«

Scatcherd drehte sich zu ihm um. Ohne auf die Einladung zu antworten, sagte er: »Zwei von deinen stinkfaulen, schlappen Tölpeln an der Warbelplatte haben heute nachmittag schon wieder mal Fusseln zurückgelassen. Hast du's gehört – das mit der kleinen Braithwaite?«

Der Mann im Rollstuhl gab keine Antwort. Das Schweigen zwischen ihm und Scatcherd war geradezu zum Schneiden, wie die Luft vor einem Gewitter. Dann drehte der Rollstuhl ab und schoß davon. Mr. Oakapple trat in den Fabrikhof hinaus, und Lucas folgte ihm.

»Ist wohl nicht nötig, Mr. Smallside gute Nacht zu sagen – der ist beschäftigt«, meinte Mr. Oakapple und band die Stute los. Schweigend kletterten sie in den Zweisitzer. Das Pferd schien sichtlich froh fortzukommen. Es fiel in einen zügigen Trab und ließ die Wagenräder nur so hüpfen über Kopfsteinpflaster und Bahnschienen. Zügig ratterten sie durch das offene Tor, dann verlangsamten sie das Tempo für den langen, ansteigenden Weg aus Blastburn heraus.

Auf halbem Weg befand sich an der gegenüberliegenden Seite das Städtische Krankenhaus von Blastburn, das, wie Lucas wußte, Sir Quincy Murgatroyd auf eigene Kosten hatte erbauen lassen. Als sie an der Einfahrt vorüberfuhren, überlegte er, ob wohl das Kind der Braithwaites da drinnen war.

Aber kurz vor der Kuppe des Hügels sah er zu seiner Überraschung weiter vorn in einiger Entfernung ein Trüpplein Menschen – es war wohl immer noch dieselbe traurige kleine Prozession von vorhin, und immer noch trugen sie langsam das verletzte Kind.

»Wo können die denn hingehen?« wollte er von Mr. Oakapple wissen. »Hier oben, so weit aus der Stadt heraus wohnt doch niemand mehr... oder?« fügte er hinzu, als sein Lehrer stumm blieb.

»Nein... hier oben wohnt niemand«, sagte Mr. Oakapple zögernd nach einer weiteren Pause. »Ich glaube, sie gehen zum Friedhof.«

Das Friedhofstor, flankiert von zwei mächtigen Granitsäulen, auf denen je ein steinerner Engel stand, lag zur Rechten gleich hinter der Hügelkuppe.

Als der Wagen das Portal erreichte, war die Gruppe der Trauernden bereits hindurchgegangen, aber die verhüllte Frau, die Mr. Smallside als Mrs. Braithwaite angesprochen hatte, war draußen geblieben. Sie saß auf einem Meilenstein an der Straße, wiegte sich unaufhörlich vor- und rückwärts und sagte ein übers andere Mal dieselben Worte. »Meine Jean haben sie gekriegt; meine Nance haben sie gekriegt; meine Jinny haben sie gekriegt. Aber Sue kriegen sie nicht; und Betsy kriegen sie auch nicht. Lieber laß ich sie verhungern. Lieber laß ich sie verhungern...«

Einer der Männer kam vom Friedhof wieder zurück. »Kommst du jetzt?« fragte er unsicher. »Willst du nicht dabeisein?«

»Nun komm, Emma, Mädchen«, bat eine andere Frau und legte ihrer Freundin die Hand auf die Schulter. Aber Mrs. Braithwaite schüttelte den Kopf.

»Hab's dreimal gesehen. Ich weiß, wie es geht«, sagte sie. »Ich hab meiner Jinny schon an dem Tag Lebwohl gesagt, als sie zum ersten Mal in die Spinnerei ging.« Und wieder verfiel sie in ihr monotones Murmeln und die wiegende Bewegung.

Mr. Oakapple raffte scharf die Zügel und ließ sie auf den Widerrist der Stute klatschen. Sie war langsam gegangen, jetzt aber fiel sie in Trab, und bald lag das Friedhofsportal hinter ihnen.

Keiner der beiden Insassen des Wagens sprach, bis sie den Stallhof erreicht hatten, wo Garridge, der Stallmeister, schon wartete, um die Stute zu übernehmen und sie abzureiben.

»Master Lucas soll in Sir Randolph sein Arbeitszimmer«, verkündete er einsilbig.

Lucas' Stimmung, bereits gedrückt genug durch die Ereignisse des Abends, sank noch weiter. Wartete Sir Randolph womöglich auf eine Berichterstattung, eine Aufzählung all dessen, was sie gesehen hatten? Würde er Lucas zwingen, eine endlose Reihe von Fragen über die Teppichherstellung zu beantworten? Er bemühte sich vergebens, seine Gedanken zu ordnen und sich an die Reihenfolge der Arbeitsgänge zu erinnern, die aus Wolle Teppiche machten. Das einzige, was ihm einfiel, war der Fusselgreifer, der gerade noch unter dem mörderischen Gewicht der Presse hervorsprang, und Mrs. Braithwaite, die in ihren Schal gehüllt neben dem Friedhofstor saß.

»Gut, also troll dich, Junge«, sagte Mr. Oakapple barsch und verfiel wieder in seine übliche gereizte Unfreundlichkeit, von der während ihres Besuches in der Spinnerei nichts zu spüren gewesen war. »Du weißt, Sir Randolph kann es nicht ausstehen, wenn man ihn warten läßt. Komm – ich nehm deinen Hut und deine Jacke. Du kannst die Vordertreppe rauflaufen, das geht schneller.«

Lucas nickte mit trockenem Mund und lief zur Eingangshalle. Heftig pochte ihm das Herz in der Brust. Während er langsam die Marmortreppe hinaufstieg, erdrückte ihn schier das Gewicht dieses Tages, der ihm vorkam, als dauere er bereits an die vierundzwanzig Stunden. Einen Augenblick lang blieb er draußen vor der Tür des Arbeitszimmers stehen und traute sich nicht anzuklopfen. Er hatte dieses Zimmer während des Jahres, das er nun schon auf Schloß Mitternacht lebte, nicht öfter als dreimal betreten, und bei keiner dieser Gelegenheiten hatte sich sein Vormund im geringsten freundlich gezeigt oder froh, ihn zu sehen. Auch heute bestand wohl kaum Hoffnung auf eine Änderung.

Es mußte sehr spät sein, beinahe Mitternacht. Aber Sir Randolph blieb immer bis spät in die Nacht auf. Jeder wußte, er litt an Schlaflosigkeit. Oft konnte man während der ganzen Nachtstunden seine Lampe über das rußige Gras des Parks schimmern sehen.

Hinter der Tür war kein Laut zu hören, und Lucas klopfte leise an, mit der inbrünstigen Hoffnung, sein Vormund sei vielleicht mittlerweile eingeschlummert, nachdem er befohlen hatte, ihn herzuschicken, aber da tönte schon die hohe, gereizte Stimme: »Na komm schon, komm rein! Verdammt, trödel da nicht vor der Tür rum!«

Rasch machte Lucas die Tür auf und ging hinein.

Das Arbeitszimmer – ein Raum, fast ebenso kahl und schäbig wie das Schulzimmer – war nur von einer einzigen Kerze erhellt, die bis auf einen Stumpf heruntergebrannt war. Ein paar rötliche Kohlen glommen nur noch schwach im Kamin. Auf dem Tisch neben der tropfenden Kerze standen eine fast leere Karaffe und ein Glas. Schwerer Branntweingeruch hing im Raum.

Sir Randolph saß, Gesicht und Körper im Schatten, zusammengesunken in dem schweren Ledersessel am Schreibtisch und hatte sich eine Wolldecke um die Schultern und über die Knie gelegt. Seine beiden Krückstöcke lehnten gegen die Sessellehne.

»Los, was stehst du da rum! Komm her, Junge!« befahl er barsch mit seiner hohen Stimme, die an das Krächzen eines zornigen Vogels gemahnte.

»Soll ich nicht ein paar Kohlen aufs Feuer legen, Sir?«

»Nein, verdammt nochmal! Kohlen kosten Geld... wohl noch nie gehört, was? Laß das sein! Aber halt – du kannst mir eine neue Kerze anzünden. Und dann komm her.«

Lucas fand eine Kerze, steckte sie anstelle des Stummels in den Halter und zündete die neue an der alten an. Als die gelbe Flamme größer wurde, sah er beiläufig, daß der Teppich auf dem Fußboden von Sir Randolphs Arbeitszimmer genau das gleiche braun und goldene Muster hatte wie der, den er eine Stunde zuvor im Becken der großen Presse gesehen hatte.

»Also... du bist da unten gewesen? Hast die Spinnerei besichtigt?« fragte Sir Randolph, als Lucas die Kerze vor ihn hinstellte. Die Lautstärke seiner Stimme veränderte sich mit einer Willkürlichkeit wie die des Windes oder des Meeres. Abrupt beugte er sich vor und trank hastig aus dem Glas, wobei er etliches vom Inhalt über die lederbezogene Tischplatte verschüttete.

»Ja, Sir.«

»Und? Alles verstanden?«

»Nein... nicht alles, Sir...« begann Lucas.

»Dann schweig! Ich will's auch gar nicht hören. Will's... nich... hör'n...« wiederholte er in einer Art zornigem Singsang, obgleich Lucas gar keinen Versuch machte zu reden. »Geh hin und lern es – das ist alles. Jeden Tag gehst du hin, bis du's verstehst... *jeden* Tag, das verlang ich von dir.«

»Kann... kann ich jetzt gehen, Sir?« Lucas war verwirrt und geängstigt durch das merkwürdige Benehmen seines Vormunds – halb zornig, halb abwesend, so, als beschäftigten ihn Dinge, die einer fernen Vergangenheit angehörten.

Sir Randolph starrte abwesend in den Schein der neuen Kerze. In dem schwachen Licht war wenig zu sehen von seinem tief gefurchten Gesicht, nur der Umriß seiner Hakennase, die schweren Augenlider und der dünne Mund, dessen Unterlippe hinter der oberen ein wenig zurückwich, wodurch sein Profil nur noch mehr Ähnlichkeit mit einem Raubvogel bekam. Obgleich er wenig älter war als sechzig, hätte man ihn für einen um zehn oder fünfzehn Jahre älteren Mann halten können. Sorgen und sein persönliches Wesen hatten ihn früh altern lassen.

»Gehen? Nein! Wer hat dir gesagt, daß du gehen kannst? Steh still – hampel nicht rum!« Sir Randolphs Kopf fuhr in die Höhe. Er nahm seine abgewetzte schwarze Samtkappe ab und blickte in sie hinein, als hoffe er, drinnen ein schriftliches Memorandum zu finden. »Ich sag dir, wann du gehen kannst. Jetzt jedenfalls noch nicht!... War doch noch was, was ich dir zu sagen hatte...«

Wieder verfiel er in tiefes Nachsinnen.

Lucas wartete nervös.

»Ah... ich weiß, was es war... ja.« Sir Randolph tauchte aus seiner Versunkenheit auf. »Der Kerl sagte, du hättest dich über Einsamkeit beklagt. Wolltest Gesellschaft haben... oder so ähnlich...« Seine nächsten Worte waren ein kaum verständliches Brummeln, von dem allenfalls etwas wie ›plärrendes Muttersöhnchen‹ verständlich war.

»Einsamkeit? Sir... ich habe nie...« fing Lucas an, zutiefst empört. Wen konnte Sir Randolph gemeint haben mit ›der Kerl‹? Sicherlich nicht Mr. Oakapple, dem Lucas nie etwas erzählt hatte von seiner Sehnsucht nach einem Freund oder einem Gleichaltrigen.

»Ruhig, Junge! Du bis... bist ja nicht zu meinem Vergnügen hier, klar? Weiß Gott, das bist du nicht! – Wo war ich stehengeblieben? Ja... Gesellschaft. Also, von jetzt an hast du Gesellschaft, dank der Einmischung dieses Kerls. Ha... hast Gesellschaft. Daß mir also keine weiteren Klagen mehr von dir kommen... ver... verstanden?«

»Ich habe Gesellschaft? Was für Gesellschaft, Sir?« Lucas war völlig verwirrt.

»Heute abend angekommen. Die alte Gourd hat alles arrangiert. Eichenzimmer. Also kein Gestöhne mehr, keine Quengelei, hörst du? Und jetzt geh! Glaubst du, ich laß mich den ganzen Abend von dir anstarren mit deinem Käsegesicht? Du erinnerst mich... Das halt ich nicht aus... Ist ja egal. Aber *sie* war schön«, murmelte er vor sich hin. »Geh mir aus den Augen!«

»Darf ich... darf ich ins Eichenzimmer gehen?«

»Na gewiß doch! Geh nur... spiel Billard bis zum Hahnenschrei, wenn du willst, ich will dich nicht aufhalten«, höhnte Sir Randolph und zog wild an einem Klingelzug aus scharlachroter Wolle. »Lauf Schlittschuh, spiel Murmeln, reite meine Pferde, zerbrich die Fensterscheiben, reiß das ganze Haus ein... aber mach, daß du wegkommst!«

Da wartete Lucas nicht länger. Er schlüpfte aus der Tür und ließ seinen Vormund – abwechselnd murmelnd, fluchend und an dem scharlachroten Strang reißend – allein. Wie der Wind jagte er den Korridor entlang auf jenes Eichenzimmer zu, aus dem er früher am Abend Mrs. Gourd hatte kommen sehen.

Nur flüchtig kam ihm der Gedanke, daß es ein wenig spät sein könnte, den Neuankömmling zu stören, aber zu groß waren sein Eifer und seine Einsamkeit, um Aufschub zu dulden. Ein Gefährte! Ein Freund, mit dem er Unterrichtsstunden und Aufgaben teilen konnte, ein Freund zum Reden, zum gemeinsamen Lesen, Begleitung bei Kletterpartien auf den Grimside, den großen, schwarzen Berg im Norden der Stadt – vielleicht sogar noch weiter! Wenn der andere Junge älter war und vernünftig, dann durften sie in ihrer freien Zeit vielleicht ganz allein den Zweisitzer nehmen, mit Verpflegung für den ganzen Tag! Dann könnten sie fischen gehen oder in den Felsen klettern, Dinge, die Lucas noch nie getan hatte, von denen er nur immer träumte. Womöglich kämen sie sogar bis ans Meer. Sie könnten auf dem alten, verwahrlosten Platz Tennis spielen oder Federball; sie könnten auf den verrußten Kastanien herumklettern und das alte Eishaus im Park erkunden... Es war gar kein Ende all der Möglichkeiten abzusehen, die sich auftaten mit einem richtigen Gefährten!

Im geheimsten Winkel seines Herzens hatte Lucas bereits einen solchen Gefährten, einen selbsterfundenen. Wenn er allein durch den Schloßpark zum Hochmoor trottete, wenn er einsam seine Mahlzeiten kaute, wenn er nachts schlaflos lag, um sich herum nichts als die Stille des Hauses, dann fügte sich in seinem Kopf wie von selbst ein Wort an das andere zu einem nun schon vertrauten Schema:

»Einmal begaben sich Lucas und Greg auf eine Wanderung. Ihre Pferde hatten sie diesmal zurückgelassen, denn sie wollten das als ›Scroop Moss‹ bekannte, gefahrvolle Moor durchqueren. In ihren Rucksäcken trugen sie ein karges, doch hinreichendes Mahl aus Brot, getrocknetem Fleisch und einer Handvoll Datteln bei sich. Ihr Ziel war es, das riesige, grauenhafte Ungeheuer aufzuspüren, von dem es hieß, es lauere auf dem Grunde des Grydale-Weihers...«

Lucas sah Gregs Erscheinung im Geiste genauso greifbar vor sich, wie er das Äußere von Sir Randolph oder Mr. Oakapple kannte. Greg war hochgewachsen, hatte dunkles Haar und blaue

Augen. Er war fünfzehn oder sechzehn, blitzgescheit, immer bereit zu lächeln, er liebte Reiten, Lesen und Schwimmen, war in manchen Dingen besser als Lucas – Algebra zum Beispiel –, wußte mehr über Vögel und über Musik, konnte aber nicht so gut Französisch und zeichnete auch nicht so gut…

Natürlich war es töricht, zu hoffen, daß im Eichenzimmer das exakte Abbild Gregs auf ihn wartete. Das wußte Lucas wohl, aber dennoch… Und wie immer er auch sein mochte, höchstwahrscheinlich konnte der arme Kerl ein wenig Aufmunterung gebrauchen, fand Lucas, als er sachte an die Tür klopfte, und er dachte dabei an seine eigenen einsamen, trostlosen Tage, damals, als er gerade auf Schloß Mitternacht angekommen war, diese Zeit schlimmsten Elends, ehe wenigstens Mr. Oakapple auftauchte, der ihn unterrichten sollte.

›Ich gehe bloß hinein, um mich bekannt zu machen‹, dachte er. ›Ich sage ihm einfach ein paar freundliche Worte, und dann laß ich ihn allein, damit er schlafen kann. Wahrscheinlich ist er von weither gekommen. Woher wohl?‹

Er klopfte an die Zimmertür. Zu seiner großen Überraschung hörte er Mrs. Gourds scharfe Stimme sagen, wer immer da draußen sei, möge gefälligst reinkommen und dabei nicht so viel Lärm machen.

Lucas drückte die Klinke nieder und trat ein. Das Eichenzimmer war eins der wenigen Schlafzimmer, in denen noch ein paar Möbel übriggeblieben waren. Sie waren ein wenig steif und altmodisch: eine Bettstatt mit vier Pfosten und dicken, dunklen Vorhängen, eine eisenbeschlagene Truhe, eine geschnitzte, eichene Großvateruhr, ein hoher Lehnstuhl, ein ausladender alter Wäscheschrank. An den Wänden waren altersgraue, verschlissene Seidentapeten, über die sich Lucas schon gelegentlich den Kopf zerbrochen hatte, immer wenn Pinhorn zufällig gute Laune hatte und ihn hereinließ, während sie das Zimmer saubermachte. Aber er war nie zu einem befriedigenden Schluß gekommen, ob die eingewebten Szenen nun Hannibal beim Überqueren der Alpen darstellten oder die Israeliten beim Durchschreiten des Roten Meeres.

Das Eichenzimmer wirkte eine Spur behaglicher als üblich; das lag wohl an dem hellen Feuer, welches im Kamin loderte, denn sonst war die eher finstere Möblierung unverändert. Aber auch die Menge herumliegender Kleidungsstücke und anderer Sachen verlieh dem Zimmer eine Atmosphäre heiterer Unordnung. Etliche aufgeschnürte Kartons hatten ihren Inhalt über den Teppich verstreut, Reisedecken hingen über Stühlen, Haarbürsten und Schuhe lagen wirr durcheinander. Eine Flasche Rosenwasser stand neben dem Kamin und funkelte im Schein der Flammen. Ein Kanarienvogel in einem halb zugedeckten Käfig ließ unvermutet Bruchstücke einer süßen Melodie erschallen.

»Meine Güte, Master Lucas! Was in drei Teufels Namen machen Sie denn hier mitten in der Nacht?« fragte Mrs. Gourd in einem Ton, der kaum mehr war als ein Flüstern. »Ich dachte, es sei das Mädchen mit der warmen Milch, sonst hätte ich Sie doch nicht hereingelassen...«

»Schon gut. Ich habe von Sir Randolph die Erlaubnis«, warf Lucas rasch ein. »Wo ist...«

»Na schön, wo Sie nun schon mal da sind, ist es vielleicht auch ganz gut so«, fuhr Mrs. Gourd fort, ohne seinen Einwand zu beachten. »Sie können einen Moment hierbleiben, während ich nach unten gehe. Ich habe vergessen, Fanny zu sagen, sie soll ein paar Gewürze in die Milch tun. Und dann... Sie studieren doch das Französische, stimmt's, mit diesem Hauslehrer?« setzte sie geheimnisvoll hinzu, ehe sie zur Tür hinausging. Sie steckte noch einmal den Kopf ins Zimmer, um zu sagen: »Bleiben Sie hier, bis ich wiederkomme, ja? Es dauert nicht lange.« Dann war sie seinen Blicken entschwunden.

Bestürzt durch diesen mysteriösen Empfang trat Lucas an den Kamin und blickte sich nach dem Ankömmling um. Zunächst glaubte er, es sei sonst niemand im Zimmer, doch dann sah er undeutlich die Umrisse einer Gestalt auf dem Bett, zusammengekauert unter einem Wust aus Umhängen, Schals und Mänteln.

Wer lag dort? Schlief dieser Mensch? Schweigend blieb er neben dem Kamin stehen, aus Scheu, ihn zu stören – wer auch immer das dort war – und doch so begierig, zu reden, diese neue Freundschaft zu beginnen. Sein Dilemma wurde gelöst durch einen halbverbrannten Holzkloben im Kamin, der plötzlich in der Mitte durchbrach und mit lautem Prasseln und funkenstiebend in sich zusammenfiel. Lucas hörte eine Bewegung vom Bett her, ein Gähnen, das eher ein Schluchzen war, und dann einen leisen Angstruf: »Papa?«

Völlig verblüfft durch den Ton dieser Stimme, so völlig anders, als er sie sich insgeheim vorgestellt hatte, trat Lucas dennoch ein paar Schritte näher an das Bett heran. Und dort erblickte er im Lichtschein des Kamins ein Kind, ein winziges Mädchen, das nach seiner ungeübten Einschätzung nicht älter als fünf oder sechs Jahre alt war und ihn aus riesigen schwarzen Augen anstarrte. Ihr dunkles Haar war in einer geraden Linie über der Stirn abgeschnitten und baumelte zu beiden Seiten ihres kleinen Gesichtes in zwei unordentlichen Zöpfen herab. Spuren kürzlich vergossener Tränen waren auf ihren Wangen zu sehen, und als sie ihn sah, fing sie wieder an zu weinen.

»Oh«, weinte sie, »du bist nicht mein Papa. Geh weg, geh weg, ich hasse dich! Mein Papa ist tot. Er ist tot! Und Sidi ist aus dem Schiff gefallen, und ich wollte, ich wäre auch tot! Geh weg, du schrecklicher Junge!«

Lucas war beinahe so bleich geworden wie das Kind auf dem Bett. Der Schock der Wirklichkeit, nach allem, was er sich so hoffnungsvoll ausgemalt hatte, war sehr groß. Wer war diese seltsame, geisterblasse kleine Kreatur? Woher mochte sie gekommen sein? Fast mit einem Gefühl der Wut starrte er auf sie hinunter. Klägliches, unbrauchbares kleines Ding – wer wollte sie hier? Sollte *sie* tatsächlich die Gesellschaft sein, die Sir Randolph ihm versprochen hatte? War das Ganze nichts weiter gewesen als ein hämischer, schlechter Scherz seines Vormunds?

Aber das kleine Mädchen hatte sich auf den Boden geworfen und weinte so jammervoll, mit so verzweifelten Schluchzern, daß sich ein Anflug von Gewissensbissen in den Schock seiner Enttäuschung schlich. Wenn Mrs. Gourd jetzt zurückkäme, dann würde sie sicherlich glauben, er hätte etwas Unfreundliches zu ihr gesagt und damit diesen Ausbruch verursacht.

»Nun komm schon«, sagte er kurz angebunden, »du kannst da nicht liegenbleiben. Steh auf! Hör auf, so zu weinen und geh wieder ins Bett. Ich räume mal ein paar Sachen aus dem Weg...«

Er tat es und versuchte, sie aufzuheben, aber sie wand ruckartig ihre Schulter aus seinem Griff und rutschte von ihm fort. »Papa! Papa!« weinte sie in verzweiflungsvoller Verlassenheit. »Dich will ich nicht... ich will nur meinen Papa!«

Erst jetzt merkte Lucas mit höchster Verwunderung, daß sie französisch sprach. Aber was ihn noch mehr erstaunte, war, daß er sie, obwohl sie französisch sprach, verstanden hatte. Gewiß, er lernte seit zehn Monaten jeden Tag zwei Stunden Französisch bei Mr. Oakapple, aber dieser Unterricht hatte ihm nie sonderlich eingeleuchtet, schien ihm zu nichts zu führen. Jetzt plötzlich wurde ihm bewußt, daß Französisch eine richtige Sprache war, in der Menschen redeten und dachten und einander verstanden. Und ebenso plötzlich ging ihm auf, daß womöglich Mr. Oakapple ein ziemlich guter Lehrer war. Aber das alles schoß ihm nur flüchtig durch den Kopf, während er über das Kind gebeugt stand und in einem Ton, der vernünftiger klang, als ihm zumute war, sagte: »Komm, bleib hier nicht liegen, du erkältest dich noch und wirst krank. Es ist doch dumm, auf dem Fußboden zu liegen, es tut dir nicht gut. Das ist doch zwecklos. *C'est inutile*«, wiederholte er und hörte sich selbst verwundert zu. Er sprach ja französisch – und viel flüssiger, als er es je getan hatte, wenn er mit Mr. Oakapple Konversation machte! Mit seinem Lehrer war es ihm vorgekommen wie ein albernes Spiel, wo sie einander doch so viel besser auf englisch verstehen konnten.

Und was noch bemerkenswerter war – das kleine Mädchen verstand ihn anscheinend. Sie blickte ihn voller Abneigung an, genau gesagt steckte sie ihm sogar die Zunge heraus, und sagte: »Warum soll ich tun, was du sagst? Du bist bloß ein großer, gräßlicher Junge!« Aber schließlich ließ sie es doch zu, daß er sie aufhob und aufs Bett zurückbrachte. Dort hockte sie und blickte ihn durch ihre Tränen feindselig an.

Er schaute sehnsüchtig zur Tür und wünschte, Mrs. Gourd würde zurückkommen. Er lechzte danach, wieder in sein eigenes Zimmer gehen zu können. Aber alles blieb still, er hörte keine Schritte im Korridor.

»Wie heißt du? Und woher kommst du?« fragte er das Kind deshalb.

Zuerst blickte sie drein, als habe sie nicht die Absicht, ihm zu antworten, aber schließlich sagte sie: *»Je m'apelle Anna-Marie Eulalie Murgatroyd.«* Dieses letzte sprach sie sehr langsam und deutlich aus: Mur-ga-troyd. *»Et je suis venue de Calais aujourd'hui.«*

»Calais – hast du dort gewohnt?«

Sie nickte. »Ich und Papa, im Haus der alten Madame Granchot. Aber...« Ihr kleines Gesicht furchte sich erneut vor Verzweiflung »... Papa ist tot, und Madame ist zu alt, um für mich zu sorgen, und eine Dame hat mich von Calais hierhergebracht, und Sidi ist vom Schiff runtergefallen, und der Mann wollte nicht anhalten und zurückfahren... oh, oh, oh...«

»Wer ist Sidi?« fragte Lucas in der Hoffnung, einen neuen Ausbruch zu verhindern.

»Mein Kater... das ist mein Kater. Das Schiff hat ihm Angst eingejagt, und er war stark, er ist mir entwischt...«

Urplötzlich fiel Lucas sein Hund Turk ein, den er letztes Jahr in Amritsa zurückgelassen hatte.

»Bist du gekommen, um hierzubleiben? Ich glaube bestimmt, Sir Randolph erlaubt dir, eine andere Katze zu halten...« Er war sich dessen gar nicht so sicher, aber der Trost wirkte ohnehin nicht.

»Ich will keine andere Katze, ich will meinen Sidi!«

»O komm, sei nicht so albern«, herrschte Lucas sie an, denn seine Geduld war am Ende. Nichts ist so ermüdend, wie ein Mensch, der nicht zu trösten ist, und Lucas war ohnehin wahrhaftig schon viel müder als gewöhnlich. Zu vieles war heute geschehen.

Glücklicherweise kam in diesem Augenblick Mrs. Gourd mit einem Becher heißer Milch zurück. Sie schnalzte mißbilligend mit der Zunge, als sie die Tränen des Kindes sah.

»Es ist nicht meine Schuld...« wollte sich Lucas verteidigen.

»Oh, ganz bestimmt nicht. Das geht schon die ganze Zeit so, mit diesem Gejammer nach ihrem Papa und irgendeinem Seedy. Ich weiß ja nicht, wer Seedy ist...«

»Ihr Kater.«

»Ach so. Ich kann mir ja überhaupt kein' Reim machen aus dem, was sie sagt. Wir müssen sofort Mr. Oakapple rankriegen, daß er ihr Englisch beibringt. Mit dieser Sprache jedenfalls kommt sie nicht weit, wenn sie auf Schloß Mitternacht wohnt. Und keinen Bissen hab ich in sie reingekriegt, seit sie das Haus betreten hat. Komm, Miss, seien Sie ein braves Mädchen und trinken Sie die Milch«, wiederholte sie laut und langsam und hielt ihr dabei den Becher hin. Das Kind war offensichtlich nach seinem Schläfchen hungrig und fing schließlich an zu trinken. Dabei hielt es den Becher mit beiden Händen fest und blickte zuerst Mrs. Gourd und dann Lucas mißtrauisch über den Rand hinweg an.

»Also ich gehe jetzt. Gute Nacht. *Bonne nuit*«, sagte Lucas und nahm die Gelegenheit wahr zu entschwinden. Mrs. Gourd sah aus, als sei sie drauf und dran, ihn zu bitten, dazubleiben und zu übersetzen, was Anna-Marie sagte, aber er hatte entschieden genug. Er schlüpfte aus der Tür und zog sie hinter sich zu.

Erst als er schon auf halbem Wege zu seiner eigenen Schlafkammer war, wurde ihm schlagartig das ganze Ausmaß seiner enttäuschten Hoffnung bewußt.

Am Kopf der hinteren Treppe, die zu dem Zimmer hinaufführte, in dem er schlief, hing ein Porträt. Das Bild stellte einen Sohn des Hauses aus längst vergangenen Zeiten dar – die verblaßte Darstellung eines Knaben im Kavaliersrock, der lächelnd dastand mit einem Falken auf dem Handgelenk. Dieser Knabe mit seinem dunklen Haar und den lachenden Augen war, obwohl sich Lucas dessen kaum bewußt gewesen war, das Modell, nach dem er sich seinen imaginären Freund erschaffen hatte. Als er jetzt daran vorüberging, durchfuhr ihn wie ein Stich das Gefühl eines Verlustes, das Gefühl, betrogen worden zu sein. Der Schmerz war so stark, daß er unwillkürlich mit einem Seufzer, der fast ein Stöhnen war, die Hand auf die Brust preßte. Ohne recht zu merken, was er tat, wandte er sich, anstatt in sein Zimmer zu gehen, in die entgegengesetzte Richtung, durchwanderte ein kompliziertes Gewirr aus Treppenpodesten, Galerien und Korridoren und stand schließlich vor Mr. Oakapples Tür.

Ein Lichtschein schimmerte unten durch die Ritze, und er klopfte an.

»Herein?« rief die Stimme seines Erziehers. Sie klang verdutzt.

Lucas stieß die Tür auf und stockte auf der Schwelle, beinahe ebenso verdutzt wie sein Lehrer, denn plötzlich war ihm total entfallen, was ihn so dringlich hergetrieben hatte.

Mr. Oakapple lag halb zurückgelehnt in einem Sessel, das Gesicht der Tür zugewandt, die Füße auf einem Schemel. Im linken Arm hielt er eine Geige – wie in der Position des

Musizierens auf die Schulter gestützt –, und in der Rechten hielt er den Bogen. Aber Lucas war ganz sicher, daß er nicht gespielt hatte; kein Laut war zu hören gewesen, als er auf die Tür zugegangen war.

»Ich... ich wußte gar nicht, daß Sie Violine spielen, Sir?« platzte Lucas heraus.

»Tu ich auch nicht«, erwiderte Mr. Oakapple schroff, legte das Instrument mit einer hastigen Bewegung auf den Tisch und deckte es mit einem Tuch aus Samt zu.

»Aber... Sie lernen es?« versuchte Lucas in seiner Verlegenheit, das Schweigen zu durchbrechen.

»Sei kein Narr«, sagte der Lehrer mit bösem Sarkasmus. »Wie sollte ich wohl spielen... mit zwei fehlenden Fingern?«

Erst jetzt, viel zu spät, fielen Lucas die verstümmelten Finger wieder ein, die Mr. Oakapple stets durch einen Lederhandschuh verbarg. Er selbst erwähnte diese Verstümmelung nie, aber Bob, der Reitknecht, hatte Lucas von einem Gerücht erzählt, wonach sie von einem Duell herrühren sollte, das Mr. Oakapple vor langer Zeit ausgefochten hatte, als er noch jung war. Jetzt war er ziemlich alt – mindestens fünfunddreißig.

»Ich... ich bitte um Verzeihung, Sir, ich hab nicht dran gedacht«, stammelte er mit glutrotem Gesicht.

»Du denkst nie über andere Menschen nach, was? Immer versunken in deine eigene Welt.«

Die Stimme des Lehrers klang niedergeschlagen, müde, nicht ärgerlich.

Lucas starrte beschämt auf seine Füße, und plötzlich blitzte ein ganz neuer Gedanke durch seine eigene Niedergeschlagenheit: War die etwas frostige Beziehung zwischen ihnen beiden womöglich viel mehr seine eigene Schuld als die seines Lehrers? Wäre es dem womöglich lieber, wenn er, Lucas, sich bemühte, etwas freundlicher zu sein?

»Einerlei... ist ja auch nicht wichtig«, fügte Mr. Oakapple

trocken hinzu. »Ich habe mal gespielt... früher... das ist alles. Aber was führt dich her? Warum bist du nicht im Bett?« fragte er in seiner gewohnten Strenge. »Warst du bei Sir Randolph?«

»Ja, Sir, ich war bei ihm.« Plötzlich mußte er wieder an jene Beschwerde denken. Er vergaß, daß er eben noch seinen Lehrer in einem neuen Licht gesehen hatte, und es brach aus ihm heraus: »Waren Sie das, Sir, der Sir Randolph erzählt hat, ich hätte mich beklagt, daß ich einsam wäre?«

»Nicht genau so«, entgegnete Mr. Oakapple kühl. »Aber sicherlich habe ich ihm gesagt, daß es deinen Studien zugute käme, wenn du einen Gefährten hättest.«

»Dann war es also Ihre Idee, dieses... dieses Mädchen... dieses Kind herzuholen, das gerade gekommen ist? Als Gefährtin für mich?«

»Ach, Anna-Marie?« Mr. Oakapple fing an zu lachen. »Nein, nein, ich bin nicht so ein Optimist, zu hoffen, *sie* könnte dich bei deiner Arbeit anspornen. Hat Sir Randolph das gesagt? Der liebt so seine kleinen Späße.«

»Wer ist sie? Warum ist sie hergekommen?« fragte Lucas.

»Also gut, nachdem du nun begonnen hast, den Fabrikbetrieb von der Pike auf kennenzulernen, kann ich mir nicht vorstellen, daß jemand was dagegen hat, wenn du die ganze Geschichte erfährst«, erwiderte Mr. Oakapple und blickte Lucas nachdenklich an. »Und vielleicht gibt es dir zu denken... jenseits deiner eigenen Gedankenwelt. Das ist die kleine Anna Murgatroyd, die Enkelin des einstigen Eigentümers, Sir Quincy. Aber ich glaube, ich versichere mich lieber erst, daß Sir Randolph nichts dagegen hat, bevor ich dir das alles erzähle. Vielleicht ist es ihm lieber, wenn du die Geschichte von ihm erfährst.«

»Oh, das will er bestimmt nicht, da bin ich ganz sicher«, wandte Lucas hastig ein. »Ich wenigstens würde es lieber von Ihnen hören.«

»Na ja, du kannst recht haben. Aber auf alle Fälle sollte ich wohl lieber seine Zustimmung einholen. Und heute abend ist es auch zu spät. Schau mal auf die Uhr. Fast eins! Geh zu Bett. Und wenn Sir Randolph einverstanden ist, erzähl ich dir morgen davon. Nun lauf! Du mußt müde sein nach dem Besuch in der Spinnerei... und hungrig. Hast doch kein Abendbrot gehabt. Magst du ein Stück Schweinefleischpastete?«

»Ach... danke, Sir.« Überrascht, verlegen seinen Dank stammelnd, nahm sich Lucas ein handfestes, von Pastetenteig umhülltes Stück Fleisch.

»Das kauf ich mir in der Stadt. Die Kochkunst der alten Gourd reizt mich nicht sonderlich. Also... gute Nacht.«

Mit einem Nicken beschwichtige Mr. Oakapple Lucas' gestammelte Danksagungen und schob seinen Schüler mit leisem Nachdruck zur Tür hinaus.

Tief in Gedanken trottete Lucas zurück durch die langen, nackten Korridore – biß dabei geistesabwesend von seinem Fleisch ab –, bis er sein Schulzimmer erreicht hatte.

So viele Dinge waren ihm geschehen seit heute nachmittag, seit er seinen Namen und die Worte ›Ich bin einsam‹ auf das Fenster geschrieben hatte! Es kam ihm vor, als sei seitdem ein halbes Jahr vergangen, als sei er sechs Monate älter als jener Knabe, der so hoffnungslos in den strömenden Regen hinausgeblickt hatte. Gewiß, er war immer noch einsam, aber seine Gedanken hatten eine andere Richtung genommen. Sie tasteten sich jetzt sozusagen in alle Richtungen. Wie die Ranken von Jacks Stangenbohnen hatten sie jetzt Dinge gefunden, an denen sie sich festhalten und wachsen konnten.

Er zog das ledergebundene Buch zu sich heran, richtete die umgefallene Tintenflasche auf, sah mit Erleichterung, daß noch genügend Tinte darin übriggeblieben war, um damit zu schreiben, griff nach seinem Federkiel und begann:

›Lieber Greg. So viele Dinge sind geschehen, seit ich Dir gestern geschrieben habe, daß ich kaum weiß, was ich Dir zuerst erzählen soll. Aber vielleicht fange ich mit der Spinnerei an. Heute nachmittag kam plötzlich Mr. Oakapple ins Schulzimmer...‹

Fast eine Stunde lang schrieb er weiter, bis seine Hand taub und verkrampft und die letzte Tinte verbraucht war.

Dann klappte er das Buch zu, ging hinauf in seine Schlafkammer, zog sich aus, benetzte Gesicht und Hände mit kaltem Wasser, kletterte in sein mächtiges Bett und blies den letzten seiner Kerzenstummel aus.

Gesichter, Gesichter, Gesichter schwammen vor seinem inneren Auge... der lächelnde Mr. Smallside, der spöttische Scatcherd mit seinem verstohlenen Seitenblick, das ausgemergelte, tränenüberströmte Gesicht der Mrs. Braithwaite, die sich auf dem Meilenstein hin- und herwiegte. Und das kleine Mädchen, die Fusselgreiferin, die so beherzt losgeflitzt war, als die Presse herabkam. Und Sir Randolph, wie er mit branntweingeröteten Augen verloren in seine Samtkappe gestarrt hatte. Und dann diese traurige kleine Hergelaufene, die kleine Anna-Marie, mit ihren blassen Wangen und den großen, schwarzen Augen.

Und die ganze Zeit bewegten sich hinter all diesen Gesichtern die niemals stillstehenden Räder, die gnadenlosen Hämmer und Kolben der Spinnerei; sie alle sah er bis zuletzt, eine lange, lange Zeit, bis er endlich einschlief.

Lucas hatte gehofft, er werde die Geschichte von Anna-Marie Murgatroyd gleich als erstes am nächsten Morgen von seinem Lehrer hören, noch bevor der tägliche Unterricht begann. Aber er hatte die Schüssel Haferflockenbrei mit schwarzem Sirup darüber, die Pinhorn ihm als Frühstück gebracht hatte, noch nicht halb aufgegessen, da erschien sie erneut und sagte: »Mrs. Gourd fragt, ob Sie wohl so gut sein möchten, in das Eichenzimmer herüberzukommen. Anscheinend hat sie ihre liebe Not, sich mit dem kleinen Mädchen zu verständigen.«

»Warum holt sie nicht Mr. Oakapple?« fragte Lucas ziemlich

mürrisch und schaufelte sich die letzten drei Löffel voll in den Mund.

»Mr. Oakapple ist nicht da. Ich glaube, er ist bei Sir Randolph.«

Als Lucas ins Eichenzimmer kam, sah er, daß sich der chaotische Zustand von gestern abend nicht sonderlich verändert hatte. Zwar waren die Reisegepäckstücke beiseite geräumt worden, aber das Zimmer war immer noch übersät von einer gewaltigen Menge kleiner Kleidungsstücke: Musselinhemden, Unterröcke, Halstücher, weiß der Himmel, was noch alles. Das Zimmer sah aus, als sei ein Hurrikan oder ein Schneesturm durch einen Wald von Taschentuchbäumen gefahren. Mitten in diesem Chaos thronte wie eine üppige Stockrose die kleine Anna-Marie, angetan mit zwei Unterröcken übereinander, dazu eine Batistjacke, und das bleiche Gesichtchen mit dem trotzig verkniffenen Mund war zu einer höchst rebellischen Miene verzogen.

»Ich muß schon sagen, ich begreife denjenigen nicht, der für dieses Kind gepackt hat, als es nach England geschickt wurde«, sagte Mrs. Gourd empört zu Abby, dem Zimmermädchen, die in einem Reisekorb herumsuchte, der voller dünner, weißer Kleider war, anscheinend alle auch noch von verschiedener Größe. »Wissen diese Franzosen denn nicht, wie das Wetter hier drüben ist? Kein einziges Stück in diesem ganzen Plunder kann die Kälte auch nur zehn Minuten lang abhalten. Dabei liegt heute ein kräftiger Frost in der Luft.«

Das stimmte. Der pausenlose Regen von gestern hatte aufgehört, und ein plötzlicher Frost hatte den Anblick des Parks ausnahmsweise zu makelloser Schönheit verwandelt. Jeder Grashalm, jeder Zweig der Kastanienbäume glitzerte in blendendem Weiß gegen einen klaren, blassen Himmel. Die Luft war prickelnd und eisig.

»Nun seht euch das an!« Entrüstet hielt die Haushälterin ein durchsichtiges, blaßrosa Tüllunterkleid in die Höhe. »Was soll ein Mensch denn *damit*?«

Auch wenn das Kind die genaue Bedeutung ihrer Worte nicht verstehen konnte, so drückte Mrs. Gourds Gebaren, als sie das Röckchen in die Höhe hielt, doch so deutlich ihren Abscheu aus, daß Anna-Marie es ihr beleidigt wegriß und mit großer Sorgsamkeit die Falten glattstrich.

»Ich... will... dies«, verkündete sie langsam und betont. »Dies... und dies!« Dabei griff sie nach einem rosa Musselinkleidchen und fing an, ihre Jacke auszuziehen.

»Nein, mein Fräulein!« Die Haushälterin war außer sich. »Sie wären ja schon durchgefroren, ehe Sie auch nur einen Fuß nach draußen gesetzt hätten. Haben Sie denn nicht irgendwas, das aus einfachem, derbem Wollstoff ist, oder aus Alpaka oder von mir aus Merino? Wie sagt man diese Worte auf französisch, Mister Lucas?«

Lucas hatte keine blasse Ahnung. »Hast du keine dicken Wollsachen?« fragte er Anna-Marie.

Sie streckte ihm die Zunge heraus. »Dich will ich nicht. Geh weg!« teilte sie ihm mit.

»Außerdem ist diese rosa Farbe höchst unpassend, selbst, wenn es wärmer wäre«, raunte Mrs. Gourd Abby zu, nahm Anna-Marie das ›unpassende‹ rosa Kleid weg, faltete es zusammen und legte es wieder in die Korbtruhe.

Aber Anna-Marie zog es heftig wieder heraus. Es verfing sich an einer Ecke des Korbes und bekam einen Riß. Sie fing an zu weinen.

In diesem Moment klingelte irgendwo im Hause eine Glocke.

»Du meine Güte! Essen für die Dienerschaft... ist es denn schon so spät?« rief Mrs Gourd. »Dann muß ich gehen, sonst werfen die Reitknechte wieder mit Brotklümpchen nach den Küchenmädchen... Ist doch keiner mehr da, der sie in Schach hält, seit der Herr Mr. Flitch entlassen hat. Hätte ja raussetzen können, wen er wollte, aber den Butler hätte er mal lieber behalten sollen. Ich bin wirklich ratlos, was ich mit dem Kind machen soll. Wir können sie doch nicht den ganzen Tag in ihrer Unterwäsche lassen!«

»Ich wüßte was«, sagte Abby. »Wie wär's mit Madge Pickens, der Frau vom Untergärtner? Hat sie nicht vor ein paar Wochen ein Töchterchen in der Spinnerei verloren? Vielleicht hat die noch ein paar Sachen aufgehoben.«

»Hast recht. Und das ist eine anständige Frau – ihre Kleinen waren immer gar nicht schlecht gekleidet. Lauf mal runter zu ihr, Abby, und sag ihr, wenn sie noch irgendwelche Sachen hat, täte sie mir einen Gefallen, wenn sie sie uns überließe. Und auf jeden Fall haben die auch die richtige Farbe«, meinte sie mit bedeutungsvollem Blick. Abby nickte und eilte davon.

»Master Lucas, könnten Sie nicht ein paar Minuten hierbleiben? Dann schick ich Miss Pinhorn mit dem Frühstück für die Kleine rauf. Sie hat so lange geschlafen, und ich wollte sie nicht aufwecken. Ich muß schon sagen, es geht dieser Tage im Schloß wirklich alles drunter und drüber.« Damit hastete Mrs. Gourd, kopfschüttelnd angesichts all ihrer Schwierigkeiten, davon.

Als sie merkte, daß keiner sie beachtete, hörte Anna-Marie unvermittelt auf zu weinen. Mit einer Miene nüchterner Ergebenheit in das Unabänderliche – die Lucas gegen seinen Willen beeindruckte – betrachtete sie das zerrissene Kleid, begriff anscheinend, daß man es nicht anziehen konnte, faltete es sorgsam zusammen und legte es weg.

Fast im selben Augenblick ging die Tür auf, und herein kam ein alter, gebeugter Mann, der ein Frühstückstablett trug. Lucas war überrascht, ihn hier zu sehen. Normalerweise wurde er draußen beschäftigt, als Stallarbeiter oder zum Holzholen. Es hieß, er sei vor Jahren einmal Butler gewesen, zu Zeiten des alten Sir Quincy, bis er angefangen habe zu trinken. Sein Name war Gabriel Towzer.

Sehr langsam und bedächtig trat er herein. Irgendwie war es ihm gelungen – Lucas konnte sich gar nicht vorstellen, wie – ein paar Stücke silbernen Geschirrs aufzustöbern. Die hatte er sorgfältig auf dem Tablett arrangiert. Sie waren ein wenig angeschlagen und zerbeult, aber liebevoll poliert, so daß sie wie Seide schimmerten: Ein silberner Napf für Brei, der das gleiche Gemisch aus Haferflocken und schwarzem Sirup enthielt, wie man es Lucas vorgesetzt hatte, ein silberner Becher mit Milch, ein silberner Teller, auf dem dunkle, mit Butter bestrichene Brotscheiben lagen, in einer silbernen Fingerschale ein schrumpeliger Apfel, ja sogar eine zerrissene, aber saubere Serviette in silbernem Ring war da.

Gabriels Finger waren schwarz vom Silberputzmittel, desgleichen seine altmodische Schürze aus grünem Filz.

»Hier, bitte!« sagte er stolz, als er das Tablett absetzte. Dann stellte er sich vor Anna-Marie auf.

»Sind Sie wirklich das kleine Fräulein Murgatroyd?«

Er kniete sich hin, nahm ihr Gesicht in beide Hände – schwarze Spuren hinterlassend – und bog es behutsam in die Höhe. »Ja!« sagte er nach einem langen, ernst prüfenden Blick. »Ja, Sie haben Ähnlichkeit mit dem alten Herrn, dem alten Sir Quincy, und auch ein klein wenig mit dem jungen, dem jungen Master Denzil. Ach! Was für eine Wohltat, Sie wieder unter uns zu haben, kleines Fräulein – auch wenn darüber Herzen gebrochen sind, die nun nie wieder heil werden können.«

»Ich verstehe nicht«, sagte Anna-Marie auf französisch. »Was ist los mit dem alten Mann?«

»Sie spricht kein Englisch«, erklärte Lucas dem alten Mr. Towzer.

»O je! Daß ich noch den Tag erleben muß, wo eine Enkeltochter vom alten Sir Quincy und Gabriel Towzer sich weder Gruß noch Tageszeit entbieten können!« sagte der alte Mann voller Trauer.

»Sag zu ihm: ›*How do you do?*‹ Das sagt man in England zu einem Menschen, wenn man ihn kennenlernt.«

»*Quoi?* Das kann ich nicht sagen.« Zuerst schien es, als wolle Anna-Marie sich Lucas' Aufforderung glatt verweigern, aber dann, in einem plötzlichen Sinneswandel, wandte sie sich dem alten Mann zu und sagte: »Hau du juh du?«

»Sie redet genau wie der junge Master Denzil!« erwiderte der begeistert. »Wie sein eigen Fleisch und Blut! Aber jetzt essen Sie mal Ihr Frühstück, kleines Fräulein, bevor es kalt wird.«

»Bah! Was ist das denn für ein Lehmklumpen?« fragte Anna-Marie und beäugte ihren Haferbrei. »Sieht aus wie das Zeug, mit dem man Löcher zuschmiert. Ich kann das nicht essen.«

»Probier's mal. Es ist gar nicht so schlecht«, riet Lucas. »Versuchen kostet doch nichts. Was anderes kriegst du sowieso nicht.«

»Sei still, du!« Mit plötzlich entflammtem Zorn wandte sie sich zu ihm. »Du brauchst mir hier keine Befehle zu geben. Du kannst mich nicht leiden, das weiß ich, und ich kann dich auch überhaupt nicht leiden. Geh weg! Du bist ein großer, gräßlicher Junge, zu nichts nütze, und ich will dich nicht in meinem Zimmer haben!«

Zum Glück kam Mrs. Gourd in diesem Augenblick wieder, so konnte Lucas sich aus dem Staube machen.

Was für ein verzogenes Gör! Das war seine unumstößliche Ansicht über Anna-Marie, abgesehen von dem noch nicht verwundenen, bitteren Bedauern, daß sie nicht älter war, daß sie kein Junge war, daß sie so hoffnungslos ungeeignet war, sein Freund oder sein Gefährte zu sein. Übrigens würden ein paar Tage auf Schloß Mitternacht ausreichen, dem mutwilligen Ding die Grillen auszutreiben. Zweifellos war sie ihr ganzes Leben lang umhegt und verzärtelt worden. Nun, hier würde kein Mensch ihren Launen Beachtung schenken. Sie würde schon lernen müssen, auf eigenen Füßen zu stehen.

Damit entließ er sie aus seinen Gedanken.

Er hüpfte den Korridor entlang, sprang in wenigen Sätzen die hintere Treppe hinauf und betrat das Schulzimmer.

Mr. Oakapple war schon da. Er stand am Fenster, den Rücken gegen das schäbige Zimmer gekehrt, und starrte hinaus. Jenseits seiner Silhouette verlor sich ein Streifen sanft ansteigender, grünlich-weißer Frostlandschaft fast übergangslos in einem leuchtendblassen frühen Morgenhimmel.

»Gut. Na dann an die Arbeit«, sagte Mr. Oakapple, der sich mit einem Seufzer umgedreht hatte, als er das Klicken der Tür hörte.

»Ich... tut mir leid, daß ich zu spät komme, Sir. Mrs. Gourd wollte, daß ich...«

Der Lehrer akzeptierte Lucas' Entschuldigung mit einem Kopfnicken und bedeutete ihm mit einer Handbewegung, sich an seinen Tisch zu setzen. »Einfache und gestaffelte Zinsen. Dann quadratische Gleichungen. Danach die Stammformen lateinischer Verben.«

»Oh, aber Sir...«

»Nun?«

»Sie haben doch gesagt, Sie würden mir von Anna-Marie erzählen.«

Kaum hatte Lucas die Worte gesagt, da beschlich ihn ein plötzliches Gefühl von... ja, was war es eigentlich? Ein Schuldgefühl? Als ob er dem Kinde, das er ja nicht einmal leiden konnte, ein niederträchtiges Schnippchen schlüge, indem er es als Vorwand benutzte, bloß, um sich eine halbe Stunde vor dem Unterricht zu drücken. Aber weshalb sollte er sich eigentlich schuldig fühlen? Er war schließlich so freundlich zu ihr gewesen, wie er irgend konnte. Sie war es doch gewesen, die sich grob und feindselig betragen hatte. Jedenfalls gab es keinen Grund, weshalb er nicht nach ihrer Geschichte fragen sollte. Was konnte das schon schaden?

»Oh, stimmt. Sir Randolph schien keine Einwände dagegen zu haben, daß ich dir die Geschichte erzähle, wie es kam, daß er der Eigentümer der Spinnerei wurde. Er war sogar erstaunt, daß du sie nicht schon kanntest«, räumte Mr. Oakapple ein. (In Wirklichkeit hatte Sir Randolph, graugesichtig und rotäugig nach einer langen, mit Branntweintrinken verbrachten Nacht, nur geknurrt: ›Erzählen Sie dem Jungen, was Sie wollen, und dann scheren Sie sich von mir aus alle beide dahin, wo der Pfeffer wächst!‹)

»Wie kam es denn, daß sie ihm gehört?«

Lucas verstand nicht recht, wieso die Geschichte der Fabrik mit der von Anna-Marie zusammenhängen konnte, aber alles und jedes war besser als ein Vormittag voller Staffelzinsen und lateinischer Stammformen.

»Könnten wir nicht in den Park gehen, während Sie's mir erzählen?« schlug er, einer plötzlichen Eingebung folgend, vor, als er sah, wie Mr. Oakapple sich bedauernd von der schönen Aussicht abwandte. »Bloß ein paar Minuten. Es ist so ein schöner Morgen. Das gibt's doch nicht so oft.«

Das stimmte nun allerdings. Denn an zweihundertfünfzig von dreihundertfünfundsechzig Tagen im Jahr, so wußte es der Volksmund, hingen Wolken oder Nebel tief über Blastburn, Grimside, Park Mitternacht und dem Grydale Moor. Und während des ersten Jahres seiner Anwesenheit im Schloß hatte Lucas keinen Grund gehabt, an dieser Volksweisheit zu zweifeln. Der heutige Tag war eine seltene, schöne Ausnahme.

»Schön, wie du willst!« Leicht verdutzt, aber nicht unwillig setzte der Lehrer seinen Hut auf, während Lucas sich rasch eine Jacke holte, und gemeinsam gingen sie hinaus an die Luft, die wie eisiger Nektar war. Sie gingen über das erstarrte Gras und ließen eine Spur schwarzer Fußstapfen hinter sich, als sie die flache Senke durchquerten, die Schloß Mitternacht umgab. Oben vom Rücken der Anhöhe aus blickte man nach Westen zu auf das Haus zurück, dessen Giebel just von den ersten Strahlen der aufgehenden Sonne erfaßt wurden, ostwärts dagegen in die von Rauch und Nebel erfüllte Talmulde, in welcher die Stadt Blastburn lag – umwölkt wie stets vom dunstigen Gestank ihrer Schornsteine.

Lucas hatte keine Fragen gestellt, während sie so dahinwanderten. Er war es zufrieden, den klaren Morgen zu genießen, die scharfe Luft einzuatmen, das Knistern des gefrorenen Grases unter seinen Füßen zu spüren, kurz – das Beste zu machen aus diesem unverhofften Dispens vom Schulunterricht. Auch verspürte er eine ungewohnte Sympathie für Mr. Oakapple – unausgesprochen, aber irgendwie wohltuend.

Als sie am höchsten Punkt des Parks angekommen waren, fing der Erzieher von selbst an: »Wie du wahrscheinlich weißt, gehörte dein Vormund vor etwa zwanzig Jahren, als er noch jünger war, einem verwegenen, zu sportlichen Exzessen neigenden Kreis junger Männer an, die unter dem Namen ›Handlanger des Teufels‹ allerorts bekannt waren.« Die gemessene Art des Lehrers ließ weder Bewunderung noch Mißbilligung erkennen.

»Was für Sachen machten die denn?«

Lucas hatte davon nichts gewußt; den Namen ›Handlanger des Teufels‹ hatte er noch nie gehört.

»Oh... sie veranstalteten wilde Feste, wetteten bei jeder Gelegenheit um hohe Geldsummen – beim Pferderennen, oder auch nur, ob der König am nächsten Tag Kaffee oder Tee zum Frühstück trinken würde – und sie lieferten sich bei der leisesten Herausforderung Duelle.«

Lucas brannte darauf, Mr. Oakapple zu fragen, ob es stimme, daß auch er ein Duell ausgefochten habe, aber er wollte ihn lieber nicht unterbrechen.

»Einer der engsten Freunde deines Vormunds war zu jener Zeit ein sehr viel jüngerer Mann, Denzil Murgatroyd, dessen Vater, Sir Quincy, dieses Haus gehörte – außerdem auch noch ausgedehnter Grundbesitz, auf dem Kohle gefunden und gefördert wurde, wodurch er zu einem der reichsten Männer Englands geworden war.

Denzil Murgatroyd hatte noch keine spezielle Berufsausbildung angefangen, aber er galt als äußerst brillant, bereits als Jüngling. Schon während seiner Collegezeit hatte er ein wissenschaftliches Gerät zum Ausloten der Tiefe von Kohlengruben konstruiert. Er hatte mehrere neue Sterne entdeckt, besaß eine wundervolle Singstimme und hatte eine Oper komponiert, die vor dem König aufgeführt worden war. Ebenso hatte er jenes Teppichherstellungsverfahren entwickelt, welches Sir Quincy Murgatroyds Spinnerei zur erfolgreichsten des ganzen Gewerbes machte und das Vermögen der Familie beträchtlich vermehrte.«

»Und was passierte dann?«

»Denzil Murgatroyd war erst zwanzig, als er das College verließ. Er lernte deinen Vormund kennen, der, wie ich schon sagte, ein viel älterer Mann war – damals um die Vierzig –, befreundete sich rasch mit ihm, gab alle wissenschaftliche Betätigung auf, führte ein Leben, das dem Sport, dem Wetten und Pokern gewidmet war und tat alles, den respektableren Teil der Gesellschaft vor den Kopf zu stoßen. Die beiden Freunde waren unzertrennlich und überboten sich gegenseitig in ihren wilden Eskapaden. Es war dein Vormund, der einen Alligator ins House of Lords schmuggelte, dafür ließ sich Denzil Murgatroyd von einem Drachen bis zum Kreuz auf der St.-Pauls-Kathedrale hinauftragen und befestigte dort einen kleinen Teppich. Sir Randolph wiederum führte zehn Matrosen aus Glasgow beim Hof von St. James als den Bey von Tunis mit seinem Gefolge ein und ließ sie eine Woche lang im Palast bewirten und unterhalten, ehe der Betrug entdeckt wurde, denn niemand konnte ein Wort von dem, was sie sagten, verstehen. Denzil heuerte einen Trupp Arbeiter an, die die Säule zum Gedenken an den großen Brand von London von ihrem Platz entfernten und sie quer über die Derby-Rennbahn legten, kurz bevor das Rennen beginnen sollte... Aber ich will dich nicht mit weiteren Aufzählungen ihrer Untaten belästigen. Womöglich kommst du dabei noch auf dumme Gedanken.«

Lucas hätte zu gerne noch mehr gehört, aber sein Lehrer klang so mißbilligend, daß er lieber nicht darum bat, sondern fragte: »Und was passierte mit der Fabrik?«

»Denzils Vater, der alte Sir Quincy, widersetzte sich aufs schärfste der Freundschaft seines Sohnes zu deinem Vormund und seiner Zugehörigkeit zu den ›Handlangern des Teufels‹. Er wollte, daß sein Sohn zu Hause lebte und sich um das Familienunternehmen kümmerte. Etliche Male drohte er Denzil, ihn zu enterben, wenn er die Verbindung nicht abbräche.« Mr. Oakapple seufzte.

»Aber das tat er nicht?« fragte Lucas.

»Nein. Der junge Denzil liebte seinen Vater zwar sehr, aber er war zugleich ein widerspenstiger, leichtfertiger junger Feuerkopf, der es nicht ertrug, gegängelt zu werden. Nach ein paar Monaten jedoch versprach er tatsächlich, die Mitgliedschaft im ›Handlanger-Klub‹ aufzugeben, denn er hatte sich in eine schöne junge Dame verliebt, Miss Eleonor Featherstonehuff, und die weigerte sich, sich mit ihm zu verloben, solange er es nicht täte. Er jedoch hatte Arrangements getroffen, ein letztes Mal an einem Treffen des Klubs teilzunehmen.«

»Und?«

»Denzil ging zu dem Treffen. Es wurde in der Mitsommernacht in den Ruinen des Bellemont-Klosters abgehalten, nicht weit von hier.«

»Und was geschah dabei?«

»Es war eine sehr prunkvolle, ausgefallene Angelegenheit. Alle zwanzig Mitglieder der ›Handlanger des Teufels‹ waren gekommen. Immense Mengen Wein, Champagner und Branntwein wurden konsumiert. Ein ganzes Orchester ließen sie aufspielen, man tanzte... und so weiter.« Die Mißbilligung in Mr. Oakapples Ton verschärfte sich.

»Was es da wohl zu essen gab?« fragte Lucas träumerisch.

»Sie hatten ein Feuer, an dem ein ganzer Ochse gebraten wurde – abgesehen von vielen anderen Köstlichkeiten. Eine der Delikatessen, die gereicht wurden, war eine besondere Ingwerpastete, die im Dorf Clutterby-le-Scroop hergestellt wurde. Wenn diese Pastete zusammen mit Wein oder anderen geistigen Getränken genossen wird, dann intensiviert sie die Wirkung des Alkohols. Die Pastete, extra für das Fest gebacken, maß über sechs Meter im Durchmesser und war eigens in einer Getreidewanne gebacken worden. Sämtliche Klubmitglieder sprachen ihr kräftig zu... und wurden außerordentlich betrunken.«

»Und?«

»Sehr viele von ihnen machten sich lustig über Denzil Murgatroyd, hänselten ihn damit, daß er sich zu dem Versprechen, den Klub zu verlassen, habe nötigen lassen. Aufgestachelt durch ihre Schmähungen, ganz besonders durch die von Sir Randolph Grimsby, ließ er sich auf eine letzte wilde Wette ein.«

»Worin bestand die?«

»Sir Randolph hatte schon den ganzen Abend seiner Spottlust freien Lauf gelassen. Und als die Pastete aufgetragen wurde, rief er: ›He, Jung-Denzil, he, Sternengucker! Da du doch deinem alten Herrn so zugetan bist, willst du nicht nach Hause traben und ihm ein Stückchen Clutterby-Pastete bringen? Du würdest doch nicht lange dazu brauchen!‹ Dies versetzte den jungen Denzil, der unsinnig viel getrunken hatte, in so maßlosen Zorn, daß er zurückschrie: ›Und wenn ich es täte, dann wette ich, könnte ich's bestimmt schneller als du!‹ – ›Angenommen!‹ rief da Sir Randolph. Und die Wette galt.«

»Und was taten sie dann?«

»Es gibt zwei Wege von Bellemont zum Park von Schloß Mitternacht: man kann durch Canby Moorside oder über Mucky-under-Edge hingelangen, und beide Wege sind genau gleich lang. Sir Randolph sollte durch Canby und Denzil über Mucky reiten. Jeder sollte ein zehn Pfund schweres Stück der Pastete mit sich nehmen, damit auf Schloß Mitternacht einreiten, in Sir Quincys Schlafgemach hinaufsteigen, die Pastete auf seinem Nachttisch deponieren und sofort zu der Versammlung im Kloster zurückkehren. Wer als erster zurückkam, wäre der Sieger.«

»Und wie hoch war der Einsatz bei der Wette?«

»Denzil hatte tausend Pfund vorgeschlagen, aber Sir Randolph, kalt bis ins Herz hinein, hatte gerufen: ›Pah! Warum sich mit Kleinigkeiten abgeben? Ich wette alles, was ich besitze.‹ Etliche Klubmitglieder zuckten bedenklich die Achseln, denn es war allgemein bekannt, daß Sir Randolph zu jener Zeit kaum mehr besaß als zwei kupferne Viertelpennymünzen, um sie aneinanderzureiben. Denzil aber, der auch nicht viel besser dran war, da er von Unterhaltszahlungen seines Vaters lebte, die immer bereits ausgegeben waren, noch ehe sie eintrafen, schrie zurück: ›Wie du willst!‹ Damit bestiegen sie ihre Pferde und ritten in verschiedene Richtungen davon.«

»Wer war als erster zurück?«

»Niemand rechnete damit, einen von beiden innerhalb der nächsten anderthalb Stunden wiederzusehen. So herrschte denn basses Erstaunen, als Sir Randolph nach weniger als fünfundsechzig Minuten auf seiner völlig frischen, kaum schwitzenden Araberstute wieder zur Stelle war. Noch vierzig Minuten verstrichen, ehe Denzil angaloppiert kam, auf einem völlig überanstrengten Pferd mit fliegenden Flanken und Schaum vor dem Maul. Später erfuhr man, daß sein Vater aufgewacht war, als er das Zimmer betrat, daß es eine heftige, zornerfüllte Szene gegeben hatte, vor der Denzil geflüchtet und in rasendem Tempo zurückgeritten war – indessen zu spät, um seine Wette zu gewinnen. Jedenfalls hatte er Sir Randolphs Stück Pastete bereits auf dem Nachttisch vorgefunden, als er ankam.«

»Und was geschah dann?«

»Sir Randolph wartete inmitten seiner Gefährten in den mondbeschienenen Ruinen des Klosters, als Denzil auf seinem erschöpften, keuchenden Pferd heranritt. Sir Randolph blickte den beiden gelassen entgegen und sagte: ›Du wirst dir einen besseren Gaul anschaffen müssen, Denny.‹ Denzil sprang ab, warf ihm die Zügel zu und erwiderte: ›Nimm ihn, er gehört dir.‹ Dann zog er sich die Kleider aus, warf sie ihm ebenfalls zu und lieh sich ein Hemd und ein Paar Kniehosen von einem der Musikanten. Die nämlich waren sämtlich als Gespenster kostümiert und hatten daher ihre Alltagskleidung zusätzlich bei sich.«

»Gütiger Himmel!« meinte Lucas und malte sich die Szene aus: die mondbeschienenen Ruinen, das Feuer, der Kreis halbbetrunkener, spottender Männer, die beiden in der Mitte, eine Zuhörerschaft aus Gespenstern… »Und was tat Denzil dann?«

»Er ging fort in die Dunkelheit. Das Fest ging zwar noch eine Weile weiter, brach aber doch ziemlich bald ab. Die Musiker wurden entlöhnt, Leute aus der Umgebung holten sich am nächsten Tag die Überreste des Essens. Und an diesem nächsten Tag wurde auch bekannt, daß Sir Quincy vom Schlag getroffen und in seinem Bett gestorben war, keine fünf Minuten nachdem sein Sohn ihn verlassen hatte – vor Zorn, hieß es. Da ließ Sir Randolph durch seine Anwälte eine förmliche Erklärung abgeben mit der Feststellung, daß – da Denzil in der Minute, da sein Vater starb, dessen Besitz geerbt hatte – Haus und Grund und Boden ebenso wie das Pferd und die Kleider dem Gewinner der Wette zugefallen wären.«

»Meine Güte! Der gesamte Besitz? Das bedeutete auch die Spinnerei, alles?«

»Die Spinnerei, das Haus, das Land, die Kohlenminen, alles. Viele Leute sagten ziemlich unverblümt, Sir Randolph müsse irgendwelche Mittel und Wege des Betrugs gefunden haben, aber zu beweisen war das nicht. Man hatte ihn durch Canby reiten sehen, und auch wieder zurück. Und die Pastete lag in Sir Quincys Zimmer.«

»Sagte Denzil ihm, daß er betrogen habe?«

»Der sagte gar nichts. Sir Randolph aber, als er hörte, was die Leute redeten, wurde wütend und erklärte, er werde sich nicht einen Betrüger nennen lassen, ohne Satisfaktion zu verlangen, und er forderte Sir Denzil – ein Sir war er erst nach seines Vaters Tod geworden – zum Duell. Aber Sir Denzil verweigerte es.«

»Verweigerte ein Duell? War es nicht eine ziemliche Feigheit, so was zu tun?«

»In jenen Tagen galt das geradezu als schockierend, ja. Sie hatten sich im Park Mitternacht getroffen, wo Sir Denzil die Eigentumsurkunden seines Besitzes übergeben sollte. Sir Randolph beschuldigte Denzil, er habe verleumderische Geschichten verbreitet, und forderte ihn. Aber der erwiderte nur: ›Mein lieber Grimsby, ich habe nicht gesagt, daß du betrogen hast. Mir scheint lediglich, du hättest dir des Teufels Stute ausgeborgt! Ich halte das wirklich für wahrscheinlich. Ich bin nicht daran interessiert, wie du an dein Ziel gelangt bist. Und ich habe nicht die Absicht, gegen dich zu kämpfen. Die ganze Angelegenheit ist nicht fünf Minuten meiner Zeit wert. Hier ist deine Scheibe Clutterby-Pastete. Ich hoffe, sie bekommt dir!‹ Dann ging Sir Denzil fort, verabschiedete sich von seiner Mutter, Lady Murgatroyd, stieg in eine geborgte Kutsche, fuhr nach Dover und wollte von dort nach Frankreich. Das Fischerboot, in dem er übersetzte, zerschellte jedoch in einem Sturm, und es hieß, er sei dabei ertrunken. Aber das war ein falsches Gerücht, wie sich unlängst herausstellte. Vor kurzem nämlich traf ein Brief ein – einfach adressiert an Murgatroyd-House, Blastburn, England –, in welchem stand, daß er in Frankreich gelebt habe, nun aber gestorben sei und seine kleine Tochter völlig mittellos zurückgelassen habe.«

»Wovon er wohl gelebt hat?«

»Er hat Musik unterrichtet, glaube ich. Und Englisch«, erwiderte Mr. Oakapple achselzuckend. »Anscheinend starb er in sehr ärmlichen Verhältnissen. Aber es wurde Geld gesammelt, genug, um sein Kind nach England zu schicken, wo es, wie man glaubte, Verwandte habe.«

Fragen drängten sich in Lucas' Kopf wie Schafe an einem Gatter. »Dann ist also Anna-Marie... Ist sie die Tochter der schönen jungen Dame – Miss Eleonor Thingummy?«

»Featherstonehuff? Nein. Die löste die Verlobung, sobald sie von der Wette und von Sir Quincys Tod erfuhr. Ich glaube, Sir Denzil heiratete schließlich eine Französin, die bei der Geburt des Kindes starb. Aber das muß erst viele Jahre später gewesen sein.«

»Und Sir Randolph zog in Schloß Mitternacht ein?«

»Jawohl, der zog in Schloß Mitternacht ein. Viele der alten Diener gingen fort. Nur ein paar blieben. Aber in der Gesellschaft zogen die Gerüchte, er habe es irgendwie mit unlauteren Mitteln geschafft, sich den Besitz anzueignen, immer weitere Kreise. Sir Randolph wurde nirgends mehr eingeladen. In den Straßen Londons begannen die Leute ihn zu schneiden, Nachbarn weigerten sich, ihn zu grüßen. Das verdüsterte seine Natur, wie du siehst. Er verkroch sich hier, nahm sich einen Partner, die Spinnerei zu leiten – deinen Vater –, und verbrachte seine Tage damit, Solitaire zu spielen und Branntwein zu trinken. Zwanzig Jahre lang setzte er kaum einen Fuß aus dem Park hinaus.«

Kein Wunder, daß er nicht sehr begeistert ist, die kleine Anna-Marie Murgatroyd im Hause zu haben, dachte Lucas. Selbst, wenn man annahm, daß er bei der Wette nicht betrogen hatte, mußte er sich doch ziemlich gemein vorkommen, daß er in dem Hause lebte, das sonst ihr zugefallen wäre.

»Vielleicht hat er sich geschämt wegen der Art und Weise, wie er Schloß Mitternacht gewonnen hat?« meinte Lucas halb zu sich selbst.

»Oh, Wetten solcher Art waren damals durchaus respektabel«, versicherte ihm Mr. Oakapple. »Damals wechselten täglich sogar noch größere Vermögen am Kartentisch den Eigentümer.«

Lucas kam ein neuer Gedanke. »Mr. Oakapple... wie kommt es eigentlich, daß Sie so viel darüber wissen? Dieses Fest der ›Handlanger‹... Sie haben die Geschichte beinahe so erzählt, als seien Sie dabeigewesen.«

»Ich war auch tatsächlich dabei.« Mr. Oakapple löste seine blaßblauen Augen vom Horizont und wandte sie Lucas zu. »Ich war einer der Geiger. Als ich ganz jung war – fünf oder sechs – fanden meine Eltern heraus, daß ich große Begabung fürs Geigenspiel hatte, so wurde ich auf eine Musikschule in York geschickt, wo es sehr guten Unterricht gab. Mein Vater war Rektor in Sutton Grimsdale. Wir waren sehr arm dran, und als ich neun oder zehn Jahre alt war, da verdiente ich mir manches Geldstück nebenbei, indem ich bei Bällen und Festen auf meiner Geige spielte. Das tat ich auch in der Nacht des Festes im Bellemont-Kloster.«

»Und daher wissen Sie das alles.« Lucas wünschte, er hätte den Mut, ihn nach dem Unfall – oder dem Zweikampf – zu fragen, der Mr. Oakapples Geigenspiel ein Ende gesetzt hatte, und ob das womöglich ebenfalls mit der Geschichte von Denzil Murgatroyd zusammenhinge. Aber ein verhangener, abwesender Ausdruck hatte sich über des Lehrers Gesicht gebreitet, während er sich jener alten Zeiten erinnerte, und Lucas brachte den Mut nicht auf.

»Weiß denn Anna-Marie das alles?«

»Höchstwahrscheinlich nicht«, erwiderte Mr. Oakapple gleichmütig. »Alles in allem – wenn sie es nicht weiß, dann wäre es für sie sicherlich am besten, ihr diese Unwissenheit zu erhalten.«

»Ja, das stimmt wohl«, meinte Lucas und überlegte dabei, daß Anna-Marie gewiß nicht imstande war, einen Sachverhalt ruhig zur Kenntnis zu nehmen, wenn sie glaubte, daß jemand sie durch üble Machenschaften ihres rechtmäßigen Eigentums beraubt habe. Plötzlich rief er: »Schauen Sie – ist sie das dort nicht?«

Sie blickten zum Haus zuürck.

Bei Tageslicht sah Schloß Mitternacht aus wie eine klotzige graue Masse, erbaut aus dem hellen Gestein des Grimshead Moor, das weder Regen noch Wind dunkler erscheinen lassen konnte. Selbst das heftigste Unwetter bleichte die fahle, glatte Oberfläche geradezu noch mehr, so daß das Haus aus der Ferne aussah, als sei es von demselben Rauhreif überzogen, der über dem frostigen Park lag. Das Dach sah bedenklich schadhaft aus; viele Ziegel hingen schief, und die meisten der Fenster gähnten schwarz und zerbrochen.

Jetzt zeichnete sich vor dieser großen, bleichen Masse ein kleines, schwarzes Objekt ab, das langsam auf sie zukam.

»Armes Kind... es muß hier alles so fremd sein für sie«, murmelte Mr. Oakapple und ging ihr entgegen. Lucas folgte ihm ein wenig langsamer. Aber sie hatten noch nicht die halbe Entfernung zwischen sich und der schwarzgekleideten Anna-Marie zurückgelegt, da erschien aufgeregt und mit rotem Gesicht Mrs. Gourd in der Tür, durch welche das Kind entwischt war, und lief hinter ihr her.

»Miss! Miss!« hörten sie die Stimme der Haushälterin. »Kommen Sie sofort zurück! Sie dürfen nicht allein nach draußen!« Anna-Marie ignorierte den Befehl und marschierte entschieden weiter.

»Miss! Werden Sie wohl sofort zurückkommen!«

Da erblickte Mrs. Gourd Mr. Oakapple und Lucas. Ihr Gesicht hellte sich auf. »Oh, Mr. Oakapple! Sie habe ich gerade gesucht, als diese kleine Dame weglief. Sie werden im Arbeitszimmer des Herrn verlangt. Der Herr von der Steuerbehörde ist schon wieder da, und Sir Randolph ist schier außer sich. Er will die Fragen des Herrn nicht beantworten, und ein Tintenfaß hat er auch schon nach ihm geworfen. Könnten Sie wohl kommen?«

»Ach... na, gut.« Mr. Oakapple zeigte keine große Begeisterung für die bevorstehende Unterredung. Er brummte etwas in sich hinein, das wie ein saftiger Fluch klang, dann wandte er sich an Lucas: »Für den Rest des Vormittags ist dir der Unterricht erlassen. Du könntest... Am besten, du führst Anna-Marie ein bißchen herum und zeigst ihr alles und findest etwas, das ihr Spaß macht.«

»Ja, das ist eine gute Idee.« Die Haushälterin stimmte dem Vorschlag voll und ganz zu, denn er erlöste sie von ihrer schwierigen Aufsichtspflicht. »Sie passen aber gut auf sie auf, ja, Master Lucas? So ein quirliges kleines Ding!« hörte er sie mit gedämpfter Stimme zu seinem Lehrer sagen, als die beiden sich zum Haus zurückwandten. »Man kann rein gar nichts mit ihr anstellen. So eigensinnig! Renitent! Und dann spricht sie auch noch keinen Ton ordentliches Englisch!«

Lucas betrachtete voller Abscheu, was ihm da an Verantwortung aufgebürdet worden war. Anna-Marie erwiderte seinen Blick mit vorgeschobener Unterlippe. Dann zog sie die Schultern in die Höhe, drehte sich um und stapfte, so schnell sie konnte, auf den Kamm der Anhöhe zu. Sie konnte wegen ihrer Kleider nicht allzu schnell gehen. Irgend jemand hatte sie ganz in Schwarz ausstaffiert – schwarzer Hut, schwarzes Kleid, schwarzer Unterrock, schwarze Strümpfe. Aber alles war ihr viel zu groß. Dauernd rutschte ihr der Hut über die Augen. Der Unterrock baumelte unter dem Kleid hervor, und die Jacke schlotterte ihr um die Waden und hinderte sie beim Gehen. Die viel zu weiten Strümpfe rutschten unentwegt hinunter, und alle paar Schritte mußte sie stehenbleiben und sie ungeduldig wieder hochziehen. Es war nicht schwierig für Lucas, sie einzuholen. Aber als er sie erreicht hatte, fuhr sie mit ihrer kleinen Faust im schwarzen Handschuh auf ihn los und schrie: »Weg! Geh weg! Ich will dich nicht!«

»Wirst dich schon mit mir abfinden müssen!« antwortete Lucas ärgerlich. Er sah, daß ihr blasses Gesicht unter dem breiten, schwarzen Hutrand wieder von Tränen verschmiert war. »Entweder ich oder Mrs. Gourd.«

»*Hein*? Diese Frau? Ich mag sie nicht. Sie riecht nach Niesen.«

»Nach was?«

»Niesen«, wiederholte sie ungeduldig auf französisch. »Wenn man immer ›Hatschii‹ macht!«

Verblüfft und stirnrunzelnd lief Lucas neben ihr her.

»Wo gehst du eigentlich hin?« fragte er schließlich.

»Ich gehe weg. Hier will ich nicht bleiben. Mir gefällt es nicht.«

»Aber du kannst nicht weg. Du hast kein Geld. Wie willst du aufs Schiff kommen?«

»Oh, sei still. Ich will nicht mit dir reden!«

Sie zog eine kleine Porzellanpuppe aus der großen Tasche ihrer viel zu weiten Jacke, wiegte sie in den Armen und trottete stur weiter. Lucas blieb wohl oder übel neben ihr. Sie einfach aufzuheben und zurückzutragen, dazu war sie zu groß, und er scheute sich, sie gegen ihren Willen an der Hand zurückzuzerren. So gingen sie denn notgedrungen gemeinsam weiter. Und plötzlich mußte Lucas daran denken, daß Anna-Maries Vater wahrscheinlich noch immer hier leben würde, wenn er nicht diese unbedachte Wette eingegangen wäre. Und dann wäre Anna-Marie hier geboren, und alles dies hier wäre ihr Zuhause. Vielleicht hätte sie dann Brüder und Schwestern zum Spielen gehabt. Sir Randolph jedenfalls gäbe es hier nicht. Und ich wäre auch nicht hier. Wie ungeheuerlich, daß ein Dutzend Worte, im Zorn gesprochen, so viel nach sich ziehen konnten, daß sie wie eine Flutwelle oder ein Erdbeben das Leben von Menschen in fernen Ländern aus der Bahn werfen konnten, von Menschen, die noch nicht einmal geboren waren, als jene Worte gesprochen wurden.

»Wie alt bist du, Anna-Marie?« fragte er darum in einem freundlicheren Ton.

»*J'ai huit ans.*«

»Acht Jahre. Du siehst nicht so alt aus.«

»Ich bin eben klein«, sagte sie würdevoll. »Meine Mutter war auch klein, sagt man. Ist doch nichts dabei, wenn man klein ist.«

»Nein, natürlich nicht.«

»Napoléon war auch klein. Und der war ein großer Mann. Er hat die Engländer in vielen Schlachten geschlagen.«

»Aber am Ende haben sie ihn geschlagen«, versetzte Lucas unüberlegt.

Sie fuhr herum und sah ihn mit blitzenden Augen an, das Gesicht rot vor Wut. »Geh sofort weg! Ich habe dich nicht gebeten, mit mir zu gehen. Ich will dich nicht bei mir haben!«

»Ach komm, sei nicht dumm«, sagte er gereizt. »Du bist zu klein, allein unterwegs zu sein.«

»Ich bin nicht zu klein!!« schrie sie in äußerstem Zorn, stampfte mit dem Fuß auf, stolperte aber dabei über einen hervorstehenden Zacken auf dem steinigen Boden und fiel hin – ein wirres Bündel schwarzer Kleider. Der Hut fiel ihr vom Kopf und rollte den Hang hinunter. Achselzuckend setzte Lucas ihm nach.

Als er wieder zurückkam, sah er, daß Anna-Marie keine Anstalten gemacht hatte aufzustehen. Sie lag noch so da, wie sie gefallen war, weinte bitterlich und preßte das Gesicht in ein Büschel braunen, reifüberzogenen Grases. Die halbe Puppe hielt sie fest an die von Schluchzen geschüttelte Brust gedrückt; die Beine lagen, in drei Stücke zerbrochen, ringsum verstreut.

O nein! dachte Lucas. Das hatte gerade noch gefehlt. Was jetzt? Er setzte sich neben sie ins Gras und sagte nichts, denn ihm fiel nichts ein, was er hätte sagen können.

Anna-Marie weinte weiter. Nach einiger Zeit verebbten ihre Schluchzer zu einem Japsen alle paar Minuten; dann wurden die Abstände länger, und schließlich war sie still. Das Zucken der

Schultern hatte aufgehört. Sie lag so still, daß Lucas schon fürchtete, sie sei eingeschlafen.

»He, Anna-Marie!« sagte er schließlich besorgt. »Du darfst hier draußen nicht einschlafen. Es ist zu kalt. Du wirst erfrieren.«

»Ist mir doch egal«, murmelte sie kaum verständlich in das Grasbüschel hinein. »Dann komme ich in den Himmel und sehe, wie Papa mit den Engeln Trompete bläst.«

»Ach, sei nicht albern!« fauchte er sie an. »Du kannst hier nicht liegenbleiben, bis du stirbst! Los, komm! Es tut mir leid, daß deine Puppe zerbrochen ist. Wir gehen jetzt zum Haus und suchen Garridge in den Ställen und bitten ihn um ein bißchen... Gelee« – ihm fiel das französische Wort für Kleber nicht ein –, »dann können wir das vielleicht reparieren.«

»*Sie,* nicht das! Und man klebt auch nicht Sachen mit Marmelade, du Dummer!«

Immerhin setzte sie sich jetzt hin und wandte Lucas ein von schwarzer Erde und Tränenspuren verunziertes Gesicht zu. Er zog sein Taschentuch heraus und wischte ihr die Wangen ab, nicht eben sonderlich zart. Sie entzog sich seinem energischen Griff und sammelte schniefend die zerbrochenen Teile der Puppenbeine zusammen. Ihre Lippen zitterten schon wieder, und ein abgrundtiefer Seufzer schüttelte sie von Kopf bis Fuß, aber für den Augenblick hatte sie all ihre Tränen restlos vergossen.

»Gut«, sagte Lucas, »komm jetzt.«

»Ich will aber nicht kommen.« Sie blieb trotzig stehen.

»Oh, um Himmels willen!« Er blickte sich verzweifelt um in dem überfrorenen, menschenleeren Park mit dem stummen Haus in der Ferne. Der Himmel hatte sich wieder bezogen zu seinem gewohnten, bleiernen Grau. Ein kalter Wind machte ihm Gesicht und Finger allmählich taub. Ihm war, als wären sie schon entsetzlich lange hier draußen. »Hör mal, ich erzähl dir beim Heimgehen auch eine Geschichte... von Greg.« Er nahm ihre Hand und zog sanft daran.

»Wer ist Greg?« Mit langsamen, zögernden Schritten kam sie hinter ihm her.

»Greg ist ein Junge, der reitet auf einem großen, schwarzen Pferd, das Sultan heißt. Und er besteht eine Menge Abenteuer. Ich erzähl dir mal, wie er mit einem Drachen kämpfte.«

»Ich will das nicht hören. Ich mag keine Jungen«, sagte Anna-Marie ungnädig. »Erzähl mir von einem *Mädchen,* das Abenteuer besteht.«

»Mädchen bestehen keine Abenteuer.«

»Doch, tun sie doch! Genauso viele wie Jungen!«

»Mädchen bleiben zu Hause und nähen«, fing Lucas an, aber da blitzte plötzlich und unvermittelt vor seinem inneren Auge das Bild der kleinen Fusselgreiferin in der Spinnerei auf, wie sie dort gestern unter die riesige, herabfahrende Presse geflitzt war, um mit ihrer Metallzange einen Baumwollflusen aufzugreifen. Und ein zweiter, noch merkwürdigerer Gedanke schoß ihm durch den Kopf: Wenn Anna-Maries Vater nicht diese wilde Wette abgeschlossen hätte, dann besäße dieses Kind hier neben ihm die Teppichfabrik, und sie wäre die Arbeitgeberin all der Leute darin, auch der Fusselgreiferin.

»Erzähl mir eine Geschichte von einem Mädchen«, beharrte Anna-Marie, blieb stehen und zerrte an der Hand, die die ihre umklammert hielt. »Ich komm nicht mit, wenn du's nicht tust.«

»Also... na schön. Es war einmal... *il était une fois une jeune fille...* ein Mädchen, das war eine Fusselgreiferin.«

Er benutzte das englische Wort, denn er wußte nicht, wie es auf französisch heißen würde, und sofort fragte Anna-Marie: »Was ist denn das?«

»Sie arbeitete in einer Fabrik.« Lucas war stolz, daß ihm das Wort *usine* einfiel. »In einem großen Haus, wo Teppiche gemacht werden.«

»Wie sah es darin aus?«

So gut er konnte, mit vielen Gesten, beschrieb Lucas die

Spinnerei: ihre großen Maschinen, den Lärm, den Wirrwarr, die Schwärze, den Qualm, die sirrenden Räder, die Hitze, die Gefahr – das ganze Durcheinander.

»Aber was machte das Mädchen da? Wie hieß sie?«

»Überlegen wir mal. Ihr Name war Mary«, sagte er dann und benutzte den Namen seiner Mutter, weil es der erste war, der ihm in den Sinn kam.

»Nein, stimmt nicht, sie hieß Michèle.«

»Wenn du willst. Jeden Tag stand Michèle auf den Stufen und wartete darauf, Baumwollflusen auflesen zu müssen, die auf dem Teppich haften geblieben waren. Oder Schmutzklümpchen.«

»Gut. Und was passierte?« fragte Anna-Marie ungeduldig, als Lucas eine Pause machte.

Er zerbrach sich den Kopf. Ja, *was* passierte?

»Sie brachte sich jeden Tag in einem roten Baumwolltuch ihr Essen mit zur Arbeit«, improvisierte er, um Zeit zu gewinnen.

»Was hatte sie denn zu essen?«

»Braunes Brot und kalten Speck.«

»Und Kirschen.«

»Sehr richtig. Und dann eines Tages...«, fuhr Lucas fort, und plötzlich drehten sich die Rädchen der Geschichte in seinem Kopf wie von selbst, denn er entsann sich der Szene im Eichenzimmer gestern abend. »Ich hab ganz vergessen, dir zu erzählen, daß das Mädchen, das Michèle hieß, einen zahmen Vogel in einem Käfig besaß, einen gelben Vogel...«

»*Un canari*... wie der, den Madame mir geschenkt hat...«

»*Oui, un canari*... und dieser Kanarienvogel mochte Kirschen so gern, und eines Tages, als Michälle ihr Essen zurechtmachte, sah der Vogel, wie sie Kirschen in ihr Bündel packte. Da zerrte und zerrte er mit seinen Krallen an der Käfigtür, und schließlich bekam er sie auf, und er flog hinter Michèle her, die ganze Straße entlang und durch das Tor der Fabrik, wo sie arbeitete, und zuguter Letzt setzte er sich auf ihre Schulter, gerade, als sie bei der großen Presse auf dem Sprung stand. Und als sie losflitzte unter die Presse, um einen Fussel zu greifen, da flog der Vogel ihr nach.«

»*Ciel!*« Anna-Marie klammerte sich vor Angst mit beiden Händen an Lucas' Arm. »Und was passierte?«

»Oh...« Die Inspiration ließ ihn erneut im Stich. »Da aber blickte Michèlles gute Patenfee von oben herunter und sah, was geschah...«

»Nein, tat sie nicht, du Idiot! So was wie eine gute Patenfee gibt es nämlich gar nicht.«

»Das ist ja schließlich meine Geschichte, und ich denke sie mir aus. Und wenn ich darin eine gute Patenfee vorkommen lasse, dann laß mich gefälligst!«

»Dann hör ich eben nicht zu.« Sie zog ihre Hand aus der seinen und stopfte sich die Finger in die Ohren. »Gute Patenfeen sind nichts als dummes Zeug und Aberglaube. Wenn es wirklich so was gäbe wie eine Patenfee, dann würde meine herkommen und mich hier wegholen. Was passierte nun wirklich mit Michèles Vogel?«

Es lag ihm auf der Zunge, zu sagen: »Die Presse fuhr herunter und quetschte ihn platt«, aber wie sie ihn so ängstlich von unten her ansah, fast wie das Vögelchen selbst, auf Krumen hoffend, da schlug ihm das Gewissen, und er blickte sich hilfesuchend nach neuen Ideen um.

Sie waren nicht auf das Haus zugewandert, sondern eher von ihm fort, und jetzt hatten sie die Ecke des Parks erreicht, die der Stadt am nächsten lag. Hier verbarg ein Baumgürtel die hohe Mauer den Blicken, und vor den Bäumen erhob sich ein kleiner, künstlicher Hügel. Oben auf dem Hügelchen war ein winziger, dornentragender Baum gepflanzt, und unten bei seinen Wurzeln lagen zwei Felsblöcke zu beiden Seiten einer dunklen Öffnung – einer Erdspalte gleichsam – in der Wölbung der künstlichen Kuppe.

»Die Teppichfabrik, in der Michèle arbeitete«, fuhr Lucas fort, als sie weitergingen, an dem kleinen Hügel vorüber, »lag am Fuße eines riesig hohen Berges, so hoch, daß sein Gipfel fast immer von Wolken verhüllt war.«

Sie kamen an der klaffenden Öffnung des Hügels vorbei, in welcher, wie Lucas wußte, sich eine Tür befand. Aber drinnen war er niemals gewesen.

»Der Kirschbaum, von dem Michèle immer ihre Kirschen pflückte, stand ganz oben auf diesem hohen Berg…«

»Eh bien?«

»Nun, als Michèle an jenem Morgen ihre Kirschen pflückte, da stieß sie einen kleinen Stein an. Der rollte langsam den Berghang hinunter, näher und näher auf einen schroffen Felssturz zu, bis er auf dem äußersten Rand der Klippe zu liegen kam. Aber der Wind blies heftig, und der Stein fiel über den Rand der Felswand. Er fiel in die Tiefe und setzte eine Menge anderer Steine in Bewegung, und sie alle stürzten tosend den Berghang hinunter.«

»Une avalanche, alors! Et puis?«

»Die Steinlawine donnerte talwärts bis dorthin, wo die Fabrik stand.«

»Und zertrümmerte sie?«

»Na ja, nicht ganz«, sagte Lucas. »Aber die Steine gerieten in die Maschinen und brachten sie zum Stehen. So stoppte auch die Presse auf halbem Wege nach unten, und Michèles Kanarienvogel war gerettet.«

»Und flog wieder auf ihre Schulter, und sie gab ihm eine Kirsche aus ihrem roten Bündel«, ergänzte Anna-Marie voller Zufriedenheit. »Ich glaube, ich lasse meinen Kanarienvogel auch frei. Es macht mich so traurig, ihn im Käfig zu sehen.«

Lucas machte schon den Mund auf, um zu sagen: ›Nein, tu das lieber nicht, er wird vor Kälte sterben oder von einem Falken gefangen‹, aber dann beschloß er abzuwarten. Vielleicht vergaß sie diesen plötzlichen Einfall wieder. Denn mittlerweile blickte sie ein wenig heiterer drein, sie schwang beim Gehen seine Hand wie ein Pendel hin und her und verfiel von Zeit zu Zeit in kleine Hüpfer. Es hatte doch keinen Sinn, sie wegen einer Kleinigkeit neuerlich zu beunruhigen.

Sie gingen seitlich um das Haus herum und betraten den Stallhof, denn Lucas dachte, Anna-Marie würde vielleicht gern sehen, was an Pferden noch übriggeblieben war.

Garridge war gerade dabei, Noddy zwischen die Deichselarme des Zweisitzers zu bugsieren. Als sie auf ihn zutraten, kam soeben Mr. Oakapple aus dem Haus. Er trug einen umfangreichen Packen Papiere bei sich und machte einen gequälten Eindruck.

»Da seid ihr ja«, sagte er zu Lucas. »Ich muß nach Blastburn hinunterfahren und diese Unterlagen zur Steuerbehörde bringen. Du könntest eigentlich gleich mit mir mitkommen und deinen zweiten Besuch in der Spinnerei absolvieren. Auf dem Rückweg hole ich dich dort wieder ab.«

»*Et moi?*« fragte Anna-Marie. »Was wird aus mir?«

»Garridge bringt dich nach drinnen zu Mrs. Gourd«, sagte Mr. Oakapple auf französisch zu ihr.

»Ich gehe aber nicht mit dem Mann!« sagte Anna-Marie hochmütig. »Der riecht nach schmutzigem Stroh, und außerdem mag ich sein Gesicht nicht. Ich komme mit euch.«

»Auf keinen Fall. Der Ort, wo wir hingehen, ist ganz und gar nicht passend für dich«, wandte Mr. Oakapple hastig, aber ohne rechte Überzeugung ein.

Lucas sah schon kommen, daß Anna-Marie ihren Willen bekommen würde, und das tat sie auch, indem sie sich nämlich störrisch weigerte, ins Haus zu gehen und schließlich glattweg in den Zweisitzer kletterte, sich dort hinsetzte und es niemandem ratsam erscheinen ließ, sie dort wieder herunterzuholen.

»Sie sollte wohl lieber eine Decke kriegen«, meinte Garridge, der die Szene schweigend und mit leicht höhnischem Ausdruck verfolgt hatte. Er förderte eine muffig riechende Wagendecke zutage, wickelte Anna-Marie darin ein und brummte dabei: *»Die* ist ein rechter Span vom alten Holz, die! Das sieht man gleich.«

»Qu'est-ce qu'il dit?« fragte Anna-Marie, als sie losfuhren.

»Er sagt, du ähnelst deinem Vater, der hier im Hause lebte, als er ein Junge war.«

Mr. Oakapple seufzte, warf einen Blick auf Anna-Marie, als überlege er, ob sie wohl außer ihres Vaters Halsstarrigkeit auch dessen Fähigkeiten geerbt hätte.

Drüben lag in einiger Entfernung zu ihrer Rechten der kleine Hügel mit dem Dornbaum obendrauf und der Öffnung in der Seite.

Anna-Marie betrachtete ihn neugierig, als sie wieder daran vorbeikamen und wollte wissen: »Ist das eine Höhle? Wer lebt da drin?«

»Eine Hexe...« fing Lucas an, aber Mr. Oakapple unterbrach ihn stirnrunzelnd. »So ein Unsinn. Laß mich nicht noch einmal hören, daß du das Kind mit solchen Geschichten ängstigst.«

»Aber Bob, der Reitknecht, hat das immer gesagt. Eine alte Frau, die immer nur im Dämmerlicht rauskommt...«

»Dann hat Bob, der Reitknecht, eine Menge Unsinn geredet, und ich bin bloß froh, daß er nicht mehr hier ist. Diese Höhle war früher mal ein Eishaus«, erklärte Mr. Oakapple Anna-Marie. »Es ist auch keine richtige Höhle, sondern sie wurde von deinem Großvater gebaut.«

Lucas schwieg stille und hielt es für besser, nicht zu sagen, daß er selbst ein- oder zweimal etwas gesehen hatte, das sich von ferne ausnahm wie die Gestalt einer alten, ganz in Grau gekleideten Frau, die in das Eishaus schlüpfte. Was sollte das wohl anderes gewesen sein, als eine Hexe? Aber er wußte schon, daß Mr. Oakapple das als bloße Einbildung abtun würde, noch dazu höchst ungeeignet für Anna-Maries Ohren.

»Was ist ein Eishaus?« wollte Anna-Marie wissen.

»Als dein Großvater jung war, pflegte er große Feste zu veranstalten, und alle Gäste tranken Wein und aßen Eispudding. Im Winter, wenn der Teich an der anderen Seite des Parks dick zugefroren war, schickte dein Großvater immer Leute mit Äxten und Karren hin, die das Eis kleinschlagen und dort in der Höhle verstauen mußten. Da blieb es dann gefroren, den ganzen Sommer hindurch.«

»Und sie konnten immer hingehen, wann sie wollten, sich ein bißchen davon holen und es um ihren Pudding legen?«

»Ich nehme an, ja«, sagte Mr. Oakapple. »Ich weiß nicht so genau, wie man Eispudding macht.«

»Aber *ich* weiß es. Man nimmt Eier und Sahne und Zucker und Zitrone und schlägt es alles zusammen. Und die Schüssel stellt man dabei in eine Wanne mit Eis, und dann schlägt und schlägt und schlägt man. Madame Hortense, die in der Auberge du Cheval Blanc kocht, hat es mir oft gezeigt«, erzählte Anna-Marie triumphierend.

»Ja, ja, wird wohl so sein.« Der Lehrer schien ein wenig gelangweilt. »So, hier sind wir schon an der Spinnerei. Ich lasse euch beide bei Mr. Smallside, und in einer Stunde oder so komme ich auf dem Rückweg vorbei und hole euch wieder ab.«

»Kann Anna-Marie nicht mit Ihnen gehen?« fragte Lucas mit gedämpfter Stimme, aber Mr. Oakapple schüttelte den Kopf.

»Es ist ganz und gar unmöglich, sie ins Kontor des Steuerinspektors mitzunehmen.«

Lucas fand, es sei geradeso unmöglich, Anna-Marie auf den Rundgang durch die Fabrik mitzunehmen. Es war schon schlimm genug gewesen, mit Mr. Oakapple die Runde zu machen und all den feindseligen, neugierigen oder hohnlächelnden Blicken der Arbeiter ausgesetzt zu sein und obendrein Scatcherds kaum verhohlenen Spott zu ignorieren, aber mit der kleinen Anna-Marie würde es noch viel schlimmer werden. Er würde auf ihren Status reduziert werden, man würde auch ihn als Kind betrachten.

Aber er hatte gar keine Wahl. Mr. Oakapple hielt vor der Tür von Smallsides Kontorhäuschen, hob Anna-Marie vom Wagen, wartete kurz, bis Lucas abgestiegen war, setzte zügelklatschend die Stute wieder in Gang und fuhr davon.

In dem Augenblick, als Lucas den Fuß in Mr. Smallsides kleines Kontor setzte, beschlich ihn wieder jenes prickelnde Gefühl drohenden Unheils, das ihn in den letzten Tagen so oft – und scheinbar ohne Grund – befallen hatte. Er hätte auch jetzt kaum sagen können, wodurch das Gefühl ausgelöst wurde. Mr. Smallside redete auf der anderen Seite des Raumes mit leiser Stimme auf einen großen, schwarzhaarigen Mann ein. Die beiden hatten die Köpfe dicht zusammengesteckt.

»Wenn es zu einem Streik kommen sollte, wem kann man dann trauen?« hörte Lucas Mr. Smallside leise fragen. Sein bleiches, seifiges Gesicht hatte einen noch stärkeren Stich ins Gelbliche als am vorangegangenen Tag.

»Noakes und Goadby sind zuverlässig«, erwiderte der große Mann im gleichen Ton. »Aber Bludward, dem trau ich nicht weiter über den Weg, als ich ihn in seinem Rollstuhl schubsen kann.«

»Und bei den beiden anderen bist du sicher?«

»Für die verbürg ich mich.«

»Dann sag ihnen, sie sollen in der Nähe vom Fabriktor bleiben, damit sie sofort die Bolzen vorschieben können, sobald der letzte der Schicht raus ist. Irgendwas liegt in der Luft in den Werkhallen, was mir gar nicht gefällt. Da kommt Böses auf uns zu, so wahr ich Bertram Smallside heiße. Ich habe nach den Dragonern geschickt, aber weiß der Himmel, wie lange es dauert, bis die kommen.«

»Ein Streik ist ja auch nicht die einzige Möglichkeit von Unheil.«

Beide Männer blickten sich bei diesen Worten nervös über die

Schulter um, und da erst sah Mr. Smallside Lucas und Anna-Marie. Mit sichtlicher Anstrengung faltete er sein Gesicht zu jenem schmeichlerischen Lächeln, das Lucas schon am Tag zuvor so widerwärtig gefunden hatte.

»Was für eine Überraschung!« sagte er mit falscher Herzlichkeit. »Der junge Master Bell und eine junge Dame. Man stelle sich das vor!«

»Ich komme zu meiner Unterweisung«, sagte Lucas steif. Er kam sich blöde vor, das sagen zu müssen, besonders, weil Mr. Smallside ihn ganz offensichtlich überhaupt nicht erwartet hatte und sein Erscheinen entschieden lästig fand.

»Ach? Wirklich? Also... ist es denn zu glauben?« faselte Smallside mechanisch drauflos, als sei er in Gedanken mit etwas völlig anderem beschäftigt und könne sich überhaupt nicht auf Lucas konzentrieren.

Der schwarzhaarige Mann richtete eine Frage an ihn, so leise, daß sie nicht zu verstehen war.

»Der junge Master Bell, oben vom Schloß«, erwiderte Smallside. Auch das hätte Lucas kaum verstanden, wenn nicht sein Name gefallen wäre. Der andere Mann wirkte äußerst schockiert und machte eine Geste, als schlösse er eine Tür.

»Bedauerlicherweise«, wandte sich Mr. Smallside aalglatt wieder an Lucas, als habe er die ganze Zeit nur mit ihm geredet, »höchst bedauerlicherweise käme es uns sehr ungelegen, wenn Sie gerade heute hier herumlaufen würden. Zumal dieser junge Bursche, der Scatcherd, wissen Sie, nicht verfügbar ist.«

»Vielleicht könnte jemand anders...«

»Und... und auch noch aus anderen Gründen scheint mir heute nicht der rechte Zeitpunkt für eine Besichtigungstour junger Damen und Herren zu sein. Vielleicht an einem anderen Tag.«

Lucas war empört über Mr. Smallside, der ja geradezu tat, als sei sein Besuch in der Spinnerei eine vergnügliche Unterhaltung, die er Lucas freundlichst gewährte oder nicht gewährte, statt der professionellen Unterweisung, als die er gedacht war.

»Ich fürchte, *uns* kommt es sehr ungelegen, jetzt gleich wieder zu gehen«, erwiderte er daher ziemlich schroff.

»Junge Damen und Herren müssen eben lernen, daß das, was ihnen gelegen kommt, manchmal nicht das Wichtigste auf der Welt ist«, versetzte Mr. Smallside, unentwegt lächelnd.

»Wer ist der Mann? Was sagt er?« wollte Anna-Marie wissen. Ihr wurde es langweilig, in der Tür des Kontors herumzustehen, und sie blickte sich ungeduldig um.

Die beiden Männer blickten ziemlich verdutzt drein, sie französisch reden zu hören.

»Ist die junge Dame eine ausländische junge Dame?« fragte Mr. Smallside.

»Isch bin Mies Anna-Marie Murgatroyd«, sagte Anna-Marie mit ihrer gewohnten Würde.

»Murgatroyd!« Der schwarzhaarige Mann riß die Augen auf bei diesem Namen. »Gehört sie etwa irgendwie zur Familie des alten Sir Quincy? Ich dachte immer, von denen sei keiner übriggeblieben.«

»Sie ist seine Enkeltochter. Sie hat bisher in Frankreich gelebt«, erklärte Lucas.

»Und jetzt ist sie hergekommen und wohnt oben im Schloß?« fragte Smallside. Lucas nickte.

»Wenn die Leute wüßten, daß Sir Randolph die Kleine bei sich aufgenommen hat… überleg mal…« meinte der schwarzhaarige Mann zweifelnd.

»Nee, nee, es ist schon so viele Jahre her, daß Sir Quincy tot ist. Du kannst die Uhr nich zurückstellen«, entgegnete Smallside. »Ganz abgesehen davon, daß ja auch Sir Quincy selbst ein reichlich schlechter Herr und Meister war. Nein, die Männer sind in einer unberechenbar explosiven Verfassung, daran wird auch der bloße Anblick eines Kindergesichtes nichts ändern.« Wenigstens wirkte er jetzt endlich einmal weder von oben herab noch servil, sondern lediglich erschöpft und nüchtern, und sein Akzent war plötzlich viel breiter als vorher. »Nee, dat is hier kein Platz für Kinder, junger Master und kleene Miss. Ihr müßt hier weg, bloß weg, und zwar auf dem schnellsten Weg. Dat is allens.«

Er machte eine scheuchende Geste mit den Händen und drängte sie aus seinem kleinen Kontor auf den Fabrikhof hinaus.

Lucas hatte beobachtet, daß sehr viele Arbeiter, sowohl Männer als auch Frauen, anscheinend ihre Arbeit im Stich gelassen und sich an einer Seite des großen Hofes versammelt hatten. Dort bildeten sie eine murrende Menschenmenge, die unruhig gleichsam hierhin und dorthin wogte, je nachdem, wie sich Leute hinzugesellten oder von ihr wegstrebten. Auf einem Wolleballen stand ein Mann und redete zu denen, die ihm am nächsten standen. Lucas erkannte in ihm Scatcherd, aber verstehen konnte er nicht viel von dem, was er sagte.

Ein paar der Leute wandten sich um und warfen neugierige oder auch feindselige Blicke auf Lucas und Anna-Marie, als Smallside sie zum Fabriktor hinüberscheuchte.

Verägert über diese Art, genötigt zu werden, blieb Lucas nun extra stehen und schnappte ein paar Sätze von Scatcherds erregter Ansprache auf. »Ja, Freunde, so sieht es also jetzt aus: Sir Randolph hat beschlossen, unsere Löhne um die Hälfte zu kürzen. Was machen wir jetzt, he? Kuschen und es hinnehmen?«

Aus der Menge erscholl als Antwort ein grollendes Gemurmel.

Anna-Marie und Lucas gingen durch das große Tor, Smallside immer hinter ihnen her.

»Was machen wir denn jetzt am besten?« meinte Lucas mehr zu sich selbst.

»Machen? Na, gehen Sie nach Hause, auf dem schnellsten Weg«, sagte Smallside kurz angebunden. »Sie haben doch Beine, wie? Sie können von Glück sagen, daß Sie mit heiler Haut davongekommen sind...«

Keine Spur mehr von seiner schmeichlerischen Servilität. Er machte kehrt, ging in den Fabrikhof zurück und verdrängte sie offenbar augenblicklich aus seinen Gedanken.

Lucas fühlte sich innerlich gekränkt. Seine Frage war ja nicht für Mr. Smallside bestimmt gewesen.

»Es müssen fast fünf Kilometer sein bis nach Hause, und fast alles bergauf«, sagte er zu Anna-Marie. »Kannst du so weit laufen?«

»Nicht in diesen Schuhen«, antwortete sie entschieden. »Die sind mir zu klein geworden, und sie sind überhaupt nicht bequem... *pas du tout, pas du tout!*«

»Dann fragen wir am besten nach dem Weg zur Steuerbehörde und machen Mr. Oakapple ausfindig. Der wird wohl noch eine ganze Weile dort sein. Außerdem glaube ich, es wird bald regnen.«

Jegliche Erinnerung an den klaren Vormittag war vergangen. Düster lastete der Tag über der Stadt. Blastburn war schon in guten Zeiten kein anheimelnder Ort, jetzt aber, in diesem verhangenen Zwielicht, schien es allenfalls als Unterschlupf für Trolle und Kobolde geeignet. In den kopfsteingepflasterten Gassen flackerten Gaslichter, und die Fußgänger tauchten aus einer nebulosen Verschwommenheit hervor, halb Rauch, halb Dunkelheit, und verschwanden auch wieder darin.

»Können Sie mir den Weg zur Steuerbehörde sagen?« fragte Lucas einen Mann.

»Nee, das is kein Platz nich, wo's mich hinzieht«, antwortete der wenig hilfreich und setzte seinen Weg fort.

Aber ein anderer sagte, er glaube, das sei in der Nähe des Rathauses... »Die Micklegate runter, am Gefängnis vorbei, denn links rum, wenn ihr das Arbeitshaus seht, dann an der Verrücktenanstalt lang und an den Lagerschuppen und am Tauchstuhl, dann über den Marktplatz rüber in die Brass Gate, und da stoßt ihr dann direkt drauf.«

Gestikulierend wies er die breite Straße hinunter, in der sie standen.

Dennoch stellte sich nach einer ganzen Strecke in dem dichter werdenden Nebel heraus, daß sie irgendwo falsch abgebogen sein mußten, denn statt auf den Marktplatz zu gelangen, fanden sie sich zwischen engen, schäbigen Gassen wieder, durch die keinesfalls ein Wagen hätte fahren können; selbst zu Fuß war es schwierig genug, nicht in die ekelhafte Gosse zu rutschen, die in der Mitte des Gäßchens dahinfloß.

»Ich mag die Luft hier nicht«, sagte Anna-Marie und zog die Nase kraus. »Hier riecht es nach Käse, der schlecht geworden ist.«

Es roch sogar schlimmer als das zwischen den verwahrlosten, kleinen Häusern mit den ekligen Abfallhaufen vor jeder Tür, und Lucas begann, sich um Anna-Marie Sorgen zu machen. Er hoffte bloß, daß sie sich in diesem Elendsquartier nicht irgendwelche Krankheiten aufschnappte. Er hätte gern noch einmal nach dem Weg gefragt, aber er traute sich nicht, denn es traf sie manch ein unfreundlicher Blick von den in ihre Schultertücher gehüllten Frauen auf den Türschwellen und von den Männern in Holzpantinen, die an den Ecken herumlungerten.

Aber verirrt hatten sie sich nun mal. Mit jedem Abbiegen gerieten sie anscheinend nur tiefer in das Netz des Labyrinths.

Endlich erblickte Lucas eine Frau, deren Gesicht ihm irgendwie bekannt vorkam – im Augenblick kam er nicht darauf, woher, aber er wußte, er hatte es erst kürzlich gesehen –, auf jeden Fall sah es freundlich aus, wenn auch traurig. Er ging entschlossen auf sie zu und packte dabei Anna-Maries Hand fester, denn sie neigte dazu, herumzutrödeln und sich umzugucken.

Ehe er jedoch die Frau erreichte, auf die er zustrebte, trat eine Freundin auf sie zu, und alsbald waren sie in ein Gespräch vertieft. Lucas blieb zögernd stehen, einerseits in dem Gefühl, es wäre unhöflich, sie zu unterbrechen, andererseits jedoch ungeduldig, nach dem Weg zu fragen, ehe es zu spät wurde, ehe Mr. Oakapple seine Geschäfte in der Steuerbehörde erledigt hätte und sich auf den Heimweg machte.

Die beiden Frauen unterhielten sich mit leiser Stimme.

»Ach du, tut mir ja wirklich leid, daß ich dir nicht helfen kann, Bess. Würd ja gern das Kleine zu mir nehmen, wirklich gern und ohne mit der Wimper zu zucken, wenn es nur um mich ginge, aber da ist doch mein Alter. Weißt ja, der ist ein Säufer, und wenn der 'n Tropfen getrunken hat, dann schimpft er, daß wir doch schon selber so viele Mäuler zu stopfen haben und daß er mir jeden Knochen im Leibe zerbricht, wenn ich noch eins anschleppe...«

»Mach dir nichts draus, Annie, Liebe. Ich weiß doch, du tät'st es, wenn du könntest. Ich würd's ja mit mir nehmen, das Wurm, aufs Schiff, aber man sagt mir, die Kleinen sterben wie die Fliegen auf diesen Überfahrten. Hab schon Angst um Sue, daß sie Van Diemans Land nie lebend sehen wird.«

»Ach Bess, Mädchen, ist ein weiter Weg...« seufzte die andere Frau. Und dann, sichtlich erleichtert, das Thema wechseln zu können, stieß sie ihre Freundin an und sagte: »Du, mir scheint, der Junge hier will mit dir reden.«

Die erste Frau drehte sich um und schob mit ruhiger Bestimmtheit ihr Tuch zurück... und jetzt, da er nahe genug stand, sie wiederzuerkennen, wäre Lucas am liebsten fortgelaufen. Er schämte sich, sie zu belästigen. Denn sie war Mrs. Braithwaite, die Frau, die er gestern abend am Wegesrand hatte trauern sehen. Ihr Gesicht war noch immer bleich wie der Tod, aber es war auch resolut und entschlossen. Sie blickte Anna-Marie und Lucas freundlich an und fragte einfach: »Nun, mein Junge, was kann ich für dich tun?«

»Tut... tut mir leid, ich wollte Sie nicht unterbrechen...« stammelte er. »Ich wollte bloß nach dem Weg zur Steuerbehörde fragen...«

»*Oh, oh, le joli bébé, tout en riant!*« rief Anna-Marie dicht neben ihm.

Denn Mrs. Braithwaite trug unter ihrem Tuch ein Baby auf dem Arm, und das strahlte Anna-Marie an.

»*Comment est-ce qu'il s'appelle, madame?*« fragte Anna-Marie höflich.

»Englisch, englisch, Anna-Marie! Es ist nicht höflich, zu unterbrechen. Sie fragt nach Ihrem Baby – wie er heißt«, entschuldigte sich Lucas bei Mrs. Braithwaite.

»Das ist Betsy, meine kleine Lady... ein Mädchen. Gott segne sie.«

Dann blickte die Frau Anna-Marie voll ins Gesicht und stutzte. Zögernd sagte sie dann: »Sie werden einer armen Frau die Frage verzeihen, kleine Dame... denn ich sehe wohl Ihren Stand... aber wie ist wohl Ihr Name? Ich würde mir sonst die Freiheit nicht herausnehmen, aber es ist eine harte Zeit für mich eben jetzt... Wenn Sie's nicht verübeln wollen...«

»*Je m'apelle Anna-Marie Murgatroyd, Madame.*«

»Murgatroyd! Warum bin ich nicht selbst drauf gekommen!« murmelte Mrs. Braithwaite. Dann machte sie ganz unerwartet einen kleinen Knicks und küßte Anna-Marie auf die Wange. »Gott segne Ihr schönes Gesicht, Mädchen. Sie sind genau im richtigen Augenblick gekommen und bringen mich auf eine gute Idee; vielleicht haben die Heiligen Sie geschickt... Möge Ihnen ein langes Leben beschieden sein, und ein glückliches obendrein, glücklicher als das der armen Bess Braithwaite. ...Murgatroyd«, murmelte sie dann wieder vor sich hin. »Ich werde gleich die alte Dame aufsuchen. Wenn einer mir einen guten Rat geben kann, dann sie.« Nun fiel ihr wohl wieder ein, daß man ihr eine Frage gestellt hatte, und sie gab Lucas klare und genaue Anweisungen, wie er zum Steueramt käme. Darauf nickte sie freundlich, küßte hastig ihre Freundin und eilte in die entgegengesetzte Richtung davon.

»Ich seh dich noch, Bess, bevor du das Schiff nimmst...« rief die andere Frau ihr eifrig nach.

»Möglich... wenn noch Zeit ist...« kam ihre kurze Antwort zurück, ehe sie um die Ecke verschwand.

Lucas und Anna-Marie wandten sich in die angegebene Richtung. Anna-Marie hatte Mrs. Braithwaites Bemerkungen nicht verstanden, Lucas dagegen sehr wohl, und er überlegte, ob es wohl noch irgendwelche Verwandten von Anna-Marie gab, die hier in der Gegend lebten. Wer konnte ›die alte Dame‹ sein? Wer konnte es wissen? Aber er verbannte diese Frage gleich wieder aus seinen Gedanken angesichts der Situation, in der sie sich befanden. Allein schon durch die vielen unfreundlichen Blicke, die sie getroffen hatten, während sie ziellos umherliefen, war deutlich geworden, daß Fremde in diesem Teil der Stadt nicht gern gesehen waren. Jetzt hörten sie kaum verhohlene Pöbeleien wie: »Hanswurst! Luxusgesindel! Hochnäsige Affen! Wat glauben die eigentlich, wat se hier zu suchen ham? Solln bloß machen, dat se dahin zurückgehen, wo se hergekommen sind, so lange sie noch ihre Stiefel an de Beene ham!«

Die wütenden Blicke und die feindseligen Bemerkungen wurden immer schlimmer. Mehrmals wurden sie angerempelt, und Anna-Marie, die zuvor eher geneigt war, sich Lucas' fürsorglichem Klammergriff zu entziehen, blieb nun doch lieber dicht neben ihm und hielt seine Hand fest.

An einer Ecke spielte eine ziemlich große Gruppe von Jungen eine Art Fußball. Dafür benutzten sie einen Ballen Wolle, der mit einem Bindfaden zusammengeschnürt war, als Ball. Als Lucas und Anna-Marie näherkamen, traf der Ball – aus Versehen oder mit Absicht – Lucas seitlich am Kopf. Die Jungen unterbrachen ihr Spiel und formierten sich, halb spottend, halb drohend, zu einer dichten Phalanx mitten auf der Straße, so daß es unmöglich war, an ihnen vorbeizukommen. Etliche von ihnen waren groß und schwer – eher Männer als Jungen.

Einer von ihnen, ein großer, schwerfälliger Bursche von achtzehn oder neunzehn Jahren, mit einem Wust blonden, krausen Haars, dicken Lippen und blaßblauen Augen, höhnte: »Nu seht euch bloß diese niedlichen Hütchens an! Nee, was für'n geschniegeltes Pärchen! Wißt ihr, wer die sind, Leute? Na, guckt se euch doch mal genau an, diese rausgeputzten feinen Bälger!«

»Na, wer sind se denn?«

»Das wißt ihr nich? Na, die Findelkinder vom ollen Randy Grimsby oben auf'n Schloß, fein rausgeputzt in Schweinsleder und Samt und Seide!«

Nun waren die Kleider von Anna-Marie und Lucas durchaus nicht luxuriös, aber im Vergleich zu den Lumpen, die die meisten der Jungen trugen, wirkten sie sicherlich so.

»Ab nach Hause, wo du hingehörst, Käsegesicht!« schrie einer der Burschen.

»Nur zu gern, wenn ihr uns vorbeilaßt«, erwiderte Lucas kühl und tat sein Bestes, seine Angst um Anna-Marie zu verbergen – und genau gesagt, auch um seiner selbst willen, denn die meisten Jungen waren doppelt so groß wie er.

»Na los, denn geh doch, wir halten dich ja nicht«, riefen ein paar von ihnen, während andere schrien: »Lassen wir sie Spießruten laufen, was, Kumpels?«

Und schon wuselten sie durcheinander und bildeten ein schief und krummes Doppelspalier, durch das Anna-Marie und Lucas hindurchsollten.

»Ne t'inquiète pas; reste tranquille!« flüsterte er ihr zu, obgleich er selber alles andere als ruhig war.

Hand in Hand, Lucas voran, schoben sie sich hintereinander zwischen den glotzenden, johlenden Jungen hindurch. Sie wurden angerempelt, geschubst. Lucas bekam ein paar Fußtritte ab. Er hoffte bloß, daß Anna-Marie die Zurufe nicht verstand, die auf sie niederhagelten. Viele beleidigende Bemerkungen über Sir

Randolph waren darunter, und es wurde nur zu deutlich, daß er in Blastburn der bestgehaßteste Mann war.

Lucas hätte sich gern zur Wehr gesetzt und gesagt: ›Wir mögen ihn ja genausowenig wie ihr!‹ Aber sein Instinkt sagte ihm, daß das keine Hilfe wäre, sondern ihre Angreifer nur noch mehr gegen sie aufbringen würde.

Plötzlich stieß Anna-Marie einen spitzen Schrei aus. Ein Stein, von hinten geworfen, hatte sie an der Wange getroffen.

Bis jetzt hatte sie sich zurückgehalten, wachsam zwar, aber doch unsicher, wie sie sich in dieser ungewohnten, feindseligen Situation verhalten sollte. Jetzt aber ging ihr Temperament mit ihr durch.

Sie packte den Stein, der vor ihr herabgefallen war, und schleuderte ihn mit erstaunlicher Kraft und untrüglicher Zielsicherheit auf den Jungen zurück, der ihn geworfen hatte – ein großer, rotgesichtiger, rothaariger Kerl, der sich kichernd im Hintergrund der Menge hielt. Der Stein traf ihn voll gegen das Ohr, so daß der Bursche taumelte. Und das Ganze begleitete Anna-Marie mit einer atemberaubenden Flut von Schimpfworten, die nichts an Durchschlagskraft und Wirkung einbüßten, weil sie französisch waren.

»*Ah, cochons, canailles*, Schweine, Pöbel, Idioten, Ratten, Dreckskerle, Abschaum, Würmer! Bloß weil ihr viele seid und wir nur zwei, glaubt ihr, ihr könnt uns einschüchtern!«

Aufs äußerste verdattert durch die Heftigkeit und Plötzlichkeit dieses unerwarteten Widerstands, wichen die meisten der Bande zurück. Lucas hörte unterdrückte Ausrufe: »He, was'n das für'n kleiner Besen! Wer hätt'n das gedacht! Eh, Kleene, bist ja 'n richtiger Drachen...«

Nur noch ein Junge stellte sich ihnen ernsthaft entgegen, ein großer, ein bißchen dumm aussehender Bursche, der besser gekleidet war als der Rest – in Leder, mit Samtweste und Messingknöpfen. Dieser Junge baute sich drohend vor Lucas auf, der jetzt, da ihm offen der Kampf angesagt wurde, nicht zögerte, einen Ringergriff anzuwenden, den der Reitknecht Bob ihm einmal beigebracht hatte. Er ließ Anna-Maries Hand los, warf seinen Arm um den Nacken des Jungen, kickte ihm von hinten die Beine weg und legte ihn so der Länge nach in die Gosse.

»Ah! Da hast du deine Lektion, du Schweinsfratze!« schrie Anna-Marie triumphierend, und, an Lucas gewandt: »Bravo! Gut gemacht, sehr gut! Ich hätte nicht gedacht, daß du so wendig bist!«

»Los, komm! Schnell weg hier!« keuchte Lucas, packte sie wieder am Arm und zog sie die Gasse hinunter zur nächsten Ecke, wo sie glücklicherweise in eine viel breitere Straße einmündete, die geradewegs zum Marktplatz führte. Sie überquerten ihn, fanden die Brass Gate und sahen direkt vor sich ein Gebäude, auf dessen Tür in handgemalten Buchstaben stand: AMT FÜR STEUERN UND ÖFFENTLICHE ABGABEN, ZOLL- UND STEUERAMT IHRER MAJESTÄT.

Draußen vor dem Gebäude entdeckten sie zu Lucas' riesiger Erleichterung auch Mr. Oakapple, der neben dem Zweisitzer stand und immer noch lebhaft mit einem Mann diskutierte, der in einer dunkelblauen Uniform mit Messingknöpfen steckte.

Lucas rannte über die Straße, die keuchende und protestierende Anna-Marie hinter sich herziehend, und als sie den Wagen erreichten, hörte er Bruchstücke des Gesprächs der beiden Männer.

»Tja, so ist das nun mal, Mr. Oakapple. Ich fürchte, mehr kann ich nicht tun. Und wenn Sir Randolph sich die Mühe macht, persönlich herzukommen, dann werd ich ihm dasselbe sagen. Die Steuern sind längst überfällig, und wenn er nicht zahlen kann, dann bleibt uns nichts übrig als die Pfändung. Als Beamter der Krone ist das mein letztes Wort. Nichts gegen Sie persönlich, Mr. Oakapple, Sie verstehen...«

»Ja, ja ich verstehe durchaus, vielen Dank, Mr. Gobthorpe. Ich werde Sir Randolph genau berichten, was Sie gesagt haben. Aber ich fürchte, er ist im Augenblick in einer sehr schwierigen Verfassung. Ich bezweifle, daß er Vernunftgründen zugänglich...« Als er plötzlich Lucas vor sich sah, brach er ab und rief perplex: »He! Was macht ihr denn hier? Ich hab euch doch gesagt, ihr sollt in der Spinnerei warten...«

»Man hat uns nicht gelassen...« fing Lucas an, aber in diesem Moment ertranken seine Worte in einem ohrenbetäubenden Getrappel von Pferdehufen und dröhnenden Trommelschlägen. Eine ganze Abteilung berittener Soldaten galoppierte mit gezogenem Säbel über den Platz und verschwand ebenso schnell, wie sie gekommen war, in der nebelverhangenen Dunkelheit.

»Donner auch! Was is'n los in der Stadt? Wer hat denn das Militär gerufen?« rief Mr. Gobthorpe aus. »Na, wenn's irgendwelchen Ärger gibt, dann schließ ich wohl am besten jetzt meine Amtsstube. Ich wünsch Ihnen einen guten Tag, Mr. Oakapple.« Damit verschwand er nach drinnen, während Lucas und Anna-Marie es dem Lehrer gleichtaten und rasch auf den Wagen kletterten.

»Wir fahren wohl besser über Peggoty's Piece nach Hause, das ist zwar ein weiter Umweg, aber in der Richtung gibt es sicherlich keine Störungen«, brummte Mr. Oakapple vor sich hin, wendete die Stute und fuhr genau entgegengesetzt zu der Richtung, die die Soldaten genommen hatten.

»So, und jetzt sag mir mal, warum seid ihr hier? Warum hast du nicht meine Weisung befolgt, in der Spinnerei zu warten, bis ich euch hole?« fragte er. »Und das bei dieser Unruhe in der Stadt... Wenn ich nun schon weg gewesen wäre... Wenn ihr mich nicht gefunden hättet...«

»Mr. Smallside wollte uns nicht in die Spinnerei lassen. Er sagte, es passe heute nicht«, fing Lucas an und fand, daß seine Erklärung ziemlich lahm und wenig überzeugend klang.

Aber der Lehrer schien ihm ohnehin kaum zuzuhören. Mit fest zusammengepreßten Lippen und gerunzelter Stirn fuhr er durch die düsteren, menschenleeren Seitengassen von Blastburn, an den Reihen kleiner, armseliger Hütten vorüber, und war offensichtlich vollkommen mit dem Problem Sir Randolph und dessen Steuern beschäftigt. Nach ein paar weiteren Sätzen ungehörter Erklärungen schwieg deshalb auch Lucas erleichtert. Anna-Marie hatte sich unter der alten Wagendecke zusammengekauert und sie so fest um sich gezogen, daß sie fast ganz darunter verschwand. Lucas sah, daß sie am Daumen lutschte, und in ihren Augen lag ein nachdenklicher, tief abwesender Ausdruck.

»Erzählst du mir eine Geschichte, Luc-asse?« bat sie.

»Pscht! Doch nicht jetzt!« sagte er fast barsch, besorgt, Mr. Oakapple könne es gehört haben.

Da war Anna-Marie still.

Sie ist ja wirklich noch ein Baby, dachte er. Bloß gut, daß sie nicht begriffen hat, in welch brenzliger Situation wir da vorhin waren.

Und für den Rest der schweigsamen, trübsinnigen Fahrt bemühte er sich nach Kräften, in der Erinnerung an den gelungenen Schleuderwurf zu schwelgen, mit dem er den Jungen in der Samtweste erledigt hatte.

Als sie auf Schloß Mitternacht ankamen, war Anna-Marie eingeschlafen, deshalb kam das Zimmermädchen Abby heraus und trug sie nach drinnen, ohne daß sie wach wurde.

Mr. Oakapple eilte davon, vermutlich, um Sir Randolph über den Ausgang seiner Diskussion mit den Steuerbeamten zu berichten, und Lucas schlenderte ein wenig verloren in sein eigenes Reich. Obgleich der Tag so dunkel war – auf dem Weg nach Hause hatte es angefangen zu schneien, und der Sturm versprach heftig zu werden –, war doch gerade erst der halbe Nachmittag vergangen. Lucas fand in seinem Schulzimmer einen kalten Imbiß vor: Hammelfleisch, eingelegte Zwiebeln und eine Schüssel mit Brotpudding. Die Scheiben des blau-rötlichen, zu kurz gebratenen Hammelfleisches mit den drei großen, bleichen und feuchten eingelegten Zwiebeln daneben sahen höchst unappetitlich aus, und er ließ sie stehen. Bloß den Brotpudding aß er; das war ein trockener, geschmackloser Klumpen, aber er brauchte irgend etwas zum Kauen nach all den Ereignissen des Tages.

Während er an dem trockenen Zeug herumwürgte, fiel ihm plötzlich ein, daß ihm, während er darauf wartete, mit Mrs. Braithwaite zu reden, ein köstlicher Duft nach Kanincheneintopf aus einem der schäbigen kleinen Häuser in die Nase gestiegen war. Er hatte sagen hören, daß der alte Gabriel im Park Kaninchen fing und sie in der Stadt verkaufte. Vielleicht fingen sich ja auch gelegentlich, in mondhellen Nächten, Leute aus der Stadt selbst ihre Kaninchen – mit eigenen Fallen, die sie im Park auslegten?

Er wußte, er mußte mit seinen Schulaufgaben weitermachen, und mit großer Anstrengung konzentrierte er seine Gedanken darauf. Da lag noch immer der unfertige Aufsatz: »Industrie ist eine gute Sache, weil es besser ist, in einer Teppichfabrik zu arbeiten, als im Regen zu stehen ohne etwas zu essen.«

Aber angenommen, der Fabrikbesitzer kürzte einem den Lohn um die Hälfte? Angenommen, man hatte sechs Kinder? Angenommen, drei davon wären schwer verletzt durch die Presse? Ob man dann immer noch dachte, daß die Industrie eine gute Sache ist?

Er schrieb ein paar Absätze – langsam und unter so großer Mühe, als meißele er die Worte in Marmor. Denn seine Augen schielten heimlich nach dem ledergebundenen Buch. Schließlich schob er den Aufsatz weg, schlug das Buch auf und begann: ›Lieber Greg, seit ich Dir zuletzt schrieb, habe ich ein neues

Abenteuer erlebt...‹ Seine Hand raste, und die Zeilen strömten nur so aus seiner Feder. Dreiviertel Stunden später schrieb er: ›Anna-Marie war eingeschlafen‹, dann dehnte er mit einem Seufzer seine verkrampfte Hand und schloß das Buch.

Er blickte aus dem Fenster in den Park, der nur verschwommen sichtbar war hinter den wirbelnden Schneeflocken, und plötzlich fiel ihm ein, daß er versprochen hatte, er wolle versuchen, Anna-Maries zerbrochene Puppe heilzumachen. Also sprang er auf, verließ den Schulraum und rannte zum Eichenzimmer, innerlich sehr zufrieden mit sich wegen seiner Gutherzigkeit.

Sehr vorsichtig betrat er das Zimmer, für den Fall, daß Anna-Marie noch schliefe. Aber sie war schon wieder wach und saß neben dem Feuer in einem kleinen Korbsessel, den man irgendwo aus einer vergessenen Gerümpelkammer hervorgesucht haben mußte. Sie war damit beschäftigt, sehr behutsam die ausgefransten Ränder an dem rosafarbenen Kleid zusammenzunähen, das sie heute morgen zerrissen hatte.

»*Qu'est-ce qu'il y a?*« fragte sie, biß mit äußerst beschäftigter Miene den Faden ab und gönnte Lucas nur einen flüchtigen Blick, so, als sei sie mit höchst wichtigen Dingen befaßt und wisse gar nicht recht, ob sie die Zeit hätte, ihm eine Unterredung zu gewähren.

Die macht vielleicht ein Theater, dachte er. Eben noch heult sie oder trotzt oder lutscht am Daumen, und im nächsten Augenblick benimmt sie sich, als sei die Queen ihre arme Verwandte.

»Ich komme, um deine Puppe heilzumachen«, sagte er.

»*C'est déjà fait*. Der alte Mann – Mister Towzir – der hat es gemacht.« Sie zeigte auf die reparierte Puppe, die in einem kleinen Kasten neben dem Kamin lag, unbeholfen umwickelt mit Pflaster und braunem Papier – vermutlich nur so lange, bis der Kleister getrocknet war.

»Du kommst also zu spät«, meinte Anna-Marie kühl. »*Merci quand-même.*«

Damit schien Lucas aus ihren Gedanken entlassen. Sie hob das rosafarbene Kleid in die Höhe und betrachtete es mit großer Aufmerksamkeit.

»Überanstreng' dich bloß nicht mit dem Dankesagen«, zischte Lucas, aufgebracht durch ihre herablassende Art.

»*Quoi?* Ich versteh' nicht...«

»In dem Fall gebe ich dir wohl besser eine Englischstunde.«

»*Ne vous dérangez pas. Monsieur Ooka... Ookapool...* er hat mich schon bißchen gelernt... *C'en est assez.*« Sie nahm einen rosa Seidenfaden und fädelte ihn in ihre Nadel.

Verärgert über diesen offenen Mangel an Anerkennung für die Mühe und Zeit, die er ihr hatte widmen wollen, sagte er: »Willst du, daß ich dir eine Geschichte erzähle?«

»Wenn du willst. *Cela m'est égal.*« Und damit beugte sie sich wieder über ihr rosa Kleid.

»Wenn es dir so einerlei ist, dann mach ich mir allerdings nicht die Mühe«, erwiderte Lucas in der Absicht, ihr eine kurze, nachhaltige Lektion zu erteilen, daß sie sich auf Schloß Mitternacht bestimmt nicht beliebt machte, wenn sie nicht lernte, sich gegenüber Leuten, die ihr Freundlichkeit erwiesen, höflicher und dankbarer zu benehmen. Danach ging er hinaus und machte die Tür geräuschvoll hinter sich zu. Die konnte lange warten, dachte er, ehe er ihr noch einmal anböte, irgendwas für sie zu tun!

Er wäre vielleicht noch fassungsloser gewesen, hätte er die Tür noch einmal geöffnet. Denn hinter ihr ließ Anna-Marie ihre Näharbeit fallen, warf sich gleichfalls auf den Boden und vergrub den Kopf in dem rosa Kleid. »O Papa! O Sidi! Ich will nicht, daß mich jemand gern hat hier in diesem fürchterlichen Haus! Ich will euch, bloß euch!«

Aber davon wußte Lucas nichts. Er hatte, weil aus der Richtung der Haupttreppe merkwürdige Geräusche wie Schläge und dumpfe Stöße ertönten, seiner Neugierde nachgegeben und war dem Lärm nachgegangen. Als er jetzt um eine Ecke des Korridors bog, blieb er wie angewurzelt stehen angesichts einer Szene, die sich ein wenig entfernt weiter unten abspielte.

Drei Männer waren dort auf eine Weise ineinander verkeilt, daß es aussah wie ein Kampf auf Leben und Tod. Sie rangen und stampften, keuchten, grunzten und kämpften, knallten gegen die Wand und die Balustrade am Kopf der Treppe... Die ganze Halle war angefüllt vom Geräusch ihres japsenden Atems und ihrer gelegentlichen Flüche.

In der dämmerigen Beleuchtung – die Kerzen waren noch nicht angezündet worden – war es schwer, einen vom anderen zu unterscheiden. Einer von ihnen schien bestrebt, einen anderen über das Geländer zu werfen, und ein Dritter bemühte sich, dieses zu verhindern. Der Hund Redgauntlet umkreiste die Gruppe mit hysterischem Gekläff, unterbrochen durch gelegentliches Aufjaulen, wenn einer der Kämpfenden ihn gestoßen oder getreten hatte.

Lucas hatte das Gefühl, helfen zu müssen, aber es war schwer zu sagen, was er hätte tun können. Nichtsdestoweniger ging er näher heran und erkannte sekundenlang das puterrote Gesicht von Sir Randolph. Und jetzt sah er auch, daß sein Vormund beide Arme fest um einen anderen Mann geschlungen hatte, als versuche er, dem anderen durch bloßes Zudrücken die Rippen zu brechen. Daran aber wurde Sir Randolph durch Mr. Oakapple gehindert, der sich nicht nur dazwischengeworfen hatte, sondern auch lauthals protestierte: »Sir Randolph! Sir Randolph! Bitte! Sie müssen loslassen, Sir, wirklich, Sie müssen! So geht das nicht, Sir, Sie vergessen sich!«

»Sich vergessen? Diese Ratte!« schnaubte der Mann, den Sir Randolph über das Geländer zu werfen versuchte. »Falls Sie noch nicht wußten, daß Sir Randolph einer der übelsten Kunden in der ganzen Gegend ist, Mr. Oakapple, ich weiß es längst! Ich wußte auch, daß ich mein Leben aufs Spiel setzte, wenn ich heute nachmittag herkäme, um dem Gesetz Genüge zu tun. Aber ein Diener des Staates muß nun mal seine Pflicht tun... Achhhh!« röchelte er, als es dem wutschnaubenden Sir Randolph gelang, ihm eine Hand um die Kehle zu legen.

Da erkannte Lucas den kahlen Kopf und die Messingknöpfe von Mr. Gobthorpe, dem Steuereinnehmer. Und im selben Moment schrie Mr. Oakapple, der plötzlich Lucas dastehen sah: »Lauf und hol Garridge oder den alten Gabriel... Sir Randolph ist unpäßlich, er ist nicht er selbst!«

Lucas versuchte, sich an der Gruppe vorbeizudrücken, um die Treppe hinunterlaufen zu können.

»Von wegen nicht er selbst!« brach es aus dem Steuerbeamten heraus, als er Sir Randolphs Hand von seiner Kehle gestoßen hatte. »Der ist genau er selbst, wenn Sie mich fragen... Von all den infamen, widerborstigen, gewissenlosen, streitsüchtigen Steuerschuldnern ist er der schlimmste, der mir je vorgekommen ist, so wahr ich Esdras Gobthorpe heiße.«

Seine Worte steigerten nur noch Sir Randolphs Wut, und erneut warf er sich wie rasend auf ihn. Das hatte zur Folge, daß das ganze ineinander verschlungene Männertrio über die oberste Treppenstufe hinauskippte, just in dem Augenblick, als Lucas sich an ihnen vorbeigequetscht hatte, so daß sie allesamt, holterdipolter einander überrollend, die Treppe hinunterkugelten.

Anscheinend hatte sich, wie sich zeigte, niemand die Gliedmaßen gebrochen, und dieser plötzliche Treppensturz brachte wenigstens eine Entflechtung der Kämpfenden zuwege. Der kleine Steuerbeamte, Mr. Gobthorpe, sprang mit äußerster Geistesgegenwart auf die Füße, rannte zur Haustür und schrie: »Ich wünsche einen guten Tag, Sir! Ich habe meine Pflicht getan. Ich habe dem Gesetz Genüge getan, welches Fälligkeit in drei Wochen vorsieht. Danach heißt es – Zahlen oder Gefängnis! Und noch vorher werden Sie wahrscheinlich eine Vorladung erhalten – wegen Tätlichkeiten gegenüber einem Steuerbeamten während Erfüllung seiner gesetzlichen Aufgaben!«

Nach dieser triumphierenden Drohung knallte er die Tür hinter sich zu. Es hätte trotz Mr. Oakapples eisernem Haltegriff nicht viel gefehlt, und Sir Randolph wäre stieren Blickes und hochrot vor Wut hinter ihm hergestürzt, wenn nicht just in diesem Augenblick ein anderer Besucher zu eben der Tür hereingetreten wäre, durch die Mr. Gobthorpe entschwunden war, und damit dem Schloßherrn – höchst gelegen – den Weg versperrte. Mit würdevollem Erstaunen betrachtete er den lodernden Zorn auf Sir Randolphs Gesicht.

»Ah... Mr. Throgmorton. Guten Tag«, keuchte Mr. Oakapple. »Mr. Throgmorton, könnten Sie bitte Sir Randolph begreiflich machen, daß er einen Steuerbeamten weder mit den Fäusten bearbeiten noch einen großmäuligen Drückeberger nennen darf...« Sehr vorsichtig ließ er Sir Randolphs Arm los, behielt jedoch die Schöße seiner Samtjacke fest im Griff.

»Nanu! Was ist denn hier los?« fragte der Neuankömmling, ein kleines, schmales, scharfgesichtiges Individuum, betont schlicht und korrekt gekleidet mit grauer Jacke und Weste, grauen, enganliegenden Kniehosen und Strümpfen, sehr weißer Halskrause und einer sehr steifen grauen Perücke. »Worum geht es, bitteschön?«

Von draußen war Hufgetrappel zu hören – Mr. Gobthorpe, der Steuereinzieher, preschte die Auffahrt hinunter. Sir Randolph ließ sich wütend auf der dritten Stufe der Treppe nieder und knurrte: »Holt mir ein Glas Brandy!«

»Verträgt er noch mehr?« fragte Mr. Throgmorton und warf einen abschätzenden Blick auf den Baronet.

»Er hatte heute nachmittag erst eine Flasche, glaube ich«, erwiderte Mr. Oakapple.

»Dann mag er noch ein Glas kriegen – vielleicht beruhigt es ihn. Junge, los, hol den Brandy.«

Nach einem Blick zu Mr. Oakapple, der zustimmend nickte, eilte Lucas in das riesige Speisezimmer, in dem es kein Mobiliar mehr gab außer einem winzigen, runden Tisch, einem Stuhl und einem kleinen Schrank, der Flaschen und Gläser enthielt. Als er mit dem Brandy und dem Glas wieder zurückkam, hörte er Mr. Oakapple gerade sagen: »Möchten Sie nicht lieber in Ihr Arbeitszimmer zurückgehen, Sir?«

»Ich rühr mich hier nicht von der Stelle, bis ich was zu trinken gekriegt hab!« grollte Sir Randolph.

Er nahm Lucas die Flasche und das Glas ab, goß sich randvoll ein, wobei er einiges verschüttete, und trank es auf einen Zug leer.

Niemand befahl Lucas, zu gehen, deshalb blieb er, neugierig, was als nächstes geschehen würde.

»Nun? Was hat der Steuerbeamte gesagt?« wollte Mr. Throgmorton wissen, als Sir Randolph seinen Brandy getrunken hatte.

Lucas beobachtete, daß Mr. Throgmorton, klein und ausgemergelt, wie er war, anscheinend nicht die Spur Angst vor Sir Randolph hatte, sondern sehr kurz angebunden sprach, so, als sei seine Geduld schon allzu oft auf eine harte Probe gestellt worden.

»Schmieriges, beutegieriges Geschmeiß! Schnappende Schakale! Verbrennen sollte man sie, allesamt!« Sir Randolph blickte wild um sich, als sei die Halle voll von Steuereintreibern. Er machte keine Anstalten, in sein Arbeitszimmer zurückzukehren, sondern goß sich ein zweites Glas bis oben voll Schnaps. »Sie sind doch mein Anwalt, Throgmorton, warum schützen Sie mich nicht vor diesen Vampiren, he?«

»Was hat Mr. Gobthorpe gesagt?«

»Er sagte, daß entweder die Spinnerei oder dieses Haus verkauft werden müßte, um die in zwanzig Jahren aufgehäuften Steuerschulden abzuzahlen«, erklärte Mr. Oakapple mit leiser Stimme.

Rein zufällig blickte Lucas Mr. Throgmorton an, als Mr. Oakapple diese Worte sagte, und er bemerkte ein heftiges Aufleuchten in den Augen des Anwalts, so, als berühre diese Neuigkeit sein ganz persönliches Interesse.

»Fast der Moment für Holdernesse, sein Angebot zu unterbreiten…« hörte Lucas ihn vor sich hinmurmeln, »… und so heruntergewirtschaftet, wie er ist, wird Grimsby gezwungen sein, anzunehmen. Noch ein Jährchen, und ich laß mir's in Monte Carlo wohl sein!«

Niemand außer Lucas hatte diese verhaltenen Bemerkungen gehört.

»Geier! Hyänen!« schrie Sir Randolph und knallte sein Brandyglas auf die Treppenstufe, daß es in Scherben zersprang. »Mein eigenes Haus, mein ureigenes Heim, das ich in einem… einem fairen Spiel gewonnen habe! Das soll ich diesen nagenden Ratten überlassen? Nie!«

»Dann nehme ich an, es ist die Spinnerei, die verkauft werden muß«, erwiderte Mr. Throgmorton ruhig.

»Sind Sie verrückt, Mann? Haben Sie den Verstand verloren? Die Sch…Spinnerei ist meine einzige Ei…Einkommensquelle… beinahe einzige Einkommensquelle…« protestierte Sir Randolph. Er sprach zwar in anklagendem Ton, aber in seinen Augen lag ein verschlagener Ausdruck. »Wenn die Sch… Spinnerei futsch ist, wovon soll ich leben? Wovon meine Bediensteten unter… unterhalten?«

Sein Blick schweifte umher und blieb auf Lucas haften. »Dieses ganze Görenpack im Haus… all die Mäuler zu stopfen. He, hau ab, du Balg!« schrie er plötzlich Lucas an. »Das hier ist nicht deine Angelegenheit!! Nein, bleib! Ehe du gehst, hol mir ein neues Glas!«

»Nichts mehr. Sie haben genug getrunken, Sir Randolph, vollkommen genug«, mischte sich Mr. Throgmorton ein. »Kommen Sie, Sie gehen jetzt wohl lieber in Ihr Zimmer und ruhen sich aus.

Lauf, Junge, es gibt keinen Grund, daß du hier noch länger herumstehst.«

Auch Mr. Oakapple entließ ihn mit einem Rucken des Kopfes, und Lucas trollte sich davon. Er fühlte sich sehr ungerecht behandelt. Von wegen nicht seine Angelegenheit! Wenn sein Vater Sir Randolphs Partner gewesen war und wenn er dazu bestimmt war, die Hälfte der Spinnerei zu erben, sobald er volljährig war, dann war doch wohl der Verkauf sehr wohl auch seine Angelegenheit! Aber augenscheinlich fanden das weder der Anwalt noch Mr. Oakapple.

Er war auf halbem Weg zum Schulzimmer, da fiel ihm ein, daß er vorgehabt hatte, sich einen neuen Vorrat Anmachholz für seinen Kamin zu besorgen. Er beschloß, zum Holzschuppen hinauszugehen, ehe es zu dunkel wurde, und schlug den Weg durch die Küche und die Dienerschaftsquartiere – jetzt zumeist leer und unbewohnt – zum Stallhof ein.

Gerade trat er mit seinem Bündel dürrer Zweige aus dem Holzschuppen, da begrüßte ihn aufs freundlichste Garridge, der soeben von einem Apfelschimmel absteigen wollte, einem der letzten Pferde in den Ställen. Mann und Pferd waren schneebedeckt.

»Oh, Mister Lucas! Wie gerufen! Sie könnten mal für mich 'n Botengang zu Sir Randolph machen, wenn's gefällig ist.«

»Warum sollte ich?« erwiderte Lucas ziemlich kühl. Garridge hatte sich ihm gegenüber nie besonders freundlich gezeigt, war sogar meistens ziemlich mürrisch und abweisend.

»Na, ich kann ja wohl kaum so in das Arbeitszimmer des Herrn rein, oder? Und der armen alten Mähre könnten Sie ersparen, im Schnee rumstehen zu müssen. Is doch bloß 'ne Nachricht zu überbringen... Ich komm gerade aus der Stadt zurück.«

»Was ist da passiert? Haben die in der Spinnerei gestreikt?« fragte Lucas, dessen Neugier die Abneigung gegen Garridge überwog.

»Nee, da gibt's keinen Streik nicht. Diesmal wenigstens. Die Soldaten sind gekommen und ham sie alle rausgejagt, und 'n paar von die Aufwiegler ham sie eingesperrt. Da ist jetzt alles ruhig.«

»Scatcherd? Haben sie den ins Gefängnis gesteckt?«

»Ja, den und noch wen von seine Kumpane.«

»Na gut, Sir Randolph wird erleichtert sein, das zu hören.«

»Tja, um so besser, denn meine zweite Botschaft, die wird ihn wohl ganz schön aus der Haut fahren lassen.«

»Und was ist das?«

»Sagen Sie ihm, der weiße Hahn hat verloren«, meinte Garridge nur, schwang sein Bein wieder über den Grauen und stieß ihm die Absätze in die Weichen, bis er sich schwerfällig in Bewegung setzte.

»Ist das alles?«

Aber Garridge antwortete ihm nicht. Statt dessen hörte Lucas ihn zufrieden vor sich hinbrummeln: »Na, das erspart mir nu 'ne mächtige Maulschelle. Ich kenn doch unsern Master. Nix wie nach Hause jetzt!«

»Der weiße Hahn hat verloren…« rätselte Lucas, während er sein Holz ins Schulzimmer trug.

Die Eingangshalle war wieder leer, als er die Haupttreppe emporstieg. Wie merkwürdig es doch war, mußte er denken, daß er bis gestern keine drei Male den Fuß hierher gesetzt hatte, und seither ging er hier geradezu pausenlos auf und ab. Aus irgendeinem Grunde bereitete diese Veränderung ihm Unbehagen. Der weiße Hahn hat verloren. Was das wohl bedeuten sollte? Es klang, als ob es nichts Gutes verhieße, dachte er. Verdammter alter Garridge mit seiner Eile, wegzukommen – und noch dazu auf Sir Randolphs Pferd!

Er klopfte an die Tür des Arbeitszimmers.

»Was gibt's denn? Wer ist da?« fragte eine barsche Stimme, und Lucas war drauf und dran, wegzurennen, denn die Stimme gehörte Mr. Oakapple, nicht Sir Randolph, und Lucas hatte auf einmal ein schlechtes Gewissen wegen des unfertigen Aufsatzes über die Industrie. Außerdem konnte er sich vorstellen, daß Mr. Oakapple verärgert war, weil er Zeuge des Ringkampfes mit Mr. Gobthorpe gewesen war und der peinlichen Betrunkenheit Sir Randolphs. Er zauderte noch, da wurde die Tür aufgerissen.

Mr. Oakapple stand im Türrahmen und blickte gereizt drein. Hinter ihm sah Lucas Sir Randolph an seinem Schreibtisch sitzen, vornübergebeugt, den Kopf auf die Arme gelegt. Anscheinend schlief er, denn er schnarchte laut.

»Ach, du bist es«, sagte Mr. Oakapple. »Warum bist du hier? Was willst du?«

»Ich habe eine Botschaft von Garridge, Sir.«

»Wie kommt er dazu, dir seine Botschaften weiterzugeben? Er hat sie selbst zu überbringen. Also – was gibt's?«

»Erstens, daß der Streik vorbei ist und daß Scatcherd und noch ein anderer ins Gefängnis gesperrt worden sind.«

»Oh. Ich kann mir denken, Sir Randolph wird froh sein, das zu hören, wenn er aufwacht. Und was noch?«

»Und dann, Sir, sagt Garridge, daß der weiße Hahn verloren hat.«

Bisher hatte Mr. Oakapple mit abwesendem Blick in einer ledergebundenen Mappe voller Papiere geblättert, während sie redeten. Lucas hatte auch bemerkt, daß ein Schreibschrank, der hinten an der Wand stand, weit geöffnet war, und auf seiner Platte lag ein unordentlicher Haufen von Schriftstücken. Jetzt aber schleuderte der Lehrer mit einem wütenden Ausruf die Mappe auf Sir Randolphs Schreibtisch.

»Verdammter alter Narr! Elender alter Trunkenbold! Ich nehme an, dahin sind die fünfzig Pfund verschwunden!«

»Was für fünfzig Pfund?« fragte Lucas verdattert.

»Weiß der Himmel, er nimmt ohnehin wenig genug an Pacht ein. Die meisten Ländereien sind schon seit langem verkauft. Bloß die Artingstalls auf High Wick zahlen noch treu ihre Pacht, und ich hatte gedacht, das würde reichen, den Leuten ihren Lohn zu zahlen und ein paar Vorräte einzukaufen! Kein Wunder, daß ich es nicht finden konnte! Ist der doch hingegangen und hat es auf irgendeinen halbkahlen alten Gockel gewettet, der vermutlich kaum noch über den Kampfplatz hopsen konnte...«

Er war so wütend, daß ihm schier die Worte in der Kehle steckenblieben. Er starrte auf den schnarchenden, rotgesichtigen Sir Randolph hinunter, als ob er nicht übel Lust hätte, ihn aufzuwecken und zu schütteln. Aber dann murmelte er nur erschöpft: »Ach, was hat's für einen Sinn?« und fing an, die herumliegenden Papiere einzusammeln und sie mit gedankenverlorener Präzision aufeinanderzuschichten.

Lucas half ihm dabei, so gut er konnte, und fragte mit verhaltener Stimme: »Wollen Sie damit sagen, das war eine Wette, Sir? Garridge hat das Geld bei einem Hahnenkampf für ihn gesetzt?«

»Ja. Das heißt, wenn Garridge überhaupt bis zum Hahnenkampfplatz gekommen ist und das Geld nicht in die eigene Tasche gesteckt hat«, sagte Mr. Oakapple bitter. »Und wenn er es getan hat, so hatte er einiges Recht dazu. Der Himmel weiß, wann sein Lohn zum letzten Mal ausgezahlt worden ist.«

»Ist Sir Randolph deshalb so im Rückstand mit seinen Steuern? Weil er all sein Geld beim Wetten verliert?«

»Natürlich! Ich bezweifle, daß er mehr als fünf Wetten gewonnen hat während der letzten fünf Jahre... nach den Papieren hier drin zu urteilen.« Er machte eine heftige Kopfbewegung zu dem Schreibschrank hinüber. »Buchmacher, Pferderennen, Preiskämpfe, Geldverleiher... Tausende und Abertausende verschwendet bei Würfelspielen, Hindernisrennen, Kartenspielen... kein Einsatz zu hoch... sogar beim Krocketspiel.« Zornig glättete Mr. Oakapple eine zerknitterte alte Quittung – Lucas konnte gerade noch die Worte entziffern: WETTESSEN HEISSER KORINTHENBRÖTCHEN DER EHRENWERTEN BÄCKERZUNFT – und riß sie dann mittendurch. »Alles und jedes gibt er für Glücksspiele aus… Aber zu geizig, irgendwo im Haus ein anständiges Kaminfeuer zu unterhalten oder das Dach flicken zu lassen!«

»Ich verstehe«, murmelte Lucas. Viele Dinge, die er nur halbwegs wahrgenommen hatte während der letzten Monate, wurden ihm plötzlich klar. Er war bestürzt, nicht so sehr wegen dieser Enthüllungen über Sir Randolph, als vielmehr über den Ausbruch, mit dem Mr. Oakapple seine heftigen Gefühle offenbarte. Bisher war ihm sein Lehrer als ein so stilles, wenig emotionales, schweigsames Individuum erschienen, daß es geradezu ein Schock für ihn war, plötzlich solch einen Temperamentsausbruch bei ihm zu erleben.

»Ich dachte immer, Sie mögen Sir Randolph?« fragte er tastend.

»Wie kommst du denn auf die Idee? Das ist mir unbegreiflich«, empörte sich der Lehrer. »Das zeugt nicht gerade von Beobachtungsgabe.« Dann setzte er, bemüht, zu seiner gewohnten, trockenen Art zurückzufinden, hinzu: »Ist auch egal, *meine* Gefühle spielen dabei keine Rolle. Wir müssen eben das Beste aus den Dingen machen, so wie sie nun mal sind.«

»Aber wenn Sir Randolph dieses Haus verkaufen muß« – Lucas liebte Schloß Mitternacht nicht, aber der Gedanke, es verlassen zu müssen, war erschreckend – »wo sollen wir dann hin?«

»Wir werden eben etwas anderes finden müssen… Irgendein Haus ohne ein halbes Hundert leerstehender Zimmer. Ich für mein Teil hätte wenig dagegen einzuwenden… So, nun lauf, es muß wohl Abendbrotzeit für dich sein. Von mir aus darfst du es gemeinsam mit Anna-Marie einnehmen, wenn dir ihre Gesellschaft lieber ist.«

Sie war ihm nicht lieber. Und er hatte noch eine Frage auf dem Herzen. Es war ihm zwar peinlich, sie zu stellen, aber es half nichts. Nervös, aber resolut stammelte er: »Mr. Oakapple…, zahlt… zahlt Sir Randolph *Ihr* Gehalt?«

Ein rascher Blick in das Gesicht des Lehrers war Antwort genug.

»Aber wie kommen Sie dann zurecht?«

Der Lehrer lachte kurz auf. »Von der Hand in den Mund!«

»Aber«, beharrte Lucas, der vor einem Rätsel stand, »in dem Falle... warum bleiben Sie dann hier?«

Denn Mr. Oakapples beharrliches Verbleiben im Schloß, das spürte er deutlich, war weder durch die Zufriedenheit mit seiner Stellung noch mit der Zuneigung zu seinem Zögling zu erklären. Möglich, daß ihm seine Gedanken auf der Stirn geschrieben standen, denn sein Lehrer lachte erneut und tätschelte ihm auf so freundliche Art und Weise die Schulter, wie er es sonst noch niemals getan hatte.

»Mach dir keine Gedanken, warum ich bleibe! Ich habe meine Gründe. Vielleicht erzähle ich sie dir eines Tages. Und jetzt geh, ehe Sir Randolph aufwacht. Hast du deine Schulaufgaben fertig?«

»Nein, Sir«, sagte Lucas und kam so beherzt mit der Wahrheit heraus, wie er es noch vor zwei Tagen nicht gewagt hätte.

»Na ja, es war ja auch ein anstrengender Tag. Also laß sie bis morgen früh, aber sorg dafür, daß sie dann erledigt werden. Bis dahin kannst du tun, was du magst. Amüsier dich. Vielleicht magst du zu Anna-Marie gehen und irgendwas mit ihr spielen?«

Damit zog sich der Lehrer in das Arbeitszimmer zurück und schloß die Tür.

Lucas ging langsam den Korridor entlang und fand, daß Mr. Oakapple ihm schwerlich einen schwierigeren Auftrag hätte erteilen können. Sich amüsieren! Auf Schloß Mitternacht? Wie denn das?

Als er an der offenen Tür eines der unbenutzten Schlafzimmer vorüberkam, hörte er drinnen jemanden singen und blickte hinein.

Da saß Anna-Marie auf dem Fußboden, vor sich einen großen

Korb voller Tannenzapfen, die sie irgendwo ergattert haben mußte. Sie legte die Zapfen auf den nackten Dielen zu Mustern und summte dabei mit einer ungewöhnlich klaren, reinen kleinen Stimme vor sich hin. Dabei wirkten der Ort und ihre Beschäftigung eher trostlos.

»Hallo«, sagte Lucas. Sie blickte ruhig zu ihm auf, antwortete aber nicht. »Willst du nicht mitkommen ins Schulzimmer? Du kannst die Zapfen ja mitnehmen, dann zeichnen wir uns ein Spielbrett mit Quadraten und benutzen sie zum Schachspielen. Oder wir können uns am Feuer Brot rösten.«

»Nein, danke«, erwiderte Anna-Marie höflich. »Ich bin ganz zufrieden hier so allein. Vielen Dank«, sagte sie nochmals voller Würde, bedachte ihn mit einem langen, nachdenklichen Blick und wandte sich wieder ihrem Muster zu.

Lucas ging nach unten und schrieb seinen Aufsatz zu Ende.

Während der nächsten vierzehn Tage ereignete sich nichts Ungewöhnliches. Jeden Morgen wachte Lucas auf mit der Gewißheit, daß an diesem Tage Gendarmen oder Gerichtsvollzieher erscheinen und sie alle von Haus und Hof jagen würden. Aber nichts dergleichen geschah. Das Leben ging weiter wie zuvor. Von Mr. Smallside traf der Bescheid ein, Lucas möge seine Besuche in der Spinnerei wiederaufnehmen. Anna-Marie äußerte nicht den Wunsch, ihn noch einmal zu begleiten. Sie blieb zu Hause und beschäftigte sich, so gut sie konnte. Ein gut Teil des Tages verbrachte sie bei dem alten Gabriel Towzer, der sie mit seinen Gerätschaften spielen ließ und ihr in den Ställen eine Schaukel aufhängte. Außerdem lernte sie Englisch bei Mr. Oakapple, und Lucas mußte wohl oder übel zugeben, daß sie darin große Fortschritte machte. Mr. Oakapples Verhalten Anna-Marie gegenüber jedoch gab ihm Rätsel auf. Der Lehrer bevorzugte sie zwar in keiner Weise und behielt seine gewohnte, trockene Art stets bei, aber sehr oft ruhten seine Augen gedankenverloren auf ihr, oder seine Blicke folgten ihr, und auf seinem Gesicht erschien ein ganz neuer Ausdruck, wenn er sie betrachtete – so, als warte er darauf, daß sie etwas Bestimmtes sagte oder tat, so, als könne seine Reserviertheit jeden Augenblick aufbrechen und anderen Gefühlen Platz machen.

Die Beziehung zwischen Lucas und Anna-Marie war sehr schwankend. Sie setzte alles daran, deutlich zu machen, daß ihr an seiner Gegenwart nicht sonderlich gelegen war und daß sie sehr gut allein zurechtkam. Und er seinerseits wollte klar verstanden wissen, daß die Gesellschaft eines Mädchens, das kaum mehr als halb so alt war wie er selbst, für ihn schließlich kein Vergnügen bedeutete und daß jegliche Zeit, die er mit ihr verbrachte, einzig und allein seiner Menschenfreundlichkeit zu verdanken war.

Wenn er wirklich einmal zum Eichenzimmer ging und sich erbot, ihr eine Geschichte zu erzählen oder gemeinsam Fadenabnehmen mit den Fingern zu spielen, dann konnte es geschehen, daß sie sagte: »Du bist ja bloß hergekommen, weil Monsieur Towzir mir ein besseres Feuer macht, als du es in deinem Zimmer hast.«

So ging er dann nicht sehr oft hin.

Für Mr. Oakapple jedoch empfand er mittlerweile vertrauensvolles Einverständnis. Auch wenn die Art des Lehrers sich ihm gegenüber ebensowenig verändert hatte wie gegenüber Anna-Marie, so begriff Lucas jetzt, da er mehr über Mr. Oakapples Schwierigkeiten wußte, bei allem Rätseln über die Gründe für sein Ausharren auf Schloß Mitternacht, doch langsam, daß dessen herbes, schroffes Wesen nicht als Unfreundlichkeit gegen ihn persönlich gerichtet war, sondern daß es eher der Ausdruck seiner allgemeinen Überzeugung war, die Welt sei allzumal schlecht.

Denn manchmal, wenn Mr. Oakapple irgendeinen Fortschritt im Unterricht mit einem knappen Lächeln quittierte, dann hatte

Lucas ein Gefühl, als breite sich zwischen ihm und dem Lehrer eine Art Wärme aus.

Anna-Marie ihrerseits brachte Mr. Oakapple ein Vertrauen und einen Respekt entgegen, wie sonst niemandem. Wenn sie ihn zufällig im Park traf, dann rannte sie zu ihm hin und lief, vergnügt seine Hand in der ihren schwenkend, neben ihm her. Und wenn er auch solche Demonstrationen nicht erwiderte, entmutigen tat er sie auch nicht. Lucas war fassungslos, als er einmal beobachtete, wie Mr. Oakapple in der leeren, staubigen Bibliothek mit gerunzelter Stirn über etlichen Rechnungen brütete und sie neben seinem Stuhl stehenblieb, um ihm liebevoll den Kopf zu tätscheln und zu zausen, wobei er nur zustimmend nickte, ohne aufzublicken. »Sie dürfen sich nicht so viele Sorgen machen«, ermahnte sie ihn.

»Il a du fonds... Der da, der hat... Boden«, bemerkte sie später zu Lucas, und es schien der Superlativ eines Lobes zu sein. Boden? Lucas wunderte sich, was sie wohl meinte. Gewiß, Mr. Oakapple besaß Tiefe, das war sicher. In ihm steckte mehr, als man auf den ersten Blick sah.

Das Wetter wurde bitterkalt. Unaufhörlich fiel der Schnee. Jeden Morgen hingen die grauen Wolken tiefer und dicker herab. Bei ihren Fahrten nach Blastburn wickelten sich Lucas und Mr. Oakapple in ihre dicksten Sachen. Sie nahmen außer der Wagendecke noch alte Säcke hinzu, sie packten heiße Ziegelsteine und Strohhaufen auf den Boden des Wagens, um ihre Füße vorm Erfrieren zu schützen. Und trotzdem waren sie jedesmal durch und durch gefroren, wenn sie ihr Ziel erreichten, hatten taube Füße und blaue Finger. Jetzt freute sich Lucas immer auf die Hitze aus den großen Heizkesseln und die Dämpfe aus den Leimbottichen.

Aber die Atmosphäre in der Spinnerei blieb spannungsgeladen und bedrohlich. Äußerlich waren die Dinge wieder normal. Männer und Frauen gingen still ihrer Arbeit nach. Die Soldaten waren gekommen und hatten Scatcherd und seinen Kumpan so blitzartig festgenommen, daß dieses Beispiel wohl die anderen Möchtegern-Streikenden abgeschreckt hatte. Der Protest wegen der Löhne war im Keim erstickt worden.

Aber unter dieser scheinbaren Ruhe spürte Lucas Bedrohliches. Er fing dunkle Blicke auf. Der neue Vorarbeiter, Jobson, dessen Aufgabe es jetzt war, Lucas herumzuführen, war ein mürrischer, schweigsamer Mensch, der nie mehr von sich gab als die notwendigste Information, die von ihm erwartet wurde. Er schien sich in seiner Haut gar nicht wohl zu fühlen, denn es war unübersehbar, daß die Werkleute ihm nur einen Scheinrespekt zollten. Dem Vorsteher Mr. Smallside gegenüber benahmen sie sich sogar ganz offen feindselig, nannten ihn höhnisch Smallbeer oder Smallbritches.

An seinem fünften Tag in der Spinnerei wurde Lucas Zeuge eines beunruhigenden Zwischenfalls.

Den Männern, so hatte Jobson ihm erzählt, war strikt verboten, sich zu Gruppen zu versammeln, selbst zu zweit oder dritt. Die Bildung von Gemeinschaften, Vereinen oder Bünden zog die sofortige Entlassung nach sich. Nach Scatcherds Verhaftung hüteten sich daher alle, in der Spinnerei miteinander zu sprechen, selbst zweckdienliche Fragen zu stellen, die ihre Arbeit betrafen, und alle fuhren hastig auseinander, wenn Jobson oder Smallside irgendwo auftauchten.

Einen Arbeiter jedoch gab es, der keinerlei Furcht zeigte, mit den anderen zu reden, und schon sehr bald während seiner Besuche in der Spinnerei zog er unwillkürlich Lucas' Aufmerksamkeit auf sich. Sein Name war Robert Bludward.

Er war allein schon deshalb bemerkenswert, weil er der einzige Arbeiter war, dem es gestattet war, sich in einem Rollstuhl umherzubewegen. Jobson erzählte Lucas, daß ihm vor fünf Jahren, als er noch ein Lehrling war, bei einem Unfall beide Beine am Knie abgeschnitten worden wären.

»War eben zu langsam, dem Schnellschützen aus der Bahn zu kommen«, erläuterte Jobson lakonisch. Seitdem schauderte Lucas jedesmal innerlich, wenn er zuschaute, wie das riesige, mechanische Weberschiffchen, der sogenannte Schnellschütze, blitzschnell über den dampfbetriebenen Webstuhl glitt, auf dem die kostspieligeren Teppiche hergestellt wurden.

»Ein Wunder, daß er dabei nicht gestorben ist.«

»Ja, er war auch auf den Tod krank. Und die meisten Arbeiter wären ja auch entlassen worden, verkrüppelt, wie der nu war. Aber der is eben schlau, der Bob Bludward – 'n Verstand, so scharf wie ein Schnitzmesser. Hat 'n neues Färbeverfahren ausgetüftelt, wo nur halb so viel kostet, und denn hatt' er noch die Idee für dies Dampfgebläse, wo die Wolle nach dem Waschen trocknet. Na, da hat man ihn eben behalten. Und denn hat er sich selbst sein' Rollstuhl gebaut, wo läuft mit Dampfantrieb.«

Der Rollstuhl war aus einem Korbstuhl gemacht, mit einem kleinen Dampfmotor hinter der Lehne. Und sein Fahrer steuerte ihn mit verblüffender Geschwindigkeit durch die Gegend. Wie ein sonderbares Insekt flitzte er Rampen hinauf, über die langen Korridore oder die schmalen Passagen zwischen den Kolben entlang. Er war anscheinend in sämtlichen Abteilungen eine Art Experte geworden. Immer wußte er, wie etwas am besten zu machen war. Und niemand konnte sagen, wo er als nächstes auftauchen würde. Seine Fähigkeit, wie der Blitz dort zur Stelle zu sein, wo gerade Schwierigkeiten auftauchten, war geradezu unheimlich. Die Männer behandelten ihn zwar mit großer Höflichkeit, aber er schien sie doch nervös zu machen.

Bludward war sehr ansehnlich. Er hatte kurzes, sehr helles Haar, das sich über seinen ganzen Kopf krauste wie das Vlies eines Widders. Auch sein Gesicht war sehr hellhäutig und hatte so scharfe Züge, als sei es aus einem Block Salz herausgeschnitten, und seine Augen waren glasfahl. Man konnte minutenlang in sie hineinstarren, dachte Lucas, und doch nicht wissen, welche Farbe sie eigentlich hatten.

Wo immer der Rollstuhl durch die Spinnerei flitzte, verfielen die Männer in hektische Aktivität. Bludward hatte weit mehr Einfluß auf sie als Jobson, der eigentliche Vorarbeiter. Lucas beobachtete sehr bald, daß Bludward eine Art ›Schatten‹ oder Gefolgsmann besaß, der gewöhnlich dicht hinter seinem Rollstuhl auftauchte. Das war ein gebückter, ausgedörrter kleiner Bursche mit einer schwarzweißen Stoffkappe, bekannt als Newky Shirreff. Wohin immer Bludwards Stuhl rollte, Newky folgte, und Lucas bemerkte, daß die meisten Männer Newky etwas zusteckten. Er trug eine kleine Tasche bei sich, die im Laufe des Tages schwerer und schwerer wurde. Wenn Lucas nahe genug war, hörte er manchmal das Klirren von Münzen. Die Männer schienen Newky nicht sonderlich zu mögen. Er wurde mit mürrischen Blicken empfangen, und finstere Blicke folgten ihm nach auf seinen hastigen Wegen. Aber dennoch schien er über beträchtliche Macht zu verfügen, den Leuten das Geld aus der Tasche zu ziehen.

An seinem fünften Tag in der Fabrik stand Lucas zufällig allein und sah dem Prozeß der Leimbereitung zu. Jobson war fortgerufen worden, um den Eingang einer Ladung Wolle zu quittieren, und Mr. Oakapple war in irgendwelchen Angelegenheiten für Sir Randolph in der Stadt.

Da rollte Bludwards Stuhl heran und stoppte neben Sam Melkinthorpe, dem Leimmischer, einem stämmigen, rothaarigen Mann, der gerade einen riesigen Bottich mit getrocknetem Fischbeinpulver an einer Winde in die Höhe hievte, um es in den Leimkessel zu schütten. Bludward stellte ihm ein paar Fragen, und Lucas, der sich im Schatten des Fischmehlbottichs unbemerkt näherschob, hörte gerade noch Sams Antwort: »Nee, im Moment kann ich dir nix zahl'n, Bob. Der Frau geht's schlecht, und zwei von den Kleinen auch, und die Rechnungen vom

Doktor haben mich leergekratzt. Diesmal mußte ohne mein' Tribut auskommen.«

»Das geht aber nicht, und du weißt das, Sam«, erwiderte Bludward ruhig, »irgendwie mußt du's ranschaffen.«

»Ich sag dir, Mann, was nicht geht, geht nicht!« sagte Sam barsch. »Bin total abgebrannt, Kumpel.« Damit machte er auf dem Absatz kehrt, zog den Hebel, um den Inhalt des Fischmehlbottichs auszukippen, und konzentrierte sich darauf, die haferbreiartige Masse in dem riesigen Kessel unter ihm umzurühren.

Bludwards Rollstuhl setzte sich in Bewegung. Lucas beobachtete, wie er Newky Shirreff mit leichtem Kopfschütteln ein Zeichen gab. Newky drehte sich um und blickte zu der im Schatten liegenden, sogenannten ›Abseite‹ hinüber, wo das Rohmaterial für den Leim und die Farblösungen in großen Behältern verwahrt wurde. Dort glitten zwei Männer aus dem Dunkel hervor; sie kamen geräuschlos, aber schnell. Ehe er es gewahr wurde, hatten sie Sam Melkinthorpe flankiert. Wie es geschah, konnte Lucas, halb versteckt hinter dem Fischmehlbottich, nicht sehen, aber plötzlich war Sam mit einem grauenhaften Schrei in den Leimkessel gefallen und kämpfte wie wild, um seinen Kopf über der Oberfläche der übel aussehenden, zähen Flüssigkeit zu halten.

»Hilfe! Jungs, lauft nicht w…« wollte er schreien, aber das Wort ›weg‹ kam wie ein ersticktes Gurgeln heraus. Inzwischen waren die Männer, die den Fall bewerkstelligt hatten, verschwunden. Der ganze ›Unfall‹ war so schnell vor sich gegangen, daß Lucas kaum glauben konnte, was er gesehen hatte. Aber er begriff die entsetzliche Gefahr, in der Melkinthorpe sich befand. Er stürzte vor, schnappte sich das lange ›Paddel‹, die hölzerne Kelle, die zum Umrühren benutzt wurde, und mit ihr gelang es ihm, den unglückseligen Mann zu stützen und an den Rand des Kessels zu bugsieren. Sobald er in Reichweite war, packte Lucas seine Hand und versuchte, ihn herauszuziehen.

Aber Melkinthorpe war ein großer Mann, vierschrötig und schwer, und das Gewicht des Leims machte ihn nur noch schwerer. Lucas begann zu verzweifeln bei dem Gedanken, daß er es nicht schaffe, ihn ohne Hilfe herauszuziehen, aber er traute sich auch nicht, um Hilfe zu rufen, denn womöglich kamen dann Newky und die beiden anderen Männer zurück.

Glücklicherweise kam in diesem Augenblick Jobson wieder. »He! Was ist denn hier los?« knurrte er, erfaßte blitzschnell die Situation und packte mit festem Griff Melkinthorpes rechten Arm. »Los, Junge, ich zähl bis drei! Eins – zwei – drei!«

Melkinthorpe kam mit einem schauerlich saugenden ›Plopp‹ aus dem Kessel und fiel keuchend auf das Sandsteinpflaster. Ein Kanister Spiritus und ein Haufen Baumwollfaserreste standen immer bereit für solche Unfälle, und Jobson begann mit Lucas' Hilfe augenblicklich, eine Handvoll davon mit Wasser zu tränken und dem Mann Mund und Nase freizuwischen, ehe er erstickte.

»He, Sam, warst dicht dran am Abnippeln, was«, kommentierte Jobson lakonisch, als Melkinthorpes verzweifeltes Luftschnappen wieder mehr einem normalen Atemholen ähnelte. »Wenn der Junge hier nicht gewesen wäre…«

»Tja«, meinte Sam, als er wieder sprechen konnte, »und wenn ich nich gerade eben 'nen Pott kaltes Fischbeinpulver zugekippt hätte, so daß der Leim nicht glühend war – tja, denn wär ich gekocht worden wie 'ne Krabbe. Hab wohl noch ganz schön Schwein gehabt, meine ich.«

»Was bist du denn auch bloß für'n Tolpatsch gewesen, Kumpel! Is doch sonst nich deine Art, so unvorsichtig zu sein.«

Lucas hatte fast schon den Mund aufgemacht, um zu reden, da kriegte er einen warnenden Stoß von Melkinthorpe, dessen Bein er zufällig gerade sauberrieb. Er sah Sam verzweifelt das Gesicht zu einer Grimasse verziehen in dem Versuch, eins seiner von

Leim und Spiritus brennenden Augen zu öffnen, gerade lange genug, um ihm zuzuzwinkern. Da war Lucas still. Zum Glück gehörte Jobson nicht zu denen, die von solchem Unfall viel hermachten. Er gratulierte Lucas lediglich zu seiner Geistesgegenwart, und bald danach ging er fort.

»Danke, Junge«, murmelte Sam, als er fort war. »Aber daß du mir zu keiner Seele 'n Wort sagst, klar? Sonst kriegste auch noch Ärger. Nachrichten laufen hier schnell, und Bludwards Jungs ham scharfe Ohren, mein Bürschchen.«

»Aber ich verstehe nicht«, flüsterte Lucas. »Was haben Sie denen denn getan?«

»Wollte ihnen das Schutzgeld nicht zahlen.«

»Was für ein Schutzgeld?«

»Na, für den Arbeiterhilfsverein. Wenn du denen nicht zahlst, dann wirste von der Presse gerammt, oder du fällst in den Leim oder wirst von 'nem Förderwagen überfahren, so rein zufällig. Gibt hier viele solche ›Mißgeschicke‹. So, und nu haust du besser ab, Junge, falls einer von denen zurückkommt. Werd's nicht vergessen, was du getan hast.«

»Aber sind Sie auch wirklich in Ordnung? Und wenn die das nun noch mal machen?«

»Dies war wahrscheinlich nur 'ne Warnung. Werde wohl irgendwo Moneten auftreiben müssen. Weiß der Himmel, wo«, seufzte Sam.

Lucas wünschte, er könne anbieten, ihm Geld zu leihen, aber sein Taschengeld war ihm schon seit Monaten nicht mehr ausgezahlt worden, er hatte nichts bei sich. Auf der Heimfahrt in der leichten Kutsche war er sehr in Gedanken versunken und sprach kaum ein Wort mit Mr. Oakapple, der seinerseits schweigsam war, denn er hatte der Steuerbehörde einen neuerlichen Besuch abgestattet. An diesem Abend erschien unverhofft Anna-Marie in Lucas' Schulzimmer, als er gerade mitten in einem langen Brief an Greg steckte.

Eine Stunde zuvor war aus der Richtung von Sir Randolphs Arbeitszimmer mächtiger Lärm, Schläge und Geschrei, zu hören gewesen. Lucas hatte schon überlegt, ob wohl Mr. Gobthorpe wiedergekommen wäre oder sonst ein Beamter; aber als er aus dem Schulzimmer schlüpfte und sich zur großen Eingangsdiele hinüberschlich, war anscheinend kein Fremder im Haus gewesen, denn Redgauntlet war still, und die große Eingangstür war verriegelt. Von oben aber hörte er Sir Randolph brüllen: »Ich will sie nicht sehen! Ich sage Ihnen, ich will nicht! Lassen Sie sie im Haus bleiben, wenn's denn sein muß – bitteschön, noch einer mehr in der fressenden Heerschar, die mich um Haus und Hof bringt, was macht das schon aus? Wie Ratten kommen sie an und machen sich über einen ruinierten Mann her. Aber ich will sie nicht sehen, ist das klar? Sorgen Sie dafür, daß sie mir nicht unter die Augen kommt, oder beim Teufel, es gibt Ärger!«

Er war oben an der Treppe erschienen und fing an, laut vor sich hinfluchend abwärtszutorkeln – da hatte Lucas lieber gemacht, daß er fortkam.

Vielleicht hatte Anna-Marie irgendwie mit dieser Szene zu tun gehabt? Jedenfalls schlüpfte sie jetzt lautlos in Lucas' Schulzimmer, ganz ohne ihre gewohnte Selbstsicherheit. Sie kauerte sich schweigend auf einem Kissen neben dem trüben Kaminfeuer zusammen und machte sich damit zu schaffen, ihm nach und nach eine flackernde Glut zu entlocken.

Trotz des Feuers war der Raum mit dem Steinfußboden bitter kalt. Lucas saß in eine Decke gewickelt, die er sich oben von seinem Bett geholt hatte, während er an seinem Schreibtisch schrieb. Draußen fiel unaufhörlich Schnee. Das Zimmer war ganz still, bis auf das feine Streifen der Schneeflocken an den Fensterscheiben.

In letzter Zeit hatte Lucas seine Angewohnheit, ständig zu lauschen, noch verstärkt. Worauf, das wußte er eigentlich selbst nicht – auf Schritte im Stockwerk über ihm, auf Stimmen, auf tröpfelndes Wasser, ächzendes Holz, auf das Kratzen der Mäuse hinter den Wandtäfelungen. Auch jetzt spitzte er die Ohren, aber er konnte rein gar nichts hören. Das ganze große leere Haus schien vom Schlummer eingehüllt.

»Pinhorn und Abigail sind heute gegangen, hast du das gewußt?« fragte Anna-Marie.

»Weggegangen meinst du?«

»*Oui.* Und der alte Mister Towzer, er sagen, er gehen auch... und Garridge. Wer wird aber dann für die Pferde sorgen?«

»Weiß nicht.« Lucas hörte ihr gar nicht richtig zu. Er wünschte bloß, sie würde aufhören zu reden, damit er weiterlauschen konnte.

»*Raconte-moi une histoire* – erzähl eine Geschichte – *s'il te plaît*, Luc-asse?« bat Anna-Marie mit leiser Stimme.

»Ach, um Himmels willen!« fuhr er sie gereizt an. Sich eine Geschichte auszudenken, das war nun das Letzte, was er jetzt wollte. Nach dem langen, kalten Tag in der Spinnerei und dem erschreckenden Zwischenfall mit Bludward und Melkinthorpe fühlte er sich erschöpft und nervös. Immerfort sah er vor seinem geistigen Auge das grauenhafte Schauspiel des Mannes im Leimkessel, und jedesmal wieder spannten sich unwillkürlich seine Muskeln, um hinzustürzen und das Paddel mit dem langen Schaft zu packen. Wenn er nun nicht schnell genug gewesen wäre? Wenn er nun ausgeglitten wäre auf dem schlüpfrigen Rand und selbst in den Leim gefallen wäre?

»Ich bin jetzt zu müde«, erklärte er Anna-Marie. »Ich kann mir schließlich nicht dauernd Geschichten für dich ausdenken. Manchmal bin ich eben einfach nicht in der richtigen Verfassung zum Erzählen.«

Ihre Lippen zitterten. Normalerweise wäre sie um eine flinke, bissige Antwort nicht verlegen gewesen, heute abend aber fehlte ihr jeglicher Elan. Sie kauerte sich enger zusammen, lutschte am Daumen und blickte sinnend ins Feuer, und wieder herrschte lange Zeit Schweigen. Über den Rand des Buches, das er zu lesen vorgab, blickte Lucas zu ihr hinüber und sah, wie sich das Funkeln des Feuers in einer Träne auf ihrer Wange spiegelte. Da war er zerknirscht.

»Ich kann ja laut lesen, wenn du möchtest«, bot er ihr beschämt an.

»Deine Bücher sind nicht interessant für mich.«

»Oder wir spielen Schach?«

»Die Tannenzapfen sind in meinem Zimmer. Es ist zu weit weg, sie zu holen.«

Lucas bot nicht an, selbst hinzugehen. Er verspürte plötzlich eine Abneigung gegen den Weg durch die langen, dunklen Gänge.

»Na schön, dann spielen wir Papier-Schere-Stein.«

»Was ist das für ein Spiel? *Connaîs pas.*«

»Das geht so.« Er zeigte ihr, wie sie die Faust dreimal schütteln und dann verschiedene Zeichen mit den Fingern machen müsse. »Zwei Finger auseinander für Schere; flache Hand bedeutet Papier; geballte Faust – *comme ça* – ist ein Stein. Und Schere schlägt Papier...«

»Pourquoi?«

»Weil sie es schneiden kann, natürlich, du Dummchen. Und Papier schlägt Stein, weil du einen Stein in ein Stück Papier einwickeln kannst; und Stein schlägt Schere...«

»Weil sie den Stein nicht schneiden kann. Ich verstehe...«

»So ist es. Also, schüttle deine Faust dreimal, und dann mach eine von den drei Sachen.«

Sie schüttelte die Faust. Danach machte Anna-Marie eine flache Hand für Papier, und Lucas ballte die Faust zum Stein.

»C'est moi qui gagne!« triumphierte sie. »Nochmal!«

Sie spielten noch einmal. Anna-Marie machte wieder Papier, aber diesmal spreizte Lucas zwei Finger zum V für Schere und gewann die Runde. Anna-Marie jedoch legte eine beträchtliche

Fähigkeit an den Tag, im voraus zu raten, was Lucas tun würde, und binnen kurzem hatte sie von sieben Spielen fünf gewonnen.

Als sie hundertzweiunddreißig Spiele gewonnen hatte und Lucas neunundneunzig, da erklärte er, daß sie doch schon längst hätte zu Bett gehen müssen. »Fanny wird dich schon suchen.«

»Sie ist nach Hause gegangen, ihre Mutter besuchen.«

»Dann Mrs. Gourd.«

»Sie hat mir gesagt, ich kann zu Bett gehen, wann ich will.«

»Also, wenn du nicht müde bist… ich bin es.«

»Kann ich nicht bleiben hier bei dir, Luc-asse? Ich mag nicht zurückgehen, den ganzen langen Weg in mein Zimmer. Es ist so dunkel in den Fluren. Ich könnte da in dem Korbsessel schlafen.«

»Nein, das kannst du nicht«, sagte Lucas bestimmt. »Es ist eiskalt hier drinnen, sobald das Feuer ausgeht. Außerdem gibt es hier Mäuse.«

»*Eh bien*, kann ich dann mit bei dir schlafen, in deinem *chambre à coucher?*«

»Nein, das kannst du nicht!«

»Aber da gibt es noch ein Bett.«

»Aber nur Decken für einen. Komm jetzt, ich bring dich zurück in dein eigenes Zimmer. Du wirst doch auch nicht ohne Fifine zu Bett gehen wollen!«

»Die habe ich hier, *voilà!*« Anna-Marie fischte die zusammengeklebte Puppe aus einer Tasche ihres schwarzen Wollrocks.

»Oh. Aber trotzdem, du kannst hier nicht bleiben. Du würdest wahrscheinlich mitten in der Nacht voller Schrecken aufwachen und nicht wissen, wo du bist. Los, komm.«

Er nahm ihre Hand und zog sie widerstrebend und protestierend auf die Füße.

»*Oh! Oh! Le pied me fourmille! Laisse-moi!*«

»Ach, das sind bloß tausend Stecknadeln, das vergeht, wenn du läufst«, erklärte Lucas mitleidlos. Er zündete einen seiner gehorteten Kerzenstummel an und führte sie über die Osttreppe zu ihrem Zimmer zurück, das allerdings wenig anheimelnd aussah, als sie es erreichten. Das Feuer war aus, und die Lampe, die fast kein Öl mehr hatte, erstarb soeben in bläulich glimmendem Flackern.

»Ich mag hier nicht bleiben. Ich fürchte mich!«

»Ach Unsinn! Was soll dir schon passieren? Wo ist dein Vogel?« fragte er und blickte sich suchend nach ihm um.

»Ich habe ihn freigelassen. Ich mochte es nicht, daß er im Käfig sitzen muß. Er ist aus dem Fenster geflogen.«

Lucas seufzte. »Gut, jetzt komm, geh ins Bett« sagte er. »Ich bring das Feuer wieder in Gang, wenn ich kann.«

Unter der Asche waren noch ein paar schwelende Reste, und es gelang ihm, rundherum einen kleinen Käfig aus halbverbrannten Holzstückchen zu bauen und eine schwächliche Flamme daraus hervorzublasen.

»So«, sagte er und erhob sich von den Knien. »Jetzt hast du was, das du anschauen kannst. Gut, du bist im Bett. *Bonne nuit*, schlaf gut.«

»Nein, warte. Mir ist kalt.«

»Leg einfach alle Kleider, die du hast, auf dich drauf«, sagte er ungeduldig.

»Gib sie mir her, bitte, Luc-asse... Wenn ich aufstehe, dann – meine Füße werden so kalt.«

»Hier. Jetzt wirst du schön...«

»Oh, warte! Geh nicht fort. Ich glaube, ich hör ein Geräusch... *c'est des voleurs, peut-être...*«

»Bah! Was sollten Räuber wohl in diesem Haus? Da gibt's nichts mehr zu stehlen. Schlaf jetzt, Anna-Marie. Ich bin sehr müde, ich möchte ins Bett gehen.«

Schließlich schaffte er es, sich ihrem kleinen, kalten Klammergriff zu entziehen, und er machte sich auf den Weg zu seinen eigenen Zimmern. Aber auch er lauschte ängstlich, mit gespitzten Ohren, während er sich mit größerer Wachsamkeit als sonst durch die verlassenen Korridore schlich. Und selbst noch, als er wohlbehalten im Bett lag, dauerte es unendlich lange, ehe er in einen unruhigen Schlummer fiel.

Lucas öffnete die Augen. Und setzte sich auf.

Zuerst wußte er gar nicht, was ihn geweckt hatte. Aber wach war er, hellwach sogar, er vibrierte förmlich vor Wachheit, und sein Wahrnehmungsvermögen war aufs äußerste angespannt. Irgend etwas war nicht so, wie es sein sollte, das wußte er sofort, irgend etwas war hier faul. Gefahr lag in der Luft; Gefahr lauerte irgendwo in dem riesigen, dunklen Haus, da war er sicher. Er saß in Hockstellung in seinem Bett, unbeweglich lauschend, starrte in die Dunkelheit, ganz darauf konzentriert, auch nur das leiseste Geräusch wahrzunehmen. Stille. Aber war es die absolute Stille? Oder hörte er da einen Ton… Hinter dem lauten Pochen seines eigenen Herzens, war da nicht noch etwas anderes?

Ein paar Sekunden lang glaubte er halbwegs, es sei nur sein eigener Puls, den er da hörte – ein feines, aufgeregt raunendes Wispern, wie Mäuse, wie das Rascheln toter Blätter auf trockenem Boden, wie Wind, der durch Dornengestrüpp streicht.

Oder war es schließlich nur der Schnee?

Aber plötzlich war da – unwiderlegbar, erschreckender als der sonderbare Ton – ein entfernter Geruch, unter dem sich seine Nasenflügel weiteten – ein scharfer, heißer, trockener Geruch, der ihm in die Kehle fuhr, der ihn aus dem Bett und auf den Boden springen ließ, als habe sich unvermittelt seine Matratze hochgewölbt und ihn herauskatapultiert.

Feuer! Es war der prickelnde, beißende Geruch von Feuer, der seine Nasenflügel zucken ließ. Und in der Ferne konnte er jetzt, da er auf den Beinen war und seine Tür aufgerissen hatte, das Prasseln der Flammen hören – ein knatterndes, kratzendes, wildes Geräusch, daß ihn in panischer Eile in seine Kleider und Stiefel fahren ließ, das ihn hinausjagte in die eiskalte Dunkelheit, die vielleicht nicht ganz so eiskalt war, wie sie sein sollte. Und auch die Dunkelheit war nicht wirklich dunkel. Das Schwarz war getönt mit einer Farbe wie dunkles Blut, und die flackerte, schneller und schneller. Schatten waberten auf und ab. Da war eine Helligkeit, die es nicht geben durfte, ein Glühen aus dem Korridor, der zur großen Haupttreppe führte.

Aber Anna-Maries Zimmer lag in jener Richtung!

Er raste die Passage entlang. Das Dröhnen seiner Füße auf den Dielen verlor sich mehr und mehr in dem Getöse, das ihm von vorn entgegenschlug, das lauter und lauter wurde mit jedem Schritt auf seinem Wege vom Ostflügel, wo seine Zimmer lagen, zur Haupttreppe und Sir Randolphs Wohnung hin.

Der beängstigend stechende Geruch nach überhitztem Holz und brennender Farbe war überall um ihn her. Er hörte ein plötzliches, heftiges Krachen, als sich das Feuer durch irgendeinen Balken fraß und irgendwo ein Fußboden nachgab... Aber wo war das? Wo brannte es? Und warum schien niemand außer ihm zu merken, was los war?

»Anna!« schrie er. »Anna-Marie! Feuer! Wach auf! Feuer!«

Endlich war er beim Eichenzimmer! Mittlerweile war da ein grellroter, lodernder Schein, der ganz aus der Nähe kam, und er sah, wie sich das Geländer der Haupttreppe gestochen scharf dagegen abhob... Er hämmerte gegen die Tür. »Anna-Marie! Wach auf!«

Keine Antwort von drinnen. Von Panik erfüllt, riß er die Tür auf, und ihr angstvoller Aufschrei schlug ihm entgegen: *»Qu'est ce qu'il y a? Qui est-ce?«*

»Oh, du bist da«, sagte er unermeßlich erleichtert. »Rasch, steh auf, zieh dich an, das Haus brennt!«

»*Ciel!* Wo?« Sie kletterte aus dem Bett und griff nach seiner Hand.

Rauch füllte bereits den Raum und ließ sie beide husten und nach Atem ringen.

»Es geht nicht, wir können hier nicht bleiben«, hustete Lucas. Ein noch dickerer, blendendweißer Ballen Qualm kam durch die Tür hereingerollt. »Laß meine Hand nicht los«, befahl er. »Hier bin ich... hier... halt fest!«

Es bedurfte des Drängens nicht. Während sie sich wie mit Saugnäpfen an sein Handgelenk klammerte, zog er, so gut er es mit einer Hand konnte, die Decke herunter, die ihr Bett bedeckte, und raffte sie – mit ihren Kleidern darin – an allen vier Zipfeln zusammen; wenigstens hoffte er, daß die Sachen darin waren.

»Komm jetzt, raus aus der Tür...«

»O nein! Ich ersticke... ich kann nicht atmen... und ich kann die Augen nicht offenhalten. Wir können nicht da raus!«

»Wir müssen! Halt die Augen geschlos... Moment, ich weiß was. Wart einen Augenblick«, sagte Lucas. »Bleib hier und rühr dich nicht... Hier, halt dich am Türgriff fest.«

Er wußte, daß sich ihr Waschgeschirr mit dem Wasserkrug irgendwo links von der Tür auf einem Ständer befand. Er tastete sich in die Richtung vor, fand den Krug und ein Handtuch daneben, das er ins Wasser tauchte.

Er tastete sich zurück zu Anna-Marie. »Zieh dir das übers Gesicht«, befahl er und griff wieder nach den vier Ecken der Decke. »Teufel, der Rauch ist dick!«

»Wo sollen wir denn hin?« wimmerte Anna-Marie.

Einen Moment lang, draußen vor ihrer Schlafzimmertür, wurde Lucas überwältigt von den eisigen Klauen bodenlosen Horrors. Der Qualm war jetzt so vollkommen undurchdringlich, daß es nicht möglich war, zu sehen, wo das Feuer brannte, obwohl man sein ungestümes Prasseln hören und seine Hitze fühlen konnte. Er wußte auf einmal nicht mehr, welchen Weg sie gehen sollten. Wenn sie nun mitten in das Feuer hineingingen?

Dann aber meldete sich sein klarer Verstand wieder. Er war aus seinen Zimmern hierher gekommen, und das Feuer war vor ihm gewesen. Um jetzt von ihm wegzukommen, mußten sie also nur den Weg zurückgehen, den er gekommen war.

»Hier entlang!«

»Ich kann nicht, ich kann nicht, es ist zu dick!«

»Du mußt dich ganz tief bücken!«

Also rannten sie, beide tief gebeugt, rannten und stolperten. Lucas, dessen Hände nicht frei waren – die eine umklammerte die Decke, die andere wurde von Anna-Marie umklammert – konnte sich den Weg nicht ertasten, er schob sich deshalb mit einer Schulter an der Wand entlang. Das Deckenbündel schleifte zwischen ihnen und ließ sie oft stolpern.

Bald war der Qualm so schlimm, daß sie kriechen mußten. Und wieder wurde Lucas von Panik übermannt. Das Feuer mußte unter ihnen bereits überall sein – es kam schneller voran als sie. Wenn nun die Treppe in seinem Flügel schon brannte, wenn sie nun keinen Weg mehr nach unten fanden?

Aber er ging stur weiter, hielt Anna-Marie am Handgelenk, schleppte sie hinter sich her und schaffte es irgendwie auch noch, die Decke im Griff zu behalten.

Die Wand ging unvermittelt ins Treppengeländer über, und Lucas schoß vornüber und lag auf dem Bauch, als seine linke Hand, mit der er sich abstützen wollte, ins Leere griff. Sie waren am Kopf der Treppe angekommen.

»Was ist mit dir?« schrie Anna-Marie angstvoll. »Luc, wo bist du? Was ist passiert?«

»Alles in Ordnung. Ich bin bloß über den Treppenabsatz gefallen.« Er tastete mit der freien Hand umher, bis er die ihre wiedergefunden hatte. »Dreh dich um, so daß du sitzt, und dann rutsch die Treppe runter. Halt dich am Geländer!«

»Oh, j'ai peur, j'ai peur!«

»Nein, du schaffst das, ich bin hier ganz dicht hinter dir«, erklärte Lucas mit einer Festigkeit, die er nicht entfernt verspürte.

Aber als sie schließlich heil die Treppe herunter waren und er die schweren Steinplatten unter den Füßen spürte, da faßte er wirklich wieder ein wenig Zuversicht. »Es sind hier nur noch ein paar Schritte bis zu meinem Schulzimmer«, sagte er. »Ich denke, da kannst du dir deine Sachen anziehen. Hier fühlt es sich nicht so heiß an, wir müssen weiter weg sein vom Feuer.«

»*Oh non!* Hier ist genauso viel Rauch. Es ist zu gefährlich im Haus. Laß uns rausgehen.«

»Da ist es zu kalt. Du mußt dich vorher anziehen, sonst erfrierst du, so bloß in deinem Nachthemd.«

Aber als sie in Lucas' Schulzimmer kamen, sahen sie wohl, daß es nicht ratsam war, Zeit zu vergeuden, denn auch hier wurde der Qualm schon verhängnisvoll dicht, und das Tosen des Feuers nahm zu.

Lucas drängte Anna-Marie, sich nach Kräften zu beeilen mit dem Anziehen, und er half ihr dabei, so gut er es verstand, schnürte Bänder, machte Knöpfe zu und dachte, während er es tat, daß es kein Wunder war, wenn Mädchen so linkische, ewig jammernde, furchtsame Naturen waren. Allein die Mühe, jeden Tag in all diese Kleider hinein- und wieder herauszukommen, reichte ja aus, einen trübsinnig zu machen!

»Hier ist eine alte Jacke von mir, zieh die auch noch an. Und jetzt nimm die Decke, hier, so. Schnell...«

Er hatte die Tür geschlossen, während sie sich anzog. Als er sie wieder aufmachte, quoll der Rauch herein, und sie hörten das Prasseln der Flammen im Korridor erschreckend nahe.

»Oh, was sollen wir machen, was sollen wir machen?« schrie Anna-Marie.

»Raus durchs Fenster«, befahl Lucas kurz. Es waren kaum mehr als anderthalb Meter hinunter bis zum Boden. Er öffnete den Riegel und riß die Fensterflügel weit auf. Ein Schwarm von Schneeflocken fuhr herein; ungestüm wirbelten sie herum, als sie auf die warme, rauchgeschwängerte Luft drinnen trafen.

»Komm, rasch!« rief er Anna-Marie zu, die sich wie ein Scherenschnitt gegen den Glutschein hinter der offenen Tür abhob. Er packte sie kurzerhand um die Mitte, hievte sie irgendwie in die Höhe und stieß sie nach draußen. Ein Aufprall und ein Quieken verrieten ihm, daß sie sicher gelandet war. Er schob das Deckenbündel hinter ihr her und dann einige wenige seiner Besitztümer, die er in panischer Eile zusammenraffte.

»*Vite, vite*, schnell!!« schrie Anna-Marie von draußen und hüpfte vor Ungeduld auf und nieder.

»Schon gut, ich komme.« Lucas kletterte hinter ihr her. Und keine Sekunde zu früh. Hinter seiner Tür war das Prasseln des Feuers zu einem gleichbleibenden Brüllen angeschwollen.

Kaum war er draußen, da griff Anna-Marie wieder nach seiner Hand. »Wo sollen wir jetzt hin?«

»Nach hinten in den Stallhof. Kannst du rennen?«

Sie nickte und folgte ihm gehorsam. Der Schnee fuhr schneidend in ihre Gesichter, er fühlte sich an wie die Dornen des Stechginsters. Sie kämpften sich durch die Dunkelheit um den Ostflügel des Hauses herum. Über ihnen mußten große Flammen in den Himmel schlagen, denn auf den Schneeflächen zu ihrer Linken sahen sie tanzende Schatten. Ebenso flogen über ihren Köpfen große Fetzen brennender Materie auflodernd dahin, wirbelten vorüber und verschwanden mit dem Wind.

Lucas wollte zweierlei – er wollte herausfinden, wo das Zentrum des Feuers war, und er war besorgt um das Wohlergehen von Mr. Oakapple, dessen Zimmer hier auf den Hof hinausgingen. Die Schlafräume der Dienerschaft lagen alle weit weg im Westflügel, der vielleicht vom Feuer verschont geblieben war. Aber wie stand es um Sir Randolph, genau in der Mitte des Hauses? Und wo war überhaupt Mr. Oakapple die ganze Zeit?

Als sie in den Hof kamen, blieben sie wie versteinert stehen. Ihre Erlebnisse mit dem Feuer im Innern des Hauses waren wahrhaftig schrecklich genug gewesen, aber sie hatten ja bis zu diesem Augenblick keine Ahnung gehabt von seiner vollen Stärke und Ausdehnung! Jetzt sahen sie, daß der ganze mittlere Teil des E-förmigen Schlosses in lodernden Flammen stand. Das Feuer mußte sich mit unheimlicher Geschwindigkeit ausgebreitet haben, während sie sich über den oberen Korridor ihren Weg zur Osttreppe gebahnt hatten, sie waren ihm keine Sekunde zu früh entronnen. Das Gebäude war vollständig ausgehöhlt und vom Feuer erhellt wie eine Kürbislaterne: Flammen leckten und schossen aus jeglichem Fenster. Während sie zuschauten, krachte ein ganzes Segment des Dachfirstes in sich zusammen und fiel nach drinnen.

Es war ein ungeheuerliches Schauspiel, wie die Flammen so in die Höhe schossen und der Schnee von oben herabwirbelte.

»Oh, mon dieu!« schrie Anna-Marie. *»Monsieur Ookapool,* wo ist er?«

»Pscht! Ist ja gut... Hier kommt er gerade«, seufzte Lucas unendlich erleichtert. Zwei schmutzbedeckte, rauchgeschwärzte Gestalten schleppten sich auf sie zu über das Kopfsteinpflaster des Hofes, dessen Schneefläche halb geschmolzen, halb in das rötliche Licht der Flammen getaucht war.

»Bist du's, Lucas?« rief Mr. Oakapples Stimme. »Hast du Anna-Marie bei dir? Oh, Gott sei Dank! Tüchtiger Junge! Ich hab in ihr Zimmer geguckt, und sie war weg... Ich dachte schon...«

»Sind Sie in Ordnung, Sir? Wer ist das, wen haben Sie da?«

Mr. Oakapple beugte sich vor und legte die Gestalt, die er mit sich geschleppt hatte, etwas nachlässig in den Schnee. Es war Sir Randolph.

»Ich mußte ihm mit einem Stuhlbein eins über den Schädel geben«, erklärte der Lehrer sachlich. »Er war wie wildgeworden, im Delirium... schrie lauter dummes Zeug über die Steuerbeamten... daß alles bloß ihre Schuld sei. Kannst du mal einen Moment ein Auge auf ihn haben, während ich Garridge und Gabriel in der Wagenremise aufwecke, falls sie nicht schon wach sind. So, wie es aussieht, bei dieser Windrichtung, kann sich das Feuer leicht auf die Dienerquartiere ausbreiten, ehe auch nur die leiseste Hoffnung besteht, daß Hilfe aus der Stadt kommt.«

Damit eilte er in Richtung auf den Westflügel davon.

Eine dick eingehüllte, weibliche Gestalt kam herangetrippelt und entpuppte sich als Mrs. Gourd, höchst seltsam gekleidet in Nachthemd, Schlafmütze über den Papierwicklern im Haar, gestreiften Strümpfen, Unterrock und einem alten Kutscherumhang.

»Der Herr sei uns gnädig, Master Lucas! Was machen wir denn jetzt? Ich hätte ja nie gedacht, daß ich da lebend rauskomme... Ich wäre noch immer drinnen, wenn Mr. Oakapple mich nicht geweckt hätte... Alles in Ordnung mit Ihnen, kleine Miss? Meine Güte, welch ein Glück, daß Fanny gerade nicht da war und Abby und Pinhorn sowieso schon fort...«

»Können Sie hier bei Anna-Marie bleiben, Mrs. Gourd?« unterbrach Lucas sie schnell. »Ich will das Pferd aus dem Stall holen für den Fall, daß das Feuer auch dorthin übergreift...«

Er rannte zu den Stallgebäuden hinüber, stellte aber fest, daß Mr. Oakapple schon den gleichen Gedanken gehabt hatte, denn er führte soeben Noddy, die Stute, heraus, der er sorgsam eine Pferdedecke übergelegt hatte.

»Garridge ist nicht da... aber gut, daß ich hineingegangen bin, der alte Gabriel schlief fest... und roch nach Gin. Ah, da kommt er ja. He, Gabriel, hilf mir mal, den Zweisitzer rauszuziehen, ja?«

Als Lucas zu der Stelle zurückkam, wo er Sir Randolph verlassen hatte, lag der Baronet nicht mehr im Schnee. Er hatte sich taumelnd aufgerappelt, trat unsicher schwankend ein paar Schritte nach hinten und blickte mit verwirrtem Ausdruck in die goldenen Flammen, die durch das Skelett seines Hauses sprangen.

Der alte Gabriel humpelte heran und begann auf Mrs. Gourd einzureden. »Gütiger Himmel, was für 'n Aufruhr! Ein Segen, daß niemand von uns in seinem Bett verbrannt ist. Ach, was für ein grauenhafter Anblick! Bloß gut, daß der alte Sir Quincy nicht hier ist und es mitansehen muß, es würde ihm bestimmt das Herz brechen…«

»Den da bekümmert das ja nicht«, zischte Mrs. Gourd und blickte Sir Randolph an, der immer noch wie verhext in die Flammen starrte. »Der trauert dem bestimmt nicht nach.«

Der Baronet schien trotz allem ihre Worte irgendwie mitgekriegt zu haben, denn er wandte sich zu ihr um. »Still, Weib! Halte dein Schandmaul!« knurrte er.

Die Haushälterin sah ihn mit offenem Mund an. Und er bot auch wirklich einen höchst absonderlichen Anblick, wie er da auf seinen mit Ordensbändern geschmückten Stock gestützt stand, angetan mit etwas, das aussah wie eine Art Uniform – Jacke, Weste und Kniehosen, alles aus schwarz und weiß gestreiftem Samt. Er trug schwarze Schnallenschuhe und ein rüschenbesetztes Hemd – und alles war verschmiert und verschmutzt von Ruß und durchnäßt vom Schnee, der sich, sobald er in die Hitze der Feuersbrunst geriet, zischend in Regen verwandelte.

Und plötzlich lachte Sir Randolph – ein wildes, schrilles Lachen, das wie ein Echo des röhrenden Feuers klang. »Bekümmern? Weil dieser verdammte Steinhaufen brennt, der mir nichts als Kummer bereitet hat, seit ich das erste Mal meinen Fuß durch seine Tür gesetzt habe? Das soll mich bekümmern? Ich sag dir, ich bin entzückt, es brennen zu sehen! Nachtrauern? Eher wollt ich, es würde ein Haufen Asche – je früher, desto besser –, als daß diese blutsaugenden Steuereintreiber ihre Tentakel darum schlingen… Oder du da!« Urplötzlich fuhr er zu Anna-Marie herum, die zwischen Mrs. Gourd und Gabriel stand.

Soweit Lucas wußte, war es das erste Mal, daß er sie zu

Gesicht bekam, und ihr Anblick schien ihm vollkommen die Fassung zu rauben. Er starrte und starrte sie an.

»Na, Sir«, empörte sich Mrs. Gourd, »das ist nun aber ausgesprochen bösartig. Wie können Sie so was sagen? Was ist denn mit den Kleinen... mit den Kindern. Wo sollen die denn hin?«

Sir Randolph antwortete nicht. Seine Augen waren unverwandt auf Anna-Marie geheftet, und sie erwiderte den Blick unerschrocken aus ihrem kleinen, blassen Gesicht, das überdeutlich beleuchtet war vom rot flackernden Feuerschein.

»Denzils Tochter, he?« stammelte Sir Randolph rauh und wandte ruckhaft den Kopf hierhin und dorthin – wie ein Fechter, der sich müht, unsichtbaren Hieben auszuweichen, die irgendwo von oben aus der Dunkelheit auf ihn niederprasseln. »Meines besten Freundes Denzil kleine Tochter... Tja, meine Liebe, du hattest hier wohl einen wärmeren Empfang, als du dir vorgestellt hast? Aber jetzt wirst du dir ein anderes Dach suchen müssen. Und das andere Balg ebenso – Maries Junge. Schluß jetzt mit dem behaglichen Unterschlupf auf Schloß Mitternacht, ja? Und glaubt nur nicht, diese lästigen Advokaten hätten mich rumgekriegt, mein Testament zu ändern... macht euch da keine Hoffnung!« Er taumelte, fand sein Gleichgewicht wieder, und dann beugte er sich so tief zu Anna-Marie hinunter, daß sie entsetzt einen Schritt zurücktrat. »Und deinem Vater werde ich sagen, wenn ich ihn sehe, meine Liebe...« flüsterte er ihr vertraulich zu, »daß mir sein Stück Clutterby-Pastete nicht sonderlich geschmeckt hat...«

Und ehe noch jemand begriff, was er vorhatte, oder versuchen konnte, ihn aufzuhalten, machte er auf dem Absatz kehrt und humpelte, gestützt auf seinen Stock, mit raschen, torkelnden Schritten mitten auf den Kern der Feuersbrunst zu.

»Sir Randolph!« schrie Mrs. Gourd.

»Halt! Halt, Sir!« rief Lucas und stürzte hinter ihm her.

»Hiergeblieben, du junger Narr!« Mr. Oakapple stieß Lucas

so heftig zurück, daß er ausrutschte und in den Schnee fiel. Als er sich endlich mühsam wieder aufgerichtet hatte, kamen plötzlich etliche andere Männer, die er vorher nicht gesehen hatte, aus der Richtung der Stallgebäude angerannt.

Sie suchten Mr. Oakapple.

»Wo ist er? Wo ist er hin?« Lucas riß sich zusammen und wollte wieder auf das Haus zulaufen.

»Dummkopf«, hörte er jemanden sagen. Meinten sie ihn oder Mr. Oakapple? Einen Moment später sah er die Männer zurückkommen, und sie trugen etwas – einen schlaffen, augenscheinlich leblosen Körper.

»Oh, wer ist das?« schrie Anna-Marie. »Ist es dieser Mann... Sir Randolph?«

Aber es war Mr. Oakapple, der mit geschlossenen Augen leblos in ihren Armen hing.

»Er ist doch nicht tot?« fragte Lucas in blankem Entsetzen.

»Nee, aber er ist schlimm verbrannt... und irgendwas ist ihm auf den Kopf gefallen, ein Haufen Ziegelschutt... der Dummkopf, wollte nach drinnen, hinter dem anderen her, der ja wohl vom Teufel persönlich geritten worden ist... rannte einfach mitten ins Feuer rein... hat man so was schon gesehen?«

Mr. Oakapple war so schwarz von Ruß und Qualm, daß es nicht möglich war, zu sehen, wie schlimm seine Verletzungen waren.

»Wir bringen ihn wohl besser ins Krankenhaus«, sagte Lucas. Er war oft an dessen Einfahrt vorübergekommen auf seinem Weg zur Spinnerei und zurück. »Legen Sie ihn doch in die Kutsche auf ein bißchen Stroh, und ich fahre ihn gleich hin. Was ist mit Sir Randolph?« fügte er widerstrebend hinzu.

»Nee, Junge, da ist keine Hoffnung... der hätte ebensogut in einen Brennofen von der Töpferei springen können.« Lucas schauderte. »Aber egal, jedenfalls schaffen wir den anderen hier lieber hin, ehe er zu sich kommt... Hier ist sowieso nix mehr zu tun... Das Feuer hat schon alles im Griff... Sieht aus, als ob es an sechs oder sieben Stellen zugleich ausgebrochen ist.«

Auch Lucas hatte das Gefühl, daß es so sein mußte. Er sann darüber nach, während er die zitternde Noddy rückwärts zwischen die Deichselarme bugsierte und ihr Geschirr befestigte. Denn wie hätte es sich sonst so ungeheuerlich schnell ausbreiten können?

Hatte jemand es angezündet?

Er entdeckte Anna-Marie hinten im Wagen, emsig beschäftigt, Mr. Oakapple mit einer Decke zuzudecken.

»Ich komme mit dir«, verkündete sie.

»Ja, tu das«, erwiderte Lucas. Er wußte ja auch nicht, was er sonst mit ihr anstellen sollte.

Es war eine lange, schweigsame und grüblerische Fahrt nach Blastburn hinunter. Mr. Oakapple erlangte das Bewußtsein nicht wieder. Weder Anna-Marie noch Lucas fühlten sich zum Reden aufgelegt. Nur einmal wurde das Schweigen unterbrochen, als sie mit gedämpfter Stimme fragte: »Luc-asse?«

»Na?«

»Was wird jetzt aus uns?«

»Ich weiß nicht«, sagte Lucas.

Mitternacht

Im Krankenhaus wurden sie von einer grau gekleideten Schwester mit weißer Haube in Empfang genommen, die sofort energisch zwei Pfleger anwies, Mr. Oakapple auf eine Tragbahre zu legen und ihn hereinzubringen. Dann wurden Lucas und Anna-Marie in einen Warteraum geschickt, wo sie eine lange, lange Zeit sich selbst überlassen blieben. Niemand kam herein, und die Zeit schleppte sich dahin. Anna-Marie zog die Puppe Fifine aus ihrer Rocktasche, setzte sich auf eine Bank, einen Fuß unter sich gezogen, und lutschte am Daumen. Trotz seiner Erleichterung darüber, daß die Puppe gerettet war – denn Fifines Verlust hätte Anna-Marie sicherlich den Rest gegeben –, beschlich Lucas tiefe Trostlosigkeit bei dem Gedanken, wie wenige seiner eigenen Besitztümer er nur hatte retten können: eine Geldbörse, die seine Mutter ihm gestrickt hatte und die das wenige Geld enthielt, das er für Notfälle hatte aufsparen können; zwei seiner besten Schreibfedern; eine Miniatur seiner Eltern; sein braunes Lederbuch. Alles übrige war in Anbetracht der Schnelligkeit, mit der sich das Feuer weitergefressen hatte, mittlerweile wahrscheinlich zu Asche verbrannt. Und um das Buch machte er sich Sorgen. Er hatte es, als er ging, um die Stute anzuschirren, in ein Stück Sackleinwand gewickelt und oben auf die Regentonne neben dem Stall gelegt. Ob es dort noch lag? In seiner Eile, Mr. Oakapple ins Krankenhaus zu schaffen, hatte er es dort vergessen.

Sie saßen auf einer sehr unbequemen Bank. Der kleine, nackte Raum war nicht sehr warm. Aus dem Inneren des eisernen Ofens am anderen Ende flackerte zwar ein schwacher Feuerschein, aber er gab nur wenig Wärme. Nach und nach rückte Anna-Marie auf der Bank immer näher, bis sie sich gegen Lucas lehnen konnte, und bald war sie, meinte er, daumenlutschend in einen Halbschlummer gesunken. Er selbst blieb steif aufrecht sitzen und blickte trostlos der Zukunft entgegen.

Er und Anna-Marie waren jetzt im doppelten Sinne Waisen – denn es bestand wohl keine Möglichkeit mehr, daß Sir Randolph noch am Leben war. Ob wohl irgendein Teil von Schloß· Mitternacht stehengeblieben war? Die Ställe vielleicht, in denen sie weiterhin wohnen bleiben konnten? Gab es irgendwo Geld für sie, von dem sie leben konnten? Würde nun die Spinnerei verkauft werden müssen? Und würde Mr. Oakapple wieder gesund werden?

So viele Fragen und so wenige Antworten!

Anna-Marie räkelte sich unruhig. Ihr Kopf knickte in mißlichem Winkel nach hinten ab, und Lucas legte den Arm um sie, damit sie etwas hätte, wo sie sich bequemer anlehnen konnte.

Endlich trat ein jüngerer, rundgesichtiger Mann in einem Kittel in den Raum. Er ging sehr rasch, aber er sah unendlich müde aus. Lucas konnte sich vorstellen, daß es im Krankenhaus einer Stadt wie Blastburn – voll von Fabriken und Schmelzhütten – die ganze Nacht über viel zu tun gab.

»Ich bin Doktor Whitaker«, sagte der Mann. »Seid ihr mit dem Verbrennungsfall hergekommen?«

Lucas nickte, und sein Mund war plötzlich ganz trocken. »Wird... wird er wieder gesund?« Es war schwer zu reden; die Worte kamen wie ein Krächzen aus der Tiefe seiner Kehle.

»Er hat ein paar üble Verbrennungen«, erwiderte der Arzt. »Gesicht, Hände und Brust. Zu seinem Glück sind wir hier an Verbrennungen gewöhnt. Aber er wird für mindestens drei Wochen hierbleiben müssen – vielleicht auch einen Monat oder länger.«

»Ist er wach? Kann ich zu ihm?« fragte Lucas aufgeregt.

»Nein, mein Junge. Wir haben ihm Laudanum gegeben, um

die Schmerzen auszuschalten und damit er schläft. Kommt in etwa acht Stunden wieder. Jetzt könnt ihr ebensogut nach Hause gehen.«

»Ich verstehe. Danke, Sir.« Nach Hause? fragte sich Lucas. Wo war das: nach Hause?

Anna-Marie war aufgewacht, als der Arzt hereinkam. Sie nahm den Daumen aus dem Mund und fragte höchst sachlich: »Muß Geld bezahlt werden für *Monsieur Ookapool*? Sollen wir ihm Essen herbringen?«

Lucas war überrascht und zugleich beschämt, weil er nicht selbst an diese Fragen gedacht hatte.

Der Arzt blickte freundlich auf Anna-Marie hinunter. »Fragt an der Aufnahme im Vestibül, wieviel da zu zahlen ist. Ihr könnt es nächstes Mal mitbringen, wenn ihr kommt. Und bringt erst Essen, wenn die Schwestern es euch sagen. Zunächst wird der Patient nur Flüssigkeit zu sich nehmen.«

»Merci, Monsieur«, sagte Anna-Marie ernst.

Im Vestibül erfuhren sie, daß die Pflegekosten für Mr. Oakapple achtzehn Schilling die Woche betrugen. Achtzehn Schilling! Lucas blickte verzweifelt auf den Inhalt seiner Börse. Sie enthielt etwas über neunundzwanzig Schilling – das war alles, was er auf der Welt besaß. Ursprünglich hatte Sir Randolph seine Absicht bekundet, Lucas zehn Schilling die Woche zu geben, aber dieses Taschengeld war ihm nur ein halbes Dutzend Mal voll ausgehändigt worden – manchmal hatte Sir Randolph ihm nur einen Teil der Summe gegeben, und noch öfter hatte er es vollständig vergessen. Da es aber auf Schloß Mitternacht ohnehin kaum Gelegenheit gab, Geld auszugeben, hatte Lucas es ganz aufgegeben, Geld bei sich zu tragen, und er hatte auch nie in irgendeiner Form darauf gedrungen, daß er sein Taschengeld erhielt. Jetzt wünschte er, er hätte es getan.

Sie traten auf den Vorplatz des Krankenhauses hinaus. Ein schwaches, gelbes Frühlicht dämmerte herauf. Es hatte endlich aufgehört zu schneien, aber der Schnee lag in einer dicken Schicht auf dem Boden. Der Vorplatz war noch fast ohne Spuren, die Straße dahinter aber war durch den nie endenden Verkehr der Fuhrwerke, die Material in die Fabriken lieferten, bereits zu einem von Furchen durchzogenen Morast aufgepflügt. Aber als die leichte Kutsche stadtauswärts den Hügel hinaufkletterte, da dehnten sich vor ihnen zu beiden Seiten der Straße hügelwärts die Felder, und weiter hinten das Hochmoor in makellosem Weiß.

»Das ist wunderschön«, sagte Lucas.

»*Moi*, ich finde das nicht«, versetzte Anna-Marie zitternd. »Das wird noch sehr lästig für uns sein.«

»Wieso?«

»Nun, ich habe nachgedacht, Luc-asse«, begann sie zu seiner Überraschung. »Sir Randolph ist tot, und *Monsieur Ookapool* ist im Krankenhaus, und unser Haus ist höchstwahrscheinlich verbrannt, und wir müssen etwas anderes finden, wo wir leben können.«

»Das werden wir schon«, meinte Lucas ermutigend.

»Unterkünfte kosten aber viel Geld, genauso wie Essen, und außerdem müssen wir für *ce pauvre Monsieur Ookapool* bezahlen. Wir brauchen also eine Menge Geld, *ça se voit*. Hast du welches?«

»Sehr wenig«, sagte er düster.

»*Moi non plus*. Wir müssen also Arbeit finden. Du bist ein Junge, du bist groß und stark und kannst eine Menge Dinge tun«, sagte sie bedächtig, »aber für ein Mädchen wie mich ist es nicht so leicht, Geld zu verdienen. Aber in Calais, da habe ich manchmal, wenn wir waren sehr arm und Papa krank, da hab ich oft gesammelt *les bouts de cigare*...«

»Zigarrenstummel?«

»*Oui*, Zigarrenstummel... Ich hab viele aufgesammelt in den Straßen, und aus ihnen habe ich gemacht ganz neue Zigarren.

Und so habe ich genug Geld zusammenbekommen, um Brot und *saucissons* für Papa und mich zu kaufen.«

»Das hast du gemacht?« fragte Lucas und sah Anna-Marie erstaunt an.

»Aber die Zigarrenstummel sind nicht so leicht zu finden, wenn die Straßen voller Schnee sind, *enfin*. So ich werde mir wohl etwas anderes ausdenken müssen. Vielleicht kann ich bei irgendwelchen Leuten die kleinen Kinder hüten.«

»Kannst du das denn?«

Sie nickte. »*Mais oui*. Ich komme gut mit ihnen zurecht. *Celà m'amuse bien*. Aber um so etwas zu tun, meine ich, müßten wir in die Stadt gehen und dort wohnen, nicht so weit draußen.«

»Gut, aber laß uns zuerst nachsehen, was mit unserem Haus passiert ist. Wenn wir weiter in Schloß Mitternacht wohnen könnten, dann brauchen wir kein Geld für eine Unterkunft auszugeben.«

»*Bien, c'est vrai*. Ein Glück, daß wir das Pferd und den Wagen haben. *Celà sera très utile.*«

Sie erreichten die Anhöhe und fuhren durch die Einfahrt. Lucas warf einen raschen Blick auf seine Begleiterin. Wer konnte denn ahnen, daß sie so viel gesunden Menschenverstand in sich hatte, dachte er bei sich.

Da saß sie, eingehüllt in seine alte schwarze Jacke aus rauhem Wollstoff; da saß sie, sah aus wie sechs, lutschte schon wieder am Daumen, und die beiden dürftigen kleinen Zöpfe hingen unordentlich herunter; da saß sie und plante ihrer beider Zukunft so gewitzt und scharfsinnig, als tue sie das seit Jahren!

Mrs. Gribbit, die Frau des Pförtners, kam heraus und fragte: »Wie geht es denn dem armen Mr. Oakapple?« Und als Lucas berichtet hatte, fuhr sie fort: »Die Wachtmeister aus der Stadt sind gekommen, die Ruinen zu untersuchen, weil nämlich der Verdacht besteht, daß da was faul ist. Sie haben Sir Randolph gefunden... Ganz verkohlt bis aufs Gerippe war der... eigentlich war nix übriggeblieben von ihm... Sie ham ihn weggeschafft, in ein' Kasten gepackt.«

»Ach, nun ja, das wird wohl am besten gewesen sein«, sagte Lucas rasch in der Hoffnung, Anna-Marie habe es nicht mitbekommen. Er konnte keinen Schmerz vortäuschen über den Tod des Sir Randolph, der ihm weder Freundlichkeit noch Großzügigkeit hatte angedeihen lassen, ja nicht einmal eine gerechte Behandlung.

»Aber sonst ist niemand umgekommen im Feuer?« fragte Anna-Marie.

»Nein, Miss. Ach, das ist schon alles ein Graus! Sie sind herzlich eingeladen, nachher wiederzukommen und 'n Schluck Tee zu trinken, wenn Sie mit den Wachtmeistern gesprochen haben, alle beide. Ich glaube, Sie können was zum Aufwärmen vertragen, wie?«

Sie bedankten sich bei ihr und fuhren weiter auf das zerstörte Haus zu.

Ein halbes Dutzend Polizeibeamte in Zylinderhüten liefen dort umher und inspizierten alles, was es noch zu sehen gab. Viel war es nicht. Die Zerstörung war total. Das Feuer mußte sich, nachdem sie zum Krankenhaus gefahren war, noch schneller ausgebreitet haben, als Lucas gefürchtet hatte: alles, sogar die Dienerschaftsquartiere und die Stallgebäude waren bis auf die Grundmauern niedergebrannt. Alles, was von dem gewaltigen Haus mit seinen unzähligen Räumen, seinen hohen Schornsteinen und seiner Großartigkeit übriggeblieben war, das waren ein paar hundert Meter Asche und rauchgeschwärzte Balken – und alles bereits wieder halb unter dem Schnee versteckt. Ein paar traurige Überbleibsel lagen verstreut herum – ein Besen, ein Schaukelstuhl, ein Waschzuber. Die Regentonne, auf welcher Lucas sein Buch zurückgelassen hatte, lag mit einer zerbrochenen Daube zur Seite gekippt. Von seinem Buch keine Spur.

Wegen des Schlosses konnte Lucas keinen sonderlichen Kummer empfinden. Seine Großartigkeit hatte für ihn keinen Wert gehabt; er hatte darin gefroren, er war dort einsam und unglücklich und sogar oft hungrig gewesen.

Um sein Buch dagegen trauerte er sehr.

Der Vorgesetzte der Wachtmeister, ein untersetzter Mann mit Namen Inspektor Wedge, trat auf Lucas zu und stellte sich vor.

»Nun, Master Bell«, fing er an, »war Ihnen bekannt, ob irgend jemand in der Stadt einen Groll gegen Ihren Großvater hegte?«

»Wohl so ziemlich jeder in der Stadt, vermute ich«, antwortete Lucas. »Er war mein Vormund, nicht mein Großvater.«

»Oh«, sagte Inspektor Wedge und machte sich Notizen, »weshalb sagen Sie das?«

»Er schuldete den Leuten Geld und zahlte es nicht zurück. Er hat die Löhne der Arbeiter in der Spinnerei um die Hälfte gekürzt. Er hat zwei Männer wegen des Protestes dagegen ins Gefängnis stecken lassen.«

»Ja, das paßt mit dem zusammen, was wir schon gehört haben. Nun weiter. Wir haben festgestellt, daß an einem halben Dutzend Stellen zugleich Feuer angezündet worden ist, wie um das Haus vorsätzlich niederzubrennen. Es war unzweifelhaft eine böswillige Handlung. Haben Sie irgendwelche Fremden beobachtet im Zusammenhang mit dem Feuer letzte Nacht?«

»Da waren ein paar Männer«, sagte Lucas. »Ich sah sie im Stallhof. Ich hielt sie für Feuerwehrleute.«

»Haben Sie einen von ihnen erkannt?«

»Nein, es schneite zu stark, man konnte nicht klar sehen. Und danach brachten wir auch meinen Lehrer ins Krankenhaus.«

»So könnten also, nach allem, was Sie gesehen haben, diese Männer das Feuer gelegt haben?«

»Nein, das konnten sie nicht«, mischte sich Anna-Marie gelassen ein. Inspektor Wedge war ein wenig aus der Fassung gebracht. Er lächelte Anna-Marie nervös an und entblößte dabei entsetzlich schwarze und abgebrochene Zähne.

»Und warum konnten sie es nicht, kleine Miss?« wollte er wissen. »Dies ist wohl die kleine Miss Bell, nehme ich an?«

»*Non*, mein Name ist Murgatroyd«, versetzte sie kühl. »Und die Männer konnten das Feuer nicht gelegt haben, weil ich Sir Randolph sagen hörte, daß er es selbst getan hat.«

»Er selbst, Miss?« Der Inspektor war noch fassungsloser. »Warum hätte er das tun sollen?«

»Warum? Damit die Steuerbeamten es nicht in die Hände bekamen«, war Anna-Maries simple Erklärung. »Und ebensowenig wir«, fügte sie hinzu, *»Luc-asse et moi.* Man stelle sich vor, der ganze Aufwand, bloß um zu verhindern, daß andere Leute sein Haus bekommen! Er war ein sehr böser Mann – *quel type!«* Gedankenvoll zertrat sie ein Häuflein gefrorener Asche mit dem Fuß.

»Aber Sir Randolph war schon tot, ehe die Stallgebäude anfingen zu brennen«, beharrte der Inspektor. »Dann könnten diese anderen Männer vielleicht die angezündet haben?«

»Ja, vielleicht. Wenn das Feuer nicht schon übergesprungen war.« Nichts von alledem erschien Lucas wichtig. Das Haus war niedergebrannt, war zerstört, Anna-Marie und er waren durchgefroren und hungrig, Mr. Oakapple war verletzt, sie hatten kaum Schlaf und kein Frühstück gehabt, und sie mußten sich einen Platz suchen, wo sie bleiben konnten. Wozu also hier herumstehen im eiskalten Wind und darüber streiten, wer das Haus in Brand gesteckt hatte, oder weshalb? Sehr wahrscheinlich hatte Sir Randolph es als erster getan, und dann waren vielleicht noch andere Leute gekommen, angelockt durch die Feuersbrunst, hatten geplündert, was sie konnte und dann den Rest besorgt. Solche Dinge waren durchaus möglich, und sie interessierten ihn nicht.

»Ich fürchte, mehr kann ich Ihnen nicht helfen«, sagte er höflich.

Anna-Marie empfand zwar sicherlich dasselbe wie er, aber sie äußerte sich weniger höflich.

»Warum stellen diese dummen Männer all diese dummen Fragen?« ließ sie sich ungeduldig vernehmen.

In diesem Moment sah Lucas die gekrümmte Gestalt des alten Gabriel Towzer aus dem Pförtnerhaus kommen und ihnen zuwinken. »Wenn Sie uns noch einmal brauchen, so wird Ihnen Mr. Throgmorton, der geschäftliche Vertreter meines Vormunds, sagen, wo wir zu finden sind«, wandte er sich an den Inspektor. »Nun komm, Anna-Marie.«

Als sie den alten Gabriel erreichten, hörten sie, daß er ihnen einen Vorschlag machen wollte.

»Falls Sie sonst nix wissen, wohin Sie gehen können, denn will ich Sie wohl herzlich gern zu meiner Schwester bringen, die is Witwe und unterhält ein Logierhaus in Blastburn. Is ja nich, was Sie so gewöhnt sind, aber die Zimmer sind doch or'ntlich sauber, wenn auch... na ja, meine Schwester, die ist ne ganz schön spitzzüngige Schwatzbase.«

Sie dankten ihm und sagten, sie wären froh, wenn er sie dort hinbrächte.

Auf der Fahrt nach Blastburn wollte Anna-Marie von Mr. Towzer wissen, was aus den übrigen Bediensteten geworden sei.

»Tja, kleine Miss, ich will's ja nich an die große Glocke hängen, aber Sir Randolph schuldete denen allen nun mal schon seit Monaten den Lohn, und da sind sie denn auf und davon, um sich irgendwie durchzuschlagen. Ham sich wohl gedacht, hier noch weiter die Zeit vertrödeln, da kommt weder Brot noch Butter bei raus.«

Lucas fand es ziemlich abscheulich, daß sie es nicht einmal für nötig befunden hatten, sich darum zu kümmern, was aus der kleinen Anna-Marie wurde, andererseits konnte er auch ihr Gefühl verstehen, daß sie einem Hause, in dem ihnen eine solche Behandlung zuteil geworden war, kaum Loyalität schuldeten.

Als sie die Stadt erreichten, dirigierte der alte Gabriel sie zum Haus seiner Schwester.

»Tja, was meine Schwester Kezia is, die vermietet Zimmer an Seefahrer. Sie wohnt ja auch nicht weit von den Docks. Ihr Mann, der hat ja auch bei Murgatroyd gearbeitet, aber denn is er am Webstuhl durch den Schnellschützen zu Tode gekommen, vor fünf Jahren, der arme Kerl. Aber trotzdem, sie steht sich ja nu gar nicht mal so schlecht.«

Die Hafenanlagen, die sie noch nie gesehen hatten, befanden sich im tiefer gelegenen Teil der Stadt, dort, wo der Fluß in die Nordsee mündete.

Die Straßen hier waren nicht gepflastert und hatten sich bereits in einen Morast aus Schneematsch verwandelt. Winzige, schmutzige Häuschen standen dicht aneinandergedrängt auf Grund und Boden, der sicherlich einmal Außenmarsch gewesen war, ehe die Stadt sich bis in diese Gegend ausgeweitet hatte, und sie wurde auch immer noch, wie der alte Gabriel ihnen erzählte, von Überschwemmungen heimgesucht, wenn es eine Hochflut gab.

»Sie haben ja Deiche gebaut, ganz anner See lang... der Bürgermeister hat sich extra 'n Holländer rüberkommen lassen, daß er's ihnen zeigt... Tjä, aber sie haben wohl 'n bißchen gespart bei der Höhe von die Deiche... Aber machen Sie sich mal keine Sorgen, meine Schwester Kezia gibt Ihnen Zimmer oben, da sind Sie sicher.«

»Wie heißt denn der Fluß?« fragte Anna-Marie und blickte befremdet in das wirbelnde, schmutzig-kaffeefarbene Wasser, das dort über die von den Gezeiten angeschwemmten Schlammbänke schwappte, auf denen Fabrikabfälle, tote Katzen, zerbrochenes Geschirr und andere Scheußlichkeiten zuhauf lagen.

»Der heißt Springwasserfluß, kleine Miss, wohl wegen der Hochfluten, nehm ich an.«

»Ich finde, er müßte lieber Stinkwasserfluß heißen«, verkündete Anna-Marie, und dann, beeindruckt von ihrer eigenen Schlauheit, stupste sie Lucas in die Rippen und rief: »Luc, Lucasse, ich haben einen Witz auf englisch gemacht!«

Lucas jedoch war nicht nach Witzen zumute. Er war zutiefst niedergeschlagen beim Anblick der Gegend, die so unsagbar armselig, schmutzig und abstoßend war. Roh aussehende Männer standen untätig auf der Pier herum, Ratten wühlten in Abfallhaufen, die Häuser wirkten feucht und halb verfallen, dabei sah man deutlich, daß sie vor gar nicht langer Zeit erst gebaut worden waren.

Wenigstens schien das Haus von Mrs. Tetley, Gabriels Schwester, einigermaßen gut gehalten und löblich sauber; es hatte zwei frisch gescheuerte Haustürstufen und sogar einen Türklopfer. Lucas band das Pferd am Zaun fest, während Gabriel klopfte.

Die Tür wurde heftig aufgerissen von einer Frau mit hartem Gesicht und grauem Haar, die über einem bedruckten Kleid eine Schürze aus Sackleinwand trug. Sie hielt einen Besen in der einen, einen Putzlumpen in der anderen Hand.

»He, Gabriel, bist du das?« fragte sie barsch. »Was für'n widriger Wind treibt dich denn her? Na, nu lümmel da nich auf der Straße rum, Mann, wenn du schon hier bist, denn komm rein. Aber ich muß noch alle Feuerroste saubermachen, und die Treppe auch.«

»Ach nee, Kezia, hast du's denn noch nicht gehört? Das Schloß is abgebrannt, und nu muß ich mir wohl oder übel 'ne andere Bleibe suchen.«

»He, brauchst aber nich zu denken, daß du herkommen kannst für umsonst; ich kann's mir nich leisten, dich kostenlos unterzubringen. Wenn du herkommst, denn mußte auch zahlen, wie jeder andere auch«, erklärte sie mißlaunig. »Ich hab ja 'n paar Zimmer frei, zufällig, weil die ›Queen of Scots‹ gerade abgesegelt ist – kannst also herkommen für ein oder zwei Wochen, bis du was anderes hast... So, das Schloß ist abgebrannt, tatsächlich? Na, war wohl an der Zeit, wenn du mich fragst, jeder wie er's verdient. Ich hab nix übrig für Sir Randolph, wie du ja weißt.«

Lucas fragte sich, ob sie es überhaupt für jemanden hatte. Er und Anna-Marie waren, da sie nicht wußten, was sie sonst tun sollten, hinter Gabriel ins Haus getreten. Sie befanden sich in einem kleinen, kahlen Vorderzimmer mit Linoleum auf dem Fußboden und Bibelsprüchen an den Wänden, und die Luft war feuchtkalt und muffig.

»Wer sind die denn?« fragte Mrs. Tetley Gabriel in verhaltenem Ton.

»Das sind die Kinder oben vom Schloß, Kezia. Sir Randolph is im Feuer umgekommen, und jetzt brauchen sie irgendwo 'ne Bleibe, Schwesterherz.«

»Habt ihr denn keine Verwandten, die sich um euch kümmern können?« fragte sie die beiden, und als sie die Köpfe schüttelten, meinte sie: »Na schön, denn sag ich dasselbe zu euch wie zu Gabriel: ihr könnt bleiben, wenn ihr zahlt. Ich nehm kein Gesindel, das nicht zahlen kann.«

Lucas sagte, sie hätten durchaus die Absicht, zu zahlen, und er fragte auch, wieviel es wäre.

»Ein Pfund sechs Schilling die Woche für jeden, zehn Schilling mehr, wenn ihr Frühstück oder Abendessen wollt. Ihr könnt die hintere Küche benutzen zum Kochen – vor sieben oder nach neun. Und zum Raus- und Reingehen benutzt ihr die Hintertür. Zwischen acht und sechs habt ihr im Haus nix zu suchen; ich kann's nich haben, wenn die Leute mir den ganzen Tag vor den Füßen rumlaufen. Und denn: Tabak und alkoholische Getränke sind hier im Haus nicht erlaubt!« Sie blickte Gabriel scharf an. »Nicht mal, wenn's meine eigene Familie is! Und dieses Zimmer hier is privat, da kommen mir keine Mieter rein. Gezahlt wird samstags – im voraus.«

Ziemlich deprimiert willigte er in all diese Bedingungen ein, dann sagte er, er wolle nun gehen und Mr. Throgmorton, den Advokaten, aufsuchen, der inzwischen sicherlich in seiner Kanzlei sei, denn es war nur noch eine Stunde bis Mittag.

Er fragte Mrs. Tetley, ob Anna-Marie ausnahmsweise die Vorschriften durchbrechen und zu Bett gehen dürfe, weil sie ganz blaß war vor Müdigkeit und ihr schier die Augen zufielen. Widerwillig wurde ihr die Erlaubnis erteilt. Anna-Marie gefiel es gar nicht, alleingelassen zu werden, aber da der alte Gabriel unten in der Küche bleiben würde, fügte sie sich schließlich. Lucas versprach, sogleich zurückzukommen, wenn er Mr. Throgmorton gesprochen und einen Einstellplatz für das Pferd gefunden hätte.

»Aber reg dich nicht auf, wenn es ziemlich lange dauert«, fügte er noch hinzu.

Mr. Throgmortons Kanzlei, die er erst fand, nachdem er mehrmals nach dem Weg gefragt hatte, war nicht dazu angetan, sein Vertrauen zu erwecken. Sie bestand aus drei kleinen, staubigen Räumen und lag sechs Treppen hoch. Es war nur zu offensichtlich, daß Sir Randolph kein Geld daran verschwendet hatte, sich seine Angelegenheiten durch einen teuren Anwalt regeln zu lassen.

»Haben Sie eine Vormerkung?« fragte ihn im Vorraum der Kanzlei ein älterer Schreiber, der eifrig damit beschäftigt war, den fadenscheinigen Zustand seiner Rockärmel mit Tinte zu überdecken – vermutlich auch aus Mangel an anderer Beschäftigung.

»Nein, aber ich hoffe, Mr. Throgmorton wird mich empfangen«, entgegnete Lucas.

»Name?« fragte der Schreiber in einem Ton, als hielte er persönlich das für sehr unwahrscheinlich.

»Lucas Bell. Sir Randolph, der heute nacht gestorben ist, war mein Vormund.«

Der Schreiber nickte skeptisch und zuckte die Achseln. Immerhin steckte er aber den Kopf durch eine Tür in der Fensterwand, welche die dahinterliegende Kanzleistube vom Vorzimmer abtrennte, führte ein gedämpftes Gespräch, kam eilends zurück und verkündete: »Er wird Sie empfangen. Sie können hineingehen«, als sei das eine große und unverdiente Auszeichnung.

Lucas ging durch die Tür. Der kleine, graue Mr. Throgmorton saß hinter seinem Schreibtisch, polierte sich die Fingernägel mit einem Stück Sämischleder und beäugte Lucas über sein Pincenez hinweg.

»Nun, was höre ich, was höre ich, was höre ich da?« ratterte er hervor und warf dabei einen raschen Blick auf seine Taschenuhr, »Sir Randolph, der verstorbene Sir Randolph... Sie behaupten, er sei Ihr Vormund gewesen?«

»Ja, Sir, das war er.« Mr. Throgmorton hatte Lucas nicht aufgefordert, sich zu setzen, also blieb er stehen.

»Sie haben Beweise dafür?«

»Wieso... wieso... nein, Sir«, sagte Lucas ein wenig erschrocken. »Ich... ich nehme an... das heißt, als mein Vater starb, da bestimmte er in seinem Testament Sir Randolph zu meinem Vormund... Deshalb wurde ich ja hergeschickt, um bei ihm auf Schloß Mitternacht zu leben...«

»Wie sagten Sie, war Ihr Name?«

»Bell, Sir, Lucas Bell. Mein Vater war Edwin Bell, Sir Randolphs Teilhaber.«

»Hm. Haben Sie eine Kopie des Testaments?«

»Nein, Sir, haben Sie denn keine?«

In Mr. Throgmortons Augen blitzte flüchtig ein sonderbares Leuchten auf. Es rief Lucas jene Bemerkungen ins Gedächtnis zurück, die der Anwalt damals vor sich hingemurmelt hatte, als Sir Randolph den Steuereintreiber Mr. Gobthorpe tätlich angegriffen hatte. Was hatte er doch noch gesagt? Etwas wie: sich's wohlsein lassen in Monte Carlo? Jetzt jedoch gab er keine Antwort. Er schüttelte lediglich den Kopf und legte seine Fingerspitzen gegeneinander. Lucas fragte sich recht hoffnungslos, wo das Testament denn wohl hingekommen sein konnte.

Ob es in Indien war? Wie suchte man nach einem Testament?

»Haben Sie irgendeinen Nachweis, daß Sie Lucas Bell sind?«

»Nein, Sir«, erwiderte Lucas, und es beschlich ihn allmählich ein Gefühl, als irre er im Nebel herum. Was für einen Nachweis konnte er denn erbringen? Die Geldbörse, die seine Mutter ihm gemacht hatte? »Aber ich lebe schon seit einem Jahr auf Schloß Mitternacht... Sie haben mich doch selbst dort gesehen, Sir.«

»Phhh!« machte der Advokat, betrachtete Lucas flüchtig durch seine Brille und blickte dann weg. »Ein Junge sieht doch ziemlich aus wie der andere. Weshalb sind Sie hergekommen und wollten mich sprechen?«

»Warum?« fragte Lucas einigermaßen fassungslos. »Wir haben kein Geld... keine Bleibe...«

»Wir?«

»Ich und das kleine Mädchen – Anna-Marie Murgatroyd –, wir haben gehofft, daß Sir Randolph vielleicht in seinem Testament irgendwelche Vorsorge getroffen hätte... Da doch mein Vater Sir Randolphs Partner war... Er hat mir gesagt, wenn ich großjährig sei, bekäme ich den hälftigen Anteil an der Murgatroyd-Spinnerei...«

»Nun hören Sie mal, mein Junge«, begann Mr. Throgmorton und preßte seine Lippen so fest aufeinander, daß sie in seinem dürren Gesicht nahezu verschwanden, »wenn das hier der Versuch einer frechen Hochstapelei ist, dann sind Sie bei mir an der falschen Adresse! Ich schätze, bei uns ist bereits ein rundes Dutzend Jungen erschienen mit der Behauptung, Sir Randolphs Erbe zu sein. Allein heute morgen waren es schon sechs... waren es nicht sechs, Swainby?« rief er durch die offene Tür.

»Sieben, Sir.«

»Aber Sie werden sehen, mir macht keiner so leicht was vor, ich rieche Hochstapelei förmlich, das kann ich Ihnen versichern!«

»Aber Sir, ich bin kein Hochstapler. Jeder wird Ihnen sagen können, daß ich auf Schloß Mitternacht gelebt habe.«

»Auf jeden Fall«, sagte Mr. Throgmorton und zog plötzlich andere Saiten auf, »ist es völlig sinnlos, sich von Sir Randolphs letztwilliger Verfügung Geld zu erwarten... vollkommen sinnlos, das kann ich Ihnen gleich sagen. Erstens einmal hat er nie auch nur im entferntesten den Wunsch angedeutet, irgendwelchen Bells oder Murgatroyds oder wie immer ihr Pack euch zu nennen beliebt, Geld zu vererben – niemals hat er mir gegenüber derartige Andeutungen gemacht –, und zweitens hat Sir Randolph überhaupt kein Testament gemacht, so daß eine Erbschaft Ihrerseits auf jeden Fall ausgeschlossen ist. Und drittens, wenn er ein Testament gemacht hätte, so wäre gar kein Geld zum Vererben da. Zum Zeitpunkt, als er starb, besaß er nämlich keinen Pfennig, im Gegenteil, seine Schulden gingen in die Zehntausende. Selbst wenn das Schloß nicht abgebrannt wäre, hätte der Verkauf seine Schulden nicht gedeckt.«

»Aber die Spinnerei...«

»Die Spinnerei ist bereits verkauft worden, um die rückständigen Steuern zu zahlen.«

»An wen?« fragte Lucas mit dem vagen Hintergedanken, er könne vielleicht gegenüber dem neuen Eigentümer auf seine Rechte pochen.

»An eine Gesellschaft...« Mr. Throgmorton schob sein Pincenez ein wenig die Nase herunter und wühlte in den Papieren auf seinem Schreibtisch herum, »... eine Gesellschaft namens ›Britische Teppich- & Mattenmanufaktur‹, Threadneedle Street, London.«

»Oh«, sagte Lucas. Seine Hoffnung schwand dahin. Wie sollte er denn nach London kommen, wie sollte er gar das Herz einer Gesellschaft rühren, die sich ›Britische Teppich- & Mattenmanufaktur‹ nannte? »Dann... Was meinen Sie aber, was ich jetzt tun sollte, Sir?«

»Tun? Tun?« fuhr Mr Throgmorton ihn verärgert an. »Nun, hören Sie auf, mich zu belästigen, gehen Sie weg und lassen Sie mich meinen Geschäften nachgehen. Ich weiß eigentlich sowieso nicht, weshalb ich mir die Mühe gemacht habe, Ihnen all diese Informationen zu geben! Man kann schließlich in der Stadt Arbeit finden... Sie sehen doch aus wie ein kräftiger Junge... Also, lassen Sie sich hier nicht noch einmal beim Betteln erwischen, sonst lasse ich Sie wegen Landstreicherei festnehmen!«

»Ich hatte nicht die leiseste Absicht zu betteln, Sir«, sagte Lucas, plötzlich ebenfalls zornig, »ich wollte nur wissen, wozu ich berechtigt bin.« Er richtete sich kerzengerade auf. »Es tut mir leid, Sie belästigt zu haben.« Und dann ging er rasch fort, durch das Vorzimmer und die staubige Treppe hinunter.

Das Herz war ihm bleischwer, als er wieder auf der Straße stand. Nicht, daß seine Hoffnungen auf Mr. Throgmorton besonders hoch gewesen wären, aber dieser Empfang war noch schlimmer gewesen, als er gefürchtet hatte.

Langsam und niedergeschlagen ging er die elende Straße entlang, abwesenden Blickes, die Hände in den Taschen vergraben, und er fragte sich, ob Mr. Throgmorton wohl die Wahrheit gesagt hatte und wie er Anna-Marie diese schlechte Nachricht beibringen sollte.

Aber seine Niedergeschlagenheit löste sich ein wenig – er wußte selbst nicht, wieso – beim Anblick eines dünnen Mädchens, das vor ihm herging und einen Babywagen mit zwei ziemlich verwahrlosten kleinen Kindern darin vor sich herschob. Es war kein sonderlich liebreizendes Pärchen, aber das Mädchen lachte und redete auf sie ein, als ob sie ihre Gesellschaft genösse, und auf den schmutzigen kleinen Gesichtern zeigte sich ein breites Lächeln.

Anna-Marie würde gar nicht allzu entmutigt sein, das glaubte er plötzlich zu wissen. Wie gut es doch war, daß sie sich als eine so praktisch veranlagte Natur entpuppt hatte: Wäre sie eine von diesen ewig jammernden, hilflosen Mädchen, dann wären sie jetzt ganz schön aufgeschmissen! In der Tat, Lucas mußte sich eingestehen, daß es ihrer besonnenen Abschätzung ihrer Möglichkeiten – gestern nacht während der Heimfahrt vom Krankenhaus – zu verdanken war, wenn Mr. Throgmortons schroffe Hilfeverweigerung jetzt nicht einen noch viel größeren Schock bedeutete.

Unter ziemlichen Schwierigkeiten fand er den Weg zurück in die Haddock Street, in der Mrs. Tetleys Haus stand. Das erste, was er dort sah, war Anna-Marie, die mit hochgerafftem Rock die Eingangsstufen scheuerte und das Kopfsteinpflaster vom Schnee freischaufelte.

»*Eh... te voilà!*« sagte sie und schob sich mit dem Rücken ihrer schmutzigen Hand die Haare aus dem Gesicht.

»Anna-Marie! Das solltest du aber nicht tun!« rief Lucas aufgebracht.

»*Pourquoi pas? Madame Tetley* will unser Geld im voraus. Ich sage, ich habe kein Geld, *moi.* Da sagt sie, na gut, dann nimmt sie es diese Woche in Form von Arbeit. So habe ich das Essen gekocht und viel saubergemacht. Aber jetzt meine ich, es ist Zeit, noch einmal nach Mr. Ookapool zu sehen, *hein?*«

»Ja, das ist es.«

»Dann wasche ich mich«, sagte sie und verschwand eilends auf einem kleinen Weg neben dem Haus zum Hinterhof, wo eine Pumpe stand.

Lucas holte das Pferd, das er in einem Schuppen in der Nähe für einen Preis von Sixpence pro Woche hatte unterbringen können.

Anna-Marie war fast augenblicklich wieder da, Gesicht und Hände rosiggeschrubbt.

»Ich denke gerade, Luc-asse«, fing sie mit leiser Stimme an, als sie in sicherer Entfernung vom Hause waren, »daß wir wohl besser zuerst anhalten bei einer Bijouterie und verkaufen meine

Perlen, denn wir haben doch kein Geld, um für Mr. Ookapool zu bezahlen.« Und sie fingerten an ihrer Kette aus winzigen Perlen herum, die sie ständig um den Hals trug.

»Ist schon gut. Daran habe ich gedacht. Verkauf deine Perlen nicht«, sagte er.

»Hast du denn Geld?«

»Ich hab meine Uhr verkauft.«

»Aber wie willst du denn nun wissen, wie spät es ist?« fragte sie stirnrunzelnd.

»Ach, wir leben doch in der Stadt... da ist immer irgendwo eine Uhr. Deine Perlen behalte mal. Aber ich meine, du solltest sie verstecken... wir wohnen hier in einer ziemlich rauhen Gegend.«

»Sicher ist es hier nirgends«, nickte Anna-Marie. »Als ich beim Essenkochen war, da brauchte ich ein *mouchoir* aus meiner Manteltasche, und so ging ich in unser Zimmer. Und da war Madame Tetley und schnüffelt zwischen unseren Sachen herum... Als ob es da was zu schnüffeln gibt! Ich glaube, sie ist *méchante*. Sie sieht aus wie eine... Schrubberbürste, und sie riecht wie ein Riegel Seife. Ich glaube nicht, daß es uns gefallen wird, in ihrem Haus zu leben.«

»Das glaube ich auch nicht«, sagte Lucas düster. »Aber vielleicht können wir rasch etwas anderes finden, wenn ich erst Arbeit habe.«

Sehr zögernd erzählte er Anna-Marie nun von seiner enttäuschenden Unterredung mit Mr. Throgmorton. Aber sie zuckte nur die Achseln.

»*Quoi donc?* Sir Randolph hat kein Geld mehr, und sein Haus ist verbrannt. Mir scheint, dann ist es doch ziemlich egal, ob dieser Trog...«

»Throgmorton...«

»... Trog-morton dich nun kennt oder nicht.«

Lucas beschloß, seinen Verdacht bezüglich des Anwaltes für

sich zu behalten. Was hatte es für einen Sinn, Anna-Marie noch mehr zu belasten?

Sie ließen den Zweisitzer im Vorhof des Krankenhauses stehen und traten an den Aufnahmetresen am Einlaß, wo Lucas das Geld für Mr. Oakapples Pflege einzahlte. Dort wurde ihnen gesagt, daß nur einer von ihnen den Kranken für zehn Minuten besuchen dürfe, nicht länger. Auf Anna-Maries Gesicht malte sich Enttäuschung, als sie das hörte, aber sie sagte: »Du gehst zu ihm, Luc. Du kennst ihn am besten. *Moi*, ich warte hier.«

Der Besuch erwies sich als eine Enttäuschung. Der Lehrer war noch immer nicht voll bei Bewußtsein, wohl wegen des Laudanums, das man ihm gegeben hatte. Aber auch so noch litt er sichtlich unter heftigen Schmerzen. Er drehte und wand sich unablässig, faselte laut und aufgebracht etwas von einem, der sich Grenvile nannte, um dann wieder in unverständliches Murmeln zurückzufallen. Dabei zupfte er mit seinen dick bandagierten Händen rastlos an seinen Laken herum. Auch sein Gesicht war fast vollständig unter Verbänden verschwunden.

Eine der graugekleideten Schwestern kam und gab ihm durch einen Strohhalm etwas Kühles zu trinken.

Als Lucas sie angstvoll fragte, ob es mit Mr. Oakapple denn aufwärtsgehe, erklärte sie ihm, daß es noch zu früh sei, das zu sagen. Niedergeschlagen und zutiefst besorgt ging er die vielen Steintreppen wieder hinunter. Er hatte gehofft, seinen Lehrer so ansprechbar vorzufinden, daß er mit ihm reden konnte. Nach allem, was sie wußten, hatte Mr. Oakapple doch vielleicht eine Familie, die von seiner Unbill erfahren mußte, um ihm helfen zu können. Aber im Augenblick war es ganz und gar unmöglich, Informationen von ihm zu bekommen.

Unten in der Eingangshalle fand er Anna-Marie blaß und verängstigt vor. Sie klammerte sich sofort an Lucas' Arm.

»Was ist denn los?« fragte er.

Ein derber Bursche mit zottigem Haarschopf schob sich an

ihnen vorbei. Lucas sah flüchtig sein Gesicht und überlegte, wo er es schon einmal gesehen hatte.

»Komm weg!« flüsterte Anna-Marie. »Wir reden draußen.« Sie zog ihn an der Hand, und er folgte ihr nach draußen. Dunkelheit legte sich bereits auf den kurzen Nachmittag. Der Wind nahm zu, und es begann wieder zu schneien.

»Dieser Typ…« begann sie, als sie im Wagen saßen und losfuhren. »Du kennst ihn doch, wir trafen ihn neulich auf der Straße, als wir uns verlaufen hatten…«

»Ach ja, natürlich, jetzt fällt es mir ein. Ich wußte, daß ich ihn schon mal irgendwo gesehen hatte«, meinte Lucas stirnrunzelnd. »Hat er dich eben belästigt? Dich geärgert?«

»Nein, nein, schlimmer als das! Er fragt, ob ich habe einen Freund im Krankenhaus, einen Kranken. Ich sage zu ihm: ›Was geht Sie das an?‹ Und er sagt: ›Wenn du mich nicht bezahlst, dann ich sorge dafür, daß dein Freund kein Essen kriegt, und keine Medizin; er bald wird sterben!«

»Aber wie kann er das sagen?« erwiderte Lucas mit gefurchter Stirn. »Er ist doch sicherlich kein Arzt…«

»Nein, er ist ein Bandit! Das ist eine Bande, die mit Drohungen arbeitet… Es sind Mörder! Der Pförtner dort am Einlaß hat zu mir gesagt, ist am besten, sie zu bezahlen. Letzte Woche sie haben einen armen alten Mann aus dem Bett gerissen und ihn im Hof im Regen liegengelassen, weil seine Söhne nicht wollten bezahlen.«

»Wieviel verlangen sie?« fragte Lucas verzagt.

»Noch einmal fünfundzwanzig Schilling.«

»Aber das ist niederträchtig… Es ist niederträchtig, durch solche Drohungen von den Leuten Geld zu erpressen…«

Allmählich begannen die Dinge Lucas über den Kopf zu wachsen; zu vieles hatte sich an diesem Tag gegen ihn verschworen.

»Natürlich ist es niederträchtig«, sagte Anna-Marie. »Aber

was kann man machen? *Il faut payer ces voleurs, ces cochons!* Wir wollen doch nicht, daß sie den armen *Monsieur Ookapool* in den Schnee aussetzen? Er ist der einzige Freund, den wir noch haben, denke ich.«

Am nächsten Tag begann Lucas entschlossen, nach Arbeit zu suchen. Indem er überall und allenthalben fragte, erlangte er unbeabsichtigt eine bedrückende Vertrautheit mit den wenig erfreulichen Straßen von Blastburn. Fabriken, Läden, Spinnereien, Kokereien – er versuchte es bei allen, und die Antwort war immer die gleiche: »Wir brauchen keine neuen Leute, wir kündigen schon denen, die wir haben. Die Zeiten sind hart.«

Niemand wollte einen unausgebildeten Jungen. Und noch weniger, dachte Lucas, wollten sie einen Jungen, der irgendwie mit Sir Randolph Grimsby in Verbindung stand.

Der einzige Ort, wo er es nicht versucht hatte – aus Stolz, aus einer tiefen Abneigung, sich dort blicken zu lassen, und aus dem sicheren Gefühl heraus, daß er dort noch unbeliebter wäre als überall sonst – das war Murgatroyds Spinnerei.

Am Ende einer achtstündigen Jagd taten ihm die Füße weh, er war durchgefroren bis auf die Knochen, hungrig, zutiefst entmutigt, und seinem Ziel, Arbeit zu finden, keinen Schritt nähergekommen.

Als er erschöpft dem Tor von ›Thrupps Möbel-Manufaktur‹ den Rücken kehrte – wo man nur erfahrene Bautischler und Furniermeister, Verzapfer und Drechsler brauchte –, da sah er auf der großen Uhr am Rathaus, daß es fast sechs war, und er machte sich verdrossen und schweren Schrittes auf den Weg in Richtung Haddock Street. Wie sollte er bloß Anna-Marie mit der Nachricht eines so vollständigen Mißerfolges gegenübertreten?

Der Augenblick des Gegenübertretens kam schneller, als er gedacht hatte. Eine kleine Gestalt nämlich rannte eilends die

Stufen des Marktgebäudes herunter und lief ihm über den verschneiten, von Gaslicht erhellten Platz entgegen.

»Heh, bist du das, Luc-asse? Ich meinte doch, daß ich dich an deinem Gang erkenne. Hör mal, die Dinge stehen gar nicht so schlecht. Stell dir nur vor, ich scheine die einzige Person zu sein, die darauf kommt, in dieser närrischen Stadt Zigarrenstummel aufzusammeln, und ich habe schon eine solche Menge! Sogar in Schnee und Matsch finde ich sie, und ich glaube, es ist gar nicht so schwer, sie zu trocknen. All die reichen Fabrikherren rauchen sie wohl die ganze Zeit! Ich habe schon drei Körbe voll gesammelt. Zuerst hab ich sie in mein Halstuch getan, aber das wurde zu feucht, da hab ich mir am Flußufer einen alten Korb gesucht. Und ein paar Stummel hab ich schon an einen Mann im Tabakladen verkauft, für zwölf Schilling und etwas, um was fürs Abendessen zu kaufen. Morgen kauf ich Papier, um meine eigenen Zigarren zu machen; auf die Weise kann man mehr Profit machen...« Sie unterbrach plötzlich ihr eifriges Geplauder und sagte. »Du siehst sehr müde aus, Luc-asse, und kein bißchen vergnügt. Komm hier herein, raus aus dem Schnee, und erzähle mir, was du erlebt hast.«

An der höhergelegenen Seite des Stadtplatzes stand das große, von Arkaden umgebene Marktgebäude, das nach allen Seiten offen war. Drinnen waren Dutzende von Ständen, an denen selbst jetzt, zu dieser späten Stunde, noch reger Geschäftsbetrieb herrschte, denn die Schichtarbeiter brauchten zu jeder Stunde des Tages ihr Essen.

Da gab es Stände mit Fisch und Fleisch, Stände mit großen Brotlaiben und glänzenden Schmalzkuchen, Stände, wo Kaninchen und Hasen noch in ihrem Fell herabbaumelten, Stande mit aufgehäuften Äpfeln und Kartoffeln und Kohlköpfen. Auch Kleidung wurde dort verkauft – Kleiderständer voller Buntdruckkleider, billiger Baumwollhosen und -jacken füllten eine ganze Ecke aus. Ein Tisch war beladen mit Holzschuhen. In einer anderen Ecke gab es Decken und Haushaltsgeräte, alles von einfachster, derber Machart. In einer anderen Ecke wurde Trödel feilgeboten – Möbel, Töpfe, Pfannen, Bücher, Kinderkleidung, Werkzeuge, bäuerliche Gerätschaften. An anderer Stelle gab es Pflanzen in Töpfen, Vögel in Käfigen, lebhaft gefärbte Arzneien in Flaschen, ballenweise fadenscheinig-prunkvolle Baumwollstoffe... Alles, was ein Mensch sich nur wünschen konnte – ein Mensch, der nicht viel Geld hatte –, gab es dort anscheinend zu kaufen.

Der Boden des Marktplatzes war gepflastert, feucht und schmutzig von den schneenassen Füßen der zahllosen Käufer, die den ganzen Tag lang hindurchgetrampelt waren. Eine schwache, muffige Wärme von all den Menschen bot innerhalb der Arkaden wenigstens ein klein wenig mehr Schutz als draußen der Platz, über den ein bitterkalter Wind fuhr.

Anna-Marie zog Lucas hinter sich her zu einem Stand mit einem unbeholfen gemalten Schild, auf dem zu lesen stand: ›Gemüsesuppe, 1/2 Penny die Tasse‹.

»Hier«, sagte sie, »du mußt ja hungrig sein. Ich jedenfalls fühle mich *comme morte de faim*!« Sie kaufte für sich und ihn je eine Portion für einen halben Penny von der alten Frau, die dort hinter dem Tisch an einem großen Kessel stand und Suppe in braune, irdene Näpfe schöpfte.

Lucas fand es nicht richtig, daß er Anna-Marie erlaubte, für ihn Geld auszugeben, und er protestierte auch schwach, aber sie sagte: »Bah! Wir teilen alles, was wir haben; du sorgst für mich, und ich sorge auch für dich.«

Die Suppe war dick und geschmacklos und bestand überwiegend aus Kartoffeln und dicken Bohnen, aber sie war heiß und wohltuend. Lucas umschloß dankbar den rauhen Steingutnapf mit beiden Händen und begann wieder ein klein wenig Mut zu schöpfen. Es mußte doch irgendwo eine Arbeit geben, die er verrichten konnte!

»So«, sagte Anna-Marie, als die Suppe gegessen war, »da drüben ist der Stand von *Monsieur 'Obday*, das ist ein *marchand de bric-à-brac*... Ich habe heute schon mit ihm geredet. Er sagt, ich kann eine Ecke von seiner *étalage* haben, um meine Zigarren zu verkaufen, wenn ich sie gemacht habe.«

Mr. Hobday nickte Anna-Marie freundlich zu. Er war ein ausgedörrter kleiner Mann, dessen eine Schulter höher saß als die andere. Er hatte sehr kleine, flink umherschweifende Augen und zwei sehr rote Ohren, groß wie Korbgriffe. Im Moment war er damit beschäftigt, einer Hausfrau eine hölzerne Wäscherolle zu verkaufen. Als die Frau ihre Ausbeute mit Hilfe ihres Sohnes wegschleppte, kam er auf Anna-Marie zu und sagte: »Nun, junge Dame, hast du schon genug Geld gemacht, um mich leerzukaufen?«

»*Non, monsieur*, aber hier habe ich meinen Freund Lucas. Ich glaube, der könnte viele nützliche Sachen für Sie finden, wenn Sie ihn anstellen.«

Zu Lucas sagte Anna-Marie: »*Monsieur 'Obday* braucht nämlich gerade einen Jungen, der ihm Sachen für seinen Stand zusammensucht.«

»Aber wohlverstanden... ist 'ne ziemliche Dreckarbeit«, betonte Mr. Hobday, »das will ich gar nicht erst beschönigen. Zwecklos, dir vorzumachen, daß du am Ende des Tages duftest wie 'n Rosengarten. Das ist nämlich nicht der Fall. Aber wenn du das auf dich nimmst, denn springt ganz hübsch was dabei raus.«

»Ich verstehe nicht ganz«, sagte Lucas. Er war sehr müde und begriff nur langsam, daß sich die Dinge jetzt womöglich zum Guten wendeten. »Bieten Sie mir Arbeit an?«

»So ist es. Ich sehe doch, du bist ein heller Bursche, und kräftig gebaut obendrein. Hab meinen letzten Sammeljungen letzte Woche verloren... war auch 'n guter, ausdauernder Bursche. Wir vermissen ihn schmerzlich, ich und der alte Gudgeon. – Also, wenn du interessiert bist an der Arbeit, Söhnchen, und dich verpflichtest, ausschließlich mir alles Zeug zu bringen, so, wie du es findest, und nichts abzweigst für andere Händler... dann hast du den Zuschlag.«

»Ich danke Ihnen«, sagte Lucas.

»Du arbeitest mit dem alten Gudgeon zusammen, das ist ein zäher alter Kauz, ist schon lange bei mir. Der zeigt dir, wo's langgeht.«

Mr. Hobday streckte eine schmutzige, klauenartige Hand vor, die Lucas ein wenig benommen schüttelte.

»Fängst morgen früh an, sechs Uhr«, sagte Mr. Hobday. »Ach so, passende Kleidung wirst du brauchen, ich wette, die hast du nicht: 'n langen Mantel – muß große Taschen haben –, Segeltuchhosen und 'n Paar olle, derbe Schuhe. Das werde ich besorgen. Dann brauchst du noch 'ne Tasche und eine Stange, so zwei bis zweieinhalb Meter lang. Kannst du dir das verschaffen? Ebenso wär ein Lederschurz nützlich und eine geschlossene Laterne mit einem Bullauge. Das beides stell ich dir zur Verfügung, und du kannst es mir aus deinem Verdienst zurückzahlen.«

»Wie hoch ist denn mein Verdienst?« wollte Lucas wissen, dem diese Art der Arbeit noch durchaus nicht klar war.

»Fünf Pfund die Woche, und zehn Prozent vom Wert aller Sachen, die du anbringst. Wirst schon sehen, das summiert sich. In Ordnung? Gut. Sechs Uhr, oder sagen wir lieber halb sechs, dann hast du Zeit zum Einkleiden. Und jetzt gute Nacht, ich schließe jetzt den Laden.« Mr. Hobday machte sich daran, rings um seinen Stand hölzerne Klappläden herunterzuziehen und sie mit Vorhängeschlössern zu sichern, so daß sein Kiosk vollständig verschlossen war. Der enthielt, wie Lucas gesehen hatte, ein höchst absonderliches Durcheinander der verschiedensten Dinge, manches gewöhnlich, manches womöglich wertvoll, fast alles aber alt und schmutzig.

Anna-Marie und Lucas verließen den Markt und schlugen den Weg zur Haddock Street ein.

»Wo soll ich eigentlich nach dem Zeug suchen, das ich für ihn sammle?« fragte Lucas. »Auf den Straßen?«

»Da bin ich nicht so sicher«, meinte Anna-Marie zweifelnd. »Aber gewiß wird er oder dieser Gudgeon dir alles zeigen, was du wissen mußt. Jetzt werden wir dir eine Tasche und eine Stange besorgen, und dann fahren wir wohl besser ins Krankenhaus und bringen dem armen *Monsieur Ookapool* ein bißchen Essen, und dem *scélérat* ein bißchen Geld.«

Die Stange wurde von einer trostlos aussehenden Weide geschnitten, einer von den beiden, die in der Nähe von Mrs. Tetleys Haus am Flußufer wuchsen; und in ihrem Pferdewagen fand sich noch ein alter Futtersack aus Leinwand, der tat es wohl anstelle einer Tasche, und so war denn Lucas ausgerüstet für seine neue Stellung.

»Aber, Anna-Marie«, sagte er, »es gefällt mir ganz und gar nicht, daß du den ganzen Tag allein auf den Straßen bist und Zigarrenstummel aufsammelst. Es ist zu naß und zu kalt für dich, und außerdem ist die Stadt voll von schlimmen Typen. Ich habe Angst, du könntest belästigt oder verletzt werden, oder von einem dieser Wagen überfahren, die so schnell daherrasen.«

»Oh, puh!« erwiderte sie. »Ich kann sehr gut auf mich selbst aufpassen, keine Angst. Und es ist bei weitem unterhaltsamer, draußen auf dem Marktplatz zu sein und nach Zigarrenstummeln zu suchen, als zu Hause zu bleiben *chez Madame Tetley*, das kann ich dir sagen. Die läßt mich arbeiten, bis mir die Finger bluten, die, den ganzen Tag lang, und ohne Bezahlung!«

»Na ja, aber ich bin sicher, Mr. Oakapple wäre nicht damit einverstanden, daß du jeden Tag draußen auf der Straße herumläufst.«

»*Eh bien*, dann fragen wir *Monsieur Ookapool*, was er vorschlägt.«

Aber der arme Mr. Oakapple war keineswegs in der Verfassung, konstruktive Vorschläge zu machen, als sie schließlich an seinem Bett standen. Er schien in dem Wahn befangen, nicht nur ein gewaltiges, unsichtbares Orchester zu dirigieren, sondern auch noch die erste Violine zu spielen, und seine Zuhörerschaft bestünde aus gekrönten Häuptern und Großherzoginnen aus ganz Europa: *»Lente, lente! Piano, piano!* Es tut mir leid, Euer Hoheit, ich bin überzeugt, der Tubabläser hatte nicht die Absicht, Sie aufs Ohr zu schlagen. Timpani! Nehmen Sie den Ellbogen von der Kesselpauke! *Più maestoso!* Vielleicht wollen Euer Majestät einen Moment den Taktstock übernehmen, während ich den Unterrock der Cellistin ordne? *Mademoiselle,* bitte entleeren sie Ihre Klarinette in den Blumentopf, nicht in meine Tasche. Vielen Dank, Euer Majestät, ich nehme mit Vergnügen eine Zigarre an, aber sie werden verzeihen – ich rauche erst nach dem neunzehnten Satz...«

»Oh, oh, le pauvre«, sagte Anna-Marie, *»il a encore un peu de fièvre...«*

»Bitte!« schrie Mr. Oakapple, »Sie müssen genau im zweiunddreißigsten Takt einsetzen. Fangen wir noch einmal an!«

»C'est inutile«, seufzte Anna-Marie. »Es hat keinen Sinn, von ihm hilfreiche Ideen zu erwarten.« Sie übergaben die Eier und die Milch, die sie für Mr. Oakapple mitgebracht hatten, der Schwester und verließen die Station. Draußen vor der Tür lungerte wieder der flachsköpfige Junge herum, der von den Freunden der Patienten Schutzgeld erpreßte.

»Da bist du ja, Blitzäuglein«, sagte er zu Anna-Marie, die ihn böse ansah. »Na, haste das Einstandsgeld für den Hilfsverein zusammen, hä?«

»Hier sind schon mal acht Schilling«, erwiderte Anna-Marie und händigte ihm ihr letztes Geld aus. »Den Rest kriegst du morgen.«

»Na schön. Aber bring es auch wirklich, sonst landet nämlich der alte Rotschopf da draußen im Schnee, und das wär doch 'ne Verschwendung der acht Piepen, die du heute gebracht hast, nich?«

»Weißt du«, sagte Anna-Marie zu Lucas, als sie den langen Hügel hinunter in die Innenstadt zurückfuhren, »ich finde, diese Stadt ist zum Hassen. Meiner Meinung nach sind alle, die hier leben, böse.«

»Mindestens sind wohl wenige Gute darunter«, pflichtete Lucas ihr bei. »Außer Mr. Hobday.«

»Er? Das werden wir noch sehen. Ich meine, wenn es *Monsieur Ookapool* besser geht, dann ziehen wir lieber woanders hin, nicht wahr?«

»Wir können es uns nicht leisten umzuziehen«, wandte Lucas ein.

Es war neun Uhr, als sie in Mrs. Tetleys Haus ankamen. Die Eier und die Milch für Mr. Oakapple und die Vorausmiete für eine Ecke von Mr. Hobdays Marktstand hatten einen Großteil von Anna-Maries Geld aufgezehrt, aber sie hatte doch noch für einen Penny Hafermehl eingekauft, das sie nun mit einem Krug Wasser vermischte und über dem kargen Feuer in Mrs. Tetleys zum Hinterhof gelegenen Küchenabseite zum Kochen aufsetzte. Als es aufwallte, fügte sie ein paar Brotrinden hinzu, die sie beim Sammeln der Zigarrenstummel mit aufgehoben hatte. Als alles gut verkocht war, bekamen sie und Lucas davon jeder eine kleine Schüssel voll, und das war das reine Labsal, denn außer dem Napf Suppe auf dem Markt war es alles, was sie den ganzen Tag gegessen hatten. Der Rest des Haferbreis wurde in der Blechkasserolle, die Anna-Marie ebenfalls erstanden hatte, sorgfältig beiseitegestellt für das Frühstück. Dann zündete Anna-Marie eine kleine Talgkerze an, und sie gingen nach oben zu Bett. Die meisten von Mrs. Tetleys übrigen Mietern hatten sich bereits zurückgezogen.

»Wo schlafen wir denn?« flüsterte Lucas.

»*En haut...*« Anna-Marie deutete nach oben. Sie stiegen zwei Treppen hinauf, dann über eine Leiter durch eine Falltür weiter auf den Dachboden. Hier war ein kleiner Raum – genauer gesagt, ein Speicher mit schrägen Wänden. Auf dem Fußboden lag eine spärliche Schlafmatte, sonst gab es kein Mobiliar.

»Da ist ja nur ein Bett!«

»*Sois tranquille!* Ich werde deinen Schlaf schon nicht stören. Weil die ach so freundliche Madame Tetley sah, daß ich nicht groß bin, hat sie nämlich gesagt, ich darf hier drinnen schlafen.«

Anna-Marie öffnete unter der Dachschräge eine winzige Tür, wenig über einen halben Meter im Quadrat, hinter der sich eine Art kleiner Koje oder Abseite befand, gerade geräumig genug, um einen großen Hund darin unterzubringen.

»*C'est charmant*, es paßt mir wie ein Schuh.«

Und sie rollte sich darin zusammen unter einem Haufen alter Lumpen und Teilen einer zerrissenen Wolldecke.

Lucas lag noch eine ganze Weile wach auf seiner harten, dünnen Matratze und grübelte darüber nach, worin wohl seine neue Tätigkeit bestehen würde. Daß sie unangenehm war, daran hatte er keinen Zweifel, denn sonst wäre sie ja längst vergeben in einer Stadt, wo es anscheinend so schwer war, überhaupt Arbeit zu finden. Fünf Pfund die Woche! Was erwartete man von ihm, was mußte er tun für eine so riesige Summe?

Wenigstens aber konnten sie damit ihre Ausgaben decken und Mr. Oakapples Behandlung bezahlen.

Schließlich fiel er in einen unruhigen Schlaf.

Lucas hatte befürchtet, er werde nicht zur rechten Zeit aufwachen. Seine Träume waren voller Bedrängnisse: Er versuchte, ein durchgegangenes Pferd einzuholen, er kam zu spät zur Schule, er hatte etwas furchtbar Wichtiges und Kostbares verloren – sein braunes Buch, wo war es? –, er hatte ein Versprechen nicht eingelöst, das er gegeben hatte...

Aber dann gab es überhaupt keine Schwierigkeiten mit dem Aufwachen oder mit der Uhrzeit während der Stunden der Dunkelheit. Die Stadt Blastburn war nämlich überreich ausgestattet mit Kirchenglocken, die schlugen alle Viertelstunde, und auch, wenn sie nicht auf die Minute genau miteinander übereinstimmten, so machten sie doch deutlich, wie die Zeit verging. Und außer den Kirchenuhren gab es noch die Fabriksirenen, die ihren Ruf zur Arbeit ertönen ließen, und es gab die Waggons und Frachtloren, die über ihre eisernen Schienen ratterten und im Dunkeln ihre trauervollen Pfiffe ausstießen, und endlich gab es auch noch den Wachklopfer, der durch die Straßen rannte und mit seinem eisenbeschlagenen Stock im Vorüberhasten an jede Tür pochte.

»Aufwachen, Mrs. Kelsey, los, ist ein großartiger Morgen mit viel Schnee! – Fünf Uhr, Geordie Thompson, Zeit, daß du deine alten Knochen rührst, Mann! – He, schlaft ihr etwa noch, Jungs? Die Frau brät schon den Speck!«

Um viertel nach fünf raffte sich Lucas von seiner Matte auf und zog die Sachen an, die er hatte retten können; viele waren es nicht. Sehr wenig Wärme nur von dem schwachen Küchenfeuer stieg bis zu Mrs. Tetleys Dachstube hinauf. Er schlich sich gerade behutsam zur Leiter, da verriet ihm ein leises Plumpsen, daß Anna-Marie aus ihrem Kojenbett gekrochen war.

»Geh, schlaf weiter«, flüsterte er, »du brauchst doch noch nicht aufzustehen.«

»O doch. Wenn du an die Arbeit gehst, dann will ich es auch tun.«

Lucas versuchte, sie davon abzubringen, aber sie hatte es sich nun mal in den Kopf gesetzt, und es war keine Zeit für Meinungsverschiedenheiten. Also schlichen sie gemeinsam auf Zehenspitzen Mrs. Tetleys schmale, steile Treppen hinunter in die frostige Hinterhofküche mit dem Steinboden. Lucas stocherte in der Asche und legte ein paar Späne auf, während Anna-

Marie ihren Topf mit Haferbrei aus dem Schrank holte. Als sie den Topf in die Höhe hob, stieß sie einen spitzen Schrei aus und hätte ihn um ein Haar wieder fallen gelassen.

»Was ist denn?«

»Eine große Ratte! Sitzt direkt neben meinem Topf!«

»Ein Glück, daß du den Deckel draufgelegt hast. Wo ist sie?«

»Da, in ein Loch gerannt, das gräßliche Biest!« Anna-Marie balancierte den Topf über der kleinen Flamme, die Lucas mühselig zum Leben erweckt hatte. Aber der Haferbrei war steifgefroren, und die Hitze hatte kaum mehr ausgerichtet, als ihn aufzutauen, bevor sie ihn wohl oder übel hastig auslöffeln mußten. Immerhin hatten sie auch ein wenig Wasser erhitzt in einem Kessel, den zu benutzen Mrs. Tetley ihren Mietern gnädig erlaubte, und jeder von ihnen trank eine heiße Tasse voll. Das war ihr Frühstück.

Lucas rüstete sich mit seinem langen Stock und dem Sack aus, Anna-Marie nahm ihren Korb, und gemeinsam machten sie sich auf den Weg. Sie hatten gedacht, daß die Stadt um diese Zeit noch menschenleer und still wäre, aber das war sie durchaus nicht. Viele Arbeiter begannen ihre Schicht um sechs Uhr in der Frühe, und die dunklen, verschneiten Straßen waren voll von hastenden Gestalten. Sie waren wie Eisenspäne, die von einem Magneten angezogen werden, dachte Lucas. Und auch der Himmel war nicht nachtdunkel, sondern wurde hier und da plötzlich erhellt von großen, ausbrechenden Flammen, wenn dieser oder jener Brennofen seine Ladung fertiger Klinker ausspie. Kleine, von Öllampen erhellte Backstuben boten Brotlaibe und Pasteten feil, welche die eiligen Arbeiter im Vorübergehen kauften und als Mittagsmahlzeit mitnahmen. Pferdebahnen, vollbesetzt mit Fabrikarbeitern, knirschten durch die verschneiten Straßen, hoch mit Waren beladene Fuhrwerke ratterten bereits auf den Marktplatz, und das Marktgebäude selbst bot ein Bild rastloser Geschäftigkeit, denn alle Inhaber der kleinen

Verkaufsstände schleppten Kisten und Körbe herbei und legten ihre Waren aus.

»Ah, da bist du ja, mein junger Freund«, wurde Lucas von Mr. Hobday begrüßt, der wie ein emsiger Kobold umherfuhr, die Holzläden von seinem Stand entfernte und seine ungewöhnliche Ware möglichst ansprechend arrangierte. Da gab es sonderbare Fragmente aus Schmiedeeisen, rostige Metalltöpfe, Teile von Porzellan oder Steingut, meist voller Risse oder angeschlagen, Bruchstücke von Steinmetzarbeiten, die vielleicht aus Kirchen stammten, Waffen, Schwerter, Pistolen, sogar etliche Teile einer Rüstung, und ein kleines Tablett voller Schmuckstücke.

»Und dies hier ist Gudgeon, auch pünktlich auf die Minute! Tja, Pünktlichkeit und Regelmäßigkeit machen den Kohl fett. Gudgeon ist also dein Kumpan, Junge, er ist mein anderer Sachensammler, und er wird dir alle Kniffe beibringen. Sieht bißchen einfältig aus, der alte Gudgeon, ist aber ein unerschütterlicher, kaltblütiger Bursche, wenn's hart auf hart kommt – einer der langgedientesten Sammler in unserm Gewerbe. Na, alter Gudgeon, was haste denn gestern für mich aufgetrieben, he?«

Gudgeon war ein großer, knochiger Mann mit bleifarbener Gesichtshaut, wäßrigblauen Augen und einem gebrochenen Nasenbein. Sein Haar war vollständig weiß und so kurz geschoren, daß es wie Fell aussah, und er war so bemerkenswert schmutzig, daß man nur sehr ungefähr die Umrisse seiner Person und die seiner Kleidung unterscheiden konnte. Und ein höchst ungewöhnlicher Gestank entströmte ihm: salzig, beißend, süßlich, ranzig... er umgab ihn geradezu sichtbar. Anna-Marie und Lucas traten unwillkürlich einen Schritt zurück. Aber Gudgeon nahm davon keine Notiz, und wenn er es tat, so kränkte es ihn jedenfalls nicht. Er rollte sorgfältig eine große Leinwandtasche auseinander.

»Hier kommt's, Meister, nun seht euch bloß mal diesen hübschen kleinen Posten an!« sagte er stolz. »Ein Kerzenhalter – Silber, so wahr ich Tom Gudgeon heiße – 'n Tischtuch aus

Samt – vielleicht auch 'ne Altardecke – mit Quasten dran, dann hier noch drei Schaufeln, ein paar Töpfe, ein Horoskop, ein Stück Eisenkette und eine Statue.«

Er breitete seine Fundstücke aus. Sie waren schmutzig und feucht und rochen genauso schlecht wie ihr Finder. Mr. Hobday war besonders an der Statue interessiert. Sie war aus Holz und schien einen Engel darzustellen, wenigstens hatte sie Flügel. Er betrachtete sie eingehend und verkündete, das sei ein wirklich altes Stück, so wahr er Elias Hobday heiße, und irgendein Bursche im Museum werde bestimmt scharf darauf sein. Und der Kerzenhalter sei ebenfalls gut, Sterlingsilber mit dem Namen des Schmieds darauf.

»Eine sehr schöne Ausbeute, Tom, wirklich sehr schön«, gratulierte er Gudgeon.

»Ach, und hier sind auch noch Münzen, Mr. Hobday. Moment... hier...« Gudgeon holte eine ganze Handvoll davon aus einer Art Brustbeutel, den er sich quer übergehängt hatte: alte, dunkle Münzen, so dünn und so schmutzig, daß sie völlig wertlos aussahen, aber Mr. Hobday studierte und sortierte sie mit größter Sorgfalt.

»Siehst du, wie ehrlich er ist, Junge? Manch ein Trödelsammler würde solch Zeug zurückbehalten – aber nicht so unser Tom! Ehrlich wie Butter ist der. Ich lasse diesen Posten schätzen, Tom, und geb dir deinen Anteil morgen. Und jetzt zeigst du am besten mal diesem Jungen... was hast du noch gesagt, wie du heißt? Luke? Richtig... also zeig ihm mal, wie er sich richtig rausputzt.«

Lucas ging hinter Mr. Hobdays Verkaufsstand, wo er mit festen Segeltuchhosen, einem langen Mantel, einer Schürze aus Leinwand und seiner Tasche ausstaffiert wurde. Eine Bullaugenlaterne wurde ihm vor der Brust festgeschnürt, und auf den Kopf seiner Stange wurde ein schwerer, spitzer Schlaghaken genagelt.

»Also dann, guten Fang, Jungs!« sagte Mr. Hobday. »Und ich seh euch dann morgen früh um diese Zeit.«

Lucas sagte noch schnell Anna-Marie auf Wiedersehen, die sich, während er eingekleidet wurde, an einem anderen Stand ein Quantum Tabakblätter besorgt hatte und daraus jetzt neue Zigarren drehte, gefüllt mit den ausgezupften Bröseln der gestrigen Stummel, die sie über Nacht hatte trocknen lassen.

»Warte hier nicht auf mich, geh um sechs in die Haddock Street zurück«, sagte er. »Ich mag's nicht, wenn du bei der Dunkelheit allein draußen bist.« Und dann fiel ihm ein, wie lächerlich das klang, denn auch jetzt war ja noch keine Spur von Tageslicht zu sehen. »Ich werde mich bemühen, rechtzeitig zu Hause zu sein, um Mr. Oakapple zu besuchen. Bitte, sei achtsam«, fügte er hinzu, immer noch voller Sorge bei dem Gedanken an ihren langen Tag ganz allein.

»Vielleicht sehe ich dich ja irgendwo in den Straßen«, meinte Anna-Marie hoffnungsvoll.

»Vielleicht.«

Aber aus seiner ganzen Ausrüstung schloß Lucas, daß sein Arbeitsfeld irgendwo lag, wo es noch schmutziger und noch gefährlicher war als in den Straßen von Blastburn. Und so war es denn auch. Tom Gudgeon ging voran. Er stapfte aus dem Marktgebäude hinaus, blieb jedoch gleich am Rand der großen Straßenkreuzung stehen.

»Kommt uns zustatten, daß sie diesen Platz hier immer von Schnee freifegen«, meinte er, »das erspart uns Sammlern 'ne Menge Schaufelei.« Damit beugte er sich vor und hob einen schweren, runden, eisernen Kanaldeckel in die Höhe. »So, nu rein mit dir, Jung... trödel nich rum.«

Lucas trat heran und blickte voller Entsetzen in die Röhre, an deren Seite eine eiserne Leiter befestigt war, die in die schwarze Tiefe hinunterführte.

»Da runter?«

»Was denn sonst? Trödel wächst nicht auf Bäumen. Und liegt auch nicht bei hellichtem Tag zum Aufsammeln rum.«

Lucas konnte ein Schaudern nicht unterdrücken, als er rückwärts in das Loch stieg und hinunterkletterte in die schwarze, dumpfige Höhle. Gudgeon stieg nach ihm hinein und zog über sich den Kanaldeckel wieder zu, wodurch die Dunkelheit vollkommen undurchdringlich wurde. Als er neben Lucas anlangte, hielt er an und stellte seine Laterne, die er vorher angezündet hatte, richtig ein. »Zünd mal deine auch an, Junge. Hier is Zunder.«

Lucas entzündete das winzige Lichtpünktchen und starrte umher, bis seine Augen sich langsam an die Finsternis gewöhnten. Sie befanden sich in einem Tunnel mit ovalem Backsteingewölbe, in dem es stank und vor dampfender Feuchtigkeit nur so troff. Tröpfelnde Girlanden von irgendwelchem Unkraut oder Moos hingen über ihren Köpfen, und widerwärtig aussehende Stränge zähen Schleims rannen an den gewölbten Wänden herab. Neben ihnen, kaum zwanzig Zentimeter unterhalb des Pflasters, auf dem sie standen, war ein etwa drei Meter breiter Backsteinkanal, durch den sich schäumend und gurgelnd ein übelriechender Strom wälzte.

»Was ist das hier?« fragte Lucas. »Wo sind wir?«

Es war schwer, sich verständlich zu machen in dem Brausen des Wassers und dem lauten, hohlen Echo, das jedes Wort ergriff und es hierhin und dorthin schleuderte.

»Wo wir sind? In den Abwässerkanälen der Stadt natürlich. Haste das nicht gewußt? Wir sind in der Kloake. Dies hier is ja wenigstens noch 'n Hauptkanal, davon gibt's drei, die laufen zum Fluß runter, und zwischendrin is ein ganzes Netzwerk von kleineren. Aber in die geh ich nicht so oft, da sind die Ratten zu schlimm. Und zu weit darf man auch nicht gehen, von wegen der Flut; die steigt nämlich hoch, weißte, also mußte beizeiten in die Nähe eines Einstiegs verduften, wenn sie anfängt. Bis da oben hin kann sie kommen, bei richtiger Hochflut.«

Und er deutete auf eine verkrustete Markierung an der Wand hoch über seinem Kopf.

Lucas schauderte. Im Dunkeln eingeschlossen zu sein, das war eine seiner geheimen Schreckensvorstellungen, und er konnte sich keinen entsetzlicheren Ort vorstellen als diesen schwarzen, faulig stinkenden Tunnel. Er fürchtete, jeden Moment laut loszuschreien, je bedrängender ihm seine Situation bewußt wurde. Gudgeon jedoch schien sich hier vollkommen heimisch zu fühlen. Er ging gemessenen Schrittes voran und fischte und stocherte dabei mit seiner Stange in der dicken, schaumigen Strömung herum. Gelegentlich zog er etwas heraus; meistens aber warf er es gleich wieder zurück. Lucas ging hinter ihm her und tat es ihm nach.

Von Zeit zu Zeit überspülte die Brühe den Fußsteig, manchmal knietief. Dann mußten sie hindurchwaten. Tom bedeutete Lucas mit fuchtelnder Hand, er solle sich von der Kante des Fußsteiges fernhalten. Von Zeit zu Zeit ließ er weitere Einzelheiten über seine Arbeitsweise verlauten.

»Im Moment sind wir drei, die die Kloake hier unten bearbeiten, ich Lammas und Bugle. Bugle, der hat den Westtunnel, Lammas den Osttunnel, und ich, ich halt mich an den mittleren, weil ich schon am längsten dabei bin. Beim mittleren, da is nämlich die Chance am besten, daß du was findest, aber gut sind sie alle. Lammas, der hat mal ein Orrery im Ostkanal gefunden.«

»Was ist ein Orrery?«

»Weiß nicht. So was wie n' Planetarium. Aber wertvoll! Hat er dreißig Pfund für gekriegt vom Museum. Mein Zeug verkauft ja der alte Hobday für mich, weil, der kennt sich am besten aus, wohin damit, und ich spar mir die Mühe, und denn muß ich mich auch gar nicht erst sauberkriegen. Nach Sachen suchen, das macht mir Spaß, das ist ja viel romantischer. Mann, du, manche Händler, die bescheißen dich nach Strich und Faden, aber Hobday, der ist anständig.

Also, merk dir eins: Geh bloß dahin, wo du dich auskennst, sonst kannst du ganz schön in den Schlamassel geraten. Gibt viele Seitenkanäle, wo der Boden nachgibt, die haben das nicht mehr gepflastert, seit ich Handlanger war; da kannste versacken wie in 'ner Walfischhöhle. Also halt dich an die Hauptströmung. Und dann: Bleib nie länger unten als sechs oder sieben Stunden, von wegen der Flut; das mußte dir merken.«

»Sonst noch was, das ich mir merken muß?« fragte Lucas und versuchte, seine Zähne am Klappern zu hindern. Er zog an seiner Stange irgendein schweres Ding aus dem Wasser, aber es fühlte sich so widerwärtig weich und schleimig an, da warf er es hastig zurück.

»Die Ratten sind mächtig gefährlich – das is mal sicher. Wenn du schon in einen Seitentunnel gehst, dann geh immer mit einem Kumpel, denn diese Luder sind viel zu schlau, dich dann anzugreifen, die wissen, daß sie dann den kürzeren ziehen.

Und dann mußte dich auch noch in acht nehmen vor den Schweinen.«

»Den Schweinen?«

Lucas stolperte über eine Unebenheit im Boden und konnte eben noch verhindern, daß er in die Kloake rutschte.

»Ja, irgendwie ist 'ne ziemliche Menge Schweine hier in die Kanalisation geraten. Frag mich nicht, wie sie da reingekommen sind, ich weiß es nich, aber sie waren schon zu den Zeiten von Bugles Opa hier, der kann sich noch dran erinnern. Ich denk mir, da hat mal in einem kalten Winter ein Pärchen den Weg hier rein gefunden, und die haben sich dann vermehrt. Denen gefällt es hier unten.

Nu sind diese Schweine aber Menschenfresser; leg dich also lieber nicht mit ihnen an. Wenn du sie kommen hörst, denn nichts wie hochklettern und der Gefahr aus dem Wege gehen!«

»Hochklettern? Wo?«

»Da sind immer mal wieder die Einstiegsröhren, und wo solch

ein Einstieg is, da is auch ne Leiter. Sollte sie wenigstens sein, wenn nicht irgend so'n gedankenloser Bursche sie geklaut hat, ohne an die Sicherheit seiner Kumpels zu denken.«

»Wie merkt man denn, daß die Schweine kommen? Was für Laute geben sie denn von sich?«

»Moment mal.« Gudgeon beugte sich vor, rührte fachmännisch mit seiner Stange herum und fischte einen dunklen, eckigen Gegenstand heraus, der sich, als er den Schleim abwischte, als ein Kasten entpuppte, der mit einer Schnur zugebunden war.

»Ha, ein Kasten, das ist immer was Romantisches, denn man weiß ja nie, was alles drinnen sein kann«, erklärte er und betastete ihn von allen Seiten. »Komm mal rüber hier, Junge, damit wir auch das Licht aus deiner Laterne kriegen. Das ist doch die Idee, genau deshalb tragen wir sie doch so, vorn auf die Brust geschnallt, damit wir die Klauen frei haben... das brauchste auch für die Ratten. Und einen Kasten mußte immer ganz vorsichtig aufmachen, weil... wenn da nun kleine Sachen drin sind, Perlen womöglich, oder Diamanten, denn willste die ja nich verschütten. Denn mit dem Wiederaufsammeln hätt'ste hier wohl kaum Glück.«

Dieser Kasten jedoch erwies sich als Enttäuschung, denn es stellte sich heraus, daß er lediglich Papiere enthielt. Und die waren in einem so durchnäßten, verwischten und schwarz verfärbten Zustand, daß es zweifelhaft war, ob irgend jemand etwas damit anfangen konnte; ganz gewiß jedenfalls nicht Gudgeon, der, wie er Lucas erzählt hatte, nie die Zeit gehabt hatte, Lesen oder Schreiben zu lernen. Trotzdem verstaute er ihn sorgfältig in seiner Tasche.

»Mann, du, alte Papiere können 'ne Menge wert sein, laß dir bloß nicht einfallen, sie wegzuschmeißen. Einmal hat Bugle ein altes Pergament gefunden, wo drinstand, daß das Rathaus irgendeinem Kloster gehört. Hat 'ne Menge Aufregung gemacht, das Ding, denn die ›Blastburn Post‹ hat 'ne Geschichte darüber gedruckt, und der alte Prior, der machte 'n wahren Aufstand und verlangte, seine Mönche müßten ihr Rathaus zurückhaben.«

Er ging weiter, rauschte bis an die Knie durch die schaumbedeckte Brühe, die wieder den Fußsteig überflutete.

»Und haben sie das Rathaus gekriegt?« fragte Lucas, um die Unterhaltung in Gang zu halten, denn das Schweigen, in dem nichts als das Echo des Tröpfelns und Platschens tönte, war zu bedrückend.

»Nein, kriegten sie nicht. Da war der Bürgermeister ihnen über.«

»Was für Töne machen denn die Schweine?« fragte Lucas noch einmal.

»Du hörst sie von weitem quieken und pfeifen, immer neun oder zehn zusammen. Eins merk dir: Schwimmen tun sie nie, denn ein Schwein zerschneidet sich die Kehle mit den Haxen, wenn es versucht zu schwimmen. Also, wenn sie hinter dir her sind, und da ist weit und breit keine Leiter in Reichweite, dann nichts wie rein ins Wasser!«

»Ich verstehe.«

Lucas dachte, lieber würde er sterben, als in diesen entsetzlichen Strom zu springen, aber sicherlich, wenn er vor die Wahl gestellt wäre zwischen der Kloake und neun menschenfressenden Schweinen, dann dachte er wahrscheinlich anders.

»Halten Sie einen Moment, ich glaub, ich hab was!« schrie er plötzlich und riß seinen Haken in die Höhe, der sich in etwas Schwergewichtigem verfangen hatte.

»Immer langsam, Junge! Nicht aufregen, nicht zappelig werden!«

Mit der gebotenen Sorgfalt zog er das Ding an den Rand und hob es heraus.

»Was für eine merkwürdige Form das hat. Scheint aus Holz gemacht, aber was kann es sein?«

Es war aus Holz, aber es waren uralte Lederschnüre daran befestigt, die meisten davon halb verrottet. Zwischen den ledernen Büscheln saß eine rostige Metallöse von etwa fünfzehn Zentimetern Durchmesser.

»Ich weiß, was es ist«, sagte Gudgeon eifrig, als er es eingehend betrachtet hatte, »das ist ein Sattel, das wird es sein, ein alter, hölzerner Sattel.« Er wischte mit dem Saum seines Mantels darüber, leuchtete dichter mit seiner Laterne darauf und rief aufgeregt: »Bei Gott! Wenn das nicht Anfängerglück ist, was du da hast!«

»Wieso ist ein alter Sattel denn so ein Glück?«

»Warum? Sieh dir mal diese Kante an, Junge! Alles eingefaßt mit Saphisteln und Karbunkeln!«

Tatsächlich, als Gudgeon noch ein wenig mehr Schmiere abgewischt hatte, sah Lucas, daß der Sattel wirklich einmal sehr prachtvoll gewesen sein mußte. Vielleicht hatte er dem Prior des Klosters gehört, von dem Gudgeon erzählt hatte – oder wohl eher einem sehr viel früheren Vorgänger. Er war aus Holz gemacht, aber er war einmal gepolstert gewesen, nur, die Polsterung war jetzt verrottet. Hier und dort waren noch Spuren der einstigen Vergoldung zu sehen. Sattelknopf und Schwanzriemen waren mit kostbaren Steinen besetzt, er sah sie rot und blau aufblitzen im Lichte der beiden Laternen.

»Was für'n Fund, Mann!« rief Gudgeon ein übers andere Mal. Lucas dagegen mußte daran denken, daß der Sattel eine ziemliche Plage werden könnte für den Fall, daß er ihn den ganzen Tag mit sich herumschleppen müßte. Er schlug deshalb vor, daß sie ihn entweder sofort ablieferten oder daß sie ihn irgendwo an einem sicheren Ort verwahrten, wo sie ihn später abholen konnten.

»Nein nein, mein Junge, das geht nicht. Erstens mal, wenn wir jetzt gleich zurückgehen, ist das bloß Zeitverschwendung; sinnlos, ein und dieselbe Strecke zweimal abzusuchen. Und zweitens, hier gibt's nirgends einen Platz, wo du ihn lassen kannst, ohne daß die Flut ansteigt und ihn wegschwemmt. Du darfst dein Zeug niemals abstellen. Wir kommen diesen Weg nicht wieder zurück, verstehst du? Wir gehen immer weiter runter und kommen am Flußufer nach draußen. Deshalb bring ich dem alten Hobday auch meine Sachen nicht mehr am Abend, sondern verwahr sie bis zum nächsten Tag. Auf diese Weise können wir länger in der Kloake bleiben und haben auch noch die Chance, die Sachen im Fluß abzuwaschen und über Nacht trocknen zu lassen. Was hast du gesagt, wo du wohnst?«

»Haddock Street.«

»Ah, richtig. Das paßt ja gut. Nein, du nimmst den Sattel mit, Junge.«

So mußte Lucas denn das schwere, sperrige Ding mitschleppen, und schon bald wünschte er, er hätte es nie gefunden. Gudgeon bot nicht an, ihm zu helfen, obwohl Lucas mitbekommen hatte, daß der Profit an der Ausbeute des Tages halb und halb unter ihnen geteilt würde.

Trotz der Tatsache, daß Gudgeon also an dem Sattel profitieren würde, schien es ihn nicht sonderlich zu freuen, daß Lucas ihn gefunden hatte. Nachdem er anfangs mehrmals sein Anfängerglück gepriesen hatte, verfiel er in ein ziemlich mürrisches Schweigen, unterbrochen nur von Beschwerden, Lucas ließe seine Laterne zu hoch oder zu niedrig scheinen, er halte sich zu dicht hinter seinem Partner oder nicht dicht genug. Und wachte mit scheelem Blick über alles, was Lucas tat, so als erwarte er, daß der sich womöglich seine Fundstücke in die Tasche steckte, ohne seinem Partner etwas davon zu sagen.

Bald wünschte Lucas sich sehnlichst, daß Gudgeon irgend etwas von vergleichbarem Wert fände, das ihn wieder aufheiterte, aber das geschah nicht. Er fand ein paar eiserne Löffel in einem Lederbeutel, ein Fragment von einem Kettenpanzer, ein Wagenrad und die Hälfte eines Holzschuhs, während Lucas ein Tintenfaß aus Blei – allerdings zerbrochen – herausfischte, einen

Steinkrug – ebenfalls zerbrochen, und ein Skelett, das Gudgeon als das eines unterirdischen Schweins identifizierte.

»Die fressen sich gegenseitig, wenn sie sonst nichts finden.«

Um die Unterhaltung möglichst rasch von den Schweinen abzulenken, fragte Lucas: »Machen wir Pause zum Essen?«

»Nein, das stört bloß. Dann müßten wir ja nach oben steigen, denn Essenssachen kann man hier nicht mit runternehmen. Und die ganze Zeit die Arbeit unterbrechen – das lohnt doch nicht. Iß mal ein tüchtiges Frühstück – das mach ich immer. Bei mir gab's heute Blutwurst und Gekröse und Brot und Sirup und Tee.«

Lucas wünschte, er hätte es ähnlich gemacht oder wenigstens ein bißchen mehr gegessen als die paar Löffel halbgefrorenen Haferbreis. Er war ganz schwach vor Hunger und entsetzlich niedergeschlagen. Würde er womöglich den Rest seines Lebens an diesem entsetzlichen Ort zubringen? Wie sollte er das aushalten?

›Lieber Greg‹, begann er in Gedanken, ›ich bin zur Zeit damit beschäftigt, in der Kloake von Blastburn nach Trödel zu fischen…‹

Seltsam genug, aber indem er nach den passenden Worten suchte, um das Grauenhafte der Kloake zu beschreiben, begann er, sie allmählich nicht mehr ganz so grauenhaft zu finden, ja, er konnte sie beinahe sogar bestaunen, konnte verstehen, daß Gudgeon ganz glücklich und zufrieden war, seine Tage hier zu verbringen und in Dunkelheit und Schmutz nach Schätzen zu fischen.

Immerhin war dies hier ein ganzer Teil der Stadt, dessen sich die meisten Leute überhaupt nicht bewußt waren, dabei mußte er sich in unmittelbarer Nähe zu all der lebendigen Geschäftigkeit dort oben befinden.

»Wo sind wir jetzt?« fragte er. »Was ist über uns?«

Gudgeon blieb stehen und dachte nach. »Wir sind etwa 'ne

Meile gegangen – ich rechne das in Schritten –, und dann sind wir eben am zweiunddreißigsten Abzweig vorbei.«

Einige der ›Abzweige‹ waren lediglich Löcher in der Wand, aus denen mehr Abwasser hervorschoß, manchmal viel wärmer, manchmal viel kälter als das, durch das sie wateten. Andere Zuflüsse waren fast so groß wie der Hauptkanal, mit eigenen Fußsteigen. Die mußten auf kleinen Holzstegen überschritten werden, die oftmals in reparaturbedürftigem Zustand waren.

»Wir müßten jetzt unter dem Fischmarkt sein«, sagte Gudgeon. »Ist jetzt nicht mehr weit zum Fluß, mehr als den halben Weg haben wir schon hinter uns.«

Ich wette, es gibt nicht viele Leute in der Stadt, die schon mal unter dem Fischmarkt waren, dachte Lucas.

»Was ist mit Ihrem letzten Kumpan passiert?« fragte er.

»Geordie? Der is ins große Sickerbecken reingefallen – das is 'ne ganz gemeine Stelle im Abzweig Nummer achtzehn, den wir auch Schlachthauskanal nennen, weil er vom Fleischmarkt runterkommt. Geordie war ganz sicher, er hätte ein Damenarmband blitzen sehen, und da hat er sich zu weit vorgebeugt und hat versucht, es zu kriegen. Das is wie'n Sumpf da, nich Wasser, sondern Schlick, und es hat ihn ganz schnell runtergezogen. Ich hörte ihn noch rufen und bin hin, aber da war er schon weg. War 'n guter Junge, der beste, den ich je hatte. War wirklich ein Jammer.«

»Oh!« Lucas verstummte und brauchte eine Weile, das Gehörte innerlich zu verarbeiten. Er fragte lieber nicht, was aus Gudgeons anderen Jungen geworden war.

Der lange Tag schleppte sich dahin – wenn man es denn Tag nennen konnte hier im schwarzen Untergrund. Endlich wurde ein schwacher Lichtschimmer sichtbar, klein wie ein Stecknadelkopf, weit, weit voraus. Ganz langsam wurde er größer, bis sie durch Zwielicht dahintrotteten und schließlich in grauem Tageslicht. Am Ende gelangten sie unter einem Backsteinbogen auf die Schlammbänke an der Flußmündung hinaus. Die Flut war sehr niedrig, und eine wirre Vielzahl von Gegenständen lag herum oder ragte aus dem Morast – tote Seemöwen, Wrackteile von Schiffen, Flaschen, zerbrochene Ruder, Anker, Faßdauben…

»Hier machen wir immer Schluß«, erklärte Gudgeon. »Es is einfacher, wenn das Wasser niedrig is wie jetzt, aber immer is das natürlich nicht so. Jetzt haben wir noch 'ne Dreiviertelstunde vor Dunkelheit, also gehst du da lang und ich hier lang, und dann treffen wir uns wieder. Ruf mich, wenn du was findest.«

Lucas versprach es, aber er sah sehr wohl, daß Gudgeon ihm nicht traute, denn selbst von weit weg behielt er ihn mißtrauisch im Auge. Aber es war ohnehin nichts sonderlich Aufregendes am Flußufer zu finden, und so trafen sie wieder zusammen und wuschen ihre Fundstücke im Flußwasser, das zwar alles andere als kristallklar war, aber doch wesentlich sauberer als das in der Kloake.

Dann sagte Gudgeon, er werde die Sachen verwahren.

»Du wohnst bei der Tetley? Kein schlechtes Haus, aber da sind immer Matrosen und solche Leute, denen kannst du nicht trauen. Bei mir sind die Fundsachen besser aufgehoben.«

Gudgeon wohnte anscheinend in einem herrenlosen alten Kahn weiter unten am Flußufer, dessen hauptsächlichste Vorzüge wohl darin bestanden, daß er von Frauen unbehelligt blieb, daß er sich niemals zu waschen brauchte, tun und lassen konnte, was er wollte, und daß er all seine Sachen bei sich haben konnte.

»Is besser für einen Trödelfischer, allein zu leben. Ich paß schon auf, auf die Sachen.«

In Gudgeons zusammengekniffenen Augen glomm so ein stechendes Mißtrauen, daß Lucas es besser fand, keine Einwände zu erheben, obwohl er den Sattel gern Anna-Marie gezeigt hätte, nachdem er sich den ganzen Weg mit ihm geplagt hatte.

Als sie das morastige Ufer hinaufstapften zur Haddock Street mit den kleinen Häusern, die jetzt in blaue Dämmerung gehüllt standen, rief ihnen aus einiger Entfernung von den Schlickbänken her eine verschwommene Gestalt einen Gruß zu. »Hallo, Gudgeon, alter Kumpel! Guten Fang gehabt heute?«

»So-so… verdammt so-so, Mr. Bugle«, erwiderte Gudgeon und schüttelte dabei den Kopf. »Die Fänge sind nicht mehr das, was sie mal waren.« Es war nur zu deutlich, daß ihm nichts daran lag, die Ausbeute des Tages mit dem Ankömmling zu besprechen, einem dünnen Mann, der stark schielte. Er behielt den Sattel, der in ein verdrecktes Stück Segeltuch eingewickelt war, beharrlich unter dem Arm und sagte: »Dies hier ist mein neuer Junge. Nennt sich Luke.«

Bugle ging ein Stück Weges neben ihnen her und redete von den Veränderungen bei der Ausbeute der Kloake. Lucas erfuhr daraus, daß sie je nach den Jahreszeiten erheblich variierte. Im Winter tendierte sie mehr zu Wertgegenständen und zu toten Körpern, im Sommer mehr zu Haushaltsgegenständen. Gudgeon schwieg beharrlich und machte kein Hehl daraus, daß ihm an Bugles Gesellschaft nichts lag.

»Na, dann geh ich wohl mal«, sagte Bugle schließlich und bog ab in eine schmale Seitengasse.

Gudgeon wartete, bis er ein gutes Stück weg war, dann sagte er zu Lucas: »Sag denen nie, was du gefunden hast, nicht mal, wenn sie dich fragen.«

»Warum denn nicht?«

»Weil's sie einen Dreck angeht, diese miesen Schnüffler. Die wollen immer wissen, was ich erwischt hab, aber ich sag's ihnen nie. Verstanden?«

»Ja, gut.«

»Also dann bis morgen.« Gudgeon bedachte Lucas mit einem letzten abschätzigen Blick aus zusammengekniffenen Augen und wandte sich dann in Richtung Pier, denn irgendwo dort hatte er seinen Kahn.

Als Lucas die Haddock Street entlangging, sah er zu seiner Verwunderung die schmale Gestalt Bugles wieder auf sich zukommen.

»He, Junge!« rief Bugle leise. »Halt mal 'n Moment.«

»Was ist denn?« Lucas war neugierig, ob er nun wohl ausgefragt würde nach dem Fang des Tages.

Aber Bugle hatte anderes im Sinn.

»Hör mal, du – wie heißt du noch? Du bist doch neu hier in der Stadt, stimmt's? Ich wollt dir nur 'ne kleine Warnung zuteil werden lassen – daß du dich bloß in acht nimmst!«

»Was meinen Sie damit?« Lucas war ziemlich bestürzt.

»Nimm dich in acht vor dem alten Gudgeon, meine ich. Der verbraucht seine Trödeljungen ungewöhnlich schnell. Du bist schon der dritte in diesem Jahr. Gudgeons Jungen passieren immer alle möglichen Mißgeschicke.«

»Ach?« sagte Lucas.

»Ich bin nun mal überzeugt, daß es ihm gar nicht besonders gefällt, wenn ein Junge was Wertvolles findet. Da ist er ziemlich komisch, der alte Gudgeon. Sagen wir mal, wenn du heute zum Beispiel 'ne goldene Krone oder so was gefunden hättest... Na ja, statt halbe-halbe zu machen hätte er's ja vielleicht vorgezogen, dich in den Fluß zu schubsen und den ganzen Ertrag für sich zu behalten. Kapiert? Also, wie ich schon sagte, nimm dich in acht. Ich warn dich bloß so, aus Freundschaft, und auch wegen der Ehre unseres Berufsstandes.«

»Vielen Dank, Sir«, sagte Lucas, »ich bin Ihnen sehr dankbar.«

Bugle nickte und verschwand in einer Gasse, die Sea Coal Lane hieß.

Sehr nachdenklich ging Lucas nach Hause.

Obgleich der Wind eisig war und den Schnee schon wieder wirbelnd durch die Straßen fegte, ging Lucas nach hinten an die Pumpe in Mrs. Tetleys Hof, pumpte Eimer auf Eimer voll kalten Wassers und schrubbte sich und seine Kleider, bis er sich fühlte wie ein brennender Eiszapfen. Erst als er die Kälte keine Sekunde länger ertragen konnte, hörte er auf, wrang sich trocken, so gut es gehen wollte, und trat in die Hinterhofküche.

Dort traf er Anna-Marie an, die emsig in einem Topf rührte, dessen Inhalt köstlich nach einem Eintopf aus Hammelfleisch und Linsen aussah und ebenso duftete.

Lucas glaubte, er sei mit seiner Reinigungsaktion einigermaßen erfolgreich gewesen, aber noch ehe Anna-Marie sich umgedreht und ihn gesehen hatte, blähten sich ihre kleinen Nasenflügel wie die einer argwöhnischen Katze. Als er die Tür hinter sich schloß, fuhr sie herum und rief entsetzt: *»Luc-asse! Dieu-de-dieu-de-dieu-de dieu!* Wo bist du denn bloß gewesen?«

Auch der zweite Tag ihres Zigarrenwiederherstellungsgeschäfts verlief für Anna-Marie erfolgreich. Während des Vormittags hatte sie wieder drei Körbe voll Stummel gesammelt, und während des Nachmittags hatte sie Sie neu gerollt und auf dem Markt für einen halben Schilling das Stück verkauft. So hatte sie achtundzwanzig Schilling verdient, wenn man den Preis für Papier und die Miete für Mr. Hobday abrechnete.

So konnten sie den ›Hilfsverein‹ auszahlen und neuerlich Eier und Milch für Mr. Oakapple kaufen, außerdem allerlei Notwendiges, denn Lucas und Anna-Marie waren ja mit nichts als den Kleidern, die sie auf dem Leib trugen, dem Feuer entronnen.

»Ich denke gerade, Luc-asse«, begann Anna-Marie zögernd, als sie vom Krankenhaus heimfuhren, nachdem sie das Essen für Mr. Oakapple, der immer noch Fieber hatte, abgeliefert hatten, »ich denke, es ist besser, wenn du nicht länger in diesen dunklen, schmutzigen Untergrund gehst, sondern lieber mir hilfst. Wenn einer von uns die Stummel sammelt, und der andere verkauft, dann können wir mehr daraus machen. Es tut mir jetzt leid, daß ich deine Bekanntschaft mit *Monsieur 'Obday* arrangiert habe...

Wenn ich gewußt hätte, wie häßlich diese Arbeit ist, dann hätte ich es nicht getan.«

Aber sehr zu ihrer Überraschung lehnte Lucas es ab, in ihren Zigarrenhandel mit einzusteigen. Und als sie fragte, warum – wieso er es denn vorzöge, weiter in diesem finsteren, schrecklichen, gefährlichen, schmutzigen unterirdischen Areal herumzustöbern, wo er nicht einmal das Recht hatte, zu behalten, was er gefunden hatte, sondern es Mr. Hobday aushändigen mußte –, da wurde er ganz böse.

»Oh, hör auf, dich da einzumischen, Anna-Marie. Es ist einfach besser, wenn einer von uns einen regelmäßigen Lohn verdient, damit wir Einkünfte haben, auf die wir uns verlassen können. Mal angenommen, du sammelst sämtliche Zigarrenstummel in der Stadt auf, und es sind keine mehr übrig, was dann?«

»Ich glaube, das wird nicht geschehen«, meinte sie sachlich.

»Oder du könntest feststellen, daß andere Leute merken, wie du damit Geld verdienst, und die fangen auch an, es zu tun, dann werden die Zigarrenstummel knapper. Oder die Gendarmen verbieten es dir. Es könnte ja gegen das Gesetz verstoßen, neue Zigarren aus alten zu machen.«

»*Oh làlà*«, meinte sie achselzuckend, »das ist mir doch egal! Nein, ich möchte wirklich, daß du kommst und mir hilfst, Luc. Außerdem... du riechst so schlecht. Mrs. Tetley könnte sich beschweren.«

»Zum hundertsten Male – nein!« fauchte er. Sie waren in der Haddock Street angekommen. Er stellte das Pferd in den Schuppen und versorgte es mit einer spärlichen Portion Heu und ein klein wenig Hafer. Anna-Marie stand stumm und zitternd dabei, während er es tat, die Hände tief in die Taschen geschoben. Sie sah so klein und dünn und blaß aus, und das machte ihn nur noch wütender.

»Los, komm, es ist spät, und morgen muß ich um halb sechs raus. Laß uns schnell essen und ins Bett gehen.«

Anna-Marie hatte ein paar Kerzen gekauft, aber die waren teuer. Nachdem sie sich den Weg hinauf zu ihrem eisigen Dachboden geleuchtet hatten und mit all ihren Kleidern zusammengekauert in den Betten lagen, sagte Lucas ihr, sie solle die Kerze lieber ausblasen.

»Wir müssen lernen, so sparsam wie möglich zu sein.« Und dann lag er in der Dunkelheit und dachte sehnsüchtig an das schäbige Schulzimmer auf Schloß Mitternacht zurück, wo es unbegrenzt Schreibfedern, Tinte, Papier und Kerzenstummel gegeben hatte, wo er endlos Zeit gehabt hatte, seine Gedanken niederzuschreiben. Warum hatte er diese Dinge nicht zu schätzen gewußt, während er sie besaß? Jetzt fühlte er sich so geschunden und müde, so voller Angst und Niedergeschlagenheit, daß die Vorstellung, friedlich und allein in einem Zimmer zu sitzen und einen Bericht niederzuschreiben über alles, was in den letzten paar Tagen geschehen war, ihm wie ein einziges Labsal erschien. Aber das war ein frommer Wunsch! Er hatte ja nicht einmal mehr sein Tagebuch.

»Bist du böse, weil ich sage, du riechst schlecht?« fragte Anna-Marie kläglich. »Es tut mir leid, aber es ist wahr.«

»Nein, natürlich nicht. Oh, bitte sei still, Anna-Marie, und laß mich schlafen.«

Aber natürlich war das der Grund, oder wenigstens teilweise. Und teilweise war es auch die Tatsache, daß sie, ein Mädchen, und so viel kleiner als er, erfolgreich Geld verdiente und bisher für die meisten ihrer Bedürfnisse aufgekommen war, daß sie sogar die Arbeit für ihn gefunden hatte, während er noch gar nichts beigesteuert hatte. Na ja, immerhin hatte sie es ja auch ziemlich einfach, dachte er abschätzig. Zigarrenstummel in den Straßen sammeln und neue daraus rollen, das konnte ja jeder, das war nun wirklich eine angenehme Sache. Was er dagegen machen mußte!

Wenn er doch niemals wieder in diese grauenhafte Kanalisation hinuntermüßte! Er hatte noch das Drippeln und das Aufplatschen der Tropfen im Ohr, wenn sie von der gewölbten Decke fielen, und das entnervende Scharren und Rascheln irgendwelcher unteriridischen Kreaturen, wenn sie in einen Seitenkanal flüchteten. Wenn da schon Schweine und Ratten waren, was gab es denn da unten wohl sonst noch? Er hielt krampfhaft die Wadenmuskeln angespannt, denn er hatte das Gefühl, als würde ihm der Boden unter den Füßen weggezogen über einem abgrundtiefen Morast. Immer noch hörte er Bugles Stimme sagen: ›Gudgeon verbraucht seine Sammeljungen ungewöhnlich schnell. Du bist schon der dritte, den er dies Jahr hatte.‹

Wenn Gudgeon ihn in das Sickerbecken stieß, was geschah dann mit Anna-Marie, ganz allein in den Straßen von Blastburn? Wer würde für sie sorgen?

Er hörte einen leisen Schluchzer von Anna-Marie und jenes schwache Geräusch wie ein sanftes Zirpen, welches ihm verriet, daß sie am Daumen lutschte. Ungeduldig drehte er sich auf seiner dünnen Matratze um und zog sich die Decke über die Ohren.

»Schlaf jetzt, Anna-Marie.«

»Ich kann nicht«, sagte sie kläglich. »Ich wollte, ich hätte irgend was Schönes, an das ich denken könnte.« Er blieb still. Nach einer weiteren langen Pause meinte sie: »Luc? Bist du noch wach? Ich wünsch mir so, daß du mir eine Geschichte erzählst. Von deinem Freund Greg, *peut-être?* Meinst du nicht, du kannst das?«

»Bist du verrückt? Schlaf jetzt!«

Danach herrschte völliges Schweigen. Und es herrschte noch immer, als sie am nächsten Morgen aufstanden, hastig ein paar Bissen zum Frühstück aßen und dann fortgingen, jeder an seine Arbeit.

Als Gudgeon den schweren Kanaldeckel aufhob und sagte: »Runter mit dir, Junge«, da mußte Lucas einen inneren Kampf mit sich ausfechten, ehe er sich überwand, in das schwarze Loch hinabzusteigen. Ihm war fast zumute, als sei er ganz jemand anderes, ein anderer schlotternder, zaudernder Junge, dem er Befehle gab.

Vielleicht träume ich die ganze Geschichte bloß, dachte er; vielleicht sitze ich in Wirklichkeit im Schulzimmer von Schloß Mitternacht; vielleicht bin ich überhaupt nicht hier.

Und dieser Zustand träumerischer Entrücktheit blieb ihm eine ganze Weile erhalten. Sie gingen, sie wateten, sie stocherten, sie fischten, bis – es mochten wohl zwei Stunden vergangen sein – der alte Gudgeon plötzlich rief: »Ruhig! Horch!«

»Was?«

»Schscht!«

Und dann hörte Lucas es allmählich auch, über das Brausen des Kloakenstroms hinweg – schwache, schrille, ferne, durchdringende Pfeiftöne.

Die Furcht machte ihn hellwach.

»Sind das Schweine?«

»Hm, glaub schon. Und unser Pech dabei ist, daß der Einstieg am Chausseedamm der nächste von hier ist, aber da hat sich irgend so'n Idiot die Leiter unter den Nagel gerissen. Wir müssen also weiter bis zur Luke an der James Street. Also 'n bißchen flott, Junge, was? Wir können jetzt keine Zeit mehr verlieren mit Fischen.«

Lucas hatte auch nicht die Absicht gehabt, das zu tun. Er folgte Gudgeons Beispiel und hastete vorwärts, so schnell es der glitschige, unebene Fußsteig erlaubte.

»Woher wissen Sie, daß die Schweine nicht vor uns sind?« keuchte er.

»Sind sie ja«, antwortete Gudgeon grimmig. »Hörste das nich? Genau gesagt sind sie seitlich von uns – den Bäckereikanal kommen sie runter. Wir müssen daran vorbei sein, ehe sie da rauskommen!« Aufspritzend stampfte er eine überflutete Wegstreckte entlang, und Lucas mußte wohl oder übel kämpfen, mit ihm Schritt zu halten. Für ihn war es unmöglich zu sagen, woher das Pfeifen – es war jetzt viel lauter – kam; das Echo ertönte allenthalben, aber Gudgeon war sich ganz sicher.

»Aus dem Bäckereikanal kommen oft Schweine«, erklärte er. »Da drinnen finden sie Extrabissen, weißt du. All die Ratten, die in den Hinterhöfen der Bäckereien getötet werden, die werden da runtergeschwemmt. Ah! Sieh mal! Was hab ich dir gesagt?«

Einen kurzen Augenblick lang, während sie an dem schmalen Eingang des sogenannten Bäckereikanals vorüberkamen, leuchtete er mit seiner Bergmannslaterne hinein, und Lucas, dem es die Kehle zuschnürte, erblickte flüchtig das Aufblitzen von zwei Dutzend kleinen roten Lichtpunkten.

»Licht in die Augen kriegen, das mögen sie nicht; da stocken sie für 'n Moment«, sagte Gudgeon. »Los jetzt, ist noch 'n ordentliches Stück bis zur James Street.«

Weiter, weiter stampften und glitschten sie, keuchend und schluckend. Lucas hatte zwar seinen Zustand geistiger Entrücktheit vor einer Weile abgeschüttelt, aber selbst noch durch all sein Entsetzen hindurch empfand er eine seltsame Unwirklichkeit: Dies hier kann doch nicht wirklich mir geschehen?

Von Zeit zu Zeit wandte Gudgeon sich hastig um und richtete seine Laterne nach hinten. Und jedesmal, wenn er es tat, stoppten die roten Lichtpunkte, aber dann setzten sie sich wieder in Bewegung, und jedesmal kamen sie näher heran. Lucas konnte schon das Klopfen und Trappeln harter, kleiner, galoppierender Füße hören und das kratzende Geräusch, wenn ein paar Tiere der Herde von den anderen gegen die Backsteinwände gedrängt wurden.

Ein entsetzlicher Gedanke stieg in ihm auf. Wenn nun irgend jemand anders, irgendein skrupelloser Trödelsucher, auch die Leiter am Ausstieg James Street weggnommen hatte? Wenn sie nun noch eine Meile weiterrennen mußten? Oder wenn sie in ihrer Hast bereits an der Zuflucht James Street vorbeigelaufen waren?

Endlich jedoch hörte er Gudgeon vor sich einen erleichterten Grunzton ausstoßen, und die Schatten von der Bergmannslaterne flossen plötzlich abwärts, anstatt von Seite zu Seite zu schwanken.

»Da sind wir, Junge! Paß auf, es ist rutschig!« rief er über die Schulter zurück, nun bereits irgendwo über Kopfhöhe hängend.

Lucas mußte nicht extra angefeuert werden; die Schweine waren nur noch wenige Meter hinter ihm und stießen sich gegenseitig vorwärts. Er konnte bereits, als er sich umdrehte zum Hochklettern, die kleinen, schwarzen, haarigen Gestalten erkennen, und er roch den stechenden, warmen Schweinegestank selbst noch durch die Ausdünstungen der Kloake hindurch.

Da, als er nach der Leiter griff, die in Hüfthöhe begann, rutschte er, stieß sich verzweifelt mit der Stange aufwärts, spürte einen plötzlichen, stechenden Schmerz am linken Bein, trat in wahnsinniger Angst ziellos um sich... und dann war er oben, in Sicherheit! Die kleinen roten Augen blitzten nur noch sekundenlang unter ihm auf, dann waren sie verschwunden. Der Impetus der Herde, bei der die hinteren Tiere die vorderen vorwärtsstießen, war so stark, daß sie nicht anhalten konnten. Nach kaum zwei Minuten furiosen Pfeifens und Trampelns waren sie wieder in der Schwärze des Tunnels verschwunden.

»Na, nu is ja wieder Ruhe«, meinte Gudgeon bedächtig und stieg ein paar Sprossen tiefer. »He, mach, daß du runterkommst, Junge! Häng da nicht rum wie 'n Apfel am Baum.«

»Aber steigen wir denn nicht raus?«

»Raus?«

»Durch die Luke?«

»Gütiger Himmel, nein! Einen ganzen Vormittag vergeuden? Kommt nicht in Frage! Mann, wenn wir uns jedesmal, wo wir auf 'n Handvoll Schweine treffen, aus der Kloake nach oben verdrücken, denn krieg'n wir ja in zwei Wochen nich für fünf Pennys Trödel zusammen! Jedenfalls, dieses Pack da, das kommt nich zurück – das tun sie nie, die rennen nur immer weiter und weiter. Nein, die einzige Gefahr ist, wenn sie dich umschmeißen und über dich wegtrampeln, dann halten sie nämlich an. Und dann biste erledigt. Wenn du aber gerade noch auf die Leiter entwischt, wenn sie dich eingeholt haben, dann können sie dir nix anhaben. So wie jetzt.«

»Eins von ihnen hat mich ins Bein gebissen«, sagte Lucas.

»Tja, hättest eben flotter sein müssen! Na, nächstes Mal, da wett ich drauf. So, nu müssen wir 'ne halbe Meile zurückgehen bis zum Zufluß der Abzugsgrube, da hab ich sie zuerst gehört. Das ganze Stück haben wir ausgelassen, und das is nämlich eine von den besten Strecken zum Trödelfischen in der ganzen Gegend.«

An diesem Abend, nachdem Lucas seine Ausbeute – kein juwelenbesetzter Sattel diesmal, bloß ein schmutziges und uninteressantes Sammelsurium aus zerbrochenen Metall- und Holzsachen – an Mr. Gudgeon abgeliefert und sich dann unter der Pumpe gewaschen hatte, bis er meinte, Hände und Füße müßten ihm abfallen vor Kälte, und bis er das Klappern seiner Zähne nicht mehr unterdrücken konnte, da gab er sich innerlich einen Ruck und entschuldigte sich bei Anna-Marie.

»Tut mir leid, daß ich gestern abend so schlechte Laune hatte, Anna-Marie. Die Kloake ist so entsetzlich, daß ich gar nicht aufhören kann, daran zu denken, und das macht mich so gereizt.« Aber er erzählte Anna-Marie doch lieber nichts von den Schweinen oder von Gudgeons zweifelhaftem Charakter. Sollte sie glauben, Dreck und Dunkelheit wären alles, was er zu fürchten hätte.

»Es ist nicht von Bedeutung«, sagte sie von oben herab. Sie reichte ihm eine Portion Erbsenbrei. »Ich verstehe eben einfach nicht, warum du, wenn es so furchtbar ist, so *imbécile* bist, immer weiter dort zu arbeiten.«

Lucas versuchte gar nicht erst, ihr zu erklären, daß das eine Sache des Stolzes war, daß er es tun mußte. Er war sich ziemlich sicher, daß für Anna-Marie solche Erklärung schlicht unverständlich wäre. »Du würdest es nicht verstehen«, sagte er deshalb nur erschöpft.

»Weil ich ja bloß ein dummes Mädchen bin! Bloß gut genug, Zigarrenstummel zu sammeln! Wenn jemand mir eine bessere Möglichkeit bieten würde, meinen Lebensunterhalt zu verdienen, ich würde sie annehmen!«

»Deine Arbeit ist ja auch gar nicht so schlecht.«

Sie wandte sich mit zitternden Lippen ab und sagte: »Ich erzählte dir ja auch nicht alles darüber. Ein paar Mädchen haben zu mir gesagt, ich habe kein Recht, in Blastburn Zigarrenstummel zu suchen, weil ich nicht von hier bin.«

»Na gut, dann sag ihnen, sie sollen sich zum Teufel scheren! Du nimmst ihnen doch nichts weg.«

Da wechselte Anna-Marie das Thema und sagte: »Heute abend kannst du mal allein gehen und *Monsieur Ookapool* besuchen. Es hat doch keinen Zweck, daß wir zu zweit hingehen, denn er kann ja sowieso nicht sprechen. Ich bleibe hier, *moi*, und mache mehr Zigarren. Da sind die Eier und die Milch für ihn, da auf dem Regal.«

»Oh, na schön«, sagte Lucas verwirrt und spülte den letzten Happen Erbsenbrei mit einem Schluck Wasser hinunter. Ihm tat alles weh vor Erschöpfung, sein Bein schmerzte, und er war immer noch hungrig. Er hätte nichts dagegen gehabt, ebenfalls zu Hause zu bleiben und seinerseits Zigarren zu drehen. Aber irgend jemand mußte Mr. Oakapple sein Essen bringen.

Anna-Marie wusch den Erbensbreitopf in einer Zinkwanne aus.

»Woher hast du den blauen Fleck an deinem Arm?« fragte er.

»Ich bin gefallen. Es war glatt.«

»Ach so. Also sei vorsichtig. Bis nachher«, sagte er und ging hinaus. Das Schneetreiben war in bitterkalten Regen umgeschlagen, der sofort gefror und die Straßen in eisige, glitschige Sümpfe verwandelte. Na ja, dachte er, als er das Pferd rückwärts herausführte und es umdrehte, das jedenfalls ist ein Vorteil an der Kloake: da unten gibt's keinen Schnee.

Er stieg gerade in den Wagen, da ging der alte Gabriel an ihm vorüber, anscheinend ohne ihn zu erkennen.

»Guten Abend, Mr. Towzer«, sagte Lucas.

Der alte Mann wandte sich zu ihm um, und eine Fahne von Genever schlug Lucas entgegen.

Gabriel blickte Lucas verschwommen an und legte ihm eine Hand auf den Arm.

»Schscht!« flüsterte er. »Was das Auge nicht sieht, da schlägt die Bibel ihre Zähne nicht hinein.« Er setzte sich schwankend wieder in Bewegung, hielt aber nochmals inne und sagte: »Ich hab ja gesagt, sie ist 'ne olle streitsüchtige Klatschbase.«

Oben im Krankenhaus hatten sich die Dinge nicht sonderlich verändert. Mr. Oakapple war immer noch nicht imstande, jemanden zu erkennen oder verständlich zu reden, aber eine der Schwestern sagte, er habe einen kleinen Fortschritt gemacht und nähme bereits Nahrung zu sich. Lucas hoffte, daß sie die Wahrheit sagte und daß die Eier und die Milch, die sie unter so vielen Mühen herbeischafften, nicht anderswo landeten. Aber wie konnte er sicher sein? Wem konnte man trauen in dieser Stadt?

Er blieb nicht lange; es hatte keinen Sinn.

Auf dem Wege nach draußen vermeinte er, von hinten eine bekannte Gestalt zu erkennen, die soeben die chirurgische Ambulanz verließ, wo kleinere Verletzungen, wie sie vielfach in den Fabriken vorkamen, behandelt und verbunden wurden.

Auf dem Vorhof überholte Lucas diese Person und sah, daß es, wie er vermutet hatte, Mr. Smallside von der Spinnerei war, mit einem Verband, der sein halbes Gesicht verdeckte.

»Mr. Smallside!« rief Lucas eifrig und lief auf ihn zu, um ihn am Arm zu packen. Hier war doch jemand, der gegenüber Mr. Throgmorton seine Identität bezeugen konnte!

Der Vorsteher zuckte zusammen. Sein Blick fiel kaum auf Lucas, da wandte er ihn abrupt ab. Er schüttelte Lucas' Hand ab, als habe man ihn irrtümlich angesprochen, und ging eilends weiter. Lucas rannte hinter ihm her und holte ihn ein. »Mr. Smallside! Kennen Sie mich nicht mehr? Vom Schloß? Lucas Bell!«

Smallside blickte sich hastig nach allen Seiten um. Niemand war in Hörweite.

»Still, Junge!« sagte er beschwörend mit verhaltener Stimme. »Hast du keinen Verstand? Der bloße Name von Randolph Grimsby oder von Schloß Mitternacht ist so verhaßt in der Stadt, daß allein die Worte ausreichen, um gesteinigt zu werden – oder an einem Laternenpfahl aufgehängt zu werden! Was glaubst du wohl, wie ich zu diesem blauen Auge gekommen bin? Weil ich Sir Randolphs Fabrikvorsteher gewesen bin – von ihm angestellt. Ich mußte die Murgatroyd-Spinnerei verlassen; ich nehme die Nachtpost nach Manchester. Wenn du klug bist, tust du dasselbe. Erzähl niemandem, daß du mich gesehen hast!«

Damit verschwand er in einer dämmerigen Passage.

Als er nach Hause fuhr, überlegte er, ob er Anna-Marie von dieser Warnung erzählen sollte oder lieber nicht. Es war gar nicht so leicht, ihr einen Rat zu geben, fand er. Wenn sie nicht zufällig mit ihm übereinstimmte, dann konnte es nämlich ebensogut geschehen, daß sie genau das Gegenteil tat. Außerdem war sie sehr stolz auf ihren Namen, und sie war auch sicher nicht bereit, das zu verbergen.

Sie saß mit untergeschlagenen Beinen in ihrer Koje und rollte Zigarren, als Lucas heraufkam. Armes kleines Ding, dachte er, was war das für ein Leben für sie.

»Ich arbeite, da kann ich ja wohl auch die Kerze brennen lassen«, verteidigte sie sich sofort.

»Du hättest lieber schlafengehen sollen, du siehst ganz müde aus.«

»Ich bin ganz wach«, erwiderte sie steif.

»Möchtest... möchtest du vielleicht ein bißchen ›Stein-Schere-Papier‹ mit mir spielen?« bot Lucas an. Er war sich wohl bewußt, daß es eine bessere Friedensofferte gewesen wäre, wenn er ihr angeboten hätte, eine Geschichte zu erzählen, aber dazu war er einfach zu müde; die Mühen der Phantasie konnte er seinem Geist einfach nicht mehr abverlangen.

»Nein, danke«, erwiderte Anna-Marie höflich. »Du brauchst dir nicht die Mühe zu machen, Kinderspiele mit mir zu spielen. Wenn du jetzt schlafen möchtest, dann lösche ich die Kerze.«

»Sehr gut.« Und wieder schliefen sie schweigend ein.

Es schien sonderbar, daß sogar in der Kloake die Tage schnell vergehen konnten, aber im ganzen taten sie es. Vielleicht lag es an der Dunkelheit, an der Monotonie. Die schwarzen, feuchten Stunden gingen vorüber. Manchmal wurden sie von Schweinen gejagt und mußten vor ihnen fortrennen. Ein- oder zweimal schlug ihm das Herz im Halse, als riesige Ratten, groß wie Terrier, ihn ansprangen und nach ihm schnappten, so daß er mit seiner Stange auf sie einschlagen und sie verscheuchen mußte. Jeden Samstag bekam er von Mr. Hobday seinen Lohn von fünf Pfund sowie einen Zuschlag von sieben Schilling, das waren seine Prozente vom Wert der verschiedenen Sachen, die er gefunden hatte. Er hatte das ungute Gefühl, daß das wahrscheinlich viel weniger war, als er eigentlich bekommen müßte – was war denn schließlich mit dem Sattel? –, aber es gab für ihn wohl keine Möglichkeit, das nachzuprüfen.

»Was hat Mr. Hobday eigentlich mit dem Sattel gemacht?« fragte er Gudgeon.

»Das ist nicht deine Angelegenheit, Junge. Besorg du das Herausfischen, laß Mr. Hobday das Handeln besorgen«, erwiderte Gudgeon nur und überließ Lucas erneut seinen Zweifeln.

Immerhin war es befriedigend, mehr als fünf Pfund zu haben. Das nahm sich aus wie eine riesige Summe. Lucas konnte nun Mrs. Tetley bezahlen, Mr. Oakapples Krankenhauskosten für die nächste Woche, das Erpressergeld an Bob Bludward, den Jungen vom ›Hilfsverein‹, der immer prompt auftauchte und kassierte, wenn die Angehörigen der Patienten die Stationen verließen. Alles das ließ wenig übrig von seinem Wochenlohn. Aber es bedeutete doch wenigstens, daß das, was Anna-Marie verdiente, für Essen und für ihren täglichen Bedarf ausgegeben werden konnte.

Zwei Zahltage später ging Lucas, ehe er durch den Kanaldeckel hinunterstieg, im Marktgebäude zu einem Stand mit Altkleidern hinüber und kaufte, nachdem er es tagelang erwogen hatte, einen roten Mantel mit einer Kapuze. Er war zwar abgetragen, aber noch schön dick, und ihm gefiel die Farbe.

Damit ging er zurück zu Mr. Hobdays Stand, wo Anna-Marie gerade ihre Zigarren auf einer Matte auslegte, die sie aus Stroh geflochten hatte.

»Hier«, sagte er, »zieh den an. Er müßte dir einigermaßen passen. Und er ist wärmer als das verschlissene alte, schwarze Ding da. Und die Farbe ist auch hübscher.«

Sie blickte so verblüfft drein, daß ihr der Mund offenstehenblieb. Noch ehe sie etwas antworten konnte, sagte Lucas schnell: »Ich muß los, bin schon zu spät dran. Bis heut abend dann.« Und er rannte hinter Gudgeon her, der ihm schon ungeduldig Zeichen machte. Aber während des ganzen Tages in der Schwärze der Kloake munterte ihn der Gedanke an Anna-Marie in dem roten Mantel ein klein wenig auf; wie ein kleines rotes Leuchtfeuer saß er in einem Winkel seines Bewußtseins.

Und sie brauchte wirklich etwas, das sie aufmunterte, fand er.

Die ganzen letzten Abende war sie sehr still und in sich gekehrt gewesen.

Am Abend zuvor hatte Mr. Oakapple ein paar Worte gesprochen, und heute abend hatte Anna-Marie sich bereit erklärt, mit Lucas ins Krankenhaus zu kommen.

»Vielleicht mag er jetzt schon ein bißchen Suppe oder einen Kuchen... nicht immer bloß Eier und Milch«, meinte sie und packte ein Essenspaket zusammen.

Der Regen war wieder zu Schnee geworden, und neblig war es auch. Eiszapfen hingen vom Dach des Schuppens. Es war ein bitter kalter Abend. Aber als Anna-Marie zum Wagen herauskam, hatte sie ihren alten schwarzen Mantel an und trug ein Tuch um den Kopf gebunden.

»Warum ziehst du nicht lieber deinen roten Mantel an?« fragte Lucas. »Mach schnell! Ich warte auf dich.«

»Ich hab ihn nicht mehr.«

»Warum nicht?« Seine Stimme klang scharf vor Verblüffung.

»Ich hab ihn verkauft«, sagte Anna-Marie.

»Verkauft?!« Rein automatisch ruckte Lucas am Zügel, und das Pferd setzte sich in Bewegung, aber sein ganzes Denken war auf Anna-Marie konzentriert, die dasaß und starr geradeaus blickte, das kleine Gesicht so angespannt, daß es aussah wie ein Profil auf einer Münze.

Auch Lucas mußte sich zusammenreißen und seinen Impuls niederkämpfen, sich auf sie zu stürzen, sie zu schütteln und vom Wagen zu stoßen und ihr zu sagen, sie solle sich nach Hause scheren. Wie kindisch, wie lächerlich und boshaft, das zu tun! Oh, die konnte lange warten, ehe er ihr noch einmal ein Geschenk machte! Sie brauchte sich nicht einzubilden, er würde noch mehr von seinem schwerverdienten Geld verschleudern, um Sachen für sie zu kaufen, die sie dann wieder verschacherte.

Zum ersten Mal seit vielen Tagen formten sich in seinem Kopf die Sätze zu einem Brief an Greg.

›Lieber Greg, ich fahre gerade durch die Hauptstraße von Blastburn, den Millstone Hill hinauf. Schnee fällt aus dem Nebel wie weiße Blätter von Geisterbäumen. (Er war damit jedoch nicht zufrieden… er mußte das später noch mal ändern.) Anna-Marie ist bei mir, aber sie hat wieder mal eine ihrer komischen, albernen und widerspenstigen Launen. Heute hat sie den roten Mantel verkauft, den ich ihr geschenkt habe – bloß aus Bosheit und Eigensinn, bloß, um mir zu zeigen, daß sie die Sachen, die ich mit meinem Lohn kaufen kann, nicht nötig hat. Wenn ich nicht älter wäre, und größer, und ein Junge… ich würde ihren undankbaren kleinen Kopf ohrfeigen!‹ Das konzentrierte Absuchen seines Geistes nach Worten kühlte seine Wut ein wenig ab, und als sie den Hügel hinauffuhren, blickte er schon wieder ein wenig ruhiger um sich und fand, daß die neblig-verschwommenen Umrisse der beiden Keramikbrennöfen aussahen wie das Bild einer russischen Stadt, das Mr. Oakapple ihm einmal in einem Geographiebuch gezeigt hatte.

Da hörte er neben sich einen erstickten Laut, und aus dem Augenwinkel sah er, daß Anna-Marie sich die Wange abwischte – sich bemühte, es möglichst unauffällig zu tun.

»Was ist denn nun schon wieder!« stöhnte Lucas. »Weinst du?«

Sie holte tief Luft. »Es… tut mir leid, Luc-asse. Es ist nichts.«

»Natürlich ist etwas«, versetzte er ärgerlich. »Erst verkaufst du den Mantel, den ich dir geschenkt habe, und dann weinst du. Nichts, was du tust, ist irgendwie vernünftig, wenn du mich fragst.«

Jetzt war es mit Anna-Maries Fassung gänzlich vorbei. »Oh«, schluchzte sie, »ich hatte gehofft, du würdest vielleicht nicht nach dem Mantel fragen… oder du würdest verstehen. Es tat mir so leid, ihn zu verkaufen. Aber die Farbe war zu leuchtend. Sie machte mich zu auffällig.«

»Zu auffällig? Wie meinst du das?« Eine neue Sorge beschlich Lucas. »Wie soll ich denn verstehen, wenn du nicht erklärst, was das alles auf sich hat? Sind die Wachtmeister hinter dir her? Ist es so, wie ich gedacht habe? Daß Zigarrenrollen aus Resten gegen das Gesetz verstößt?«

»Nein«, schluchzte sie, »das nicht. Wenigstens glaube ich das nicht. Aber da sind ein paar Jungen. Die Mädchen haben ihnen von meiner Zigarrensammelei erzählt, und jetzt kommen sie immer und sagen, ich darf das nicht tun, weil bloß sie das Recht dazu hätten. Ich bin sicher, daß das nicht wahr ist, aber sie sagen es eben. Und manchmal verwüsten sie meine Auslage und machen meine Zigarren kaputt, treten darauf herum. Und wenn sie mich auf der Straße sehen, dann jagen sie mich und werfen Steine, darum kann ich nur noch durch kleine Straßen gehen, und da sind nicht so viele Zigarrenstummel. Deshalb habe ich in den letzten Tagen sehr wenig Geld verdient, und ich habe große Angst, daß es morgen wieder so sein wird...«

»Das war's also, weshalb du den roten Mantel nicht tragen wolltest?«

»Und ich habe ihn auch verkauft, weil ich heute so wenig Geld verdient habe; ich hatte nicht genug, um Sachen zu kaufen für Mr. Ookapool...«

Lucas war wie betäubt vor Wut. Dies war zu viel, dachte er, einfach zu viel! Welche Vorsehung auch immer uns all dies antut, sie sollte einsehen, daß wir ertragen haben, was wir ertragen konnten.

»Waren die es auch, die dir den Arm verletzt haben?«

»Es war ein Stein. Meistens bin ich schnell genug, um auszuweichen, aber diesmal eben... nicht so schnell.«

»Na warte, bis ich einen von denen zu fassen kriege...«

»Nein, Luc! Es ist doch nicht bloß, daß die groß sind, sie sind auch viele! Was kann denn einer, was können zwei ausrichten gegen eine ganze Bande?«

»Wir reden noch darüber, nachdem wir Mr. Oakapple besucht haben«, sagte er.

Sie waren am Krankenhaus angekommen. Lucas ging mit weitausholenden Schritten hinein, völlig befangen in seinem Zorn, und Anna-Marie, beladen mit dem Korb, hatte Mühe, mit ihm Schritt zu halten. Plötzlich besann er sich, nahm ihr den Korb ab und ging weiter, die Stirn gefurcht von wütender Konzentration. Sie sollten wegziehen, sollten diese Stadt verlassen, dies war kein Ort für Anna-Marie. Aber wohin konnten sie gehen? Und was war mit Mr. Oakapple? Es war kein Ende abzusehen bei den Problemen, die sich vor ihnen auftürmten.

Mr. Oakapple jedoch war heute abend sichtlich auf dem Wege der Besserung. Er lag nicht mehr flach, sondern halb aufgerichtet gegen Kissen gestützt, und die Verbände an seinem Kopf waren entfernt worden. Es sah zwar noch rot und schmerzempfindlich aus, aber doch nicht narbig oder verstümmelt.

Als er Lucas und Anna-Marie sah, verzog er das Gesicht zu einem mühsamen Lächeln. Offensichtlich schmerzte es ihn noch, seine Gesichtsmuskeln zu bewegen. »Wie schön! Ich hab immer überlegt, wer wohl die freundlichen Heinzelmännchen sind, die mir Eier und Milch bringen. Und ich dachte mir, Sir Randolph oder Mrs. Gourd könnten es ja wohl kaum sein. Also wart ihr zwei das! Ich bin euch sehr, sehr dankbar.«

»War ja keine Mühe«, sagte Lucas rauh, und Anna-Marie, über deren tiefe Blässe ein rosa Schimmer huschte, rief: »Oh, wir sind so froh, daß es Ihnen besser geht, Mr. Ookapool!«

»Wie stehen die Dinge denn oben im Schloß?« fragte der Lehrer. »Ist sehr viel zerstört? Meine Erinnerung an die Nacht damals ist ganz konfus... nichts ist klar...«

Lucas zögerte. Sein Instinkt warnte ihn, Mr. Oakapple aufzuregen, indem er ihm die Wahrheit erzählte. Aber da sprudelte Anna-Marie bereits temperamentvoll los: »Aber, Monsieur, überhaupt nichts ist übriggeblieben... *riens du tout, du tout!* Und Madame Gourd und Fanny und all die *domestiques*, sie sind weggegangen, und Sir Randolph, er ist tot, und Lucas und ich leben in der Stadt. Alles hat sich verändert, seit Sie krank geworden sind.«

»Gütiger Himmel!« sagte der Lehrer schwach. »Ganz Schloß Mitternacht verbrannt? Und Sir Randolph tot?«

Die Nachricht schien ihm einen solchen Schock versetzt zu haben, daß Lucas Angst bekam und sich nach einer Schwester umsah. Da kam gerade eine durch die Station; sie trat heran und gab Mr. Oakapple etwas zu trinken.

»Geht es ihm gut?« fragte Lucas.

»Doch, ja, es geht gut voran. Ihr könntet ihn in einer Woche nach Hause holen, glaube ich. Aber dann wird er das Leben für etliche Monate langsam angehen lassen müssen, wahrscheinlich bis zum Frühjahr.«

Nach Hause! Lucas und Anna-Marie sahen sich konsterniert an.

Dann sagte Lucas: »Sir, ich bin froh, daß es Ihnen besser geht, denn wir überlegten immer, ob Sie nicht Freunde oder Familienangehörige haben, die man hätte benachrichtigen müssen, daß Sie krank sind?«

Wieder lächelte der Lehrer sein kleines, mühsames Lächeln. »Nein, deshalb braucht ihr euch keine Gedanken zu machen. Es ist wie bei euch – ich habe niemanden. Mein Vater starb vor zehn Jahren, meine Mutter vor zwei. Es gibt niemanden, den ihr mit der Tatsache hättet ängstigen müssen, daß ich hier gelandet bin und vollständig auf der Nase liege.«

»Außer uns«, sagte Anna-Marie sanft. »Wir haben uns um Sie geängstigt, *Monsieur.*«

Er zog eine seiner bandagierten Hände unter der Decke hervor und tätschelte ihr unbeholfen den Kopf. »Dank dir, kleines Mädchen. Du bist sehr freundlich. Aber du hättest dir meinetwegen nicht deinen kleinen Kopf zerbrechen sollen.«

»Haben Sie denn gar keine Freunde, Sir? Jemanden, bei dem sie bleiben könnten, wenn Sie hier herauskommen?«

»Nicht, daß ich wüßte«, sagte der Lehrer. »Außer meinem alten Lehrmeister an der Musikschule, und der ist inzwischen sehr alt, dem möchte ich nicht zur Last fallen. Vielleicht könnte ich mir ein Zimmer nehmen, dort, wo ihr in der Stadt wohnt. Wer sorgt denn überhaupt für euch? Kümmert sich Mr. Throgmorton um die Ausgaben für euch?«

»Na ja – nein...« sagte Lucas.

»Aber wie kommt ihr dann zurecht?«

In diesem Augenblick kam die Schwester wieder und sagte, die Besuchszeit sei vorüber. So konnten sie sich davonmachen ohne die Notwendigkeit, sich auf lange Erklärungen einzulassen.

»Puh!« sagte Lucas, als sie draußen waren. »Scheint ja so, als ob seine Genesung die Dinge für uns schwieriger machen wird, nicht leichter...«

»Wenn es ihm erst wirklich besser geht, dann wird es leichter«, sagte Anna-Marie.

»Aber das ist noch lange hin.«

»Im Frühling.« Sie stieß gegen einen Klumpen Schnee und meinte: »Wenn der Frühling überhaupt jemals in diese schreckliche Stadt kommt.«

»Jetzt ist erst Dezember«, sagte Lucas. »Und wir müssen auf jeden Fall eine bessere Bleibe finden als bei Mrs. Tetley, um Mr. Oakapple unterzubringen. Dort wird er nie gesund.«

»Luc«, sagte Anna-Marie plötzlich. »Ich hab eine Idee!«

»Und die wäre?« fragte er skeptisch. Er war so müde, daß auch sein Verstand förmlich steif geworden war, und er wußte nicht recht, ob er noch imstande war, flexibel auf einen von Anna-Maries genialen Einfällen einzugehen.

»Also... das ganze Schloß Mitternacht ist abgebrannt, nichts ist übriggeblieben, wo man wohnen könnte...«

»Das weiß ich, das brauchst du mir nicht zu erzählen.«

»Aber einen Ort gibt es, wo es nicht gebrannt hat... Das ist mir auch eben erst eingefallen.«

»Ich wüßte keinen Winkel, wo es nicht gebrannt hätte.«

»Weißt du nicht... das erste Mal, als wir mit Mr. Ookapool gefahren sind und ich fragte: Was ist das für ein Hügel, und er sagte, das ist das alte Eishaus? Weit weg, in der Ecke vom Park?«

»Ach, ja...« sagte Lucas langsam. »Jetzt, wo du es erwähnst, erinnere ich mich...«

»Luc!« Sie griff nach seiner Hand, richtig aufgeregt jetzt, da die Idee in ihrer beider Köpfe Platz griff. »Warum gehen wir nicht hin und sehen es uns an? Jetzt gleich?«

»Aber das ist meilenweit weg, und es ist spät in der Nacht.«

»Aber es hat aufgehört zu schneien, und der Mond scheint. Und dann glaube ich nicht, daß es so weit weg ist.«

»Aber es sind allein zwei Meilen bis zum Pförtnerhaus...«

»Ich weiß... wenn wir da hinauffahren, den ganzen Weg den langen Hügel hinauf und durch die Einfahrt hinein... das ist ein langer Weg. Aber ich habe gesehen, als ich im Park war, es gibt da einen großen Baum, der hat eine Form wie ein *point d'interrogation*, hinten bei dem Wäldchen in der Nähe der Parkmauer... und schau mal, genau diesen Baum sehe ich von hier, dort, gegen den verschneiten Hügel!«

Das stimmte. Sie waren aus dem Vorhof des Krankenhauses gekommen und standen auf der Straße. Das Krankenhaus war das letzte Gebäude am Rande der Stadt. Oberhalb davon verlief die Straße zwischen schneebedeckten Feldern, die sich zur Zeit in eine Sumpflandschaft verwandelt hatten. Und an der anderen Seite verlief die hohe Mauer, die den Park von Schloß Mitternacht umgab. Und jenseits der Mauer stand der Baum, der wie ein Fragezeichen aussah.

»Wenn wir über die Mauer kommen könnten«, sagte Anna-Marie, »dann ist das Eishaus ganz nahe bei dem Baum, es wäre also von hier überhaupt nicht weit.«

»Ja. Aber wie kommen wir über die Mauer? Immerhin, es lohnt sich, mal nachzusehen, da gebe ich dir recht.«

»Es sind doch immer Leute aus der Stadt in den Park gekommen und haben Kaninchen gefangen«, sagte Anna-Marie. »Das hab ich oft den alten Gabriel sagen hören, ehe er ständig so betrunken war. Es muß also irgendwo einen Durchschlupf geben.«

An der Parkmauer entlang wuchs ein schmaler Streifen Unterholz, eine Art überwucherter Hecke – Tannen und Stechpalmen, mit kleinen Eschenbäumen dazwischen. Ohne ein weiteres Wort lenkte Lucas Pferd und Wagen von der Straße weg und band das Pferd unter einer ausladenden Tanne fest, wo es geschützt stand.

»Nun komm«, sagte er. In seinem Gedächtnis blitzte die Erinnerung an die alte Frau auf, die er damals gesehen hatte – die Hexe? Aber Mr. Oakapple hatte gesagt, das sei der reine Unsinn. Sie war vielleicht nur eine arme alte Landstreicherin gewesen, die dort genächtigt hatte…

Anna-Marie vollführte einen kleinen Hopser. »Ach, ich hatte so gehofft, du würdest das für eine gute Idee halten!« sagte sie. »Wenn es doch nur einen Weg hindurch gäbe!«

Zum Glück schien jetzt, da kein Schnee mehr fiel, der Mond hell genug, um ohne Schwierigkeit zu erkennen, was es zu erkennen gab. Sie zwängten sich quer durch das Unterholz hindurch, bis sie vor der etwa zweieinhalb Meter hohen Mauer standen.

»Und in welche Richtung gehen wir jetzt?« fragte Anna-Marie.

»Versuchen wir's zuerst hügelabwärts zur Stadt hin. Wenn es einen Durschlupf gibt, dann ist es doch wahrscheinlich, daß er so nahe wie möglich bei der Stadt liegt.«

Also wandten sie sich nach links und gingen bergab.

Und als sie das Ende der Hecke erreicht hatten…

»Gütiger Himmel«, sagte Lucas und blieb abrupt stehen. »Das ist ja Murgatroyds Spinnerei… direkt dort unter uns! Mir war nie bewußt, in welch weitem Bogen die Straße herumführt. So was! Die Fabrik liegt ja direkt neben dem Park!«

»Ich vermute, als mein *grand-père* die Spinnerei gebaut hat, da gab es noch gar keine Stadt. *Monsieur Ookapool* hat mir erzählt, daß die Häuser und die Werkstätten erst später gekommen sind. Er hat also die Spinnerei einfach neben seinem Park gebaut.«

»Vermutlich, ja«, meinte Lucas, dem erst jetzt wieder bewußt wurde, was er so leicht immer wieder vergaß – daß nämlich Anna-Maries Großvater der Initiator dieser ganzen schwarzen, geballten Anhäufung von Werkstätten und Häusern, von Wohlstand und Armut, Dienstherren und Arbeitern gewesen war. Und hier hüpfte nun seine Enkelin unter dem Mitternachtsmond durch den Schnee ohne einen Pfennig in der Tasche!

Sie hatten ein nacktes Schneefeld überquert und tauchten neuerlich in ein niedriges Wäldchen ein.

»Oh, oh!« schrie Anna-Marie triumphierend. »Schau mal, schau! Hab ich nicht recht gehabt?«

Hätte der Mond nicht geschienen und wäre der Boden nicht mit Schnee bedeckt gewesen, so hätten sie die Spalte in der Mauer vielleicht übersehen. Denn sie war äußerst schmal und sehr schlau verborgen neben dem Stamm und unter den Zweigen einer großen alten Eibe, deren dunkles, schneebeladenes Geäst ringsum herabhing und eine Art immergrüner Höhle bildete. Da aber der Mond so hell auf die beschneiten Grasflächen jenseits der Mauer schien, wirkte der schmale Spalt wie ein Schlüsselloch in einer dunklen Tür, hinter der Licht brennt.

»Ich passe wohl gerade hindurch, denke ich... aber für dich ist es vielleicht zu klein, Luc!«

Aber als sie unter der Eibe hindurchgetaucht waren und auf den Spalt zugingen, stellte sich heraus, daß er doch etwa einen halben Meter breit und einen Meter hoch war, also durchaus groß genug, um bequem hindurchzusteigen. Irgend jemand hatte sich beträchtliche Mühe gemacht, diesen Durchschlupf dort einzurichten, wo man ihn nicht sehen konnte, denn auch auf der anderen Seite verbarg dichtes Efeugestrüpp ihn jedem nicht allzu genauen Blick. Lucas bemerkte außerdem, daß die Steine am Scheitel des Schlupfloches sorgfältig mit Mörtel verschmiert waren zu einer Art unebenem Gewölbe, so daß nicht etwa herunterfallende Mauerbrocken den Spalt größer und auffälliger machen konnten.

»Und dort ist das Eishaus!« flüsterte Anna-Marie.

Jetzt, da sie sich innerhalb des Parkes befanden, waren sie unwillkürlich darauf bedacht, sich vorsichtig zu verhalten. Leise gingen sie über den Schnee auf den kreisrunden Hügel zu, der aussah wie ein gigantischer Maulwurfshaufen.

»Schscht!« keuchte Lucas, als Anna-Maries Füße in dem unberührten Schnee laut knirschten. Dann packte er Anna-Maries Handgelenk mit festem Griff und blieb stehen. Er legte den Kopf zur Seite und schärfte seine Ohren mit jener äußersten Konzentration, die er in der Kloake anwandte, um die Schweine rechtzeitig zu hören.

»C'est bien singulier«, wisperte Anna-Marie, *»mais je crois que j'entends un bébé qui pleure!«*

Auch Lucas hätte schwören können, daß er ein Baby weinen hörte. Aber was sollte ein Baby hier mitten im verschneiten Park von Mitternacht um diese Zeit der Nacht? Sie mußten sich wohl alle beide getäuscht haben. Vielleicht war es eine Eule.

Sie erreichten das Eishaus, schlichen drum herum und suchten nach dem Eingang.

»Da sind zwei Türen, das weiß ich noch – eine große Tür und eine kleine Tür...«

»Da!« Anna-Marie rannte vorwärts. Eine Art Aussparung zeigte sich in der glatten, von Grassoden überzogenen Seite des Hügels. Als sie näherkamen, entpuppte sie sich als eine schwere, hölzerne Tür in einem gewölbten Rahmen aus Feldsteinen.

»Die ist natürlich verschlossen«, flüsterte Anna-Marie, »und der Schlüssel ist wahrscheinlich in der Glut verloren gegangen.

Ich wette, es war einer von diesen großen, die immer an dem Schlüsselbord in der Küche hingen.«

Aber als Lucas vorsichtig die Türklinke niederdrückte, da bewegte sie sich, und die Tür glitt ihm geräuschlos entgegen.

»*Oh, quel bonheur!* Wir können hineingehen! Siehst du, Luc, es kommt alles so, wie ich es dir gesagt habe.«

Anna-Marie war so zufrieden mit sich selbst, daß Lucas sich ärgerte und am liebsten etwas Spöttisches erwidert hätte. Aber es stimmte ja – sie hatte vorgeschlagen herzukommen, und alles war eingetreten, wie sie es vorhergesagt hatte. Und wenn dieses Eishaus nicht zu kalt war oder von Ratten verseucht oder triefend vor Feuchtigkeit, dann gab es wohl kaum einen Grund, weshalb sie nicht überlegen sollten, hier zu wohnen. Wenigstens war es frei.

»Ich wollte, ich hätte meine Bergmannslaterne mitgebracht«, murmelte Lucas.

Ein schmaler, dunkler Gang führte von der Tür nach drinnen. Anna-Maries Eifer voranzugehen, erlosch plötzlich, und sie trat höflich beiseite, um Lucas vorzulassen. Wenn er auch seine Laterne nicht mitgebracht hatte, so hatte er doch wenigstens Feuerzeug und Zunder bei sich.

»Wir könnten einen trockenen Zweig gebrauchen«, flüsterte er, »sieh doch mal, ob du nicht ein bißchen Gestrüpp…«

Die Worte blieben ihm im Halse stecken. Denn vor ihnen öffnete sich plötzlich eine innere Tür, und heraus fiel ein milder Lichtschein in den steinernen Korridor, in dem sie standen.

»Ist da jemand, der zu mir möchte?« fragte eine freundliche Stimme – eine Stimme, die keiner von ihnen je zuvor gehört hatte.

Tagesanbruch

Lucas spürte, wie sich Anna-Maries Finger so krampfhaft um sein linkes Handgelenk krallten, daß seine ohnehin schon kalten Finger anfingen, taub zu werden.

Auch er war völlig fassungslos. Ein Licht und eine Stimme in dieser Finsternis, an diesem gottverlassenen Ort, das war das Letzte, was er erwartet hätte. Aber er stellte fest, daß er eigentlich keine große Angst hatte. Wer immer dies war hinter der halboffenen Tür dort, er konnte wohl kaum so schlimm sein wie die Schweine oder die Ratten in der Kloake von Blastburn. So trat er denn – ein wenig blinzelnd – näher auf das Licht zu.

Sonderlich hell war es ohnehin nicht – kaum heller als der Mond draußen auf dem Schnee. Drei oder vier Binsendochtkerzen, die in irdenen Haltern steckten, brannten leicht blakend vor sich hin und warfen ein schattenreiches, flackerndes Licht. Auf einer offenen Herdstelle schwelten leise die Reste eines Holzfeuers und steuerten ein schwaches, rötliches Glimmen bei.

Anna-Marie folgte Lucas auf dem Fuße, blieb dicht neben ihm stehen und umklammerte weiterhin seine Hand. Stumm nahmen sie beide die Person in Augenschein, die hier lebte – in dieser Behausung, die sie so gern für sich selbst gehabt hätten.

Es war eine alte Dame. Das Wort Dame kam Lucas ganz selbstverständlich in den Sinn, obgleich ihr Kleid äußerst derb war, aus grobem Wollstoff, mit einer unförmigen Schürze darüber. Auch trug sie völlig abgetretene, alte Schuhe, und ihr schneeweißes Haar war oben auf dem Kopf zu einem dicken, unordentlichen Knoten zusammengesteckt mit etwas, das wie ein Eibenzweig aussah. Sie war groß, ein gutes Stück größer als Lucas, und dünn wie eine Vogelscheuche. In dem dämmrigen

Licht war es schwer, die Farbe ihrer Wangen zu bestimmen, aber sie waren runzlig und wettergegerbt wie die Haut eines alten Apfels, der den ganzen Winter über im Gras gelegen hat. Ihre Hände waren mager wie Möwenklauen. Aber das Gesicht! Lucas glaubte, noch nie ein Gesicht gesehen zu haben, das so viel Autorität und so viel Güte zugleich ausstrahlte. Die Nase war so gerade und die Augenhöhlen waren so tief, daß das Gesicht der alten Dame Lucas an ein Joch erinnerte – so ein Schulterjoch mit einem Querholz obendran, das man verwendete, um zwei Eimer Milch gleichzeitig zu tragen –, und eben jene Festigkeit und Stärke besaß es auch. Ihre Augen – tiefliegend in dreieckigen Höhlen – waren hell, aber von welcher Farbe genau, das konnten weder Lucas noch Anna-Marie bei der gedämpften Beleuchtung feststellen.

»Nun, das ist ja ein unerwartetes Vergnügen«, sagte die alte Dame lächelnd, nachdem sie ihrerseits Lucas und Anna-Marie ausgiebig betrachtet hatte. Ihre Stimme, klar und tief, klang wie eine Glocke in dem ganz aus Stein gefügten Raum. »Ihr habt mir ein bißchen Angst eingejagt, als ich euch zuerst hörte. Es gibt dieser Tage ungehobelte Typen in der Stadt, die kommen gelegentlich hier in den Park und wildern ein bißchen – aber ich glaube nicht, daß ihr zu der Sorte gehört.«

»Nein, nein«, stammelte Lucas, der allmählich seine Sprache wiederfand. »Es tut mir leid, daß wir Sie erschreckt haben, Madame. Wir dachten nicht, daß hier drinnen jemand ist.«

In diesem Augenblick spürte Lucas, wie sich der Klammergriff um seinen Arm lockerte. Unwillkürlich rieb er die Stelle mit der anderen Hand, während er Anna-Marie betrachtete, die jetzt etwas tat, was er sie noch nie zuvor hatte tun sehen: Sie trat ein wenig vor und machte vor der alten Dame einen feierlichen Knicks.

»Bon soir, madame«, sagte sie. *»On ne veut pas vous déranger.«*

Die alte Dame neigte den Kopf ebenso würdevoll.

»*Bonsoir, ma petite*«, erwiderte sie. »Ihr stört mich überhaupt nicht. Im Gegenteil. Ich bin entzückt, besucht zu werden. Wollt ihr euch nicht setzen?«

Es standen zwei oder drei Segmente zersägter Baumstämme umher, die als Stühle dienen mußten. Außerdem entdeckte Lucas den Schaukelstuhl, den er zuletzt zwischen den schneebedeckten Trümmern des Schlosses gesehen hatte. Die alte Dame deutete auf die Sitze und trat an den Kamin, um ein paar Reiser aufzulegen, die augenblicklich zu einem lustigen Feuer aufloderten.

Anna-Marie jedoch setzte sich lieber auf den Boden, der zwar steingepflastert, aber mit grobgewebten Teppichen belegt war. In dem helleren Licht erkannte man jetzt auch noch einen Hund und eine Katze gehen, die höchst behaglich neben dem Herdfeuer ausgestreckt lagen und schliefen.

»Aber das ist ja Redgauntlet!« sagte Lucas überrascht. Er hatte gedacht, der Hund müsse im Feuer umgekommen sein.

»Ist das sein Name? Armes Ding, ich fand ihn ganz verzweifelt umherirrend. Und ihr beiden«, sagte die alte Dame und blickte sie aufmerksam an, »ihr müßt die Kinder vom Schloß sein. Ich habe euch schon aus der Ferne gesehen – aus der Nähe natürlich noch nie. Wie heißt ihr denn, meine Lieben?«

»Lucas Bell, Madam«, sagte Lucas, und sofort meldete sich auch Anna-Marie mit ihrer gewohnten Würde zu Worte: *»Je m'appelle Anna-Marie Eulalie Murgatroyd, Madame.«*

Die alte Dame war gerade im Begriff gewesen, zu einer schweren Holztruhe hinüberzugehen. Aber bei Anna-Maries Worten drehte sie sich um – nicht hastig oder ruckartig, aber doch sehr schnell. »Murgatroyd?« wiederholte sie in einem Ton verhaltener Gespanntheit und betrachtete Anna-Marie noch aufmerksamer als zuvor. »Und wer ist dein Vater, meine Kleine?«

»Er hieß Sir Denzil Murgatroyd, Mylady. Er ist tot, seit letztem Jahr.«

»Seit letztem Jahr… Und du kommst aus Frankreich?«

»*Oui, madame.*«

»Dann, meine Liebe«, sagte die alte Dame, und ihr Gesicht erstrahlte plötzlich in einem Lächeln, das Lucas förmlich bis in die auftauenden Fußspitzen hinunter erwärmte, »dann bist du meine Enkeltochter. Und ich bin deine Großmutter. Ist das nicht wunderbar?«

Und sie streckte Anna-Marie ihre Hand entgegen; die jedoch sprang auf und umarmte die alte Dame.

»Sie sind meine Großmutter? Ich verstehe das überhaupt nicht, aber es ist schön. Sehr schön! Ich wußte gar nicht, daß ich eine Großmutter habe. Papa hat mir erzählt, daß *grand-mère* und *grand-père* gestorben sind.«

»Dann«, meinte Lucas, dem langsam die Zusammenhänge dämmerten, »dann müssen Sie Lady Murgatroyd sein, die Frau von Sir Quincy?«

»Ja, ganz richtig, mein Junge.«

»Aber warum wohnen Sie hier? Im Eishaus?«

»Nun«, sagte die alte Dame lebhaft, »ich weiß nicht, ob euch die Geschichte bekannt ist, wie Sir Randolph Grimsby in den Besitz von Schloß Mitternacht gekommen ist?«

»Er hat es durch eine Wette gewonnen. Von Ihrem Sohn. Und dann ist Ihr Mann gestorben…«

Es war Lucas unbehaglich, diese Dinge zu erwähnen, aber die alte Dame nahm es vollkommen ruhig auf.

»Genau so war es. Das war eine traurige Zeit damals«, sagte sie, und es war, als blicke sie wie durch ein Teleskop zurück auf ein weit entrücktes Bild. »Ja, ich liebte mein Heim über alles, und es schmerzte mich, es zu verlassen. Und als ich gezwungen wurde, fortzugehen, da ging ich nicht sehr weit fort. Ich ging zuerst in das Dorf Clutterby und lebte dort bei meiner alten Kinderschwester, die sich in dem Häuschen ihrer Familie zur Ruhe gesetzt hatte. Ich lebte bei ihr, bis sie starb. Und behielt dabei die Dinge ein wenig im Auge... Ich wollte sichergehen, daß meine alten Diener nicht schlecht behandelt würden... wenigstens das. Sir Randolph war mir nie begegnet... Quincy lehnte es immer ab, ihn im Schloß zu empfangen... Der kannte mich also nicht, und so konnte ich von Zeit zu Zeit im Schloß vorbeikommen, ein Kirchenblättchen abliefern und sehen, wie die Dinge standen. Die meisten meiner alten Diener gingen ziemlich bald fort – außer dem alten Gabriel. Sie konnten Sir Randolph nicht ausstehen. Und ich merkte bald, daß von dem Eishaus keinerlei Gebrauch mehr gemacht wurde. So entschloß ich mich im Laufe der Zeit, mich hier niederzulassen. Der alte Gabriel ging mir ein bißchen zur Hand beim Bauen der Feuerstelle – und er versprach, niemandem zu sagen, wer ich sei. Sehr wenige Leute bemerkten überhaupt, daß ich hier lebte. Und die, die es merkten, dachten wohl, ich sei ein altes Bettelweib. Niemand hat mich hier je gestört. Wirklich«, meinte sie und blickte sich voller Zufriedenheit um, »das hier ist ein sehr behagliches Heim geworden.«

Auch Lucas blickte sich um, jetzt, da seine Augen sich an das Licht gewöhnt hatten. Er sah, daß eine Ecke des weitläufigen Raumes von einem Handwebstuhl ausgefüllt war, an dem eine halbfertige Stoffbahn hing.

»Oh«, rief Anna-Marie plötzlich, *»voilà mon canari* – mein Vogel, den ich freigelassen habe!«

»Dem hat es nicht gefallen in dem kalten Park da draußen, mein Kind. Deshalb verbringt er den Winter bei mir.«

Lady Murgatroyd pfiff leise, und der Kanarienvogel, der schlafend oben auf dem Webstuhl gesessen hatte, zog den Kopf unter den Flügeln hervor und kam schwirrend durch den Raum geflogen. Mit einem fröhlichen Zirpen ließ er sich auf ihrer Schulter nieder.

Lady Murgatroyds Wohnraum war geformt wie zwei Fünftel einer runden Torte. Also mußte es, überlegte Lucas, noch zwei oder drei weitere Räume geben, die den Rest des runden Eishauses ausmachten. Diese Schlußfolgerungen wurden jedoch unterbrochen durch ein schläfriges Jammern, das plötzlich hinter einer Tür ertönte, die in einem schattigen Winkel verborgen lag.

»Sie schläft so schlecht heute nacht«, meinte daraufhin Lady Murgatroyd und verschwand durch jene Tür.

Als sie wiederkam, trug sie eine Wiege aus Korbgeflecht, die sie in der Nähe einer der Binsendochtkerzen abstellte. »Sie ist immer brav, solange sie ein Licht zum Anschauen hat«, sagte sie.

»Sie haben ein Baby, *grand-mère?*« rief Anna-Marie eifrig und blickte in die Wiege.

»Doch nicht mein eigenes, meine Liebe! Bloß ein geborgtes. Eine arme Frau, die nach Australien ging, hatte Angst, ihr Baby könne auf dem Schiff sterben. Diese Transporte sind nämlich ganz und gar nicht hygienisch. Deshalb bleibt die Kleine bei mir, bis sie groß genug ist zum Reisen.«

»Aber, *grand-mère*, ist das nicht eine sehr schwere Arbeit für Sie, für ein Baby zu sorgen – so alt, wie Sie doch sind? Und wenn Sie nun sterben?«

»Ich sehe schon, du bist eine praktische Natur, mein Kind, genau wie ich. – Ja...« Zwei tiefe Falten furchten nachdenklich die Stirn der alten Dame« ... ich fühlte mich ein bißchen verantwortlich. Denn wenn ich etwas zu sagen gehabt hätte, dann wäre es in der Spinnerei ja ganz anders zugegangen. Deshalb war es doch meine Pflicht, mich um das Kind von jemandem zu kümmern, der nicht mehr dort arbeiten wollte, nicht wahr? Und also werde ich ganz einfach am Leben bleiben müssen, bis das Baby herangewachsen ist. Obgleich... wenn ich's mir recht überlege... wenn ich sterben sollte, nun, dann könntest du doch für das Baby sorgen, ja?«

»Natürlich«, sagte Anna-Marie, »ich kann nämlich sehr gut mit kleinen Kindern umgehen, *moi*.«

»Sie hat die schlechte Angewohnheit, Erde zu essen, das arme

Ding; wahrscheinlich war das oftmals alles, was man ihr geben konnte.«

Lady Murgatroyd fiel ein, daß sie an die Truhe hatte gehen wollen, bevor sie Anna-Maries Identität entdeckte. Sie tat es nun und kam mit einem Steingutkrug zurück, in welchem sich, wie sich herausstellte, Ingwerkekse befanden.

»Ich backe jetzt nicht mehr oft«, entschuldigte sie sich, »vielleicht sind sie nicht mehr ganz frisch.«

Für den hungrigen Lucas und die hungrige Anna-Marie aber waren sie unübertrefflich: hart, innen weich, süß und dunkel. Sie hatten schon jeder drei Stück gegessen, ehe ihnen einfiel, daß es schlechte Manieren waren, gierig zu schlingen.

»Ich kann euch auch ein bißchen Tee machen, wenn ihr möchtet«, bot Lady Murgatroyd an und hängte einen Kessel über das Feuer, »bloß Milch habe ich leider keine mehr bis morgen, das Baby hat die letzte bekommen.«

»Grand-mère«, begann Anna-Marie neugierig, »bitte halten Sie es nicht für unverschämt, wenn ich frage, aber haben Sie eigentlich Geld? Gehen Sie in die Läden? Wie führen Sie denn Ihren *ménage* hier?«

»Ich habe sehr wenig Geld, meine Liebe«, erwiderte Lady Murgatroyd. »Ihr wißt ja, daß ich mein Haus und alles verloren habe. Aber ich brauche wenig, und so komme ich gut zurecht. Ich gebe Unterricht in Musik und Gesang.«

»Hier?«

Die alte Dame lächelte über Anna-Maries Befremden. »Nein, nicht hier. Ich gehe zu den Leuten in der Stadt nach Hause. Und ich benutze auch nicht meinen richtigen Namen. Murgatroyd ist so ein allbekannter Name hier, der könnte Verwirrung stiften. Deshalb nenne ich mich Madame Minetti. Und durch meine Stunden verdiene ich genug Geld, um mir Luxusartikel wie Bücher zu kaufen.«

Tatsächlich, außer der Truhe, den Teppichen und den Baumsegmenten schien das Mobiliar bei ihr hauptsächlich aus Büchern zu bestehen. Es gab ihrer unzählige, zu Stapeln aufgeschichtet rundum an den Seiten des Raumes, in Kästen verstaut, auf Brettern aufgereiht, viele davon aufgeschlagen mit einem hineingelegten Zweig, um eine Stelle zu markieren.

»So«, meinte Lady Murgatroyd, »jetzt wißt ihr alles über mich. Jetzt laßt mich eure Geschichten hören. Du zuerst« sie nickte Lucas zu, »du hast bisher noch nicht viel gesagt. Dein Name läßt vermuten, daß du ein Sohn von jenem Edwin Bell sein müßtest, der, nicht lange bevor mein Mann starb, als Vorsteher in die Spinnerei gekommen war.«

»Das ist richtig, Madam.«

»Er war ein guter Mann. Was ist aus ihm geworden?«

»Er blieb auch weiterhin dort, steckte selbst Geld in die Spinnerei und wurde Sir Randolphs Teilhaber. Und er heiratete meine Mutter; ihr Name war Mary Dunnithorne...«

»Ich erinnere mich an sie«, nickte Lady Murgatroyd, »sie war eine entfernte Cousine von mir.«

»... und dann ging er nach Indien, um sich um den Aufkauf von Baumwolle zu kümmern. Und da ist er dann gestorben, zusammen mit meiner Mutter. Und in seinem Testament bestimmte er Sir Randolph zu meinem Vormund, deshalb wurde ich hierher zurückgeschickt.«

»Armer Junge.« Lady Murgatroyds Stimme war voller Mitleid. »Und du, meine Kleine?«

»Wir lebten in Calais. Mama ist früh gestorben; ich habe keine Erinnerung an sie. Wir waren sehr arm. Papa war nie imstande, viel Geld zu verdienen. Er hat zwar unterrichtet, aber viel lieber blieb er zu Hause und komponierte Lieder. Und all die Damen haben mir immer Kleider geschenkt, und nie haben sie mir gepaßt. Und dann ist Papa gestorben«, erzählte Anna-Marie mit trostloser Stimme.

Das war also der Grund, weshalb ihre Kleidung aus solch

einem lächerlichen Sammelsurium bestand, als sie ankam, dachte Lucas. Und er ärgerte sich, daß er sich nie herabgelassen hatte, Anna-Marie nach ihrem Leben in Calais zu fragen.

»Dann seid ihr also beide Waisen. Und wo wohnt ihr jetzt, nachdem Schloß Mitternacht abgebrannt ist? Und Sir Randolph ist doch auch gestorben, oder?«

»Ja, *grand-mère*. Wir wohnen bei der Schwester vom alten Mr. Towzer in der Haddock Street. Aber dort ist es überhaupt nicht schön. Und Geld haben wir auch nicht, deshalb mache ich Zigarren, und Luc... der sammelt Sachen für einen *bric-à-brac*-Händler.«

»In der Kanalisation«, ergänzte Lucas nüchtern.

»Dann arbeitet ihr also beide hart«, sagte Lady Murgatroyd. »Das ist gut so. Ja, ich kann euch nicht mit Geld unterstützen, denn ich habe nicht viel, aber da wir alle in gewissem Sinne verwandt sind... möchtet ihr vielleicht herkommen und hier bei mir leben? Ihr müßtet auch weiterhin euren eigenen Lebensunterhalt verdienen, aber vielleicht ist es hier doch schöner als in der Haddock Steet. Und wir könnten uns gegenseitig Gesellschaft leisten.«

»Um die Wahrheit zu sagen, Madam«, sagte Lucas, »genau das war der Gedanke, weshalb wir hergekommen sind – um uns hier umzuschauen.«

»Ich hatte ihn zuerst!« sagte Anna-Marie. »Aber ist hier denn Platz genug für uns alle, *grand-mère*?«

»Ja, es gibt hier noch drei weitere Räume, *ma petite*. Ich glaube, das ginge vorzüglich.«

Lucas zögerte. »Da ist aber noch etwas...« fing er an.

»Was gibt es noch, mein Junge?«

»Da ist noch mein Lehrer. Der liegt im Krankenhaus. Er erlitt furchtbare Verbrennungen, als er versuchte, Sir Randolph zu retten. Wenn er dort herauskommt, dann müssen wir uns um ihn kümmern, denn er weiß nicht, wohin...«

»*Ah, oui*«, bekräftigte Anna-Marie. »*Ce pauvre Monsieur Ookapool*, aber er ist sehr *gentil*... Ich glaube bestimmt, Sie werden ihn mögen, *grand-mère*.«

»Wie ist sein Name? Ooka...«

»Oakapple – Mr. Julian Oakapple, Madame.«

»Julian Oakapple? Oh«, sagte Lady Murgatroyd, »den muß ich gar nicht erst kennenlernen, um ihn zu mögen. Ich glaube, er könnte jemand sein, den ich schon vor langer, langer Zeit gern kennengelernt hätte.«

Es wurde beschlossen, da das Pferd ohnehin in den Stall gebracht werden mußte, daß Lucas für die Nacht in die Haddock Street zurückkehren sollte. Dort würde er Mrs. Tetley kündigen, ihre wenigen Besitztümer zusammenpacken und am Morgen wiederkommen. Es war Sonntag, und er mußte nicht in der Kloake arbeiten, sondern konnte den Tag dazu nutzen, sich im Eishaus zu installieren und eine Art Unterschlupf für das Pferd zu bauen.

Der Zufall wollte es, daß Mrs. Tetley ihrerseits just am nächsten Morgen über Lucas herfiel, während er sich in der kleinen Hinterhofküche Wasser für sein Frühstück heiß machte. Es war beinahe das erste Mal, daß er sie sah, seit er eingezogen war, denn an den Wochentagen ging er immer schon fort, längst bevor sie aufgestanden war, und die Abende verbrachte sie stets damit, in den Bierschenken der Gegend Traktate gegen die Trunkenheit zu verteilen.

Wie gewöhnlich trug Mrs. Tetley eine bedruckte Kittelschürze und ein Tuch um den Kopf, aber dennoch brachte sie es fertig – eine Hand auf einen Mop gestützt, die andere in die Hüfte gestemmt –, so würdevoll auszusehen wie die Britannia mit ihrem Dreizack.

»Junger Mann! Ich muß dich bitten, mein Haus zu verlassen! Wenn ich bloß die geringste Ahnung gehabt hätte, als ich dich hier wohnen ließ, daß du dich auf das Kloakenfischen einlassen würdest... nie hättest du 'nen Fuß in dieses Haus setzen dürfen! Das is 'n anständiges Haus hier, daß du's weißt! Alle Mieter haben sich beschwert, und alle Nachbarn, drei Häuser weit. Nee, tut mir leid«, sagte sie, obgleich das offensichtlich nicht stimmte, »aber jetzt is Schluß. Ich muß dich bitten, noch heute auszuziehen!«

»Gut, ist in Ordnung, Mrs. Tetley«, sagte Lucas vergnügt, »denn ich wollte Ihnen gerade meinerseits kündigen. So hat also keiner einen Schaden. Ich glaube, Anna-Marie hat gestern die Miete für eine Woche im voraus bezahlt, da sind Sie also wohl so freundlich und geben mir das Geld für die sechs Tage zurück.«

Dazu verspürte Mrs. Tetley nun aber nicht die geringste Neigung, und Lucas verspürte keine Lust, darauf zu beharren. Er war bloß froh, aus diesem jämmerlichen kleinen Haus herauszukommen. Mitten in der Unterredung war der alte Gabriel in die Hinterhofküche getreten. Lucas hatte den alten Mann kaum jemals gesehen, seit er hier eingezogen war, und wenn, dann war er entweder losgezogen auf die Suche nach Gin, oder er war betrunken zurückgekommen. Er sah sehr heruntergekommen und bedrückt aus.

Als Mrs. Tetley für einen Augenblick die Küche verließ, flüsterte er: »Hier, Jungchen«, und zog eine sehr schmutzige Pfundnote aus der Tasche, »wir teilen uns den Schaden 'n bißchen. Macht mich ganz krank mitanzusehen, wie mein eigen Fleisch und Blut sich benimmt.«

»Oh, nein, nein, Mr. Towzer, ich denk nicht im Traum dran, Ihr Geld zu nehmen«, wehrte sich Lucas, tief gerührt von der Geste des alten Mannes.

Ein wenig erleichtert steckte Gabriel die Pfundnote wieder weg. »Ich geh hier auch weg«, vertraute er Lucas an. »Hab euch zwar gesagt, meine Schwester Kezia ist 'ne olle Klatschbase, aber ich hatte vergessen, daß sie auch ein unverbesserlicher Zankteufel ist. Das ist mehr, als ein Mensch ertragen kann. Ich hau ab zu meiner anderen Schwester, nach Keighley rüber. Aber, Master Lucas, daß Sie man ja vorsichtig sind, ja? Herrscht 'ne schlimme Mißstimmung in der Stadt gegen alles und jeden, was mit Sir Randolph zu tun hat, nämlich, die Untersuchungen der Leichenschaukommission, die haben ergeben, daß er selbst das Schloß in Brand gesteckt hat, um die Steuerbehörde übers Ohr zu hauen. Wenn das Schloß nämlich hätt' verkauft werden können, dann hätte das Geld gereicht, die Steuern zu zahlen und auch all die noch ausstehenden Löhne... Und vor allem – da wär' vielleicht irgendein reicher Lord gekommen und hätte hier gewohnt und hätt' vielleicht einer Menge Leute in der Stadt Arbeit gegeben.«

»Ja, ich verstehe«, sagte Lucas.

»Deswegen hab ich auch nie erzählt, daß Sie vom Schloß sind, Sie und die Kleine.«

»Was glauben Sie wohl, wird jetzt mit dem Park geschehen?«

»Es wird gemunkelt, daß ein Bursche namens Lord Holdernesse ihn kaufen will, einer, wo ein' Haufen Kohlenbergwerke besitzt, und der gräbt hier vielleicht auch 'ne Mine. Würd ja immerhin den Leuten Arbeit geben.«

»Oh!« sagte Lucas, und seine gehobene Stimmung war dahin. Den Park von Schloß Mitternacht aufgraben? Was geschah dann mit Lady Murgatroyd, die schon so lange dort lebte?

»Mr. Towzer...« begann er zögernd.

Aber in diesem Augenblick kam Mrs. Tetley zurück und stand mit Argusaugen dabei, als Lucas seine wenigen Besitztümer hinaustrug und auf den Wagen lud. Der alte Gabriel trottete vor sich hinbrabbelnd davon, wahrscheinlich in die nächste Bierschenke, und Lucas fuhr zurück zum Park Mitternacht.

Lady Murgatroyd und Anna-Marie hatten unterdessen Reisigholz gesammelt und einander besser kennengelernt.

»Weißt du, was ich am meisten genossen habe, als ich all mein Geld verlor?« fragte Lady Murgatroyd, während sie fachmännisch mit einem gekrümmten Gartenmesser Zweige abschlug. »Zu lernen, wie einfach es ist, so viele Dinge – wie das hier – selbst zu tun. Als ich noch eine echte Dame war und in einer Kutsche umherfuhr, da dachte ich, daß Kaminfegen und Mauern und Zimmern und Stoffweben und Schüsseln und Teller herstellen nur von Kaminkehrern und Maurern und Zimmerleuten und Webern und Töpfern getan werden könnte. Jetzt weiß ich, daß jeder diese Dinge tun kann, denn ich bin ja gar nicht besonders klug, und wenn ich es tun kann, dann ist es doch sicher, daß jeder andere es auch kann.«

Nun fand aber Anna-Marie, daß ihre Großmutter doch sehr klug aussehe: ihr Gesicht war so lebendig, hatte so viel Kontur! Wie eine Statue in der Kirche, dachte sie. Und ihre Augen in den tiefen, dreieckigen Höhlen waren, bei Tageslicht betrachtet, von einem sonderbaren, schönen Graugrün, der Farbe verwitterten Gesteins.

»*Grand-mère*«, meinte Anna-Marie, als sie einen Armvoll Reisig in Lady Murgatroyds hölzerne Schubkarre lud, »warum sind die Leute in Blastburn so schrecklich? Wirklich, ich glaube, uns ist nur eine freundliche Person begegnet, *ce monsieur 'Obday*, und selbst bei dem bin ich mir nicht sicher, denn ich glaube, er zahlt Lucas womöglich nicht so viel, wie er müßte.«

Lady Murgatroyd strich sich mit der schmutzigen Hand über die hohe Stirn.

»Ich fürchte, das ist zum Teil deines Großvaters Schuld«, sagte sie nachdenklich. »Denn er war es ja, der durch die Spinnerei die Stadt begründete. Zuerst, als er die Spinnerei neu erbaut hatte, da war das ein guter Platz für die Leute zum Arbeiten, mit gerechten Löhnen, und alles so gut eingerichtet wie nur möglich. Und so blieb es auch lange Zeit. Aber dann war dein Großvater so enttäuscht, als dein Vater nicht lernen wollte, die Spinnerei zu führen und statt dessen lieber Musik komponierte...«

»Oh, aber wie er das machte! Wundervolle Musik hat er geschrieben! Ich weiß noch viele, viele seiner Melodien auswendig...«

»Gewiß. Aber er war auch ziemlich wild, und er tat ein paar Dinge, über die dein Großvater sehr aufgebracht war.«

»Waren Sie darüber auch aufgebracht, *grand-mère*?«

»Nicht so sehr«, erwiderte Lady Murgatroyd mit einem verstohlenen Lächeln. »Er war ein wilder Junge, der Denny, aber wir verstanden einander sehr gut, er und ich... Aber so begann dein Großvater, anstatt sicherzustellen, daß die Spinnerei sorgfältig geleitet wurde, um sie in guter Ordnung an seinen Sohn weiterzugeben, nach und nach das Interesse daran zu verlieren. Er ließ sie von einem anderen leiten, anstatt jeden Tag selbst hinzugehen. Ja, und dann gewann Sir Randolph sie... hast du davon gehört?«

»Ja, Luc, hat es mir erzählt, *grand-mère...*«

»Und Sir Randolph kümmerte sich noch viel weniger darum. Ich fürchte, alles, was er wollte, war, möglichst viel Geld zu bekommen für seine ewigen Wetten. So wurde die Qualität der Arbeit immer schlechter, die Leute bekamen weniger Lohn, und die Maschinen verlotterten, wurden alt und gefährlich. Und die anderen Fabriken in der Stadt werden in genau der gleichen Weise geführt, weil die anderen Besitzer nämlich auch entdeckt haben, daß es die leichteste Art und Weise ist, schnell viel Geld zu machen, wenn man sich nicht drum schert, was mit den Menschen geschieht, die nach einem kommen.«

»Aber warum sind denn alle in der Stadt so gemein und *méchant...* die Jungen, die Steine nach mir werfen, weil ich Zigarrenstummel sammle, und die, die Geld dafür nehmen, daß sie den Leuten im Krankenhaus nichts Böses antun, die die Fremden auf der Straße verhöhnen und anscheinend jeden hassen?«

»Es ist, weil sie so arm sind. Wenn du nur gerade so viel hast, um am Leben zu bleiben, dann fürchtest du dich vor jedem, der es dir wegnehmen könnte, und du haßt ihn. Und du verschaffst dir dein Geld, wie immer du es kannst.«

»Aber Sie sind doch auch arm, *grand-mère,* und doch scheinen Sie die Menschen nicht zu hassen?«

»Nun«, meinte Lady Murgatroyd fröhlich, »ich besaß ja einmal alles, und als es mir weggenommen wurde, fand ich, daß es schließlich gar nicht so schlimm war. Es war sogar eine große Erleichterung, nicht mehr für Schloß Mitternacht sorgen zu müssen, das kann ich dir sagen! Da war doch immer ein kaputtes Fenster oder ein qualmender Kamin, um den man sich kümmern mußte; ich hatte ja nie eine Minute frei. Wohingegen ich jetzt tun kann, was ich möchte – lesen oder weben oder Bilder malen oder bloß dasitzen und an alte Zeiten zurückdenken.«

»Dann wäre es also vielleicht besser für die Menschen in der Stadt, wenn man ihnen alles wegnähme?« fragte Anna-Marie.

»Aber sie haben ja niemals viel gehabt, die Armen! Es wäre besser, viel besser, wenn sie erst einmal genug haben würden, damit sie aufhören, sich zu sorgen und freundlicher zueinander wären.«

»Aber, *grand-mère«,* fragte Anna-Marie nachdenklich, »wie wissen denn aber die Menschen, wann sie genug haben? Denn ich meine, Sir Randolph war doch zum Beispiel sehr reich, und trotzdem war er... *avare.*«

»Knauserig.«

»Knauserig, danke.«

»Ja, nun«, meinte Lady Murgatroyd, packte die Griffe der vollbeladenen Schubkarre und schob sie so schnell und leicht über den Schnee, als sei sie zwanzig, nicht siebzig, »ich nehme an, er hat sich die ganze Zeit Sorgen gemacht, er könnte sein Geld verlieren.«

»Aber wie kann man den Menschen beibringen, sich keine Sorgen zu machen?«

»Du stellst ziemlich schwergewichtige Fragen, *petite-fille!* Ich nehme an, man könnte es auf zweierlei Art tun, aber einfach ist keine von beiden.«

»Et quoi?«

»Entweder verbesserst du ihr Leben so sehr, daß sie sich keine Sorgen mehr machen müssen –«

»Oder?«

»Du bringst ihnen irgendwie bei, daß es nicht hilft, sich Sorgen zu machen, sondern daß es nur Zeitverschwendung ist.«

»Ich glaube, beide Arten zusammen, das wäre am besten«, sagte Anna-Marie. »Denn einige Leute werden sich immer Sorgen machen... und wenn bloß darüber, ob die Suppe wohl dick genug ist oder ob die Milch sauer wird. Also muß man ihr Leben verbessern und ihnen beibringen, sich nicht zu beunruhigen.«

»Eh bien, ma petite! Aber wenn jemand das bei den Leuten von Blastburn bewerkstelligen soll, dann wirst du das sein müssen, nicht ich!«

»Warum, *grand-mère?«*

»Ich bin zu alt.«

»Oh, quelle blague, grand-mère!« lachte Anna-Marie. »Sie sind mir vielleicht eine! Wenn Sie den Kamin kehren, und Ziegelsteine mauern und *poterie* machen können, dann meine ich, können Sie auch den Leuten von Blastburn sagen, sie sollen ein bißchen freundlicher sein... Ach, da kommt Luc!« Ihren scharfen Augen war nicht entgangen, wie er mit ihrem Korb am Arm durch das Schlupfloch in der Mauer kletterte. Sie sprang ihm über den Schnee entgegen, um ihm zu helfen.

Zum Glück war es ein trüber, nebliger Tag. Es fiel zwar kein Schnee, aber die gelblich-grauen, vom Qualm verdickten Wolken hingen tief. Die mattrote Sonne kletterte ein kurzes Stück über den Horizont, kroch dann in eine Wolke und begann schon bald wieder zu sinken. Selbst die schärfsten Augen konnten in dem Dunst nicht weiter sehen als dreißig Meter, und es war ja auch gar niemand in der Nähe, der hätte beobachten können, wie Lucas, Anna-Marie und Lady Murgatroyd in dem kleinen Unterholz draußen vor der Parkeinfriedung aus Ästen und Reisig einen kleinen Stall an die Mauer bauten.

»Im Sommer könnten wir eigentlich den Spalt in der Mauer vergrößern, um das Pferd zum Grasen in den Park zu lassen« schlug Lady Murgatroyd vor.

»Aber, *grand-mère*, wenn nun der Park an jemanden verkauft wird, der uns hier nicht haben will?«

»Jetzt machst du dir unnötige Sorgen«, sagte Lady Murgatroyd. »Wenn das passiert, dann machen wir eben andere Pläne.«

Lucas erzählte ihnen, was der alte Gabriel gesagt hatte, daß nämlich der Park als Zechengebiet verkauft werden solle. Lady Murgatroyd seufzte bei dem Gedanken, aber sie sagte: »Nun, das würde sicherlich einer Menge Menschen Arbeit verschaffen. Und wenn sie hier wirklich ein Bergwerk machen wollen, dann werden wir es schon rechtzeitig erfahren, so daß wir einen anderen Platz zum Leben finden können. – Na bitte! Das nenn ich einen echt luxuriösen Stall!«

»*Un palais de cheval*«, stimmte Anna-Marie zu. Der Stall hatte Wände und Dach aus festgeschnürten Reisigbündeln, sogar eine Tür hatten sie aus Reisig konstruiert, die hing in Angeln aus Lederstreifen. Der Boden war ordentlich mit trockenen Farnwedeln ausgelegt, die sie unter dem Schnee gepflückt hatten.

»Hier würde ich sogar selbst nicht ungern schlafen«, meinte Anna-Marie.

»Oh, wenn das so ist, dann kannst du ja das hier haben, und wir bringen Noddy im Eishaus unter«, sagte Lucas todernst.

»*Tais-toi, imbécile!* Aber wirklich«, überlegte Anna-Marie, »wenn der Frühling kommt und Monsieur Oakapple hier ist... vielleicht könnten wir noch so eine *petite cabane* bauen, *n'est-ce pas?* Es wäre doch hübsch, unter den Bäumen zu schlafen.«

»Im Frühling gibt es hier sogar noch Glockenblumen«, sagte Lady Murgatroyd. »Obwohl die Stadt so dicht herangewachsen ist mit all ihrem Qualm.«

Einen Augenblick lang dachten sie alle an den Frühling, und fast war es, als seien die Glockenblumen schon da.

Dann sagte Lady Murgatroyd: »Es ist schon fast dunkel, kommt lieber mit hinein.«

Anna-Marie hatte sich schon vertraut gemacht mit dem Inneren des Eishauses, deshalb bereitete es ihr nun großes Vergnügen, Lucas alles zu zeigen. Da war zunächst der große Raum mit der Feuerstelle, in dem Lady Murgatroyd wohnte und schlief, behaglich möbliert mit Teppichen und Büchern und den drei Baumstümpfen, und dann gab es noch drei kleinere Räume. Einen davon benutzte Lady Murgatroyd als Vorratskammer, weil sich an einer Wand von oben bis unten Regale aus Schieferplatten entlangzogen. Ein anderer war ihr Waschraum, weil er ein großes Steinbecken enthielt, welches zu Sir Quincys Zeiten zur Herstellung von Speiseeis verwandt worden war. Und der dritte war leer, wenn auch zur Zeit besetzt von der kleinen Bet in ihrer Korbwiege. Es war beschlossen worden, daß Anna-Marie es mit ihr teilen sollte und daß Lucas die Vorratskammer bekam. Sein Raum besaß eine eigene kleine Tür, die nach draußen führte, und alle drei Räume hatten, ebenso wie der große, vergitterte kleine Fenster, die so tief in die Grassoden des Hügels eingelassen waren, daß sie von außen, solange man nicht unmittelbar davorstand, nahezu unsichtbar waren, aber dennoch ein wenig Licht hereinließen.

»Ein schönes altes Haus, nicht wahr?« sagte Anna-Marie immer wieder.

»Nein, eigentlich ein ›kaltes‹ Haus«, spottete er.

»*Ah, bah! Tu es vraiment stupide!*«

»Kinder! Abendessen!« rief Lady Murgatroyd.

Beim Abendessen – das aus einem sehr schmackhaften Apfel-Käse-Auflauf bestand – meinte Lady Murgatroyd, wenn die beiden sich aus Blastburn gern Fleisch mitbringen wollten, dann hätte sie zwar nicht das geringste dagegen, es ihnen zuzubereiten, sie selbst jedoch äße nur Eier, Käse, Früchte und Gemüse.

»Ich habe immer festgestellt, daß das am besten ist für meine Stimme«, erklärte sie.

»Singen Sie Lieder, *grand-mère?*«

»Früher einmal, *petite-fille*. Jetzt unterrichte ich nur noch.«

»Ich wünsche mir so, daß Sie mir was vorsingen! Papa hat das immer getan.«

»Ja, er hatte eine schöne Tenorstimme. Und du, mein Kind, kannst du singen?«

»O ja. Und Melodien erfinden auch!«

»Dann werde ich dir mal nach dem Essen meine Stimmgabel zeigen.«

»So eine hatte Papa auch.«

»Das glaube ich wohl. Aber meine ist etwas ganz Besonderes.«

Nach der Mahlzeit holte Lady Murgatroyd, wie versprochen, die Stimmgabel aus der großen Truhe. Sie sah ganz gewöhnlich aus: zwei bläuliche Metallzinken, die, wenn man damit gegen die Steinwand schlug, einen süßen, summenden Ton von sich gaben.

»Warum ist sie etwas Besonderes?« wollte Anna-Marie wissen.

»Hast du schon einmal von einem Komponisten namens Georg Friedrich Händel gehört?«

»*Oh, oui!* Er hat irgendeine Musik über Wasser geschrieben.« Sie summte eine Melodie daraus.

»Ganz richtig. Er wurde vor über hundert Jahren geboren,

und er starb 1759, wie du vielleicht weißt. Diese Stimmgabel gehörte ihm.«

»Ist das wahr?« fragte Anna-Marie ganz verblüfft.

»So wahr ich hier stehe. Als Händel starb, hinterließ er die Stimmgabel einem Freund, einem englischen Musiker und Sänger namens Henry Metcalfe, der ein paar schöne Lieder komponiert hat. Und Henry Metcalfe schenkte sie, als er alt wurde, einem deutschen Komponisten namens Diefenmacher, der Orgelmusik schrieb. Der starb im Jahre 1800, und er hinterließ die Stimmgabel einem französischen Sänger, der Hector Boismachère hieß. Und das war mein Vater, und er hinterließ sie mir.«

»*Oh, grand-mère!* Dann sind Sie Französin?«

»Halb Französin, halb Engländerin, genau wie du. Du siehst also, diese Stimmgabel ist immer von einem Musiker an den anderen weitergegeben worden. Und ich hoffe, es wird immer so bleiben.«

»Dann werden Sie also, wenn Sie älter werden, einen Musiker finden müssen, dem Sie sie schenken, Großmutter.«

»Ja, das werde ich auch«, sagte Lady Murgatroyd.

Anna-Marie bat ihre Großmutter, doch ein Lied zu singen. Und es dauerte gar nicht lange, da sangen sie zusammen, halb französisch, halb englisch – Kinderlieder, Balladen, alles, was ihnen in den Sinn kam.

Lucas, der nicht eine Note von der anderen unterscheiden konnte, hörte höflich zu. Aber seine Augen schweiften, schon seit er in das Eishaus gekommen war, immer begieriger zu den Büchern hinüber, und Lady Murgatroyd sagte lachend: »Nun geh schon und lies alles, was du magst. Ich fürchte, das meiste sind Gedichte und Theaterstücke, aber es sind auch Reiseberichte und Biographien dabei Und ein bißchen Philosophie.«

Lucas war schon quer durch den Raum, ehe sie zu Ende gesprochen hatte. Er schlug ein Buch nach dem anderen auf... und war verloren.

Zwei Stunden später meinte Lady Murgatroyd freundlich: »Ich will ja kein Spielverderber sein, aber hast du nicht gesagt, du müßtest um halb sechs aufstehen, damit du rechtzeitig um sechs an deiner Kloake bist?«

Lucas tauchte mühsam aus einem Theaterstück auf, das *Der weiße Teufel* hieß; es war ungefähr so, als müsse er sich aus dem Sickerbecken in der Kloake herausarbeiten. »Ja, natürlich«, sagte er benommen, »wie spät ist es denn, Mylady?«

»Oh, warum nennst du mich nicht auch Großmutter? Du und Anna-Marie, ihr könnt euch ja eigentlich als eine Art Cousins bezeichnen. Es ist zehn Uhr.« Sie deutete auf eine alte Uhr aus Gold und Silber, die in einer künstlichen Wandnische stand – man hatte dort einfach einen Stein aus der Mauer entfernt. »Und du brauchst auch keine Angst zu haben, daß du morgen nicht aufwachst. Hört mal.«

Sie drückte auf einen Knopf an der Rückseite der Uhr, und sofort spielte sie eine süße, silbrige Melodie: ›London bridge is falling down...‹

»Du siehst«, lächelte Lady Murgatroyd, »das ist eine Weckuhr. Du stellst einfach diesen kleinen Zeiger auf die Zeit, zu der du aufstehen willst, dann wird die Uhr dich wecken, indem sie ihre Melodie spielt. Stell sie auf eins der Borde neben deinem Bett.«

Lucas und Anna-Marie hatten sich ebenfalls aus aufgehäuften Farnwedeln ihre Lagerstätten gebaut. Den ganzen Abend über hatten sie sie vor dem Herdfeuer trocknen lassen, wobei sie einen würzigen Duft nach Laub und Erde verströmten. Lady Murgatroyd hatte zum Glück noch zwei überzählige Decken, und Lucas versprach, er werde auf dem Markt noch ein paar dazukaufen; Baumwolldecken kosteten dort nur fünf Schilling. Bis dahin legten sie Säcke und alles an Kleidungsstücken, was sie besaßen, noch über ihre Decken, denn die steinernen Räume waren kalt.

»Aber dieses Bett ist viel, viel behaglicher als das bei Mrs. Tetley«, versicherte Anna-Marie.

Nachdem sie zu Bett gegangen waren, kam Lucas noch einmal aus seinem Zimmer – seinem eigenen Zimmer! – und fragte: »Madame... Großmutter... haben Sie vielleicht ein bißchen Papier übrig, das Sie nicht brauchen?«

»Um drauf zu schreiben, meinst du?«

Er nickte.

»Ich habe noch ein paar leere Rechnungsbücher von meinem Mann, die du gern benutzen darfst. Da drüben in der Ecke, siehst du? Ich habe sie mit hierhergebracht, weil ich dachte, ich könnte darin ein Tagebuch führen, aber dann fand ich doch interessantere Dinge zu tun. Bitte, nimm du sie dir, mein lieber Junge.« Sie hielt plötzlich inne, sah ihn gedankenvoll an und sagte: »Jetzt frage ich mich doch... gehört dies hier womöglich dir? Ich habe es gefunden, und ich hab es aufbewahrt, weil ich irgendwie das Gefühl hatte, daß der Besitzer zurückkommen und danach suchen würde.«

Und aus der hölzernen Truhe zog sie ein braunes Lederbuch hervor – das Buch, von dem er geglaubt hatte, es sei verbrannt!

Lucas brachte kein einziges Wort heraus. Er umarmte Lady Murgatroyd bloß – so ungestüm, daß sie schier erstickte, und dann ging er zu Bett. Von dort aus konnte er einen Stern sehen, einen einzigen nur, festgeklemmt inmitten seines winzigen Gitterfensters.

Dann schlief er ein.

Während sie den Stall bauten, hatte Lucas Anna-Marie – äußerst vorsichtig – zu bedenken gegeben, daß es nicht sehr sinnvoll sei, den Zigarrenhandel auch weiterhin aufrechtzuhalten, wenn die Jungen in der Stadt es darauf abgesehen hatten, sie daran zu hindern. Er hatte gefürchtet, ihr hitziges Temperament würde sie anstacheln, den Kampf gegen die ungerechte Verfolgung nun erst recht weiterzuführen, aber glücklicherweise gewann die praktische Seite ihrer Natur die Oberhand.

»Nein, ich sehe auch keinen Sinn darin, wenn die mich um meine Arbeit bringen und mir immer alles kaputtmachen; da arbeite ich ja für nichts und wieder nichts. *C'est de la folie, celà!* Morgen früh werde ich *grand-mère* um Rat fragen. Die weiß doch so viel; bestimmt fällt ihr irgendein guter Plan ein.«

Das war eine solche Erleichterung für Lucas, daß er nicht einmal daran dachte, mit Lady Murgatroyd über eine Beschäftigung für Anna-Marie zu sprechen. Wohlgemuter, als er es seit Wochen gewesen war, ging er zu Bett, und er schlief traumlos, bis ihn die zarte, silberhelle Melodie von ›London bridge is falling down...‹ um halb sechs weckte.

Von hier war es nicht weiter zum Marktplatz, als es von der Haddock Street aus gewesen war, er brauchte also nicht früher aufzubrechen. Er hatte Anna-Marie mühsam überzeugt, daß es für sie keinen Zweck hätte, auch so früh aufzustehen, da sie ja doch nicht mit ihm käme. Lady Murgatroyd hatte ihm gestern abend einen Brei aus Eßkastanien vorbereitet. Sie hatte die Kastanien mit ein wenig Wasser über dem Feuer aufkochen lassen, und dann hatte sie den Topf, der aus schwerem Steingut war und einen ebensolchen Deckel hatte, in eine mit Heu dick ausgepolsterte Kiste gesetzt. Zu seinem größten Staunen – denn er hatte es nicht recht glauben können, als sie ihm sagte, zum Frühstück werde der Brei fertig sein – stellte er jetzt am Morgen fest, daß er noch heiß und völlig gargekocht war. Das war ein köstliches Frühstück, vervollständigt durch drei weitere Ingwerkekse.

Er war schon fertig angezogen und wollte eben leise durch seine eigene kleine Tür hinausgehen, als Anna-Marie geräuschlos in sein Zimmer gehuscht kam.

»Auf Wiedersehen, lieber Luc! Ich konnte dich doch nicht weglassen, ohne *bonjour* zu sagen«, flüsterte sie und umarmte ihn. »Paß auf dich auf! Und finde was Schönes da unten in dem scheußlichen Abgrund!«

Er fühlte sich wohlig warm, satt und guten Mutes, als er sich jetzt auf den Weg machte – obwohl es doch in die Kloake ging. Wie anders war das, als von der Haddock Street aufzubrechen – mit ihrem Geruch nach gekochten, schmutzigen Kartoffelschalen und der Atmosphäre mißgünstiger Feindseligkeit. Jetzt gab es so vieles, mit dem er sich im Geiste beschäftigen konnte, daß er kaum wußte, wo beginnen.

So fiel ihm denn auch nicht weiter auf, daß Gudgeon ihn mit finsterer Miene begrüßte und daß er – selbst für seine Verhältnisse – ungewöhnlich mürrisch war.

Anna-Marie war noch einmal ins Bett gegangen, nachdem sie Lucas auf Wiedersehen gesagt hatte, und sie schlief sogar noch einmal für kurze Zeit, aber um sieben wachte das Baby auf und wollte spielen, und danach war an Schlaf nicht mehr zu denken. Bet war gerade alt genug, um aus ihrer Wiege zu klettern und auf dem Boden herumzukrabbeln, stark genug, alles umzukippen, was nicht niet- und nagelfest war, und alles Zerbrechliche zu zerbrechen, wenn man es in ihrer Reichweite ließ.

Außerdem schien sie eine Leidenschaft dafür zu haben, alles und jedes in den Mund zu stopfen – Sand, Asche, Moos, Erde, Kohle, die Farnwedel von Anna-Maries Lager – je unbekömmlicher etwas war, desto lieber mochte sie es.

»Grand dieu«, stöhnte Anna-Marie am Ende einer aufreibenden Stunde, »wie *grand-mère*, eine alte Dame, es überhaupt mit dir aushält, das kann ich mir nicht vorstellen. *Je n'ai aucune idée!«*

»Dee, dee«, wiederholte das Baby und hämmerte vergnügt mit einem Holzlöffel gegen die Kupferpfanne, mit der Lady Murgatroyd aus der Quelle im Park Wasser schöpfte.

»*Grand-mère*«, begann Anna-Marie, nachdem sie das Baby mit Brot und Milch gefüttert hatten und nun selbst frühstückten (Brot, welches Lady Murgatroyd zweimal die Woche buk, und Milch, die sie von einer Farm im Moor holte), »*grand-mère*, was könnte ich mal tun? Arbeiten, meine ich?«

»Bist du sicher, daß du nicht lieber hierbleiben und mir helfen möchtest? Andere Kinder in deinem Alter würden noch zur Schule gehen. Du bist noch sehr jung.«

»Nein«, sagte Anna-Marie sehr bestimmt. »Wir haben nicht genug Geld, als daß ich zu Hause bleiben könnte. Und wenn Lucas arbeitet, dann ist es nur gerecht, wenn ich es auch tue. Und andere in meinem Alter arbeiten auch. Gewiß möchte ich Ihnen helfen, *grand-mère*, aber das mache ich, wenn ich heimkomme, oder bevor ich gehe. Ich möchte ja auch gern das Singen von Ihnen lernen, und wie man diese *potage de marrons* macht und noch viele andere Sachen, aber zuerst einmal müssen wir genug Geld haben, damit wir keine Last für Sie sind, *grand-mère*. Schließlich haben Sie ja nicht einmal gewußt, daß Sie ein Enkelkind haben.«

»Allerdings nicht. Und es war die schönste Überraschung der Welt. Ich hatte doch gehört, daß die ›Meerhexe‹ – das war das Fischerboot, mit dem dein Vater nach Frankreich fuhr – untergegangen wäre, mit sämtlichen Menschen an Bord. So glaubte ich, er sei tot.«

»Er schwamm ans Ufer, das hat er mir viele Male erzählt. Und er dachte, daß Sie tot wären, *grand-maman*. Er erzählte mir einmal, er hätte in einem Zeitungsartikel gelesen, wie *grand-père* gestorben sei, kaum daß er von zu Hause fort war, und darin stand auch, daß Sie ebenfalls gestorben wären.«

»Zeitungsartikel sind gewöhnlich falsch«, sagte Lady Murgatroyd traurig. »Und sieh mal, was für Unheil sie anrichten können. Wenn es nicht so gewesen wäre, dann hätte dein Vater mir schon vor Jahren einen Brief geschrieben.«

»Oder er hätte Sie besucht, *peut-être*.«

»Ich weiß nicht, ob er das hätte tun können. Aber ich hätte ihn in Frankreich besuchen können.«

»Warum konnte er nicht nach England kommen? Das wollte er mir nie erzählen.«

»Nun... Du weißt, wie Sir Randolph zu Schloß Mitternacht gekommen ist.«

Anna-Marie nickte. »Ja. Und ich finde, er war ein *rogue*, wie er das gemacht hat«, sagte sie leidenschaftlich. »Wenn ich das gewußt hätte, als er noch lebte... ich hätte es ihm ins Gesicht gesagt!«

»Und er wollte noch mit deinem Vater ein Duell ausfechten, weil die Leute sagten, Sir Randolph habe betrogen. Aber dein Vater wollte nicht kämpfen; er sagte, es interessiere ihn nicht, ob Sir Randolph betrogen habe oder nicht, und ein Duell würde ohnehin nichts beweisen.«

»Ich hätte gegen ihn gekämpft, *moi!*« sagte Anna-Marie.

»Nun... es ist möglich, daß er schließlich doch noch mit ihm kämpfen mußte. Das ist alles sehr rätselhaft. Dein Vater hatte vor, mit diesem kleinen Fischerboot, der ›Meerhexe‹, vom Hafen von Shoreham aus nach Frankreich zu segeln. Zwei Menschen begleiteten ihn bis zur Küste. Tom Grenvile, ein Collegefreund von ihm, der ihm ein Pferd und etwas Geld lieh, war der eine. Ach, armer Tom«, seufzte Lady Murgatroyd.

»Und wer war der andere?«

»Der andere war ein Junge, nicht älter als fünfzehn Jahre, der sehr an deinem Vater hing. Er war von zu Hause und aus der Schule fortgelaufen, und er bat inständig, daß er mit ihm nach Frankreich gehen dürfe. Dein Vater sagte nein, aber er dürfe mitkommen bis an die Küste. Er versuchte unentwegt, den Jungen zum Umkehren zu bewegen, aber der wollte nicht. Dein Vater wußte nicht, was er mit ihm machen sollte.«

»Ich hätte es ganz genauso gemacht! Natürlich wollte er mit Papa gehen. Und dann, was geschah dann?«

»Als sie ans Meer kamen – es war Nacht –, da gerieten sie in einen Hinterhalt.«

»Einen Hinterhalt? Das ist ja eine Abenteurergeschichte, die Sie mir da erzählen, *grand-mère*.«

»Das war es auch. Eine ganze Horde von Männern – fünf oder sechs – lauerten da in Masken und mit Schwertern, und sie fielen über deinen Vater, seinen Freund und den Jungen her.«

»Die waren bestimmt von Sir Randolph geschickt! Vielleicht war er sogar selbst dabei«, folgerte Anna-Marie empört.

»Möglich ist es. Denn sonst hatte dein Vater gewiß keine Feinde. Aber trotzdem – warum das Ganze? Sir Randolph hatte doch schon das Schloß und alles andere, es gab doch nichts mehr zu gewinnen dadurch, daß er deinen Papa tötete.«

»Wenn er betrogen hatte, dann wohl. Für den Fall, daß es jemand herausgefunden hätte. Aber ich glaube auch, daß es ihn einfach wurmte – und zwar entsetzlich –, sobald er nur an Papa dachte. Und die einzige Möglichkeit, dieses miserable Gefühl loszuwerden – so dachte er – sei, ihn ein für allemal aus dem Wege zu schaffen.«

Lady Murgatroyd sah sie nachdenklich an. »Du könntest recht haben.«

»Ich habe recht«, sagte Anna-Marie mit Bestimmtheit. »Denn es hat ihn den ganzen Rest seines Lebens nicht zur Ruhe kommen lassen, das weiß jeder. Und als er mich sah – ganz kurz bevor er aus eigenem Antrieb ins Feuer sprang –, da sagte er zu mir: ›Ich werde deinem Papa sagen, daß mir sein Stück Clutterby-Pastete nicht sonderlich geschmeckt hat.‹«

»Armer, dummer Mann«, murmelte Lady Murgatroyd. »Was für eine Menge Unheil er angerichtet hat.«

»Aber wie war das mit dem Hinterhalt, *grand-maman*? Was geschah weiter?«

»Nun, dein Vater war ein guter Fechter, wenn es sein mußte. Zwei der Männer, die ihn angriffen, wurden getötet. Aber auch der Freund deines Vaters wurde sehr schwer verwundet. Auch der Junge wurde verletzt. Aber in diesem Augenblick legte das Boot an, und die Seeleute kamen an Land; da rannten die restlichen Angreifer fort.

Die Fischer segelten die ›Meerhexe‹ an der Küste entlang bis zur Stadt Brighton, wo es einen guten Arzt gab, und sie trugen den verletzten Jungen und den Freund an Land. Was konnte dein Vater anderes tun? Er konnte sie ja nicht mit nach Frankreich nehmen, verwundet, wie sie waren. So überließ er all sein Geld dem Arzt und bat ihn, ihren Familien zu schreiben und ihnen mitzuteilen, wo die beiden waren. Und dann fuhr er nach Frankreich.«

»Es muß grauenhaft gewesen sein für den Jungen«, grübelte Anna-Marie, »... er wünscht sich nichts sehnlicher, als mitzugehen, ist dann verwundet und kann es nicht, und dann wird er nach Hause geschickt wie ein Kind. War er sehr verletzt?«

»Nicht lebensgefährlich. Seine Eltern kamen und holten ihn. Ich habe ihn nie gesehen.«

»Aber den anderen haben Sie gesehen? Und durch ihn haben Sie von dem Hinterhalt gehört?«

»Ja. Tom war sehr schwer verwundet worden – ein Stich durch die Lunge –, und er wurde nicht wieder gesund, sondern starb noch im Hause des Arztes. Seine Eltern waren hingefahren, um bei ihm zu sein. Sie waren Freunde von mir, deshalb schickten sie nach mir, damit ich selbst von der letzten Reise meines armen Denny hören konnte. Denn mittlerweile, weißt du, hatten wir gehört, daß die ›Meerhexe‹ in einem Sturm gekentert war, und es hieß, es habe sich keiner retten können.«

Lady Murgatroyds ruhiger Blick schweifte zum Feuer hinüber und verweilte dort einen Augenblick.

»Und dieser Freund, Tom Grenvile, der erzählte, wie dein Vater, als er sich von ihm verabschiedete, gesagt hätte: ›Jetzt bin ich erledigt, Tommy, denn ich habe zwei Männer getötet‹ – und das stimmte ja –, ›ich werde die Insel Albion nie mehr betreten können.‹«

»Aber er hatte sie doch nicht vorsätzlich getötet!« schrie Anna-Marie aufgebracht. »Sie haben ihn doch zuerst angegriffen!«

»Ja, aber Sir Randolph war zu jener Zeit ein sehr mächtiger Mann, sogar ein Freund des Königs. Und reich natürlich auch, denn er hatte ja den ganzen Besitz gewonnen. Es wäre ihm möglich gewesen, gewitzte Advokaten anzuheuern und alle möglichen Geschichten zu erfinden und es so hinzustellen, als ob dein Vater zuerst angegriffen hätte.«

»Auf seinem Wege nach Frankreich? Das ist nicht sehr logisch.«

»Nun«, sagte Lady Murgatroyd, »jetzt ist ja alles vorbei. Und alles schon so lange her.«

»Was wohl aus dem Jungen geworden ist?«

»Hast du's nicht erraten?«

»Nein, wieso?«

»Es war dein Mr. Oakapple.«

»Monsieur Ookapool? Oh!« rief Anna-Marie. »Ich habe ja immer gewußt, daß er ein guter Mensch ist, aber nun weiß ich es ganz genau! Wenn ich ihn wiedersehe... oh, wie ich ihn umarmen werde dafür, daß er meinen Papa so geliebt hat!«

Dann versank sie wieder eine Weile ins Grübeln, und schließlich sagte sie: »Aber ich frage mich doch, warum... warum ausgerechnet er in Sir Randolphs Haus gegangen ist, um dort als Lehrer zu arbeiten; denn er muß ihn doch gehaßt haben – mehr als alles in der Welt!«

»Ja, das habe ich mich auch schon gefragt«, sagte Lady Murgatroyd. »Aber vielleicht wird er es uns erzählen, wenn wir ihn danach fragen.«

»Aber jetzt, *grand-mère«*, sagte Anna-Marie, »zurück zu meiner Arbeit. Was könnte ich wohl tun?«

»Nun, du könntest zu Hause Akkordarbeit machen.«

»Was ist Akkordarbeit?«

»Nähen... Hemden, Hosen und so etwas.«

»Non«, sagte Anna-Marie energisch, »ich hasse Nähen. Lieber fälle ich Bäume.«

»Ich glaube aber, zum Bäumefällen nehmen sie keine Mädchen. Nun ja, dann denke ich, könntest du zur Müllhalde gehen und dort arbeiten.«

»Was ist das?«

»Hast du nicht die Müllkarren gesehen, die durch die Straßen fahren? Die sammeln die Abfälle ein, und die werden alle auf einen großen, umzäunten Platz an der Ostseite der Stadt gebracht, wo das Zeug sortiert wird. Alles irgendwie Brauchbare wird herausgesucht und verkauft, und die Farmer kaufen den zusammengekehrten Straßenschmutz, um ihre Felder zu düngen. Sie beschäftigen dort etliche Frauen und Mädchen, die den Kehricht sieben.«

»Na ja, das wäre mir immer noch lieber, als Hemden zu nähen«, sagte Anna-Marie. »Und dann könnte man dort ja womöglich auch mal was Wertvolles finden... genau wie Luc in der Kloake.«

»Sehr komfortabel wäre das allerdings nicht bei diesem kalten Wetter. Akkordarbeit wäre besser. Leider wird die nicht sehr gut bezahlt.«

»Was ist eigentlich mit *grand-pères* Spinnerei? Könnte ich nicht dort arbeiten? Luc sagt, dort nehmen sie auch ganz junge Mädchen, so in meinem Alter.«

»Schon möglich, daß du dort arbeiten könntest«, meinte Lady Murgatroyd ein wenig zweifelnd. »Vielleicht ist es dort ja auch besser geworden, seit Sir Randolph tot ist.«

»Gut, ich werde es in der Spinnerei versuchen«, beschloß Anna-Marie. »Zumindest ist sie ganz in der Nähe, nicht weit zu laufen. Und wenn es mir dort nicht gefällt, kann ich schließlich immer noch auf der Müllhalde arbeiten.«

Lady Murgatroyd schien nicht ganz und gar glücklich über Anna-Maries Wahl, aber viele andere Möglichkeiten gab es ja auch nicht, denn Murgatroyds Spinnerei war die einzige Fabrik, wo man Kinder in Anna-Maries Alter nahm.

»Immerhin wirst du dort vielleicht ein paar Dinge lernen, die dir später nützlich sein können, einiges darüber, wie solch ein Betrieb läuft... Falls du einmal selbst so ein Unternehmen leiten solltest.«

»Ich werde nie so etwas tun.«

Anna-Marie gab ihrer Großmutter einen Kuß und sagte: »Ich gehe jetzt gleich mal hin. *Au revoir, grand-mère.* Wird schon nicht so schlimm sein. Luc hat mir schon ein bißchen darüber erzählt, so daß ich mir vielleicht nicht ganz und gar wie ein Neuling vorkomme.«

Dennoch, als sie durch den verschneiten Park gegangen und durch die Maueröffnung geschlüpft war und auf der Hauptstraße den Hügel hinunterlief, da wurde ihr doch ein wenig beklommen zumute, als sie auf den hohen, schwarzen, abweisenden Zaun und das Tor des Fabrikhofes zusteuerte. Aber sie stahl sich hinein – mußte dabei geistesgegenwärtig den hochbeladenen Waggons ausweichen, die auf ihren Schienen direkt durch das Tor rumpelten – und ging hinüber zu dem kleinen Kontorhäuschen, wo Lucas mit Mr. Smallside gesprochen hatte. Ein Mann mit scharfem Gesicht und fuchsroten Haaren schien jetzt der Vorsteher zu sein. Er sah Anna-Marie von oben bis unten an und fragte barsch: »Was willst du?«

»Ich möchte gern hier arbeiten«, sagte Anna-Marie in ihrem besten Englisch.

»Du bist zu klein.«

»Andere sind noch kleiner«, erwiderte Anna-Marie, denn sie hatte im Fabrikhof zwei Mädchen gesehen, die dort mit Besen und Kehrschaufel Wollabfälle zusammenfegten. »Ich bin acht Jahre. Und ich bin geschickt.«

»Und frech obendrein«, meinte der Vorsteher, blickte sie jedoch ein klein wenig wohlwollender an. »Na schön, wir können dich wohl gebrauchen. Hast du die Einwilligung deiner Mutter?«

»*Je n'ais pas*... ich habe keine Mutter.«

»Dann deines Vaters?«

»Mein Vater ist auch tot.«

»Also keiner da, der groß Lärm schlägt, wenn du unter einen Wagen gerätst, was?« meinte der Vorsteher zufrieden. »Also gut, wir versuchen's mit dir. Du fängst als Zinkenreiniger an.« Und mit lauter Stimme brüllte er: »Rose Sproggs!«

Eine Frau kam eilfertig über den Hof, wobei sie sich zwischen den mit Wollballen beladenen Waggons hindurchwinden mußte. Sie war dünn und wirkte beflissen, hatte etwas harte Gesichtszüge, und das Haar war unter einem Kopftuch versteckt. Es war schwer zu sagen, wie alt sie war, wahrscheinlich aber irgendwo zwischen achtzehn und fünfundzwanzig.

»Hier ist ein neuer Zinkenreiniger für dich«, sagte der Vorsteher. »Wie heißt du?« fragte er Anna-Marie.

»*Je m'apelle*... ich heiße Anna-Marie Minetti.«

»Viel zu lang. Wir nennen dich Anna. Nimm sie mit und zeig ihr, was sie machen soll, Rose.«

»Is recht, Mister Gravestone.«

»Wieviel zahlen Sie mir?« fragte Anna-Marie, ohne sich um Roses ungeduldiges Kopfnicken zu kümmern.

»Einen Schilling pro Tag.«

»Das ist nicht viel.«

»Kannst es ja lassen. Das kriegen hier alle Kinder.«

»Nun komm schon!« sagte Rose. »Ich hab nicht den ganzen Tag Zeit, mir dein Gequatsche anzuhören.«

Anna-Marie folgte ihr achselzuckend.

Rose betrachtete sie von oben bis unten und sagte: »Die Zöpfe müssen runter.«

»*Quoi?*«

Rose ging voraus zu einer kleinen Werkstatt am Ende des Hofes, wo Roste hergestellt und kleinere Reparaturen ausgeführt wurden.

»Leih mir mal deine Blechschere, Jim«, rief sie einem Mann mit einem Zimmermannsschurz zu – und mir nichts dir nichts schnitt sie Anna-Maries Flechten ab.

»Die könnten sich in den Maschinen verfangen, weißt du, Kleine?« erklärte sie nicht unfreundlich. »Besser, du verlierst deine Rattenschwänze als deinen Kopf. Außerdem ist es Vorschrift. Willste sie behalten?« Sie hielt Anna-Marie zwei kleine schwarze Flechten hin, und die steckte sie wortlos in die Tasche. »So, und nun brauchste noch einen Kittel. Ach ja, kannst den von Janey Herdman kriegen, die is überfahren worden von ’nem Wagen. Der hängt drüben im Kämmereischuppen... hier lang. Geh hinter mir her und paß tüchtig auf. Die Wagen hier, die fahren über alles rüber, die warten nich, bis du zur Seite trittst.«

Obgleich Lucas ihr schon ein wenig über die Fabrik erzählt und ihr eine vage Vorstellung verschafft hatte, wie es dort zuging, wurde Anna-Marie doch immer verwirrter, als sie jetzt hinter Rose herlief zwischen all den schmutzigen, schwarzen Gebäuden hindurch, manchmal durch schmale Passagen, manchmal über weite Höfe oder durch Werkhallen voller dröhnender Maschinen.

»Gut«, sagte Rose, als sie Anna-Marie in einen kurzen Kittel aus Nesselstoff gesteckt hatte, der hinten zugebunden wurde, und führte sie weiter durch einen langen, schmalen Korridor.

»Also dies hier ist einer von den Kämmereischuppen. Diese Dinger hier nennt man Zinken oder Krallen, siehst du, und die kämmen die Wolle. Und deine Arbeit isses nu, die immer sauberzuhalten, denn die setzen sich ganz schnell zu mit all dem Schmutz und Zeugs, das in der Rohwolle is.«

An der ganzen Wand entlang, vor der sie standen, waren paarweise verbundene, gekrümmte, schwere Metallzinken montiert, ähnlich wie bei einem Klauenhammer, bloß waren sie etwa einen Meter lang. Und die ganze Zeit über hoben sie sich in die Höhe und fielen nieder, in unendlicher, wellenförmiger Abfolge. Es sah fast aus wie ein gigantisches Klavier, auf dem von einem unsichtbaren Spieler Tonleitern gespielt wurden. Die Zinken fielen in die Rohwollmasse, welche unter einem Rost über eine rotierende Trommel lief und so gestreckt wurde.

»So, das hier is also deine Arbeit«, sagte Rose. Sie kletterte auf den Rost hinauf, der etwa einen halben Meter höher lag als der Fußboden, ging darauf entlang und zog mit geübten Griffen die Wollreste aus jedem Zinkenpaar, während es in die Höhe fuhr, leichthändig wie jemand, der Haare aus einem Kamm zupft. »So machst du's, klar?... Gehst den ganzen Schuppen lang – das sind zwanzig Meter –, und denn kommste zurück und fängst wieder von vorne an.«

»Sonst nichts?«

»Nee, is nix frei außer der Zinkenreinigerstelle. Die Zinken verstopfen wirklich mächtig schnell. Ich tauch hier von Zeit zu Zeit immer mal auf und seh, wie du zurechtkommst... bin nämlich die Aufseherin, Kleine. Mittagspause um zwölf. Haste was zum Futtern mitgebracht?«

»Pardon?« fragte Anna-Marie, die es schwierig fand, ihr zu folgen, denn Rose sprach mit sehr starkem Akzent, und viele Worte waren ihr unverständlich.

»Ob du dir was zum Essen mitgebracht hast!... Ach, na ja, denn kriegste eben 'n Häppchen von mir ab. Und sonst bringste dir am besten 'n bißchen Brot und Käse mit. Du kannst da auf dem Fußboden essen. Ach, und dann noch... also, diese Hilfsvereinsjungs, die tauchen bestimmt demnächst hier auf. Bezahl sie, oder du kriegst Ärger mit denen.«

»Wer sind denn die Hilfsvereinsjungs?« fragte Anna-Marie, obwohl sie es sehr wohl ahnte.

»Na, die vom Arbeiterhilfsverein. Die kümmern sich um dich,

wenn du krank bist, und sie streiten sich mit den Kerlen, die die Spinnerei betreiben, um höhere Löhne. Aber was sie am meisten tun, das is Geld kassier'n von die Leute, die die Arbeit machen. Mit denen kannste dich nich anlegen, oder sie drehen dich durch den Fleischwolf.«

»Sind das dieselben, die oben am Krankenhaus abkassieren?«

»Ja, sind andere Kassierer da oben, aber der gleiche Verein. So, ich muß jetzt weg in die anderen Kämmereischuppen. Laß bloß nicht die Zinken verstopfen, sonst blockiert die Maschine, und denn krieg'n wir was zu hören von Mister Gravestone! Und außerdem isses gefährlich.«

Leichtfüßig sprang Rose von dem Rost herunter und verschwand.

So alleingelassen mit der endlosen Reihe sich hebender und niederfallender Zinken, geriet Anna-Marie einen Augenblick lang in Panik. Wenn die Dinger doch bloß für einen Moment anhalten wollten, nur so lange, daß sie sie in Ruhe betrachten konnte! Aber sie hielten nicht an, und so kletterte sie denn auf den Rost und begann, sich darauf entlangzubewegen, wie Rose es gemacht hatte, und von jedem Zinkenpaar, wenn es in die Höhe fuhr, die Reste abzuzupfen.

Sie fand bald heraus, daß ihre Finger, sobald sie die Fusseln nicht mit großer Geschwindigkeit und Zielsicherheit abstreifte, unweigerlich von dem nächsten aufwärtsfahrenden Zinkenpaar eingequetscht wurden – das Abzupfen mußte genau im richtigen Augenblick erfolgen. Sie brauchte einige Zeit, ehe sie sich auf das richtige Tempo und den richtigen Bewegungsablauf eingespielt hatte, und ehe es soweit war, waren ihr die Finger bereits steif und blauschwarz vor Quetschwunden. Auch nachdem sie den Rhythmus schließlich gelernt hatte, war es nicht ratsam, die Konzentration auch nur eine Sekunde ermatten zu lassen. Rose war vollkommen gelassen die Reihe entlanggegangen, hatte die Augen zur Tür oder auf den Boden gerichtet, hatte mit jemandem über die Schulter hinweg geredet, während sie die Reste abstreifte; sobald Anna-Marie dagegen ihre Blicke auch nur einen Augenblick lang nicht auf ihre Hände gerichtet hielt, war sie schon in Schwierigkeiten. Außerdem waren die Flusen, die sie abzupfte, gespickt mit Dornen und Splittern, die sich schmerzhaft in ihre Finger bohrten und sie zusätzlich wund machten.

Zu dem Zeitpunkt jedenfalls, als plötzlich eine Trillerpfeife ertönte – vermutlich zur Mittagspause –, da war sich Anna-Marie sicher, daß es schwer wäre, eine noch dümmere und unerfreulichere Art ausfindig zu machen, sich seinen Lebensunterhalt zu verdienen. Zigarrenstummel zu sammeln war jedenfalls viel angenehmer. Dieses Zinkenreinigen mußte sich doch irgendwie einfacher bewerkstelligen lassen, dachte sie. Wenn man sich zum Beispiel eine hölzerne Zange basteln könnte, zusammengehalten durch eine Klammer, vielleicht mit Lederkappen an den Spitzen...

»He, aufhören, Mädchen!« rief Rose. »Kannst jetzt unterbrechen. Zwanzig Minuten Futterpause.«

Anna-Marie war froh aufzuhören. Nicht bloß wegen ihrer schmerzenden Finger, sie hatte auch Ärger mit den Augen und war gezwungen, sie ein paar Minuten lang geschlossen zu halten. Sie waren so wirr und geblendet von dem endlos fließenden Auf und Ab der Zinken, daß ihr ganz schwindlig war. Es war eine Erlösung, sich auf den Boden setzen zu können. Ein anderes Mädchen, das Biddy hieß, hüpfte auf den Rost und setzte das Zinkenreinigen fort. Biddy schien bereits gegessen zu haben.

Rose bot Anna-Marie freundlich ein Stück von ihrem grobkörnigen Yorkshirekäse und ihrem braunen Brot an. Aber Anna-Marie genierte sich, jemand anderem das Essen wegzunehmen, und außerdem verspürte sie auch kaum Hunger. Ihr war es lieber, sich einfach an die Wand zu lehnen und sich die Splitter aus den Fingern zu saugen.

»Eijeijei«, sagte Rose mit verhaltener Stimme und blickte den

Schuppen entlang, »wußte ich's doch, daß unser Mister Geldkralle den Braten schnell riecht!«

Ein Mann in einem Korbstuhl auf Rollen kam durch einen engen Gang auf sie zu. »Na? Neue Hilfskraft, wie?« meinte er zu Rose.

»Stimmt«, sagte die ohne Begeisterung, und an Anna-Marie gewandt: »Das da ist Mister Bludward, der leitet den Arbeiterhilfsverein, und das ist Newky Shirreff, der sammelt die Beiträge ein. Aber du hast wahrscheinlich noch gar kein' Zaster nich bei dir, was?«

»Zaster?« Anna-Marie war verdutzt.

»Pinke, Mammon, Moneten.«

»Nein, habe ich nicht.«

»Zwei Pennys die Woche, wenn du unter zwölf bist«, mischte sich der kleine Mann, Newky Shirreff, ein und schlängelte sich mit seiner Kassiertasche heran.

»Aber ich habe durchaus nicht den Wunsch, Ihrem Verein beizutreten«, sagte Anna-Marie ärgerlich. »Warum sollte ich Ihnen wohl zwei Pennys die Woche zahlen, wenn ich bloß einen Schilling pro Tag verdiene?«

»Ganz schön freche kleine Göre, was?« meinte Newky Shirreff und sah Anna-Marie mißbilligend an.

»Ach, die kennt sich bloß noch nicht aus.« Rose ließ zwei Münzen in die Tasche fallen und richtete es so ein, daß sie dabei zugleich Anna-Marie einen heftigen Rippenstoß versetzte. »Sie wird bald lernen, wie das hier so läuft.«

»Wie is dein Name, Mädchen?« Bludward blickte Anna-Marie kalt an.

»Sie heißt Anna«, erwiderte Rose. »Und aus der wird noch 'ne verdammt geschickte Zinkenreinigerin.«

Die beiden Männer bewegten sich weiter den Gang entlang. Rose wartete, bis sie außer Sicht waren, dann zischte sie: »Leg dich um Himmels willen nie mit den beiden an, Kind! Bei denen halt gefälligst deine Zunge im Zaum – mehr als beim Chef persönlich!«

»Aber warum?«

»Hab ich dir doch gesagt! Ärgere Bob Bludward, und du kannst sicher sein, du landest unter der Teppichpresse oder wirst vom Schnellschützen in zwei Hälften geschnitten. Bludward hat hier in der Spinnerei mehr zu melden als der Vorsteher selbst, tagtäglich.«

»Na ja, aber ich finde, er ist ganz und gar kein anständiger Mensch, und ich finde auch, dieser Betrieb hier ist gar nicht ordentlich organisiert«, sagte Anna-Marie mit gerunzelter Stirn. Aber in diesem Augenblick signalisierte die Trillerpfeife das Ende der Mittagspause, und sie mußte zurück an ihre Arbeit.

An diesem Abend kam Anna-Marie lange vor Lucas daheim im Eishaus an. Der war ins öffentliche Badehaus gegangen – ein großes, zugiges Steingebäude in einer Ecke des Marktplatzes –, um dort zwei Pennys seines Verdienstes auszugeben. Dort konnte man sich für einen halben Penny waschen, für einen Penny duschen, für zwei Pennys kalt und für drei Pennys heiß baden. Außerdem hatte Lucas es jetzt so eingerichtet, daß er seine Kloakenkluft in einer Kiste hinter Mr. Hobdays Verkaufsstand lassen und dort auch einen Satz Kleidung für Zuhause verwahren konnte, denn er wollte doch nicht Lady Murgatroyds Refugium mit Abwässergestank verpesten.

Dann war er noch durch die Markthalle gegangen, um Eier, Käse und andere Lebensmittel einzukaufen. Als er schließlich zu Hause ankam, war das Baby bereits gefüttert und ins Bett gebracht worden, und Lady Murgatroyd und ihre Enkeltochter waren emsig damit beschäftigt, aus ein paar Holzstücken und Leder etwas zusammenzubasteln, das aussah wie eine riesige Zuckerzange.

»Wozu ist das denn?« fragte Lucas neugierig, und dann rief er:

»Anna-Marie... was ist mit deinem Haar passiert? Und was hast du mit deinen Fingern gemacht? Hast du sie am Feuer verbrannt?«

»Ach, das ist nichts«, sagte Anna-Marie. »Bloß die Kämmereizinken in der Spinnerei. Wenn ich erst geübter bin, dann wird das nicht mehr passieren. Vor allem nicht, wenn ich diese *pincettes* benutze, die *grand-mère* gerade macht.«

»In der Spinnerei?«

Lucas war außer sich zu hören, daß Anna-Marie eine Beschäftigung als Zinkenreiniger in der Spinnerei angenommen hatte. Kein Argument konnte seine Meinung ändern, daß das eine höchst fatale Sache sei und daß Anna-Marie lieber sonstwas machen sollte, nur nicht das.

»Das ist ein schlimmer Platz dort«, sagte er immer wieder. »Und gefährlich! Darüber weißt du ja nicht mal die Hälfte.«

Insgeheim neigte Anna-Marie zwar dazu, ihm recht zu geben, aber sie konnte doch nicht zulassen, daß er das letzte Wort hatte! »Ah, bah! Es ist gar nicht so schlimm. Außerdem... was soll ich denn sonst machen? Niemand sonst beschäftigt Personen in meinem Alter, *grand-mère* sagt es ja selbst.«

»Du könntest Näharbeit machen, zu Hause. Du könntest in irgend jemands Haus als Dienstmagd arbeiten.«

»*Merci de rien!* Wenn ich als Dienstmagd arbeitete, dann müßte ich bei den Leuten wohnen – die sehr unerquicklich sein könnten – und dann wäre ich nicht bei dir und bei *grand-mère.* Und nähen mag ich nicht!«

»Du hast doch auch dein rosa Kleid genäht.«

»Nur, weil es gemacht werden mußte.«

»Eßt jetzt, und hört auf, euch zu zanken, ihr beiden«, sagte Lady Murgatroyd. »Sobald das Wetter besser wird, arbeitet Anna-Marie ja vielleicht lieber auf der Müllhalde. Und abends bringe ich ihr dann Singen und Flötespielen bei. Ich bin sicher, daß sie bald imstande sein wird, mir zu helfen, wenn ich meine

Musikstunden gebe. Und du, Lucas, solltest vielleicht mal dran denken, es mit einer Anstellung bei der ›Blastburn Post‹ zu versuchen, wenn Schreiben wirklich das ist, was dir am besten gefällt. Niemand würde doch weder in Murgatroyds Spinnerei noch in den Kloaken gerne länger arbeiten, als unbedingt nötig. Nur... solange ihr dort seid, lernt halt alles, was ihr lernen könnt!«

»Aber einige Menschen werden immer dort arbeiten müssen«, wandte Anna-Marie ein und nahm sich ein Stückchen Zwiebelkuchen. »Es wird immer Fabriken und Kloaken geben.«

»Gewiß! Dann wird man eben überlegen müssen, wie man sie für die Leute, die dort arbeiten, angenehmer macht.«

Anna-Marie prustete vor Lachen. »Man wird ein Gesetz erlassen müssen, daß *tout le monde* jeden Tag eine Flasche Parfüm in den Abfluß schüttet! Und was die Spinnerei betrifft, so finde ich, es wäre besser, es gäbe überhaupt keine. Ich sehe keine Notwendigkeit dafür, *moi!* Die Leute könnten sich ihre eigenen Teppiche machen, genau wie *grand-mère.*«

»Aber die Fabrik gibt vielen Menschen Arbeit«, sagte Lucas.

»Na ja, dann müssen die eben ihr Geld woanders verdienen, *figure-toi.*«

»Ist es nicht Zeit, daß ihr ins Krankenhaus geht?« fragte Lady Murgatroyd. »Ich hab ein bißchen Pudding und einen Käsekuchen gemacht, den sollt ihr Mr. Oakapple mitnehmen.«

Anna-Marie brannte darauf, Mr. Oakapple wiederzusehen. Sie hatte das Gefühl, nach der Geschichte über ihren Vater und den Hinterhalt würde sie den Lehrer mit ganz neuen Augen sehen. Auf der kurzen Fahrt hügelabwärts erzählte sie Lucas alles, was sie von ihrer Großmutter gehört hatte. Er schien zwar sehr aufmerksam zuzuhören, aber er war sehr schweigsam. Überhaupt war er schon die ganze Zeit ziemlich schweigsam gewesen, seit er nach Hause gekommen war. Anna-Marie hatte den Eindruck, daß ihm etwas auf der Seele lastete; und er schien aus irgendwelchen persönlichen Gründen beschlossen zu haben, es ihr nicht zu erzählen. Auf dem Rückweg würde sie ihn einfach fragen, was los sei, beschloß sie. Es war doch nicht richtig, daß er seine Sorgen nicht mit ihr teilte!

Als sie im Krankenhaus ankamen, wurden sie etwas aus der Fassung gebracht durch die Mitteilung einer weißbehaubten Schwester, daß Mr. Oakapples Bett für einen anderen Patienten benötigt werde.

»Wir wären dankbar, wenn ihr ihn heute schon mit nach Hause nehmen könntet«, sagte die Schwester.

Die Anfrage war zwar höflich formuliert, aber es war klar, daß sie in dieser Sache eigentlich keine Wahl hatten. Als sie die Station erreichten, war Mr. Oakapple auch tatsächlich schon auf, angetan mit einem schlechtsitzenden Anzug aus einer Altkleiderhandlung, den man ihm beschafft hatte. Er hing in einem Stuhl, sah todmüde aus und zitterte so, daß er eigentlich sofort wieder ins Bett gehört hätte.

»Aber ich meine, Sie hätten gesagt, er solle noch zwei Wochen hierbleiben?« protestierte Lucas bei der Schwester.

»Ich weiß, das habe ich, mein Junge, aber es hat in einer der Bergwerkszechen einen schlimmen Stolleneinbruch gegeben, und wir bekommen unentwegt sehr dringende Fälle herein. Wir brauchen jedes Bett, das wir erübrigen können.«

Lucas sah die Notwendigkeit ein, aber er war äußerst besorgt, ob sie wohl imstande sein würden, Mr. Oakapple die nötige Pflege angedeihen zu lassen.

Anna-Marie dagegen war einfach nur erfreut über die Neuigkeit. »*Grand-mère* wird schon wissen, was gut für ihn ist!« flüsterte sie Lucas zu. »Und es ist doch viel, viel schöner, ihn zu Hause zu haben. Außerdem brauchen wir doch dann diese *cochons*, diese Burschen vom Hilfsverein nicht mehr zu bezahlen!«

Langsam, mit vielen Pausen, halfen Sie Mr. Oakapple die

Treppen hinunter und zum Wagen hinaus. Er war qualvoll schwach und rang nach Atem. Ihn in den Wagen und auf den Sitz zu bekommen, war ein langwieriger und schwieriger Prozeß.

»Wo bringt ihr mich hin?« fragte er, als Lucas den Kopf des Pferdes hügelan wandte.

»Wir haben unser Logis in der Stadt verlassen und wohnen jetzt in dem alten Eishaus«, erklärte Lucas.

»Dem Eishaus?« fragte Mr. Oakapple schwach. »Ist das denn komfortabel?« Er klang ziemlich entsetzt bei dieser Aussicht. Kein Wunder, dachte Lucas – wenn er gesund wäre, dann würde er ihren Umzug in das Eishaus als eine praktische Lösung betrachten, aber bei seinem augenblicklichen, geschwächten Zustand war es nur zu verständlich, daß ihm der Gedanke, in einer Art Höhle zu leben, nicht sonderlich behagte.

»Das ist ganz in Ordnung, *monsieur*«, versicherte Anna-Marie ihm. »Wirklich, Sie werden es sehr komfortabel finden, wenn Sie erst mal dort sind.«

»Ich kann mir gar nicht vorstellen, wie ihr überhaupt mit dem Leben zurechtkommt«, meinte Mr. Oakapple mit bekümmerter Stimme und tastete mit einer Hand vorsichtig über seine frisch geheilte Wange. »Wenn ich bloß ein bißchen kräftiger wäre... Wie macht ihr es denn überhaupt mit Geld, ihr beiden? Hat euch Throgmorton überhaupt nicht geholfen?«

»Nein, Sir. Er sagte, Sir Randolph hätte kein Testament hinterlassen, und da wäre sowieso kein Geld zum Vererben. Und die Spinnerei ist verkauft worden, um die Steuerschulden zu bezahlen.«

»Ja, ich verstehe... Ich nehme an, das ganze Geld deines Vaters ist in die Spinnerei gesteckt worden...«

»Aber wir kommen sehr gut zurecht, *monsieur*«, mischte sich Anna-Marie ein. »Ich arbeite in der Spinnerei, und Luc, der ist Trödelfischer in der Kanalisation, und wir verdienen genug

Geld... eine Menge! Sie müssen sich um uns überhaupt keine Sorgen machen. Wir können für Sie sorgen, bis Sie gesund sind, machen Sie sich nur keine Gedanken! Außerdem haben wir eine solche Überraschung für Sie...«

»Warte, Anna-Marie!« warnte Lucas.

Er sah, daß Mr. Oakapple einer neuen Aufregung nicht gewachsen wäre, daß er eher einem Kollaps bedrohlich nahe war. Obgleich die Stute langsam vor sich hintrottete, konnte Lucas sie im Schnee nicht immer um alle holprigen Stellen herumlenken, um ein Durchrütteln des schmerzgeplagten Mannes zu verhindern. Und die Nacht war bitter kalt. Außerdem, dachte Lucas bei sich, war es sicher schon ermüdend genug, wenn man gerade aus dem Krankenhaus kam und sich sogleich wieder mit den Schwierigkeiten der Welt konfrontiert sah.

»Ich glaube nicht, daß Mr. Oakapple noch weiteren Neuigkeiten gewachsen ist, bevor wir ihn neben dem Kaminfeuer sitzen haben«, erklärte er Anna-Marie. »Und dann müßten wir uns jetzt auch wohl wegen des Fußmarsches Gedanken machen.«

Lucas hatte wirklich schon überlegt, ob es nicht vielleicht besser wäre, den langen Umweg durch die Einfahrt zu machen und den Wagen über den Schnee bis ans Eishaus zu fahren. Aber er war sich gar nicht sicher, ob die arme alte Stute imstande war, das Gefährt durch den tiefen Schnee zu ziehen. Es wäre entsetzlich, wenn sie steckenblieben! Und dann war es auch so viel weiter. Mr. Oakapple schlotterte schon jetzt erbärmlich; wenn er sich dabei eine Erkältung holte, würde das seine Genesung noch mehr beeinträchtigen. Also fuhr Lucas, nachdem er diese Alternative durchdacht und verworfen hatte, den Wagen so dicht wie möglich an den Spalt in der Mauer heran.

»So, diese Strecke wird leider mühsam, Sir. Glauben Sie, daß sie etwa zweihundert Meter gehen können?«

»Ich muß ja wohl, nicht wahr?« bemerkte der Lehrer in seiner altvertrauten, trockenen Art. »Wir müssen es bloß langsam angehen lassen. Vielleicht könntet ihr einen Spazierstock für mich finden.«

Lucas suchte ihm einen Stock, dann nahmen Anna-Marie und er jeder einen seiner Arme und halfen ihm über den unebenen Boden. Ihn durch das Dickicht des kleinen Unterholzes zu bugsieren, war außerordentlich schwierig und aufreibend. Lucas kroch neben Mr. Oakapple her und stützte ihn, so gut er konnte, und Anna-Marie ging rückwärts vor ihm her und schob Zweige und Dornenranken aus dem Weg. Glücklicherweise schien der Mond genau auf sie herab. Als nächstes kam die qualvolle Prozedur, ihrem Lehrer durch die Öffnung in der Mauer zu helfen.

»Himmel, was für ein lästiges, nutzloses Wrack ich bin!« sagte er voller Ungeduld über seine Schwäche. »Ich frage mich allmählich, ob ich, wenn ihr mich schließlich in eure Eishöhle geschleppt habt, jemals da wieder rauskomme!«

Es sollte wohl ein Witz sein, aber sehr hoffnungsvoll klang er nicht, was seine Aussichten betraf.

»Ich hab eine gute Idee, *monsieur*«, sagte Anna-Marie, als er schließlich durch die Mauer hindurch war. »Warten Sie hier einen Moment... lehnen Sie sich gegen die Mauer, so... Ich laufe schnell und hole Ihnen *grand-mères* Schaukelstuhl, dann können Sie sich unterwegs immer mal hinsetzen und ausruhen.«

Sie schoß über den Schnee davon.

»Dann habt ihr also ein paar Möbel aus dem Schloß gerettet?« fragte Mr. Oakapple matt erstaunt. »Sagte sie nicht was von *grand mères* Sessel?« Und dann verstummte er, denn draußen vor dem Eishaus tauchten zwei Gestalten auf, die den Stuhl zwischen sich trugen.

»Wer ist das?«

Mr. Oakapple stellte die Frage so leise, daß Lucas kaum seine Stimme vernahm. Und ehe Lucas antworten konnte, war Lady

Murgatroyd schon neben ihm und nahm seinen Arm, um ihn zu stützen.«

»Hier, *monsieur!*« Stolz ließ Anna-Marie den Schaukelstuhl neben ihm in den Schnee plumpsen. »Jetzt setzen Sie sich rasch hin und ruhen Sie sich aus. *Grand-mère* hat Ihnen auch noch eine Stärkung mitgebracht.«

»Das ist aus Kräutern und Honig gemacht«, sagte Lady Murgatroyd, »trinken Sie es, so schnell sie können. Wenn ich gewußt hätte, daß Sie schon heute aus dem Krankenhaus kommen, dann hätten wir Ihnen eine Tragbahre gebaut, um sie hineinzutragen. Es ist wirklich schlimm, daß man Sie dort rausgeworfen hat, wo sie noch so schwach sind. Aber keine Sorge, wenn wir Sie erstmal drinnen haben, dann wollen wir Sie schon aufs beste pflegen!«

»Madame«, stammelte Mr. Oakapple und blickte in ihr Gesicht hinauf.

»Erst wird getrunken«, befahl Lady Murgatroyd und stützte entschlossen seine zitternde Hand, die den kleinen Steinkrug hielt.

Er trank und ruhte sich noch eine Weile aus. Dann kämpfte er sich hoch, und sie halfen ihm über die halbe Strecke bis zum Eishaus. Anna-Marie trug den Stuhl hinterher, er setzte sich wieder ein Weilchen und blickte unverwandt in Lady Murgatroyds Gesicht hinauf. Schließlich schleppte er sich das letzte Stück Weges, und sie halfen ihm ins Haus hinein.

Wieder flitzte Anna-Marie voraus und zog, nachdem sie sich durch einen Blick mit Lady Murgatroyd verständigt hatte, die Schlafpritsche ihrer Großmutter heran, bis sie neben dem Feuer stand. Mr. Oakapple wurde stracks dorthingeführt, und mit einem Stapel zusammengefalteter Teppiche machten sie ihm eine Rückenstütze.

»So«, sagte Anna-Marie und deckte ihn mit einem flauschigen Schaffell zu, »jetzt haben Sie's behaglich, nicht wahr, *monsieur*?

Wie die Hummel in der Rose. Alles, was Sie jetzt noch tun müssen, ist schlafen. Und wenn Sie aufwachen, dann fühlen Sie sich bestimmt schon viel besser.«

»Aber vielleicht sollte er erst noch ein bißchen Suppe essen«, meinte Lady Murgatroyd und setzte einen Topf aufs Feuer. »Ich hatte sie für die Kinder gemacht, wenn sie von dem Besuch bei Ihnen zurückkämen, aber da ist reichlich genug für alle.«

»Madame«, fing Mr. Oakapple wieder an, aber sie sagte: »Ich sehe doch, Sie sind so müde, daß Sie fast ohnmächtig werden. Wirklich, Sie müssen sich zuerst ausruhen. Warten Sie einfach, bis Sie ein bißchen Suppe gegessen haben.«

Es stimmte, der Lehrer war aschfahl, abgesehen von den roten Flecken auf seinem Gesicht und an seinen Händen, wo die Brandwunden langsam verblaßten. Er lehnte sich erschöpft zurück und blickte sich benommen in dem großen, schattenreichen Raum um, und auf seinem Gesicht malte sich wohliges Erstaunen.

Anna-Marie schwirrte umher, schleppte noch mehr Decken heran und einen Holzkeil, den sie unter den Teppichstapel hinter Mr. Oakapple schob, um ihn, wie sie fand, noch bequemer abzustützen; dann brachte sie ein hölzernes Tablett mit einem Teller, Brot, Salz, einem Krug Wasser und einem Löffel, mit dem er seine Suppe essen sollte. Schließlich kauerte sie sich neben ihrer Großmutter auf den Boden und wartete, am Daumen lutschend, daß die Suppe heiß würde. Lady Murgatroyd saß unterdessen ruhig auf einem der Baumstumpfhocker und blickte in die Flammen. Und Lucas zog sich, nachdem er gesehen hatte, daß er im Augenblick nichts Nützliches tun konnte, in eine der Bücherecken zurück und nahm sich ein Buch. Aber lesen tat er nicht.

Endlich verkündete Anna-Marie, die Suppe sei fertig, und sie füllte für jeden eine kleine Schüssel.

»Für Sie, *grand-mère?«*

»Ja, ich nehme ein bißchen, danke, mein Kind. Da sehen Sie,

was für eine brauchbare Helferin ich bekommen habe«, sagte Lady Murgatroyd und lächelte Mr. Oakapple an.

Durch die Suppe hatte er wieder ein wenig Farbe bekommen. Er fragte: »*Madame*, wie lange leben Sie schon hier? Im Park Mitternacht?«

»Länger als Sie«, erwiderte sie heiter. »Es mögen wohl inzwischen schon zehn Jahre sein. Ich kann mich noch erinnern, wie Sie kamen. Ja, ich habe eine ganze Menge gesehen von meiner Eremitage aus! Aber eins wußte ich nicht, nämlich, daß der Hauslehrer, der hierherkam, um sich um Sir Randolphs Mündel zu kümmern, eben jener Julian Oakapple war, der meinem armen Denny ein so treu ergebener Freund gewesen ist.«

Sie stand auf, trat zu ihm und nahm seine verletzte Hand in ihre beiden Hände. »Ich weiß, was Sie für ihn getan haben«, sagte sie schlicht. »Ich weiß, Ihre Hand wurde verletzt, die Hand, mit der sie ihn vor einem Schwertstreich bewahrten. Tom Grenvile hat es mir erzählt, bevor er starb.« Sie blickte auf die Hand mit dem Handschuh hinab. »Sie waren Geiger, nicht wahr? Ich erinnere mich, Denny erzählte von Ihrer vielversprechenden Begabung. Es muß furchtbar schwer gewesen sein, das zu verwinden. Und Sie waren noch so jung.«

»Ja«, sagte er, »es war schwer. Aber nicht so schwer, wie zu glauben, daß er gestorben wäre, als das Schiff unterging.«

»Was haben Sie damals gemacht, nachdem es Ihnen besser ging?« fragte sie.

»Oh... meine Eltern schickten mich in die Schule zurück, sobald meine Hand verheilt war. Sie waren nicht hart zu mir; sie sagten mir, die Verstümmelung meiner Hand sei ein Gottesurteil. Aber ich konnte ja noch singen, und ich lernte alles, was man mir auf der Schule beibringen konnte. Und dann unterrichtete ich selber. Ich wollte nicht aus diesem Teil des Landes fort, weil ich irgendwie noch immer die schwache Hoffnung hegte, daß Sir Denzil vielleicht nicht wirklich tot wäre und daß womöglich eines Tages ein Wunder geschähe und die Dinge richtiggestellt würden, so daß er zurückkommen könne... Sind Sie auch deshalb hiergeblieben, Lady Murgatroyd?«

»Zum Teil«, sagte sie. »Aber auch, weil... Ja, wenn die Menschen fortgegangen sind, und man ist alt, dann hängt man an einem Ort... Aber dann, was haben Sie dann gemacht?«

»Dann«, sagte er zögernd, »geschah etwas Seltsames. Das war vor etwa fünf Jahren. Da war ich in Blastburn, und ich hörte unten bei den Docks einen Matrosen singen. Es war ein Lied, das ich sehr gut kannte... eins, das Sir Denzil eigens für mich verfaßt hatte. Ich dachte, niemand außer mir kenne es. So fragte ich den Mann, wo er es gelernt habe, und er sagte, von einem Engländer, der in einer Schule in Dieppe unterrichtete.«

»Dieppe!« rief Anna-Marie, die der Unterhaltung gespannt gelauscht hatte, dazwischen, »ja, wir haben eine Weile in Dieppe gewohnt, bevor wir nach Calais zogen. Papa wollte England immer so nahe wie möglich sein.«

»Oh, mein armer Sohn«, sagte Lady Murgatroyd leise zu sich.

»So reiste ich denn nach Dieppe«, sagte Mr. Oakapple. »Und fragte überall. Und die Leute sagten, ja, ein Engländer habe hier gelebt, aber er hatte geheiratet und war weggezogen. Niemand wußte, wohin. Ich bin umhergereist und habe ihn gesucht, aber ich konnte nicht herausfinden, wohin er gegangen war. Drei Jahre blieb ich in Frankreich, unterrichtete Englisch und zog suchend umher...«

»Deshalb sprechen Sie so gut Französisch, *monsieur*...«

»Und dann wurde meine Mutter krank. Sie war einsam und schrieb ›Komm zurück!‹ So kam ich zuruck. Und dann, nicht lange nachdem sie gestorben war, las ich in der ›Blastburn Post‹, daß der verwaiste Sohn von Sir Randolphs Teilhaber jetzt wieder im Schloß lebte. Ich hatte damals gerade keine Arbeit, weil ich meine Mutter gepflegt hatte, so bewarb ich mich denn um die Stelle des Hauslehrers.«

»Warum taten Sie das?« fragte Lady Murgatroyd.

Mr. Oakapple blickte ins Feuer. »Ein Grund war, daß ich hierher zurückkommen wollte«, sagte er dann. »Denn hier habe ich Ihren Sohn – Sir Denzil – doch kennengelernt. Es war bei einem Mittsommerfest im Park... Ich war neun, ich war mit meiner Musikschule gekommen und spielte auf meiner Geige... Es gab Erdbeeren mit Sahne«, sagte er lächelnd, »und Sie haben die Preise verteilt, in einem weißen Kleid, Lady Murgatroyd. Und Sir Denzil war auch da – nach Haus gekommen aus dem College –, und er sagte, ich spiele wie ein Engel, und immer, wenn er ein Fest gäbe, müsse ich kommen und für ihn spielen. Und wenn er erst mit dem College fertig sei und sein eigenes Haus hätte, dann sollte ich kommen und sein Hofmusikant sein und immer für ihn spielen.«

»Ich erinnere mich noch an diese Feste«, sagte Lady Murgatroyd. »Wir gaben jeden Sommer drei oder vier... bevor Denny sich mit seinem Vater überwarf. Wir veranstalteten Wettkämpfe im Bogenschießen, und es wurde ein Ochse am Spieß gebraten. Aber an dieses eine bestimmte entsinne ich mich nicht. Was hatten Sie noch für Gründe, hierher zurückzukommen?«

Mr. Oakapple starrte weiter ins Feuer. »Oh, zuerst war ich wild entschlossen, Sir Randolph umzubringen. Ich konnte nicht einsehen, daß es einem Menschen, der so viel Böses getan hatte, erlaubt sein sollte, am Leben zu bleiben. Aber als ich dann sah, was für eine arme, kranke Kreatur er war, da dachte ich nur noch daran, daß ich ihn womöglich überreden könnte, seinen Betrug bei der Wette, durch die er das Schloß gewonnen hatte, einzugestehen. Oder daß ich ihn wenigstens überreden könnte, Ihrem Sohn das Schloß zu vermachen, wenn er sein Testament aufsetzte. Aber weder das eine noch das andere ist mir gelungen... Und dann kam ein Brief von einer Frau in Calais, in welchem stand, daß Sir Denzil gestorben sei und sie seine kleine Tochter bei sich habe. Gut, dachte ich bei mir, dann ist dies der Grund, weshalb ich hergekommen bin. Und ohne Sir Randolph etwas zu sagen, schrieb ich der Frau, sie möge Anna-Marie herschicken.«

»Oh, ich bin ja so glücklich, daß Sie das getan haben, Mister Ookapool!« sagte Anna-Marie. »Denken Sie nur, wenn Sie es nicht getan hätten, dann wäre ich nie meiner *grand-mère* begegnet, oder Luc, oder Ihnen. Dafür gebe ich Ihnen jetzt einen Kuß!« Und sie ging hin und tat es, aber vorsichtig und aufs Ohr, wo es ihm nicht weh tun konnte. »Aber es ist so traurig, daß Sie nach Dieppe gefahren sind und nicht nach Calais, wo wir die ganze Zeit waren!«

»Ja, das ist traurig«, fand auch Mr. Oakapple.

»Erzählen Sie mir, Monsieur, was war das für ein Lied, das Sie den Matrosen singen hörten?«

»Es hieß ›Erwart mich auf Mitternacht‹.«

»O ja, das kenne ich. Papa hat es mir manchmal vorgesungen. Es ging so:

›Erwart mich auf Mitternacht
an Tausendschöns Hort
denn Mitternacht ist kein Augenblick,
Mitternacht ist ein Ort‹...«

Mühelos sang sie die Worte. Mr. Oakapples Kopf fuhr in die Höhe, sobald er ihre Stimme vernahm. Lady Murgatroyd begegnete seinem Blick über Anna-Maries Kopf hinweg, und sie nickte. Aber sie sagte nur: »Es ist spät, Mr. Oakapple... oder vielleicht erlauben Sie mir, Sie Julian zu nennen? Schließlich waren Sie ja meines Sohnes Freund. Ich meine, Sie sollten jetzt schlafen. Und diese Kinder müssen morgen früh an ihre Arbeit. Wir haben ja noch genügend Zeit für uns.«

Sie gingen zu Bett.

Lady Murgatroyd richtete sich in Anna-Maries Zimmer ein

Nachtlager und überließ ihr Bett Mr. Oakapple. »Morgen machen wir den leeren Raum für Julian zurecht«, sagte sie. »Wirklich, allmählich werden wir ein respektabler Hausstand!«

»Menschen, ein Hund, eine Katze, ein Vogel und ein Baby«, sagte Anna-Marie. »Alles, was noch fehlt, ist ein Fisch.«

Als sie im Bett lag, meinte sie schläfrig: »Morgen müssen Sie Monsieur Ookapool ihre Stimmgabel zeigen, *grand-mère*. Ich glaube, das wird ihn freuen.«

Lucas, der den ganzen Abend über sehr still gewesen war, ging auch schweigsam zu Bett, kaum, daß er jedem knapp eine gute Nacht gewünscht hatte.

Er war entsetzlich unglücklich.

Erstens fand er die Geschichte von Sir Denzil schier unerträglich traurig. Zweitens – obwohl er sich dafür schämte – wurmte ihn das unbestimmte Gefühl, daß zwischen den drei anderen – Lady Murgatroyd, Anna-Marie und Mr. Oakapple – eine unsichtbare Verbindung bestand, in die er nicht einbezogen war; er stand irgendwie außerhalb ihres Kreises. Und drittens bedrückte ihn eine ganz persönliche Sorge, die mit Mr. Gudgeons zunehmend sonderbarem Verhalten zusammenhing. Aber es gab schließlich keinen Grund, es den anderen gegenüber zu erwähnen; es hatte ja nichts mit ihnen zu tun.

Mr. Oakapple brauchte etliche Wochen, um sich von dem Rückfall zu erholen, den er sich durch das abrupte Aufstehen und den strapaziösen Abtransport aus dem Krankenhaus zugezogen hatte. Er fieberte, hatte ständig leichte Schmerzen und schlief die meiste Zeit.

»Das war zu erwarten«, sagte Lady Murgatroyd. »Aber das ist kein Grund zur Sorge. Er besitzt eine starke Konstitution, und mein Tee aus Gänsefingerkraut hilft ihm auch. Und dann habe ich auch noch etwas Mandelöl, damit werden wir ihn einreiben; das dämpft die Entzündung und hilft seiner Haut, schnell zu heilen. Alles, was er sonst im Augenblick braucht, ist gute, nahrhafte Brühe, Milch und Eier. Ihn zu füttern oder Bet zu füttern... da besteht eigentlich gar kein großer Unterschied.«

»Ach, Sie allein sind schon solche Wohltat für ihn, *grand-mère*«, sagte Anna-Marie. »Wirklich, ich glaube nicht, daß Luc und ich es ganz allein geschafft hätten, ihn richtig gut zu pflegen.«

Anna-Marie hatte sich ohne größere Schwierigkeiten auf das Leben im Kämmereischuppen eingestellt. Ihre Beschäftigung war zwar ein wenig einsam, aber sie hatte sich mit anderen Zinkenreinigern angefreundet, die sie während der Essenspausen traf. Denen hatte sie ein paar Lieder beigebracht, die sie sich ausgedacht hatte, um den Rhythmus der monotonen Arbeit ein wenig zu beleben. Eins davon hatte eine besonders einschmeichelnde Melodie und war alsbald überall in der Spinnerei zu hören:

»Zinken steigen, Zinken fallen,
den lieben langen Tag.
Für eine Elle woll'nen Stoffs,
Wer den wohl mag?
Eine Lady, launisch gar,
Eine Großmutter mit grauem Haar
wird sagen: ›Was ist denn das?!
Bloß weg damit, es macht mich blaß!‹«

Die hölzerne Zange, die Anna-Marie und ihre Großmutter zusammengebastelt hatten, erwies sich als äußerst sinnreich. Anna-Marie stellte nicht nur fest, daß sie das Abschürfen der Finger vermeiden konnte, indem sie sie benutzte, sondern daß sie damit außerdem die Zinken beträchtlich schneller säuberte und sich so, wenn sie am Ende der Reihe angelangt war, ein paar Minuten zum Verschnaufen herausschinden konnte, anstatt ständig in Hetze und meist sogar ein wenig in Verzug zu sein.

»He, das is ja 'ne meisterhafte Erfindung!« rief Rose aus, als sie vorbeikam und es sah. »Aber wenn du schlau bist, versteckste das lieber, wenn Bob Bludward in der Nähe is.«

»Warum?« fragte Anna-Marie widerborstig. »Was geht es ihn an, wie ich meine Arbeit mache, solange sie ordentlich erledigt wird? Er ist doch nicht mein Vorarbeiter.«

»Warum? Weil du es damit besser und schneller machst als alle anderen... du kriegst ja eine Reihe glatt in fünf Minuten sauber statt in acht. Wenn der Vorsteher das rauskriegt, denn stellt er womöglich sämtliche Zinkenreihen auf 'ne schnellere Bewegung ein, und das is dann verdammt hart für die anderen Zinkenreiniger.«

»Dann soll man doch einfach für alle andern auch solche Zangen anfertigen lassen«, entgegnete Anna-Marie.

»Denkste! Die sagen bestimmt, die Leute sollen sich die Dinger selbst machen, so wie du's gemacht hast. Wenn man nich dieser Bob Bludward frech hingeht und dem Vorsteher einredet, daß er die Zange erfunden hätt'... Denn kriegt er nämlich für die Erfindung bezahlt, und die übernehmen sie vielleicht.«

»Aber er hat sie ja nicht erfunden«, sagte Anna-Marie.

»Du hast noch nicht kapiert, wie das hier läuft, meine Kleine«, meinte Rose, »daß nämlich Bob Bludward der einzige ist, der in dem Laden hier neue Erfindungen machen darf.«

Während der nächsten Wochen wurde Lucas immer schweigsamer und in sich gekehrter. Anna-Marie merkte es mit Sorge und fragte ihn, was ihn bedrücke, aber er sagte nur, es sei nichts, das man ändern könne. »Was glauben Sie, was mit ihm los ist, *grand-mère?*« fragte Anna-Marie ihre Großmutter.

»Ich glaube, es ist etwas, das mit seiner Arbeit zu tun hat«, meinte Lady Murgatroyd. »Aber es hat keinen Zweck, ihn zum Reden zu drängen, man muß warten, bis er selbst mit der Sprache herauskommt.«

Und Anna-Marie machte sich weiter Sorgen um ihn.

Eines Abends blieb Lucas ungewöhnlich lange aus.

Mr. Oakapple ging es an diesem Tag erheblich besser. Gegen Abend durfte er aufstehen und sich in den Schaukelstuhl setzen, er war schon fast wieder der alte. Lady Murgatroyd und er hatten ein langes, glückliches Gespräch über Sir Denzil geführt.

Wie seltsam es doch war, dachte Anna-Marie, während sie die kleine Bet in ihre Wiege legte und ihr ein hölzernes Spielzeug gab, das Lucas für sie geschnitzt hatte – denn in sein Buch schrieb er seit kurzem wenig –, wie seltsam, daß *grand-mère* und Monsieur Oakapple unabhängig voneinander ein und denselben Menschen so gern gehabt hatten, auf so unterschiedliche Weise, und sich dabei doch gar nicht gekannt hatten. Ich hatte ihn auch gern, dachte sie, er war ja mein Papa, ich hatte ihn am liebsten! Aber es ist so schrecklich, daß sie die ganze Zeit um ihn getrauert haben und nicht wußten, daß er am Leben war – das ist sehr traurig! Papa muß nicht gewußt haben, daß der arme Monsieur Oakapple so schwer verwundet worden war, sonst hätte er bestimmt alles darangesetzt, irgendwie zu erfahren, ob es ihm wieder besser ginge. Ich weiß, Papa hatte ihn sehr gern. Ich erinnere mich noch, wie er mir immer von einem Jungen erzählte, den er kannte und der seine Lieder so schön sang. Das muß *Monsieur Oakapple* gewesen sein. Irgendwann einmal muß ich ihm davon erzählen, vielleicht freut es ihn.

Jetzt sprachen sie über Sir Randolph.

»Ich war immer überzeugt, daß er bei der Wette irgendwie betrogen haben mußte«, sagte Lady Murgatroyd. »Ich war damals nicht zu Hause, ich besuchte meinen Vetter Gus Holdernesse in London. Aber mein Mann hatte einen Lieblingshund, einen Retriever namens Treu, der schlief immer in seinem Schlafzimmer. Gabriel Towzer, der damals unser Butler war, erzählte mir, daß Treu niemals bellte, außer wenn Denzil kam. Aber ich bin doch sicher, wenn ein Fremder in Quincys Zimmer gekommen wäre, dann hätte er bestimmt gebellt.«

»Wie glauben Sie denn, könnte Sir Randolph betrogen haben, Madam? Und wenn Sie davon so überzeugt waren, warum haben Sie nichts unternommen, die Angelegenheit untersuchen zu lassen?«

»Ach, wozu?« erwiderte Lady Murgatroyd schlicht. »Mein Mann war tot, mein Sohn war tot... jedenfalls glaubte ich das doch. Und es gab ja in meinem früheren Leben so eine Menge lästiger und konventioneller Pflichten, denen ich nur zu gern entsagte. Ich bin seither immer vollauf zufrieden gewesen – gewiß viel mehr als Sir Randolph, da bin ich sicher. Dessen Leben war von Anfang bis Ende verpfuscht. Der einzige Mensch, der aus ihm etwas hätte machen können, war Mary Dunnithorne, und die weigerte sich – was nicht verwunderlich war –, ihn zu heiraten, als er sie fragte. Sie heiratete statt dessen Lucas' Vater.«

Anna-Marie war nicht interessiert an Sir Randolph. Sie fand, man sollte ihn besser vergessen. »Haben Sie Monsieur Ookapool von Händels Stimmgabel erzählt, *grand-mère?*« fragte sie.

Lady Murgatroyd hatte es nicht, und die Stimmgabel wurde geholt. Mr. Oakapple war davon fasziniert; er hielt sie lange Zeit in den Händen und drehte und wendete sie nach allen Seiten.

Lady Murgatroyd hatte auch ihre Querflöte hervorgeholt und ebenso ein paar Blockflöten. Sie verbrachten eine anregende Stunde mit Singen und Musizieren. Es stellte sich heraus, daß Anna-Marie eine natürliche Begabung besaß, sich auf beiden Instrumenten rein nach dem Gehör durch eine Melodie hindurchzutasten. Bet war wie verzaubert von all dieser musikalischen Aktivität; sie schaute zu und strahlte und verhielt sich mucksmäuschenstill, eine ganze Stunde lang.

Aber dann auf einmal begann Anna-Marie, ziemlich viele falsche Töne zu spielen.

»Du wirst müde, *ma petite*«, sagte ihre Großmutter. »Wir hören wohl lieber auf.«

»Nein, das ist es nicht«, sagte Anna-Marie. »Aber, *grand-mère*, ich mache mir solche Sorgen um Luc. Er ist sonst noch nie so spät gekommen. Was kann da wohl los sein?«

»Ich glaube, der wird schon kommen«, beruhigte Lady Murgatroyd sie. »Ich habe ihn gebeten, mir ein bißchen Kampferöl zu kaufen. Vielleicht ist er auf dem Mark herumgelaufen und ist dadurch aufgehalten worden.«

Aber die Zeit verging, und Lucas kam nicht. Anna-Marie wurde allmählich so unruhig, daß sie nicht mehr stillsitzen konnte. Sie lief in dem großen, unordentlichen Raum umher, ging in Lucas' Zimmer, kam wieder zurück... Etliche Male trat sie vor die Eingangstür und blickte nach draußen, um zu sehen, ob er nicht durch den Park käme, aber es schneite schon wieder, und es war nichts zu sehen.

»Lucas ist so vernünftig«, sagte Lady Murgatroyd, »es sähe ihm gar nicht ähnlich, daß er in irgendwelche Schwierigkeiten gerät.«

»Aber, *grand-mère*, diese Kloake ist so ein entsetzlicher Aufenthalt! Ich weiß, daß er sie haßt, obgleich er darauf besteht, weiterhin dort zu arbeiten. Und dann gefällt mir auch dieser Gudgeon, mit dem er zusammenarbeitet, ganz und gar nicht. Ach, wie ich wünschte, daß er käme!«

Eine weitere halbe Stunde ging vorüber. Schließlich konnte Anna-Marie die Passivität des Wartens nicht länger ertragen. »Ich gehe jetzt los und suche nach ihm«, erklärte sie.

»Aber wohin willst du gehen, Kind? Gewiß ist es merkwürdig, daß er um diese Zeit noch nicht nach Hause gekommen ist«, gab Lady Murgatroyd zu, die mittlerweile auch sehr besorgt war. »Aber du kannst doch nicht in die Kanalisation hinunter und dort nach ihm suchen – falls er dort noch ist...«

»Nein, aber ich kann den anderen Männern Bescheid sagen. Irgend etwas muß ich tun!« sagte Anna-Marie und rang in ihrer Angst und Not die Hände. »Ich fühle doch, daß Luc irgend etwas Schlimmes zugestoßen ist... ich fühle es hier...« Und sie preßte die Faust gegen ihre Rippen.

»Es ist wirklich sehr ungewöhnlich, daß er sich so verspätet«, meinte auch Mr. Oakapple. »Gewöhnlich ist Lucas ein sehr verläßlicher, pünktlicher Junge. Nie habe ich erlebt, daß er seine Pflichten versäumt oder irgendwie in die Klemme gerät; eher das Gegenteil... statt draußen herumzustrolchen, schreibt er unentwegt in sein braunes Buch.«

»Es ist reichlich spät für Anna-Marie, allein in der Stadt herumzulaufen«, sagte Lady Murgatroyd. »Julian, wenn ich nun mit ihr ginge, glauben Sie, Sie brächten es fertig, ein Auge auf das Baby zu haben?«

Mr. Oakapple wirkte allerdings ein wenig erschrocken bei diesem Ansinnen, aber er meinte sofort, das sei ja wohl das wenigste, was er tun könne zum Ausgleich für die Pflege und Gastlichkeit, die ihm hier zuteil werde.

»Ich glaube bestimmt, sie schläft bald ein«, beruhigte Lady Murgatroyd ihn. »Und schließlich... alles, was Sie tun müssen, um sie bei Laune zu halten, ist, ihr was vorzusingen.«

»Gut, ich werde mein Bestes tun, Madam. Wenn ich doch bloß eine Geige hätte und auch drauf spielen könnte« seufzte er leise.

Lady Murgatroyd, die eben dabei war, sich in ihr dickes, blaues Cape aus selbstgewebtem Stoff zu hüllen, hielt in der Bewegung inne.

»Haben Sie eigentlich schon mal dran gedacht, die Geige linkshändig zu spielen?« fragte sie. »Es gibt Leute, die das tun, wissen Sie. Ich meine, wir sollten irgendein altes Instrument zum Üben für Sie ausfindig machen. Wenn man in einem Orchester spielt, mag das vielleicht ziemlich lästig sein, aber das ist wohl auch nicht Ihr dringendster Wunsch, nicht wahr?«

Mr. Oakapple starrte sie an. Er machte den Mund auf, aber er brachte kein Wort heraus.

»Schließlich wäre es an der Zeit, daß Sie wieder zu spielen anfangen«, fuhr Lady Murgatroyd bedächtig fort. »Bist du fertig, *ma petite-fille?* Gut, dann laß uns gehen.«

Sie gingen in das abendliche Schneetreiben hinaus und ließen einen stummen Mr. Oakapple zurück, der gedankenvoll seine beiden Hände anstarrte.

»Wo möchtest du zuerst hingehen?« fragte Lady Murgatroyd ihre Enkeltochter, als sie hügelabwärts nach Blastburn hinuntergingen.

»Zuerst möchte ich zum Marktplatz gehen und sehen, ob *Monsieur 'Obday* noch an seinem Stand ist. Der könnte wissen, ob Luc und dieser Gudgeon am Ende des Tages aus der Kloake gekommen sind.«

»Gute Idee«, pflichtete Lady Murgatroyd ihr bei. Also gingen sie zur Markthalle und steuerten auf Mr. Hobdays Stand zu. Anna-Marie stellte staunend fest, daß anscheinend eine Menge Leute ihre Großmutter kannten. Entweder hatte sie ihnen Musikstunden gegeben oder ihnen auf andere Art geholfen. Sie wurde mit viel Wohlwollen und Artigkeit als Madame Minetti gegrüßt. Ein alter Mann humpelte heran und bedankte sich dafür, daß sie für ihn einen Brief an seinen Sohn in Wales geschrieben hatte. Der Junge hatte zurückgeschrieben, und nun war alles in Ordnung. Eine Frau kam, um zu sagen, daß durch Madams Medizin die Anfälle ihres Babys aufgehört hätten. Und ein anderer Mann dankte ihr für die Hilfe in bezug auf jemanden, der Old Nye hieß.

»Diese Kreatur ist reinweg wie ausgewechselt, Madam. Ich weiß gar nicht, was Sie mit dem gemacht haben – verhext müssen Sie ihn haben! Friedlich wie'n Baby, und arbeitet zwölf Stunden den Tag!«

»Was für eine Menge Leute Sie kennen, *grand-mère!*«

»Ja, es ist komisch«, meinte Lady Murgatroyd, »seit ich im Eishaus lebe, habe ich viel mehr Freunde als früher, als ich noch im Schloß wohnte und doch so viele Feste gab.«

»Wer war denn Old Nye, *grand-maman?«*

»Das war ein Esel – ein nicht zu bändigendes, störrisches Vieh« erklärte Lady Murgatroyd lachend.

»Und was haben Sie mit ihm gemacht?«

»Hab ihm in die Nüstern gepustet, das ist ein gutes Mittel, sich mit Tieren anzufreunden.«

»Ob das wohl auch bei Menschen nützen würde? Haben Sie das auch bei Redgauntlet getan? Der ist jetzt so viel netter als früher. Sonst hat er immer geknurrt und nach mir geschnappt, wenn er mich sah.«

»Na ja, das arme Ding hatte wohl auch einen sehr unausstehlichen Herrn. Ich vermute, er findet sein Leben jetzt weit vergnüglicher, wo er notgedrungen rauslaufen und sich sein Fressen im Park selber fangen muß.«

Glücklicherweise war Mr. Hobday noch in seinem Verkaufsstand. Er räumte auf und zog eben für die Nacht die Klappläden herunter.

»Monsieur 'Obday, Monsieur 'Obday«, rief Anna-Marie und rannte auf ihn zu. »Haben Sie meinen Freund Luc gesehen, *ou ce vieux Gudgeon?* Luc ist noch nicht zum Abendessen nach Hause gekommen, und wir machen uns solche Sorgen um ihn!«

Mr. Hobday hielt bei seiner Tätigkeit inne. Ein argwöhnischer Ausdruck erschien auf seinem Gesicht, obwohl er sofort mit übertriebener Herzlichkeit drauflosredete. »Hallo, da ist ja die junge Dame. Hab dich ja hier schon seit zwei, drei Wochen nicht mehr gesehen. Das Zigarrengeschäft läuft wohl in der letzten Zeit nicht mehr so gut?«

»Nein... Ich arbeite jetzt in Murgatroyds Fabrik«, erklärte Anna-Marie knapp. »Aber Monsieur, wegen Luc... Haben Sie ihn gesehen?«

»Na ja, er war heute morgen hier, zur gewohnten Zeit. Aber abends seh ich ihn ja nie, weißt du... Er gibt sein Zeug dem alten Gudgeon und geht dann direkt nach Hause.«

»Gut, aber haben Sie Gudgeon gesehen?«

»Nee, der geht auch direkt nach Hause. Aber ich sehe ihn morgen früh, kleine Dame.«

»Morgen früh, das interessiert mich nicht«, erwiderte Anna-Marie ungeduldig. »Wo wohnt er, dieser Gudgeon? Wir werden zu ihm nach Hause gehen und ihn fragen, wann er Luc zuletzt gesehen hat.«

Ein tieferer Schatten argwöhnischen Unbehagens huschte über Mr. Hobdays Gesicht. Er hantierte hektisch in seinen Sachen herum, nahm Dinge in die Hand, stellte sie wieder hin... »Ach, das würde ich lieber nicht tun, kleines Fräulein«, sagte er, ohne Anna-Marie anzusehen, »das is 'n komischer alter Vogel, der olle Gudgeon. Könnte irgendwie unangenehm werden, wenn man ankommt und ihn belästigt, könnte dir womöglich 'n Schrecken einjagen.«

»Trotzdem, ich glaube, wir gehen doch lieber zu ihm«, sagte Lady Murgatroyd.

Mr. Hobday hatte nicht bemerkt, daß Anna-Marie in Begleitung war, denn Lady Murgatroyd hatte ein Stück hinter ihr im Schatten gestanden. Er fuhr heftig zusammen und ließ einen Porzellankrug fallen, den er in der Hand gehabt hatte. Der Krug zerbrach.

»Ich glaube, Sie sollten uns einfach die Adresse von diesem Gudgeon sagen«, sagte Lady Murgatroyd ruhig.

»J...ja, Madam. Der haust in 'nem alten Kahn unten am Springwasserfluß, am Uferweg. Da liegt nur das eine Boot, Sie können's nicht verfehlen.«

»Vielen Dank. Wir gehen gleich mal hin«, sagte Lady Murgatroyd, und sie gingen fort. Mr. Hobday starrte ihnen nach, und über seine hageren Wangen liefen Schweißtropfen, obgleich es ein kalter Abend war.

»*Grand-mère*«, sagte Anna-Marie, als sie weggingen, »ich glaube, der Uferweg ist ein schrecklich dunkler, schmutziger

Weg, unten am Fluß entlang... es wäre gut, wenn wir uns zwei Fackeln kauften zum Mitnehmen. Die können wir hier drüben bekommen.«

Und sie trat an einen Stand mit Lampenöl und Kerzen, wo man auch Artikel feilbot, die sich ›Ratten‹ nannten – Bündel aus Reisern oder Papierfetzen, die mit Teer getränkt und zu Stäben zusammengeschnürt waren; davon kaufte Anna-Marie zwei Stück für je zwei Pennys. Dann gingen sie eilig davon in Richtung Uferweg – durch Straßen, die immer dunkler und schmutziger wurden, bis sie sich schließlich in einem schmalen, engen Hohlweg wiederfanden, in dem es stockfinster gewesen wäre, wenn sie sich nicht von einem Nachtwächter, der am Färberkai eine Ladung Felle bewachte, Feuer für ihre Fackeln erbeten hätten.

»Du scheinst dich in diesem Teil der Stadt ziemlich gut auszukennen?« meinte Lady Murgatroyd.

»O ja. Als ich noch meine Zigarrenstummel sammelte und die Jungens mich nicht mehr in den großen Straßen suchen lassen wollten, da bin ich eben überall herumgelaufen – *partout*. Aber hier hab ich nie viele gefunden«, sagte Anna-Marie.

»Ja, aber für uns ist es ein Glück, daß du schon hier warst, sonst hätten wir uns bestimmt schon ein dutzendmal verlaufen.«

Der alte Kahn, in dem Mr. Gudgeon hauste, sah im ersten Moment lediglich wie ein dunkler Höcker am Flußufer aus.

»Wenn er nun nicht zu Hause ist?« meinte Lady Murgatroyd. Aber als sie näher an das Schiff herankamen, sah man trübes Licht durch eines der Bullaugen schimmern. Und sie nahmen einen strengen, fettigen Geruch nach gebratenem Fisch wahr.

Anna-Marie klopfte energisch an die Seitenwand des Kahns. Als sich nichts rührte, hob sie einen Stein auf und klopfte damit härter und lauter. Immer noch keine Antwort aus dem Inneren des Kahns – dabei war es klar, daß jemand drinnen war, denn man hörte Rumoren und Schritte.

»Schön, dann gehen wir wohl besser rein«, sagte Anna-Marie und kletterte auf das Boot. »*Mon dieu*, dieses Schiff riecht ja noch schlimmer als Lucas, wenn er nach Hause kommt und bevor er sich gewaschen hat!«

Es war nicht zu übersehen, daß ein großer Teil der Ausbeute aus der Kloake auf Mr. Gudgeons Kahn verstaut und gestapelt lag, denn es gab kaum noch einen freien Platz an Deck. Lady Murgatroyd kletterte hinter Anna-Marie her. Schließlich fanden sie eine Doppeltür, die in die Kajüte führte, und sie klopften wieder.

Diesmal bestand kein Zweifel, daß sie gehört worden waren, denn das Rumoren drinnen hörte abrupt auf, und es folgte eine lange, argwöhnische Stille.

Anna-Marie klopfte erneut, diesmal mit ihrem Stein.

»Wer is da?« knurrte eine wütende Stimme.

»Machen Sie auf!« rief Anna-Marie.

»Wir wollen mit Ihnen reden«, fügte Lady Murgatroyd hinzu.

Anna-Marie rüttelte an der Tür. Da wurde endlich drinnen der Riegel weggeschoben, und die Tür ging langsam auf. Anna-Marie erkannte die Gestalt, die sich dort gegen das Licht abzeichnete, nur an dem weißen Haar und an der Kloakenausrüstung, Gudgeons Gesicht nämlich war so schmutzig, daß es fast nicht zu sehen war, nicht einmal, als sie mit ihren brennenden Fackeln nähertraten.

»Mr. Gudgeon!« sagte Anna-Marie. »Wir machen uns Sorgen um Luc. Wo ist er? Ist er mit Ihnen zusammen aus der Kloake gekommen?«

Minutenlang antwortete Gudgeon nicht. Schließlich blickte er sie auf sonderbare Weise von der Seite an und murmelte: »Wehe über den, der begehrt, was nicht sein ist.«

»Mr. Gudgeon!« sagte Lady Murgatroyd. »Wo ist der Junge, Lucas, der mit Ihnen zusammenarbeitet?«

»Heuchler sterben in der Jugend, und ihr Leben ist unrein.«

»Mr. Gudgeon – *wo ist Lucas?*«

»Königliche Schätze hab ich gesammelt. Aber nich für'n Appel und 'n Ei.«

»Bitte, Monsieur Gudgeon!« schrie Anna-Marie verzweifelt. »Wollen Sie uns nicht sagen, was mit Lucas passiert ist? Wir haben solche Angst um ihn!«

Da wurde Mr. Gudgeon böse. Wütend schlug er mit der Faust gegen die Tür und brüllte sie an: »Wehe über die, die den Lockungen der Sünde erliegen! Wehe über euch, die ihr reich seid, über euch, die ihr voll seid, über euch, die ihr lacht! Verlasset die Städte und wohnet in den Bergen! Höre dies, du, der du der Sünde des Genusses verfallen bist.«

»Glauben Sie, daß er wahnsinnig ist?« flüsterte Anna-Marie Lady Murgatroyd zu.

»Vielleicht...« Laut sagte sie: »Mr. Gudgeon! Wollen Sie uns bitte eine klare Antwort geben? Wir suchen nach dem Jungen, der mit Ihnen arbeitet. Ist er hier?«

»Ich ward alleingelassen, und ich sah diese große Vision: Das verlassene Kind streckte seine Hand in die Schlangenhöhle, und siehe, das ganze Gezücht stob zügellos herab. Wisse, er trinket aus dem Fluß, und er eilet sich nicht.«

»Oh, mon dieu!« rief Anna-Marie aus. Sie weinte fast. »Wie sollen wir herausfinden, was er meint? Er redet doch nichts wie Unsinn.«

Mr. Gudgeon verschwand einen Augenblick lang in seiner Kajüte, und dann stand er plötzlich wieder da, sah zum Fürchten aus und schwang eine rostige Säge. »Bedränget mich nicht, die Tür ist geschlossen!« schrie er sie an.

Behutsam wichen sie vor ihm zurück.

»Glauben Sie, er hat Luc vielleicht da drinnen bei sich?« flüsterte Anna-Marie.

»Ich meine, wir sollten versuchen nachzusehen.«

Aber es war ein ziemlich bedrohlicher Anblick, wie Mr.

Gudgeon, mit seiner Säge fuchtelnd, auf sie zukam und das Weiße in seinen Augen im Fackellicht aufglomm.

»M... meinen Sie, wir sollten die Gendarmen rufen?« fragte Anna-Marie mit klappernden Zähnen. *»J'ai peur, moi!«*

»Ja, ich glaube, das müssen wir. Er benimmt sich wirklich sehr merkwürdig. Und was er da sagt, das hört sich an, als könnte es irgendwie mit Lucas zu tun haben.«

Sie kletterten rasch, aber vorsichtig von dem Kahn herunter. Aber zu ihrer Verblüffung sprang auch Gudgeon selbst herunter, stürzte vor ihnen davon, am Flußufer entlang und schrie aus vollem Halse: »Bist du eingegangen zu den Schätzen des Schnees? Oder hast du die Schätze des Hagels gesehen? Ich wasche mich im Schneewasser und mache meine Hände rein, denn ich habe den Löwen erschlagen in einer Grube, an einem Tag voller Schnee!«

Schreiend und die Säge schwingend verschwand er in der Dunkelheit.

»Ich muß gestehen«, meinte Lady Murgatroyd, »dies alles gefällt mir ganz und gar nicht. Immerhin ist jetzt ein günstiger Moment gekommen, das Innere seines Kahns zu inspizieren. Sieh du dich dort mal rasch um, mein Kind, während ich hier Wache halte für den Fall, daß er sich anders besinnt und zurückkommt.«

So kletterte Anna-Marie wieder an Bord und bahnte sich zitternd, aber entschlossen, ihren Weg in die verräucherte Kajüte, die einzig durch ein Feuer erhellt war, das in einer Kohlenpfanne brannte. Sie hielt die Fackel in die Höhe und sah sich um. Der Gestank hier drinnen war so beklemmend, daß er sich wie ein erstickender Pelz auf einen legte. Ganz offensichtlich säuberte Mr. Gudgeon weder sich selbst noch seine Behausung jemals. Knochen, Brotkrusten, halb gegessene Karotten lagen verstreut zwischen den schmierigen, unappetitlichen ›Schätzen‹, die Mr. Hobday entweder zurückgewiesen oder nie gesehen hatte. Das

Innere der Kajüte war so grauenhaft schmutzig, daß Anna-Marie es – ganz abgesehen von der Furcht, Gudgeon könne zurückkommen – gerade fünfzig Sekunden lang darin aushielt.

Von Lucas keine Spur.

»*Il n'est pas là*«, berichtete sie, als sie vom Boot sprang.

»Gut, das ist immerhin ein Trost«, sagte Lady Murgatroyd. »Ich fürchtete nämlich allmählich schon, daß der arme Wahnsinnige Lucas da drinnen gefesselt hätte oder ihn fürs Frühstück in Scheiben schneiden wollte.«

»Was meinen Sie, sollen wir jetzt tun?«

»Ich denke, wir verfolgen ihn mal ein Stück Wegs, wenn wir können, um zu sehen, wo er hingeht.«

»Gut«, sagte Anna-Marie, »das finde ich auch. Und Luc hat mir auch erzählt, daß der Eingang in die Kanalisation irgendwo hier an diesem Ufer liegt. Wenn... wenn es nötig ist...« sagte sie und biß dabei die Zähne zusammen, um sie am Klappern zu hindern, »dann könnten wir dort hineingehen und nach Luc suchen. Gut, daß wir unsere Fackeln haben.«

Schritt für Schritt gingen sie den schlüpfrigen Uferstreifen entlang, auf dem der dicht fallende Schnee nicht lange liegenblieb, sondern kontinuierlich eine schmelzende Eiskruste über dem schlammigen Untergrund bildete. Es war schwierig, darauf zu gehen, ohne durchzubrechen. Die Flut hatte eingesetzt. Kleine, sichelförmige Wellen leckten an der Schlammbank unter ihnen. Der Wind blies heftig und ließ Rauch und Flammen ihrer Fackeln vor ihnen herflattern; es sah aus, als trüge er auch ihr Licht mit sich fort.

»Was glauben Sie, wohin Gudgeon gegangen ist?« fragte Anna-Marie sehr leise.

»Er kann überall stecken«, erwiderte Lady Murgatroyd ziemlich hoffnungslos. »Es ist so schwer, durch den Schnee etwas zu sehen... Kein Wunder, daß der arme Lucas in letzter Zeit so mutlos war. Es war bestimmt kein Vergnügen, mit diesem

Gudgeon durch die unterirdischen Kanäle zu patrouillieren. War der schon immer so?«

»Nein, nein, ich glaube, am Anfang war er ganz vernünftig... Oh, was ist das?«

Der Lichtschein ihrer Fackeln hatte flackernd etwas erfaßt, das sich vor ihnen hastig durch das Schneetreiben bewegte – einmal gebückt, dann wieder aufrecht in hektischem, unberechenbarem Zickzackkurs.

»Ich glaube, das ist Gudgeon«, sagte Lady Murgatroyd und hielt die Hand vor die Augen, um sie gegen den Schnee zu schützen. »Ganz bestimmt, denn niemand sonst würde doch bei solchem Wetter hier am Flußufer herumtanzen. Vielleicht sollten wir jetzt lieber in die Stadt hinauflaufen und die Gendarmen holen...«

»Er scheint etwas zu suchen. Ich glaube, er hat uns noch nicht gesehen«, sagte Anna-Marie und biß sich auf die Lippen. »Lassen Sie uns bloß noch sehen, ob er in die Kloake geht. Ich bin sicher, der Eingang muß hier ganz in der Nähe sein. Wenn wir bloß eine Waffe hätten, irgend etwas, um uns zu verteidigen, falls er sich umdreht und uns sieht und *méchant* wird...«

»Ein Stein ist immerhin besser als nichts. Und die gibt es hier ja reichlich.«

Im Weitergehen sammelten sie brauchbare Steine und bewegten sich vorsichtig näher an Gudgeon heran. Im Augenblick konnten sie von ihm nichts weiter sehen als seinen Kopf. Wo er stand, wurde der Uferstreifen von einer tiefen Abflußrinne durchschnitten. In die war er hineingestiegen, und jetzt bückte er sich auch noch, so daß er ihren Blicken völlig entzogen war.

»Das muß der Eingang zur Kanalisation sein... Luc hat gesagt, dort fließt ein kleiner Fluß heraus. Warten Sie hier einen Moment, *grand-mère,* ich schleiche mich hin und sehe nach, was er tut...«

Tief gebückt schlich sich Anna-Marie an den Abhang des Kloakenflusses und spähte hinüber.

»Gib acht!« flüsterte Lady Murgatroyd hinter ihr her, aber bei dem Schneetreiben war die Gefahr, gesehen zu werden, nicht sehr groß.

Anna-Marie kniete auf dem kleinen Wall und spähte mit zusammengekniffenen Augen umher. Plötzlich stieß sie einen Schrei aus: »Oh, *coquin, assassin, monstre!* Aufhören! Lassen Sie ihn los!«

»Was ist los?« fragte Lady Murgatroyd aufgebracht.

Anna-Marie holte mit dem Arm aus und schleuderte den Stein, den sie in der Hand hielt, mit all ihrer Kraft. Von unten ertönte ein dumpfer Aufprall und ein Wutgebrüll. Sie packte einen neuen Stein und kletterte und rutschte über den Hang. Lady Murgatroyd folgte ihr, so schnell sie konnte, und fand das Mädchen am Rande des Wassers über etwas gebeugt, das aussah wie ein Haufen alter Lumpen. Gudgeon, der das Gleichgewicht verloren und hingefallen war, als der Stein ihn traf, kam stolpernd wieder auf die Füße und brabbelte dabei etwas von einem Goldschatz in einer Schweineschnauze vor sich hin. Der Schein von Lady Murgatroyds Fackel fiel auf etwas matt Glänzendes, das auf halber Höhe des Abhangs lag. Es war die Säge, die Gudgeon losgelassen hatte, als er fiel. Geistesgegenwärtig packte Lady Murgatroyd den Griff, ehe er danach greifen konnte, und schleuderte das Ding in den Fluß.

Gudgeon brach in Wehklagen aus. »Meine Hoffnung ist dahin, ich bin verloren. In eine Höhle will ich gehen und dort hausen.«

Wie ein Rasender mit den Armen wedelnd, stürmte er seitlich am Flußbett des stinkenden Rinnsals aufwärts und verschwand unter einem schwarzen Torbogen.

Unterdessen zerrte und zog Anna-Marie verzweifelt an dem verklebten Kleiderhaufen unten am Wasser. »Oh«, schluchzte sie, »wenn er ihn verletzt hat… wenn er ihn umgebracht hat!«

»Ist es Lucas?«

»Ja! Und er ist so kalt! Und ganz voller Schlick und Schmutz! Ich kann nicht mal sehen, ob er Schnittwunden hat oder ob er noch atmet...«

»Gut, bringen wir ihn erst einmal hier vom Wasser weg«, befahl Lady Murgatroyd. »Welch ein Segen, daß wir gerade jetzt gekommen sind, denn keine fünfzehn Minuten, und die Flut hätte ihn weggespült.«

»Ich glaube, dieser Gudgeon – dieses Schwein, dieses Vieh! – wollte ihn gerade ins Wasser stoßen, als ich ihn sah.«

Gemeinsam hoben sie Lucas' leblosen Körper hoch und schleppten ihn an einen höhergelegenen Platz am Uferhang. Dort tastete Lady Murgatroyd behutsam nach seinem Herzschlag und verkündete erleichtert, daß er lebte.

»Er atmet, aber sehr langsam. Und er ist entsetzlich kalt. Ich glaube, wir müssen Hilfe herbeiholen, allein können wir ihn nicht weit tragen. Am besten bleibe ich hier bei ihm, mein Kind, und du rennst los und holst schnell Hilfe. Irgendwo, nicht allzu weit entfernt, sind hier Häuser.«

»Ja, Sie haben recht. Ich bin schnell wie der Blitz!« versprach Anna-Marie und schoß den Abhang hinauf.

Sie hatte nicht zuviel versprochen. Keine sieben Minuten später hörte Lady Murgatroyd sie rufen: »Hier sind wir, *grand-mère!* Ist er noch am Leben?«

Sie rutschte den Hang hinunter, und hinter ihr her ein tatkräftig aussehender junger Mann. »Ich hatte Glück und traf diesen Monsieur nicht weit weg, in der Haddock Street, und er war so gut und kam gleich mit, um uns zu helfen...«

»Ach, armer Kerl! Hat ziemliches Glück gehabt, daß Sie zufällig hier vorbeigekommen sind. Sieht aus wie einer von den Kloakenjungs«, sagte der junge Mann und schob fachmännisch seinen Arm unter Lucas' Schultern, während Anna-Marie und Lady Murgatroyd jede ein Bein packten. »Der hätte die Nacht nicht überstanden, wenn Sie ihn nicht gefunden hätten.«

»Wo sollen wir ihn hinbringen?« keuchte Anna-Marie. »Da ist das Haus von Madam Tetley, dort am Ende der Straße... Aber die wird bestimmt nicht erfreut sein...«

»Nee, das beste is wohl, wir bringen ihn ins Haus meiner Mutter... die wohnt bloß einen Steinwurf von hier«, wandte der Mann ein und führte sie zu einem Haus am anderen Ende der Straße. Dort legte er Lucas sehr behutsam auf den gepflasterten Fußsteig nieder und klopfte an die Tür.

»He, aufmachen, Mutter! Bist du zu Hause?«

»Schon gut, schon gut, kein Grund, die Toten aufzuwecken, Junge!« schrie eine Stimme von drinnen. Die Tür wurde von einer dicken, gutmütig aussehenden Frau aufgerissen, die ihr weißlich-blondes Haar auf Papierlockenwickler aufgedreht hatte. Sie trug eine fleckige Schürze und Filzpantoffeln.

»Was gibt's denn, Davey?«

»Hier ist so'n armer Kerl, halb ertrunken... kannst du ihn aufnehmen und ihn 'n bißchen abrubbeln und aufwärmen?«

»Na, aber sicher... der arme Junge! Bring ihn rein, der Kessel kocht gleich, in einer Minute!«

Sie hievten Lucas erneut in die Höhe und brachten ihn in eine winzige, warme Küche, die von Menschen und Feuerschein vollkommen ausgefüllt zu sein schien. Da es sonst keinen Platz gab, ihn hinzulegen, betteten sie ihn neben den Herd, wo die Mutter des Mannes zuerst vorsorglich ein großes Stück Segeltuch über die Herdmatte gebreitet hatte. Von überallher ertönten erschrockene, mitleidige Ausrufe, hier schien ein Familienfest in vollem Gange. Anna-Marie und ihrer Großmutter wurden sofort Tassen mit heißem Tee angeboten, und mächtige Kuchenstücke, während der junge Mann, der ihnen geholfen hatte, von seiner Mutter geschickt wurde, die Herztropfen aus ihrem Schlafzimmer herunterzuholen.

»Am besten, wir stecken das arme Ding gleich in der Hinterküche in ein Bad mit bißchen Senf drin...«

»Genau das Richtige!« pflichtete Lady Murgatroyd bei. »Wir sind Ihnen sehr, sehr dankbar.«

»He«, rief die dicke Frau und betrachtete Lady Murgatroyd genauer, »wenn das nicht Madame Minetti ist! Wissen Sie nich mehr, Madame, Sie haben doch Jock, meinem Ältesten, dazu verholfen, daß er den Pokal als bester Chorknabe kriegte... der Vielseitigste war er, und all so was! Da drüben steht er bis auf den heutigen Tag!« Sie deutete auf einen großen Messingpokal auf dem Sims des Rauchfangs.

Der Sohn, der hinaufgegangen war, die Herztropfen zu holen, kam wieder, kniete sich neben Lucas und goß ihm eine Dosis davon zwischen die blassen, schlammverschmierten Lippen. Erst jetzt bemerkte Anna-Marie, daß er nur ein Auge hatte. Das andere war mit einer schwarzen Klappe verdeckt. Sein Gesicht kam ihr irgendwie bekannt vor. Wo hatte sie es schon gesehen?

»Das is Madame Minetti, Davey, die wo unserem Jock geholfen hat, den Pokal zu gewinnnen!«

»Jock Scatcherd, natürlich, ich erinnere mich. Hatte einen schönen Diskant. Wo ist er jetzt?« wollte Lady Murgatroyd wissen.

»Matrose hat er werden wollen, Madam... ah, sehen Sie mal, der Junge rührt sich. Großmamas Herztropfen wecken eben selbst 'ne tote Schnecke auf, nachdem sie vierzehn Tage hartgefroren war. Richte ihn mal 'n bißchen auf, Davey, und du, Cathy, hol 'n paar Handtücher, und Lucy, gieß das Wasser in den Bottich, und Percy, du legst da mal 'ne Matte hin, und Tantchen, du stellst den Wandschirm vor die Hintertür, und Polly, hol mal die Scheuerbürste...«

Mitten in dem allgemeinen Aufruhr und dem Getümmel wurde Lucas in die Hinterküche getragen, wo nahezu die halbe Familie über ihn herfiel und ihm die schlammgetränkten Sachen vom Leibe zog, ihn in den hölzernen Waschzuber mit dampfendem Wasser steckte und ihn rubbelte und schrubbte.

»Ach, das arme Kerlchen! Überall zerkratzt und zerschrammt und zerbissen... wette, den haben die Schweine erwischt...«

»Ist er schlimm verletzt?« fragte Lady Murgatroyd ungeduldig, denn es war ganz unmöglich, Lucas über die Phalanx der bemühten Helfer hinweg zu sehen.

»Nee, aber Glück hat er gehabt. Muß gerade noch rechtzeitig den Schweinen entwischt sein. Die meisten, an denen die erstmal knabbern, die brauchen selbst nie mehr keine Mahlzeit nich...«

»Wird er wieder gesund?« fragte Anna-Marie angstvoll.

»Ja doch, Kleine, der wird wieder – so nach und nach. Steif und zerschunden wird er sein, bestimmt für 'ne Woche oder so. War wirklich 'ne gute Sache für ihn, daß ihr grad vorbeigekommen seid... Kennt ihr ihn?«

»Ja, er ist mein Freund, er arbeitet mit diesem Gudgeon zusammen, und ich finde, der ist ein *assassin*...«

»Ach der – Gudgeon«, sagte ein alter Mann in der Ecke, der bisher noch nichts gesagt hatte. »'n richtiger Skandal ist das, wie viele Jungs der und dieser Hobday klammheimlich schon um die Ecke gebracht haben.«

»Ist er schwachsinnig, dieser Gudgeon?« fragte Lady Murgatroyd.

»Richtig geisteskrank wohl nicht... eher so 'n bißchen meschugge. Zeitweise is er ganz vernünftig, und dann wieder schnappt er völlig über... Und das kann ein' ja auch nich wundern, nich? Bei dem unnatürlichen Leben, das er da unten in der Dunkelheit führt, tagein, tagaus...«

»Gewiß, aber das heißt doch nicht, daß man ihn einfach gewähren lassen kann... Sie meinen, jeder weiß hier über ihn Bescheid, und keiner hindert ihn?«

»Na ja, ich nehme an, die Leute denken wohl, das geht sie nichts an...« Dann nahm der alte Mann seine Pfeife aus dem

Mund und fragte: »Was sagst du, wie der Name der Dame war, Marthy?«

»Madame Minetti.«

»Nee, das is keine Madame Minetti nich. Das ist die alte Lady Murgatroyd, wo mir den Fuß geschient hat, damals, als ich von dem Bullen niedergetrampelt worden bin.«

»Ja, stimmt, das hab ich getan«, erinnerte sich Lady Murgatroyd. »Und Sie sind William Scatcherd, der damals oben auf dem Schloß in der Meierei gearbeitet hat und dann wegging, um Bäckerlehrling zu werden.«

»Ich dachte, Sie wären gestorben, Madam, damals, als der alte Sir Quincy starb.«

»Nein, ich bin noch nicht gestorben«, entgegnete Lady Murgatroyd, und alsbald vertieften sie und der alte Mann, der hocherfreut schien, sie wiederzusehen, sich in ein langes Gespräch über die alten Zeiten, als Sir Quincy noch lebte. »Tja, die Zeiten waren besser damals, Madam, ehe dieser Sir Randolph kam, der wo meinen Enkelsohn ins Loch gesteckt hat.«

Scatcherd... dachte Anna-Marie bei sich. Natürlich, das war der einäugige Mann gewesen, der die Rede gehalten hatte, und dann waren die Soldaten angaloppiert gekommen und hatten ihn verhaftet.

»Sind Sie jetzt wieder raus aus dem Gefängnis?« fragte sie ihn, als er sich zufällig neben sie setzte, nachdem er die Herzmedizin aus Schlüsselblumen beiseitegestellt hatte.

»Ja, es gab keine Zeugen gegen mich, nachdem dieser Smallside die Spinnerei verlassen hatte. Von den anderen wollte keiner aussagen. Wir hatten zwar untereinander unsere Kämpfe, aber die sind nie nach draußen gedrungen. Und nachdem Sir Randolph tot war, fanden sie keinen Grund mehr, mich festzuhalten.«

»Und werden Sie in die Spinnerei zurückgehen?«

»Denk schon, Kleine. Hab schließlich meine Kumpels da, weißt du? Und wie heißt du?«

»Sie ist meine Enkelin«, warf Lady Murgatroyd ein, die vom Herd herüberblickte.

In diesem Augenblick brachten sie Lucas, der wieder halbwegs bei sich war, aus der Hinterküche herein. Er war in eine Decke gehüllt, und sie setzten ihn in einen Sessel.

»Luc! Geht es dir besser? Kannst du uns erzählen, was mit dir geschehen ist? War es *le vieux Gudgeon?* Hat er dir was getan?«

»Ich... ich kann mich gar nicht recht erinnern«, murmelte Lucas benommen. Er war ganz verwirrt durch die Wärme und den fremden Raum und die vielen unbekannten Gesichter um ihn her. Die Scatcherds waren eine schwarzäugige, rotwangige und kraushaarige Sippe; er kam sich vor, als sei er mitten in einer Kasperlevorstellung gelandet. »Ja, ja... es war Gudgeon... In den letzten zwei Wochen ist er immer sonderbarer geworden... Es war, als ob er mich nicht mochte, und dann schließlich, als ob er mich haßte... Und er redete immer so merkwürdig... Ich glaube, es waren Stellen aus der Bibel... Und die ganze Zeit hat er mich beobachtet und ließ mich immer vor sich hergehen, weil ich, wie er sagte, Sachen vor ihm versteckte. Aber das habe ich nie getan. Ich hab auch Mr. Hobday nach ihm ausgefragt, und der sagte, es wäre nichts weiter, das ginge vorüber, in ein oder zwei Tagen... das sei immer so...«

»Ah, das ist Gudgeon, wie er leibt und lebt«, bemerkte Mrs. Scatcherd. »Wenn der seinen Rappel kriegt, dann wird er so argwöhnisch, daß er nich mal seinem eigenen Bruder über den Weg trauen würde... wenn er einen hätte...«

»Und heute... war es heute?... da kamen ein paar Schweine an... das weiß ich noch... und irgend etwas traf mich hart am Kopf, und ich fiel hin... Ich glaube, Gudgeon hat mich geschlagen... und die Schweine kamen alle und fielen über mich her, das weiß ich auch noch...«

Er schauderte bei der Erinnerung. »Und dann, glaub ich, hab

ich's geschafft, mich in den Abwasserstrom zu rollen. Und dann bin ich hier wieder aufgewacht. Ich bin Ihnen so dankbar, Madam«, sagte er zu Mrs. Scatcherd, die ihm einen großen Becher Tee hinhielt, in den sie ihre Schlüsselblumenmedizin hineingemischt hatte.

»Ach, nu denk nich mehr dran, du armer Kerl... Ich bin ja richtig froh, daß wenigstens einer von Gudgeons Jungs mal davongekommen ist. Vielleicht kannst du gegen ihn Anzeige erstatten. Und dieser Hobday... na, der muß ja auch ziemlich Bescheid gewußt haben, was da vorging.«

»He, du«, sagte Davey Scatcherd, der Lucas eingehend betrachtet hatte, »dich kenn ich doch! Du bist doch der Junge vom Schloß, und mir war befohlen worden, dir alles in der Spinnerei zu zeigen, bevor ich eingelocht wurde. Um Himmels willen, was hattest du denn mit dem alten Gudgeon in der Kloake zu suchen?«

»Das ist eine lange Geschichte, und ich glaube, Lucas ist noch nicht wieder kräftig genug zum Geschichtenerzählen«, unterbrach Lady Murgatroyd mit ihrer tiefen Stimme. »Nun, andere Menschen müssen sich eben auch ihren Lebensunterhalt verdienen, genau wie Sie, Davey Scatcherd!«

Davey grinste und sagte: »Jawohl, Madam!«

»Können wir Lucas jetzt nach Hause bringen?« fragte Anna-Marie. »Ist er kräftig genug zum Laufen? Ich glaube, Monsieur Ookapool wird sich nämlich schon Sorgen machen um uns.«

»Das wird er bestimmt«, meinte auch Lady Murgatroyd. »Was ist, mein lieber Junge, fühlst du dich stark genug zum Laufen?«

Lucas meinte, er schaffe das schon. Aber er hatte ja keine Kleider. Die ungestümen kleinen Zähne der Schweine hatten alles, was er auf dem Leib trug, zu Lumpen zernagt. Aber die Familie Scatcherd war gern bereit, unter ihren diversen Mitgliedern einen Satz Kleidung für ihn zusammenzusammeln.

Am Ende stand Lucas auf, aber er war noch ziemlich wacklig auf den Beinen.

»Ich kann ja ein Stück weit mit Ihnen gehen«, sagte Davey Scatcherd. »War sowieso gerade auf dem Weg in die Stadt rauf, zu einer Arbeiterversammlung – der Presser, der Leimkocher, der Kämmereiarbeiter –, als mir dieser Schlamassel dazwischenkam.«

»Ich dachte, die Arbeiter dürften sich nicht zu Vereinen zusammenschließen?« sagte Anna-Marie unvorsichtigerweise.

»Schscht! Was ich nicht weiß, macht mich nicht heiß.«

Sie zogen los. Davey und Lady Murgatroyd stützten Lucas auf beiden Seiten.

»Bewegung, das ist das Beste für dich, mein Junge«, ermunterte Davey ihn.

Lucas dachte, wie vollkommen anders dieser Davey doch war als jener ziemlich unfreundliche, sarkastische Mann, der ihn durch die Fabrik geführt hatte. Wodurch war dieser Unterschied eigentlich zustande gekommen? Davey hatte doch jetzt auch nicht mehr Grund zur Freundlichkeit als damals. Außerdem war er auch noch soeben aus dem Gefängnis gekommen; man hätte also erwarten müssen, daß er verbittert wäre.

»Es tut mir sehr leid, daß Sie ins Gefängnis gesteckt wurden«, sagte Lucas verlegen.

»Ach, das war gar nicht so schlimm. Nicht viel zu beißen zwar, aber du hast 'n bißchen Zeit zum Nachdenken. Und es war ja auch nich deine Schuld; es war ja bloß wegen dem alten Geizkragen Randy, der die Löhne beschnitten hatte. Ich wette, dich hat er auch kurzgehalten, was?«

»Ja, das hat er«, seufzte Lucas.

»Mr. Scatcherd?« begann Anna-Marie.

»Ach, nenn mich Davey, Mädchen, das tun alle.«

»*Eh bien,* Davey also. Ist Ihr Verein derselbe wie der Arbeiterhilfsverein?«

Davey blieb lange genug stehen, um einen derben Fluch auszustoßen und in die Gosse zu spucken. »Nee, du, das is er nich!« sagte er dann ein wenig gemäßigter, als er sich wieder beherrscht hatte. »Der Arbeiterhilfsverein, das is mittlerweile bloß noch 'ne Horde von Banditen, die sich die Taschen füllen, indem sie arme, anständige Leute erpressen. Bob Bludward ist ihr Kopf und Anführer, und eines schönen Tages sind er und ich reif für eine saftige Auseinandersetzung.«

»Aber«, beharrte Anna-Marie, »was will denn Ihr Verein?«

»Na, bessere Löhne, von denen die Leute leben können, und bessere Arbeitsbedingungen. Weniger Leute, die in den Leimkessel fallen oder von der Presse zerquetscht werden. Sie werden mir sicher verzeihen, Madam, aber die Dinge sind immer mehr zum Teufel gegangen, seit der alte Sir Quincy diesen Ort aufgebaut hat.«

»Ja, dessen bin ich mir schmerzlich bewußt«, sagte Lady Murgatroyd. »Und ich hoffe, Sie erreichen Ihre Ziele. So, ich denke, von hier aus schaffen wir es allein und müssen Sie nicht noch weiter von Ihrem Weg ablenken. Wir sind Ihnen wirklich sehr dankbar für all Ihre Mühe...«

Sie waren vor Murgatroyds Spinnerei stehengeblieben.

»Aber...« Davey kratzte sich verdutzt am Kopf, »wo in drei Teufels Namen wohnen Sie denn? Da weiter oben gibt's doch gar kein Haus mehr.«

»Oben im Park«, erklärte Lady Murgatroyd, »in dem alten Eishaus, bis uns jemand dort hinauswirft! Ich habe gehört, der Park ist verkauft worden.«

»Im Eishaus? Ich will verdammt sein! Haben Sie... verzeihen Sie meine Frage... haben Sie denn kein Geld, Madam?«

»Nicht mehr als Sie, Davey... bloß das, was ich verdiene. Ich danke Ihnen nochmals für all Ihre Hilfe. Die Kleider bringen wir morgen zurück«, sagte Lady Murgatroyd.

Sie machten sich auf den Weg den Hügel hinan. Anna-Marie

nahm Lucas' Arm, aber er schritt jetzt schon viel leichter aus, die Bewegung hatte ihm gutgetan.

Davey stand da, kratzte sich am Kopf und blickte ihnen nach, bis sie um die nächste Wegbiegung verschwunden waren. Dann murmelte er: »Bei Gott! Na sowas!«, machte kehrt und ging zur Stadt zurück.

Lucas hatte vorgehabt, gleich am nächsten Morgen loszuziehen und sich eine neue Arbeit zu suchen.

»Ich hoffe doch«, hatte Anna-Marie während des letzten, recht langsamen Stückes ihres Heimwegs zu ihm gesagt, »jetzt wirst du vielleicht nicht mehr darauf bestehen, weiterhin in der Kloake zu arbeiten?«

»Nein«, hatte er gesagt. »Nein, ich gehe nicht mehr dorthin zurück. Aber, weißt du, es ist genau so, wie *grand-mère* gesagt hat: wenn du einmal etwas überstanden hast, dann weißt du, daß es nicht ganz so schlimm war, wie du es erwartet hattest. Jetzt, nachdem die Schweine wirklich auf mir herumgetrampelt sind und ich wirklich in die Kloake gefallen bin, kommt es mir nicht mehr ganz so entsetzlich vor. Aber trotzdem«, fügte er hinzu, »es macht mir auch nichts aus, wenn ich für den Rest meines Lebens kein Schwein mehr zu Gesicht bekomme.«

»Und was ist mit *ce Gudgeon affreux?*« fragte Anna-Marie. »Ich hoffe, du gehst hin und erstattest Anzeige gegen ihn, nicht wahr?«

»Ich weiß nicht recht«, meinte Lucas. »Er kann doch nichts dafür.«

»Aber 'Obday kann etwa dafür, *enfin!*«

»Gut, ja. Ich werd mir's überlegen. Aber morgen früh geh ich hin und versuche, in der Spinnerei Arbeit zu kriegen. Vielleicht könnte Davey Scatcherd dort ein gutes Wort für mich einlegen.«

Am nächsten Morgen jedoch war er so steif, daß er sich kaum rühren konnte, und die Kehle schmerzte so, daß Lady

Murgatroyd ihm Hagebuttensirup verabreichte, ihn überall mit Balsamöl einrieb und ihm kurzerhand verordnete, weder Hand noch Fuß zu rühren, ehe sie es ihm erlaubte.

»Nach allem, was wir wissen, könnte es ja sein, daß du dich mit Typhus infiziert hast, als du da hineingefallen bist – ganz zu schweigen von Infektionen, die du dir durch die Schweinebisse geholt haben könntest.«

»Tu lieber gleich, was sie sagt«, empfahl Mr. Oakapple trocken. »Schau dir an, wie fromm und fügsam sie mich gemacht hat.« Er saß da – oben auf seinem Kopf hockte der Kanarienvogel – und unterhielt das Baby, indem er ihm geduldig die verschiedenen Tannenzapfen, Steinchen und zu Knoten verschlungenen Zweiglein wieder zurückreichte, die die Kleine mutwillig aus ihrer Wiege warf. Lucas konnte sich das Lachen nicht verbeißen, obwohl ihm dabei die Kehle wehtat.

Lady Murgatroyd wollte fortgehen, um eine Musikstunde zu geben. »Amüsiert euch nur alle, während ich fort bin. Es schneit noch immer, laßt euch also nicht einfallen rauszugehen!«

»Außer mir, *grand-mère*«, sagte Anna-Marie, die sich gerade für ihre Schicht in der Spinnerei zum Gehen bereitmachte.

Lucas schickte sich murrend drein, daß er zu Hause bleiben mußte, während Anna-Marie zur Arbeit ging.

»Ich bringe doch gar kein Geld nach Hause«, haderte er mit sich.

»Ich doch auch nicht«, meinte Mr. Oakapple. »Aber klagen nützt nichts. Die einzige Antwort ist, sich vernünftig zu verhalten und so schnell wie möglich wieder gesund zu werden.«

Gegen Ende der Woche jedoch erschien bei ihnen ein unerwarteter Besuch, der Lucas' Gewissensbisse wegen des Gelds ein wenig milderte.

Es war Mr. Hobday, der im trüben Schneetreiben an die Tür pochte. Er wirkte zwar schuldbewußt, aber auch auf Auswege bedacht, einschmeichelnd, verteidigungsbereit – alles auf einmal.

»Tut mir ja so sehr leid, dich so elend zu sehen, mein Junge«, redete er nervös drauflos und rieb die kleinen Klauenhände aneinander. Seine Ohren waren röter denn je – von der Kälte, und vor Verlegenheit. »Tut mir sooo leid.«

»Das muß es auch« sagte Mr. Oakapple streng, denn Lucas hatte ihm erzählt, wer Mr. Hobday war. »Sie sollten sich gewaltig schämen, Jungen in Gesellschaft dieses gefährlichen Geistesgestörten in die Kloake zu schicken. Sie verdienten, daß man Sie ins Gefängnis steckt!«

»Schon gut, schon gut, schon gut, hoher Herr, hacken Sie nicht auch noch auf mir rum!« schrie Mr. Hobday, raufte sich die Haare, riß sich selbst an den Ohren. »Das haben doch schon alle getan, die ganze Woche lang... Erst hat mich die kleine Dame beschimpft – und Himmel, 'ne Zunge hat die, wie 'n Schlachtmesser – und dann die alte Dame, Madame Minetti, na, die hat mich abgekanzelt... ›Tut mir ja so leid, Madam, so leid... wenn ich gewußt hätt', daß der junge Mann ein Verwandter von Ihnen ist, dann hätte ich ihn ja nie eingestellt‹, sag ich zu ihr, ›aber er brauchte doch das Geld, und wie konnte ich denn wissen, daß er Ihr Großneffe ist?‹ ›Wessen Verwandter er ist, das ist nicht der Punkt‹, sagt sie zu mir, ›der Punkt ist, Sie hätten das mit niemandes Verwandten machen dürfen! Überall verletzt und völlig zerschunden ist er, ganz abgesehen davon, daß er vor Angst halb tot war... Sie wären ihm ein hübsches Schmerzensgeld schuldig.‹ ›Sehr wohl, Madam‹, sage ich. – Und schließlich kommt noch dieser junge Feuerkopf Scatcherd und liest mir die Leviten wegen dem armen alten Gudgeon... Aber was soll ein armer Kerl wie ich machen? Wenn ich nicht einen Jungen mit Gudgeon mitschicke, dann wird der doch immer habgieriger und hinterhältiger, der alte Schlammwurm, dann behält er doch seinen ganzen Fang für sich und bringt mir nichts mehr! Und wo ich doch all die Ausgaben habe mit dem Stand und den Löhnen... Da muß ich eben einen Jungen mitschicken, der ein bißchen ein Auge auf ihn hat, verstehen Sie? Was kann ich denn dafür, wenn er ab und zu ein bißchen durchdreht und tückisch wird gegenüber den Jungens? Die Burschen müßten doch imstande sein, auf sich selbst aufzupassen, was meine Meinung is... Und du, mein junger Mann, du bist ja doch wohl ein kräftiger, zäher Bursche, kernig genug, um gegen den alten Gudgeon aufzukommen... Bist genau der Richtige als Trödelfänger, deshalb hoffe ich auch, daß du in diesen Beruf zurückkehren wirst, wenn du diese kleine Schlappe überwunden hast.«

»Nein, das wird er ganz bestimmt nicht«, mischte sich Lady Murgatroyd ein, die mitten während Mr. Hobdays Sermon von ihrer Musikstunde heimgekehrt war. »Und wie steht es mit der Entschädigung?«

»Ja, ja, Madam, darauf wollte ich natürlich noch kommen«, erwiderte Mr. Hobday gekränkt. »Ich habe nur eben mal erklärt, weshalb eigentlich ich eine Entschädigung haben müßte – denn nun, wo ich keinen Jungen mehr habe, den ich runterschicken kann, um den alten Gudgeon im Auge zu behalten, da verlier ich doch glatte hundert Prozent meiner Einkünfte... Und wovon soll ich leben, können Sie mir das beantworten? Gudgeon auf sich allein gestellt, das ist zwecklos.«

»Dann schicken Sie ihn eben nicht mehr hinunter.«

»Aber er liebt es, in der Kloake rumzustrolchen; es ist das einzige, was er liebt. Man kann ihn gar nicht davon abhalten.«

»Gut, dann lassen Sie ihn hinuntergehen, wenn er es gern mag. Aber Sie werden sich eben einen anderen Lebensunterhalt suchen müssen«, erklärte Lady Murgatroyd völlig ungerührt. »Oder gehen Sie doch selbst hinunter.«

»Anderen Lebens...? Selbst runter...?« Mr. Hobday starrte sie fassungslos an. Dann riß er sich zusammen und meinte: »Nun gut, also nun zu der Entschädigung... Ich hab da was gefunden, von dem ich meine, daß es dir vielleicht von Nutzen sein könnte, und deshalb hab ich's mal mitgebracht und hoffe, es ist genehm. Du weißt vielleicht noch, der alte Gudgeon hat mal einen kleinen Holzkasten herausgefischt mit ein paar Papieren drin, damals, am ersten Tag, als du mit ihm unterwegs warst, Luke, mein Junge. Die hab ich mir kürzlich mal näher angesehen – das muß man nämlich mit Papieren immer machen –, und da hab ich eins mit dem Namen Bell drauf entdeckt, und da dachte ich mir doch, das könnte was mit dem jungen Lucas Bell zu tun haben. So hab ich sie mitgebracht und hoffe, das wird dich entschädigen für die kleine Unannehmlichkeit, wo dir durch den alten Gudgeon widerfahren ist.«

Und mit einer schwülstigen Handbewegung überreichte er Lucas ein kleines Bündel sehr schmutziger Papiere.

»Ach, danke, Mr. Hobday«, sagte Lucas ein wenig überrascht. »Es war sehr aufmerksam von Ihnen, an mich... an mich zu denken. Ich werde sie durchsehen, und wenn sie nichts weiter mit mir zu tun haben, dann gebe ich sie Ihnen zurück. Aber ich hoffe, Sie hatten auch an eine geldliche Entschädigung gedacht?«

Mr. Hobday wirkte niedergeschlagen, ja fast wie ein Märtyrer. »Geld? Nun, daran hatte...« fing er an.

»Wie war das zum Beispiel mit dem edelsteinverzierten Sattel?« beharrte Lucas. »Wieviel hat der eingebracht? Haben Sie mir meine zehn Prozent bezahlt?«

»Och... der hat nicht viel gebracht«, meinte Mr. Hobday verschlagen blinzelnd.

»Haben Sie ihn ans Museum verkauft?«

»Ja, aber diese Museumsburschen, das sind zähe Geizkragen«, protestierte Mr. Hobday.

»Nun kommen Sie«, sagte Lady Murgatroyd, »Sie wissen, daß wir dort sehr wohl nachfragen können, was man Ihnen dafür bezahlt hat.«

Das gab Mr. Hobday den Rest, und nach und nach bekamen sie aus ihm heraus, daß der Sattel, der mit Rubinen und Saphiren besetzt war, für sechshundert Pfund verkauft worden war, von denen dreißig Pfund sicherlich Lucas zustanden. Schwer seufzend rückte er dreißig schmutzige Pfundnoten heraus und wandte sich zum Gehen.

»Und lassen Sie uns ja nicht zu Ohren kommen, daß Sie noch weitere Jungen diesem erschreckenden Risiko aussetzen«, sagte Lady Murgatroyd sanft, als er hinausging, »sonst kämen Sie nämlich in Schwierigkeiten.«

»Dreißig Pfund!« rief Lucas freudig, als er gegangen war. »He, davon können wir wochenlang leben! Anna-Marie kann aufhören in der Spinnerei.«

»Vielleicht möchte sie das aber gar nicht«, gab Lady Murgatroyd zu bedenken. »Vielleicht geht es ihr damit genauso wie dir mit der Kloake. Aber laß uns doch mal diese Papiere ansehen. Was das wohl sein mag?«

Was immer es sein mochte, die Papiere waren so unsäglich schmutzverklebt, daß man sie nur mit großer Mühe und Geschicklichkeit voneinander lösen konnte. Lady Murgatroyd, deren Finger erprobt waren in den Tücken der Weberei, nahm diese Arbeit auf sich, und jedesmal, wenn sie ein Blatt abgelöst hatte, reichte sie es an Lucas weiter. Der tupfte mit einem Destillat aus fermentierten Kastanien, das Lady Murgatroyd zum Säubern ihres Klavichords benutzte, sorgfältig den Schmutz von der Oberfläche...

»Oh!« rief Lucas, als er das erste Dokument sauber genug hatte, um es lesen zu können. »Hier ist etwas an Mr. Throgmorton adressiert... eine Empfangsbestätigung über fünf Pfund von Bertram Smallside. Aber mit mir scheint das nichts zu tun zu haben – überhaupt nichts.«

»Mach nur weiter – da sind ja noch viel mehr Bögen. Vielleicht stößt du noch auf irgend etwas Interessantes.«

Während Lucas fortfuhr, die Papiere zu säubern, entdeckte er, daß sie anscheinend allesamt mit Mr. Throgmorton zu tun hatten. Es gab da noch eine ganze Anzahl weiterer Quittungen von anderen Personen, und auch etliche quittierte Rechnungen von Mr. Throgmorton, eine davon von Lucas' eigenem Vater – eine Rechnung über zehn Pfund für juristische Leistungen. Und am Grunde des Haufens fanden sich zwei Dokumente, die Lucas einen Aufschrei des Staunens entlockten.

»Hier, dies ist ja meines Vaters Testament! Und der Vertrag über die Teilhaberschaft mit Sir Randolph! Und beide sind von Mr. Throgmorton abgefaßt worden. Da ist es doch sehr sonderbar, daß er sich nicht im geringsten daran erinnern konnte!«

»Allerdings, sehr sonderbar«, sagte Mr. Oakapple, der herbeihumpelte und das Blatt über Lucas' Schulter hinweg las. »Stimmt… Partnerschaftsvertrag zwischen Sir Randolph Grimsby, Bart. und Edwin Lucas Bell, Esquire… Und hier: Testament und letztwillige Verfügung von Edwin Lucas Bell. Und da sehe ich, daß dein Vater doch etwas Geld hinterlassen hat außer dem Kapital, das in der Spinnerei steckte… Ich bin doch sehr begierig zu hören, wie Mr. Throgmorton das erklären will. Ich denke, sobald ich ein bißchen weniger wacklig auf den Beinen bin, müssen wir diesen Gentleman mal aufsuchen. Ich möchte bloß wissen, wie diese Papiere in die Kloake geraten sind. Womöglich dachte Mr. Throgmorton, das sei der sicherste Weg, sie sich vom Halse zu schaffen?«

Lady Murgatroyd hatte sich inzwischen eingehend mit den Quittungen beschäftigt.

»Das ist doch eine merkwürdige Sache«, murmelte sie vor sich hin. »Empfangsbestätigungen, die zwanzig Jahre zurückreichen, für Zahlungen, die Throgmorton im Auftrage Sir Randolphs veranlaßte, und zwar an Bertram Smallside, Gabriel Towzer, Amos Garridge und William Scatcherd… jeweils fünf Pfund die Woche für jeden.«

»Für jeden fünf Pfund die Woche?« rief Mr. Oakapple ungläubig. »Also ich hätte mir nicht mal vorstellen können, daß Sir

Randolph regelmäßige Zahlungen an irgend jemand auch nur über zwanzig Wochen aufrechterhalten hätte... Aber zwanzig Jahre? Unvorstellbar!«

»Sehr wahrscheinlich hätte er das auch nicht getan, wenn Mr. Throgmorton nicht die Geschäfte für ihn geführt hätte. Die Zahlungen hörten bei seinem Tode auf.«

»Das wundert mich nicht.«

»Smallside – Garridge – Towzer – Scatcherd. Für was kann er sie bezahlt haben die ganze Zeit über?«

»Wie schade, daß wir das noch nicht gewußt haben, solange wir im Haus von Gabriels Schwester wohnten«, sagte Lucas. »Ich hätte ihn einfach fragen können. Jetzt ist er zu seiner anderen Schwester nach Keighley gezogen. Und Mr. Smallside hat die Spinnerei verlassen und ist nach Manchester umgesiedelt.«

»Was ist mit Garridge?«

»Ich habe ihn seit dem Brand nicht mehr gesehen; ich weiß nicht, wohin der gegangen ist.«

»Nun«, meinte Lady Murgatroyd, »vielleicht erzählt es uns der alte Mr. Scatcherd, wenn wir ihn fragen.«

»Warum sind Sie so interessiert an diesen Zahlungen, *grand-mère?*«

»Ach... ich bin bloß neugierig.«

»Smallside, Garridge, Towzer, Scatcherd«, meinte Mr. Oakapple nachdenklich, »ich frage mich, was diese vier wohl gemeinsam haben?«

Die Tage verstrichen. Die beiden Invaliden waren mit ihrer Gesundung beschäftigt, Anna-Marie ging in die Spinnerei, Lady Murgatroyd gab gelegentlich Musikstunden. Lucas schrieb unendliche Seiten in sein braunes Buch und spielte mit dem Kind, das eine ungestüme Zuneigung zu ihm gefaßt hatte. An den Abenden sangen sie oder hörten zu, jeder nach seinem Können und Belieben.

Eines Morgens rannte Anna-Marie frohgemut den Hügel hinab; seit drei Tagen hatte es nicht mehr geschneit, und der Wind war schon ein bißchen weniger eisig. Und die Tage werden auch schon länger, dachte sie. Wenn der Winter erst vorbei ist, wenn Lucas seine Erkältung überwunden hat und Mr. Oakapple ganz wiederhergestellt ist, wie glücklich wir dann alle miteinander sein werden!

Im Kämmereischuppen angekommen, hüpfte sie vergnügt auf ihrem Gitterrost entlang und streifte die Wollreste mit ihrer Zange in so beschleunigtem Tempo ab, daß sie am Ende jeder Reihe sogar dreieinhalb Minuten Freizeit herausholte.

»Toller Rekord«, sagte eine trockene Stimme hinter ihr.

Anna-Marie erschrak so, daß sie heftig herumfuhr und ihre Zange fallen ließ, die scheppernd auf den Boden fiel. Dort hinter ihr saß der bleichäugige Bludward in seinem Rollstuhl, und seitlich hinter ihm stand der kleine Newky Shirreff.

»Sehn wir uns doch mal diese Zange an, Newky. Gib sie mir mal her, Kumpel«, sagte Bludward. »Ein kleines Mächden namens Biddy hat mir davon erzählt, und da dacht ich mir, ich werf mal selbst einen Blick drauf.«

Er betrachtete die Zange langsam und bedächtig von allen Seiten.

»Jetzt laß uns noch mal sehen, wie du sie benutzt, Mädchen.«

Anna-Marie war es sehr mulmig zumute. Sie mußte an Rose Sproggs Warnung denken. Aber weigern konnte sie sich wohl kaum, also reinigte sie die Zinkenreihe erneut, wenn auch zögernd.

»Nee, Mädchen, vorhin hast du das aber viel schneller gemacht. Also los, laß mal 'n bißchen mehr Tempo sehen!«

Glücklicherweise ertönte in diesem Moment der Mittagspfiff, und Rose erschien, um ihr Essen zu verzehren.

»He, Rosie! Die Kleine hier hat ja wirklich 'ne großartige Erfindung gemacht«, sagte Bludward anerkennend.

Rose schien ganz und gar nicht entzückt über das Lob. Sie warf Anna-Marie einen sehr vorwurfsvollen Blick zu und erwiderte kurzangebunden: »Ach – na ja; manchmal funktioniert's, manchmal nicht.«

»O doch, das funktioniert gut«, wandte Bludward ein. »Hab das Mädchen nämlich beobachtet, ehe sie wußte, daß ich hier bin, und es funktioniert sehr gut. Das einzige ist... es geht nicht.«

»Warum geht es nicht?« verlangte Anna-Marie zu wissen, denn sie sah nicht ein, weshalb sie von der Unterhaltung ausgeschlossen bleiben sollte.

»Weil's nich geht, daß einer schneller arbeitet als der Rest. Das is ungerecht gegenüber denen, wo langsam sind. Denn erwartet nämlich der Vorsteher von jedem, daß er ebenso schnell arbeitet.«

»Ja, und deshalb hab ich ja auch Prue und Hetty und Sarah schon gezeigt, wie sie sich selbst solche Zangen machen können. Prue hat letzte Woche eine Fingerkuppe verloren, und sie war heilfroh, sie zu haben«, entgegnete Anna-Marie gelassen. »Jetzt arbeiten wir alle gleich schnell.«

»Das haut nicht hin, Mädchen, du vergißt die Gruppen an den anderen Wollrechen. In einer Fabrik mußt du an jeden einzelnen denken, nicht bloß an dich selbst. Wenn nämlich die Zinkenreiniger schneller arbeiten, dann werden die Herren da oben von jeder einzelnen Seele in der Spinnerei auch verlangen, daß sie schneller arbeiten. Nee, das geht nicht. Am besten, du schmeißt die Zange weg und vergißt das Ganze.«

»Das ist das Dümmste, was ich in meinem Leben gehört habe« empörte sich Anna-Marie. »Und ganz bestimmt werfe ich sie nicht weg!«

»He, Mädchen, du mußt 'n bißchen respektvoller zu Mr. Bludward sein«, sagte Rose und warf Anna-Marie einen beschwörenden Blick zu. »Gib ihm die Zange, Kleines, das is das beste. Möglich, daß er es schafft, dem Vorsteher einzureden, daß das genau das richtige Werkzeug für die Zinkenreiniger ist.«

»Ich glaube, es wäre am besten, wenn *ich* mit der Zange zum Vorsteher ginge«, erwiderte Anna-Marie.

»Bist du vollkommen verrückt? Ein Mädchen in deinem Alter kann doch nicht einfach...« fing Rose an.

In diesem Moment kam Davey Scatcherd vorbei und trug ein großes Ölfaß.

»Mit dir wollt ich gerade reden, Bob Bludward«, sagte er, sobald er den Mann im Rollstuhl sah. »Ich sehe gerade, während ich weg war, haben die Leute aus der Weberei angefangen, ihre Karren in dem Bereich abzustellen, den die Bedienung der Presse zum Manövrieren braucht. Ich hab dir schon früher gesagt, daß das gefährlich ist, und ich will es nicht haben. Laß sie also einen anderen Platz finden, um ihr Gerät zu verstauen...«

Da bemerkte er Anna-Marie, lächelte ihr kurz und freundich zu und sagte: »Hallo, Mädchen! Wußte gar nicht, daß du in der Spinnerei arbeitest.«

»Kommst aus 'm Knast und bist aus deinen Schuhen rausgewachsen, was, David?« höhnte Bludward mit seidiger Stimme.

Das Lächeln verschwand aus Scatcherds Gesicht. »Ich mache bloß meine Arbeit; kümmere du dich um deine eigene«, sagte er knapp. »Aber sag diesen Leuten, sie sollen ihre Karren woanders hinstellen, ehe ein Unglück passiert.« Mit einem Blick, in dem seine ganze Abneigung gegen Bludward lag, wandte er sich zum Gehen, da rief Anna-Marie ihm nach: »Mr. Scatcherd... Davey!«

»Ja, Kleine? Was gibt's?«

»Ich hab mir eine Zange gemacht, *voilà,* um die Zinken besser und schneller sauberzukriegen, und das funktioniert sehr gut, so daß wir nicht mehr unsere Finger einklemmen – und jetzt kommt Mr. Bludward und sagt, wir dürfen sie nicht benutzen, sonst müßten alle in der Fabrik schneller arbeiten. Er sagt, vielleicht will er meine Zange dem Vorsteher zeigen. Aber ich glaube, wenn er das tut, dann nur, um vorzutäuschen, er selbst hätte sie gemacht. Was meinen Sie, was soll ich tun?«

In die Totenstille, die diesen Worten folgte, schrillte der Pfiff, der die Mittagspause beendete.

»Los, alle wieder an die Arbeit!« rief Rose erleichtert.

Davey Scatcherd untersuchte sehr eingehend die Zange, die Anna-Marie ihm gereicht hatte.

»Laß mich doch mal sehen, wie du damit arbeitest, Kleine«, meinte er und reichte sie zurück.

Sie machte sich an die Arbeit. Er nickte, während sie sich flink an ihm vorbeibewegte. Als sie am anderen Ende der Reihe angelangt war, sah sie, daß die beiden Männer einen kurzen, heftigen Wortwechsel hatten, den sie nicht verstehen konnte. Danach nickte Davey ihr noch einmal zu und ging davon.

Bludwards Stuhl rollte in die andere Richtung. Er blickte Anna-Marie nicht noch einmal an.

Als Anna-Marie nach Hause ging, machte sie einen Umweg, am Hause der Scatcherds vorbei, um Mrs. Scatcherd eine Bahn von Lady Murgatroyds handgewebtem Stoff zu bringen, als Dank für ihre Freundlichkeit gegenüber Lucas.

»Diese Scatcherds sind *une famille très gentile*«, erzählte sie, als sie ins Eishaus zurückkam. »Wie die alle in das kleine Haus hineinpassen, das weiß ich zwar nicht, aber sie sind sehr nett. Wir haben alle zusammen Lieder gesungen. Oh, und der alte *monsieur*, der sagt, er muß Ihnen noch was erzählen, *grand-mère*, und wenn das Wetter erst ein bißchen wärmer ist, dann will er herkommen und es berichten. *Eh bien, Luc, comment ça va?*«

Lucas sagte, es ginge ihm schon viel besser, und morgen wolle er wieder anfangen zu arbeiten.

»Gibt es inzwischen nicht irgend etwas, das ich für Sie tun könnte, *grand-mère*?«

Lady Murgatroyd nähte gerade aus einem Stück selbstgewebtem Stoff schnell und geschickt eine Jacke zusammen.

»O ja, ich habe genau die richtige Arbeit für dich«, erwiderte sie und biß einen Faden ab. »Als ich mich damals bereiterklärte, Bess Braithwaites Baby zu mir zu nehmen, da habe ich versprochen, der armen Frau monatliche Berichte über die Fortschritte des Kindes zu schicken. Aber ich bin eine sehr schlechte Briefschreiberin, und ich habe schon seit sechs Wochen nicht mehr geschrieben. Ich wäre dir wirklich sehr dankbar, Lucas, wenn du an meiner Stelle schreiben könntest.«

Lucas war einigermaßen bestürzt, denn das war nicht gerade eine Aufgabe, wie er sie erwartet hätte, und zuerst blickte er ziemlich ratlos drein. Aber dann verschaffte er sich ein Blatt Papier, eine Feder, Tinte – aus aufgelöstem Ruß und Kastaniendestillat hergestellt – und setzte sich zum Schreiben an einen der Baumstümpfe. Ein paar Augenblicke lang saß er nur da, kaute an seinem Federkiel und blickte zu dem Baby hinüber. Dann setzte sich die Feder in Bewegung. Sie bewegte sich schneller. Sie raste. Eine Stunde war vergangen, ehe er es bemerkt hatte. Anna-Marie rüttelte ihn am Ellbogen und sagte: »Luc! *grand-mère* hat dir schon dreimal gesagt, daß das Essen fertig ist!«

Anna-Marie war ein wenig bedrückt und nachdenklich während des Essens.

Mr. Oakapple und Lucas hatten sich über den Partnerschaftsvertrag zwischen Lucas' Vater und Sir Randolph unterhalten.

»Heißt das, daß dir am Ende vielleicht die Hälfte der Spinnerei gehört, Luc?« fragte Anna-Marie hoffnungsvoll.

Das glaubte Mr. Oakapple nicht. »Weil in jeder Partnerschaft beide Teilhaber zugleich auch gemeinsam für die Schulden verantwortlich sind, und selbst der Verkauf der Spinnerei hat die ja nicht ausgeglichen. Sir Randolph hatte Geld aus der Fabrik genommen und es für seine Wetten verbraucht. Ich fürchte, dein Vater hätte sich niemals darauf einlassen dürfen, nach Indien zu gehen und Sir Randolph hier freie Hand zu lassen.«

»Nein«, sagte Lucas, »aber Sir Randolph und meine Mutter

konnten sich nicht ausstehen, deshalb sind sie fortgegangen. Das habe ich sie oft sagen hören.«

»Anna-Marie, mein Kind«, meinte Lady Murgatroyd, die bemerkte, daß ihre Enkeltochter ungewöhnlich ernst war, »wie geht es mit deiner Arbeit in der Spinnerei? Funktioniert die Zange, die wir gemacht haben, ordentlich?«

»Die funktioniert gut, *grand-mère*«, erwiderte Anna-Marie bekümmert, »aber ich bin nicht sicher, ob man mir erlaubt, sie zu benutzen.«

»Warum nicht?«

»Da ist ein Mann, der heißt Bludward, und der macht Schwierigkeiten. Er sagt, wenn ich die Zange benutze, dann ist das nicht gerecht gegenüber denen, die keine haben.«

»Nichts kann sie doch hindern, sich auch eine zu machen.«

»Ja, ich glaube auch, das ist nicht der wahre Grund. Rose, meine Vorarbeiterin, sagt, der will bloß dem Vorsteher die Zange als seine eigene Erfindung vorführen und die Belohnung dafür selbst einstreichen.«

»Aber das wurmt dich doch wohl nicht wirklich, oder?« fragte ihre Großmutter. »Wenn dadurch die Arbeit besser erledigt wird und die Leute sich nicht mehr die Finger zerschinden?«

»Oh, ja, es wurmt mich!« sagte Anna-Marie gekränkt. »Warum sollte dieser Bludward – der kein anständiger Mensch ist, *du tout, du tout!* – anderer Leute Ideen stehlen und sagen dürfen, es wären seine? Rose sagt, das macht er oft, und die Leute haben Angst, sich zu beschweren, weil er ist sehr *malin*.«

Lucas blickte verstört drein. »Ich kenne diesen Bludward«, sagte er. »Dem würde ich lieber nicht in die Quere kommen, wenn ich du wäre, Anna-Marie.«

»*Quoi?* Nicht in die Quere…?«

Mr. Oakapple erklärte die Floskel, und dann entspann sich eine Diskussion darüber, ob Werkzeuge eine gute oder eine schlechte Sache wären. Er selbst neigte zu der Ansicht, sie seien schlecht. »Und je komplizierter sie sind, desto schlimmer. Bevor die Menschen Werkzeuge erfanden, konnten sie einander nicht allzu schwer verletzen, mit Werkzeugen dagegen wurden sie fähig zu töten.«

»Aber man kann mit Werkzeugen doch auch nützliche Dinge tun«, protestierte Anna-Marie. »Man kann Stoff weben, wie *grand-mère*, man kann graben. Auch eine Flöte ist doch ein Werkzeug, ebenso eine Violine – damit kann man Musik machen.«

»Schon, aber ich verstehe, was Mr. Oakapple meint«, erwiderte Lucas. »Wir gebrauchen die Werkzeuge zu viel und uns selbst nicht genug. Deshalb ist es gut, Dinge zu tun, die gar keine Werkzeuge erfordern.«

»Was denn zum Beispiel?« wollte Anna-Marie wissen. »Mir fallen nicht viele ein.«

»Spazierengehen – Reden – Singen – Tanzen – Geschichten erzählen – unser Spiel ›Stein, Schere, Papier‹ spielen.«

»Und mir ist etwas aufgefallen, das sehr lächerlich ist«, sagte Lady Murgatroyd. »Die Leute erfinden sich Werkzeuge, damit sie ihre Arbeit schneller fertig kriegen. Und was tun sie mit der Zeit, die sie gespart haben? Sie verbringen sie damit, ihr Werkzeug zu pflegen.«

»Ein Werkzeug kann einem Menschen auch zu viel Macht über andere Leute verschaffen«, sagte Mr. Oakapple.

»Ist das schlecht?« fragte Lucas mehr sich selbst als die anderen.

»Natürlich ist das schlecht«, antwortete Anna-Marie mit Nachdruck.

»Ja, dann solltest du am Ende vielleicht wirklich dein Werkzeug wegwerfen, mein Kind«, meinte Lady Murgatroyd. »Wenn es doch nur Ärger verursacht...«

»Ja, vielleicht, *enfin*.« Anna-Marie steckte ihren zerschrammten Daumen in den Mund und lutschte gedankenvoll daran.

Redgauntlet verließ seinen Platz am Feuer, trottete zu ihr hinüber und lehnte sich schwer gegen sie.

»Da wir gerade von Werkzeugen sprechen...« Lady Murgatroyd öffnete die hölzerne Truhe und nahm ein in ein Tuch gehülltes Bündel heraus, das sie früher am Tag vom Markt mit heimgebracht hatte. »Hier, die habe ich an einem Trödelstand gefunden – nicht an Mr. Hobdays. Es ist keine besonders gute, sie ist sehr alt, aber sie reicht doch wohl für Sie aus, um darauf einen Anfang zu machen, Julian. Sie müssen schnell machen und üben... dann werden wir bald ein paar schöne Konzerte spielen können.«

Und sie legte eine alte Geige auf Mr. Oakapples Schoß.

»Na, los, anfangen!« sagte sie lächelnd.

Er saß regungslos da und blickte zu ihr auf – paralysiert von Zweifel und Unsicherheit.

»Kommen Sie, *Monsieur Ookapool*«, sagte Anna-Marie sanft. »Niemand hier von uns kann Geige spielen, wir werden also nicht merken, was für Fehler Sie machen. Versuchen Sie's einfach! Ich habe eine gute Idee: Wir singen ein paar Lieder und machen eine Menge Lärm, da können Sie ein bißchen spielen, und wir hören es nicht.«

So drehte denn Mr. Oakapple die Violine um, legte sie auf seine rechte Schulter und hielt den Bogen mit der behandschuhten Linken. Bald aber wurde es ihm lästig mit dem Handschuh, und er zog ihn aus.

Anna-Marie und ihre Großmutter sangen.

»Wann soll ich dich denn sehen,
dein liebes Angesicht schaun?
Denn ich leb ja im Hier und Jetzt,
du zwischen Zeit und Raum.

Die Zeit ist nur eine Nische,
die Runzel dem Alter gezollt.
Ein Jahr, das ist nur ein Penny
aus des Jahrhunderts Gold.

So sehn wir uns denn bei Mitternacht –
ein Pendelschlag nur – nur ein Wort.
Doch Mitternacht ist kein Augenblick,
Mitternacht ist ein Ort.«

Einmal warf Anna-Marie ihrer Großmutter einen raschen Blick zu, aber Lady Murgatroyd lächelte beschwichtigend und legte den Finger auf die Lippen. Mr. Oakapple nämlich stimmte sehr zart ein, spielte hier ein paar Töne und dort ein paar Töne.

Am nächsten Morgen verkündete Lucas, er fühle sich jetzt kräftig genug, um wieder zu arbeiten, und er werde mal zur Spinnerei hinuntergehen. Wenn Anna-Marie dort Arbeit bekommen hätte, könne er es wohl auch.

Lady Murgatroyd blickte ihn skeptisch und besorgt an und meinte, er sei ja bemerkenswert dickköpfig und eigenwillig, aber es werde ihn schon nicht umbringen, wenn er zur Fabrik hinunterginge. »Trotzdem glaube ich, wirst du es bereuen, noch ehe der Tag um ist.«

»Nein, das werde ich nicht«, erwiderte Lucas mannhaft. »Es ist ja auch Samstag; da enden viele Schichten mittags.«

»Und was ist mit Mr. Hobdays dreißig Pfund, die wir bis jetzt noch kaum angerührt haben?«

»Sparen Sie sie auf für Notzeiten.«

Mr. Oakapple gab zu bedenken, daß es für Lucas viel schwieriger sei, nicht erkannt zu werden, als für Anna-Marie.

»Daran habe ich auch schon gedacht. Aber wenn die Leute dort erfahren, daß ich als Kloakenfischer gearbeitet habe, dann begreifen sie vielleicht, daß ich einfach nur meinen Lebensunterhalt verdienen will.«

Der Zufall wollte es, daß der erste Mensch, dem Lucas und Anna-Marie begegneten, als sie sich dem Tor der Spinnerei näherten, Sam Melkinthorpe war. Der blickte Lucas flüchtig an, blickte noch einmal hin, grinste ihn dann freundlich an und sagte: »Na so was! Ich hab mich oft gefragt, was wohl aus dir geworden ist, als dieser alte Leuteschinder gestorben ist. Erzähl mir bloß nicht, du gehst in der Spinnerei arbeiten?«

»Wenn sie mich nehmen«, sagte Lucas. »Wollen Sie nicht ein gutes Wort für mich einlegen, Mr. Melkinthorpe?«

»Und ob ich das will, verdammt noch mal! Ich werd denen sagen, daß du der schnellfüßigste Bursche zwischen hier und Grydale bist, und den richtigen Kopf haste auch auf den Schultern. Ich werd mal ein Wörtchen mit Mr. Gravestone reden. Ich weiß nämlich, die brauchen Leute fürs Haspeln und Spulen.«

»Ich benutze übrigens nicht meinen richtigen Namen«, erklärte Lucas, »ich nenne mich Luke Minetti... wegen etwaiger feindlicher Gefühle.«

»Na gut. Stimmt schon, die Gefühle gegen Sir Randolph sind immer noch gallebitter, aber das is ja nich deine Schuld.«

»Glauben Sie, daß die Leute mich erkennen werden?«

»Ach nee, wohl nich.« Mr. Melkinthorpe blieb stehen und sah ihn von oben bis unten an. »So ganz anders angezogen, und so... Und denn haste dich auch irgendwie verändert – weiß selbst nicht, woran es eigentlich liegt, aber du siehst älter aus.«

»Also, auf Wiedersehen, Luc«, verabschiedete Anna-Marie sich und bog zum Kämmereischuppen ab.

»Is das 'ne Freundin von dir, die Kleine da?« fragte Melkinthorpe, als sie gegangen war.

»Das ist meine Cousine, ja. Warum?«

»Denn paß mal 'n bißchen auf die auf. Hab so was läuten gehört, daß sie bei Bob Bludward ins Fettnäpfchen getreten ist.«

»Was hat sie denn getan?« fragte Lucas beunruhigt.

»Hat ihm die Leviten gelesen. Ich kann's ihr zwar nicht verdenken, aber 's is trotzdem idiotisch, so was zu tun. Du weißt doch selbst, wozu Bludward imstande ist, wenn er sauer is... und denn noch bei einer halben Portion!«

Melkinthorpe hielt Wort und empfahl Lucas dem neuen Vorsteher, Mr. Gravestone, in den höchsten Tönen. »Na schön, wir versuchen es mit dir«, sagte der und schickte ihn in die Spulerei.

Mr. Melkinthorpe nickte ihm zum Abschied zu und meinte: »Vergiß nicht, was ich dir gesagt hab. Und ich werd auch die Ohren offenhalten.«

Inzwischen war Anna-Marie in der Kämmerei angelangt und wollte an ihren Arbeitsplatz gehen. Da wurde sie von Rose angehalten. »Du arbeitest nicht mehr hier.«

»Warum denn nicht?« fragte Anna-Marie überrascht.

»Bist versetzt worden... das is alles«, erwiderte Rose knapp.

»Wohin?«

»Zur Presse. Gehst am besten gleich rüber.«

»Warum bin ich versetzt worden?« wollte Anna-Marie wissen.

»Wie soll ich das wissen? Frag den Vorsteher, nicht mich.« Damit wandte Rose ihr den Rücken zu und fing an, einen neuen Zinkenreiniger einzuweisen.

Ziemlich irritiert machte sich Anna-Marie auf den Weg zur Presse. Dort kommandierte gerade ein rotgesichtiger Mann neun oder zehn ziemlich kleinwüchsige Jungen und Mädchen wie ein Feldwebel herum.

»Also, aufgepaßt! Der Spinnerei liegt ebensowenig daran wie euch selber, daß ihr von der Presse zerquetscht werdet – denn das bedeutet bloß einen verdorbenen Teppich und vergeudete Zeit. Also verlang ich folgendes von euch: Immer auf dem Sprung! Gleichgewicht halten! Weg wie der Blitz! Rein – raus! So, wie 'n

Verteidiger den Ball vom Tor wegschießt. Ein paar von euch Jungs spiel'n doch sicher Fußball, he?« Einige der Jungen nickten.

»Aber was is'n mit uns, Mr. Blaydon?« rief eins der Mädchen.

»Erzählt mir doch nicht, ihr hättet nie auf der Straße beim Fußball mitgespielt! Also wenn nicht, dann stellt euch vor, ihr spielt ›Ecken vertauschen‹ und seht zu, wie fix ihr rüberkommt. So«, sagte er und blickte sich um, »die Presse wird gerade neu abgeschmiert, da haben wir eine Stunde Zeit zum Üben. Also, ich werf jetzt einen Lappen auf den Boden, und dann sehen wir mal, wer von euch am schnellsten ist, ihn wiederzuholen. Wir machen das paarweise – und jeweils der Schnellste von den beiden versucht's dann noch mal gegen jemand anders.«

Er teilte die Kinder in zwei Gruppen ein – eine Gruppe an jeder Seite des vertieften Pressebodens – und warf einen Scheuerlappen in die Mitte der großen Fläche.

»So, wenn ihr meine Pfeife hört: erstes Paar – los!«

Ein Junge und ein Mädchen stürzten aufeinander zu. Triumphierend schnappte das Mädchen dem Jungen den Lappen unter der Nase weg, rannte an ihm vorbei und schwang sich die Stufen an der entgegengesetzten Seite hinauf.

»Sehr gut, Martha Dunnett. Bleib da, gleich versuchen wir's noch mal mit dir. Nächstes Paar!«

Die beiden nächsten rannten los. Diesmal war der Junge schneller, im ganzen aber waren Jungen und Mädchen ziemlich gleich geschickt.

Anna-Marie als Neuling in der Fusselgreifertruppe kam erst ganz zuletzt dran. Sie trat gegen ein dünnes, elend aussehendes Kind mit schmutzigem Flachshaar an, das sie mit Leichtigkeit schlug.

»Anna... wie heißt du noch? – Minetto? Versuch's noch mal mit Martha Dunnett.«

Diesmal wirkte Martha, die beim ersten Versuch so flink gewesen war, unerklärlich schwerfällig und rutschte auf dem glatten Boden aus. Anna-Marie gewann erneut.

»Sehr gut, Anna Minotto. Du trittst gleich noch mal gegen ein paar der Jungens an. Jetzt erstmal Saul Ramsbotton und Geordie Hicks.«

Geordie, der aussah wie ein embryonaler Mittelstürmer, gewann überlegen, aber später, als er gegen Anna-Marie antrat, war er nicht annähernd so schnell, und sie konnte den Lappen ergattern, ehe er ihn überhaupt erreicht hatte.

Am Ende der Übung war Anna-Marie – ein wenig zu ihrer eigenen Überraschung, denn etliche der Jungen waren ihr viel flinker vorgekommen – als Siegerin aus dem Fusselgreiferwettbewerb hervorgegangen.

»So, jetzt üben wir das Fegen« verkündete der Mann mit dem roten Gesicht. »Nehmt eure Besen. Jetzt wird der Boden in Rechtecke eingeteilt – hier is 'n Stück Kreide, Geordie, das machst du. Also – gleich große Rechtecke für jeden, klar? Jeder stellt sich neben sein Feld. Jetzt streue ich 'ne Handvoll Baumwollflusen aus, und wenn ich pfeife, denn will ich mal sehn, wer sein Rechteck am schnellsten sauber hat. Und keinen einzigen Faden will ich dann mehr sehen! Achtung, fertig – los!«

Alle flitzten auf den Presseboden und fegten in fieberhafter Eile drauflos. Anna-Marie hatte ihr Feld schon dreißig Sekunden vor allen anderen makellos sauber. Sie hatte den Eindruck gehabt, ihr Viereck sei kleiner gewesen, als das der anderen, aber alles war so schnell gegangen, daß man es nicht genau sagen konnte; und wenn es so war, dann war es jedenfalls keinem der anderen aufgefallen.

»Anna Minotti hat wieder gewonnen. Gut gemacht, Anna. Jungens, schämt ihr euch nicht, von einem Mädchen geschlagen zu werden?«

Ein paar von den Jungen blickten wirklich ziemlich beschämt drein.

»Fein, Anna Minetto. Sieht so aus, als ob du die Schnellste bist, obwohl du neu bist in der Bande. Also darfst du heute Fusselgreifer sein.«

Keins der anderen Kinder schien Anna-Marie um diese Auszeichnung zu beneiden. Einige blickten finster drein, andere sahen aus, als ob sie Angst hätten. Die meisten von ihnen blickten angelegentlich fort, wenn sie zufällig Anna-Maries Blick begegneten.

»Jetzt habt ihr alle fünf Minuten zum Verschnaufen, während der Presseboden vorbereitet und der erste Teppich ausgerollt wird. Anna Minetto, du kommst her.«

Sie tat es, und er gab ihr einige gesonderte Anweisungen... wo sie am besten stehen sollte, wie sie Signale bekam... »Mehr als jeweils einen Greifer können wir nicht gebrauchen, verstehst du, sonst besteht die Gefahr, daß sie zusammenprallen. Aber achte auf alle andern, die geben dir Zeichen, wenn in ihrem Rechteck Flusen hängengeblieben sind. Und noch was: Man is leicht versucht, mit durchgedrückten Knien dazustehen, aber mach das bloß nich... immer leicht eingeknickte Knie, das ist das beste. Und die Greifzange in der rechten Hand halten... so. Und ganz entspannt bleiben!«

Anna-Marie fühlte sich nicht gerade entspannt. Die Männer, die den Boden vorbereitet hatten, waren fertig und stiegen die Stufen hoch. Eine andere Gruppe zog einen niedrigen Transportkarren heran, auf dem ein zusammengerollter Teppich lag.

»Also Jungs... fertig?« rief Mr. Blaydon, nach oben blickend.

Lucas war mittlerweile in die Spulerei geführt worden, wo die Arbeit zwar nicht schwer, dafür aber ziemlich monoton war. Ein Teil der Wolle, die im Nebenraum über mächtige Spinnräder gestreckt und doppelt gezwirnt worden war, wurde hier durch Löcher in der Trennwand geführt und auf riesige Stahltrommeln gewickelt, die sich ununterbrochen drehten – herum und herum und herum – mit einem ebenso ununterbrochenen, friedlichen Summton.

»Die Hauptgefahr hier ist, daß du einschläfst und auf eine der Poppinen fällst«, meinte der Vorarbeiter, der ihm seine Arbeit zeigte. »Bleib also fein wach, und dir passiert nix.«

Lucas' Aufgabe bestand darin, drei der stählernen Poppinen zu überwachen – aufzupassen, daß die Wolle gleichmäßig darauf aufgespult wurde und sich keine Grate bildeten, sie anzuhalten, wenn sie voll waren, sie von dem Achszapfen zu nehmen, auf dem sie rotierten, und sie durch eine leere Trommel zu ersetzen. Sie mußten etwa alle zwanzig Minuten ausgewechselt werden, und es war so eingerichtet, daß sie in zeitlichen Abständen vollliefen, also niemals zwei zur gleichen Zeit. Die vollen Poppinen wurden dann durch einen langen Gang und über eine sanft abfallende Rampe in einen großen Lagerraum gerollt, wo sie aufbewahrt wurden, bis man sie zum Weben brauchte.

Die Spulerei war ein recht angenehmer Platz zum Arbeiten, denn sie war nach drei Seiten offen, nicht zu heiß, nicht zu laut, und es gab immerfort Abwechslung bei den Farben der Wolle, die von der Spinnerei hereinlief. Trotz alledem war Lucas innerlich zutiefst unruhig und hatte Schwierigkeiten, mit seinen Gedanken bei der Arbeit zu bleiben.

Seine Unruhe wuchs, als er die Wortfetzen eines Gesprächs zweier Männer aufschnappte, die vorübergingen.

»Sieht aus, als ob Bobby Bludward wieder einen seiner Scherze vorbereitet... so 'ne kleine Stolperfalle...«

»Ach, wirklich? Und für wen, weißte das?«

»Für irgend so 'ne Kleine, die ihm kiebig gekommen is... Bloß um den anderen klarzumachen, wo Schluß is...«

»Eines schönen Tages wird irgend jemand *dem* 'ne Stolperfalle stellen... Und dann werden an die hundert Kerle ihre Mütze in die Luft werfen vor Freude...«

Sie waren außer Hörweite.

›Wäre doch Anna-Marie bloß weg hier aus dieser Fabrik!‹ dachte Lucas bei sich. Es ist nicht gut, daß sie hier arbeitet. Sie ist ein solcher Heißsporn, sie kann doch ihren Mund nicht halten.

Eine der Poppinen war vollgelaufen – mit hellvioletter Wolle. Wer wohl einen Teppich in solcher Farbe haben mochte? Aber vielleicht wurde sie beim Weben mit anderen Farben gemischt, zu einem Muster verarbeitet. Er zog den Hebel, der den Männern im Nebenraum das Signal gab, das Spinnrad anzuhalten, riß den Faden durch, befestigte ihn und hievte die Poppine von ihrem Achszapfen. Das war ein Vorgang, der ebensoviel Geschicklichkeit wie Kraft erforderte, denn die Poppinen maßen fast zwei Meter im Durchmesser – höher als Lucas, wenn sie gerollt wurden – und waren natürlich entsprechend schwer. Zuerst hatte sein Vorarbeiter ihm geholfen, aber es gab einen Trick, wie Lucas bald herausgefunden hatte, sie mit einer einzigen Bewegung vom Zapfen zu lupfen und seitwärts auf ihre Ränder zu kippen. Jetzt schaffte er das schon allein. Er überprüfte seine beiden anderen Trommeln, um sicherzugehen, daß sie gleichmäßig aufspulten, und wollte sich eben in Bewegung setzen und die violette Poppine zum Lagerraum hinunterrollen, als ihm Sam Melkinthorpes Stimme ins Ohr schlug – laut, dringend, voller Entsetzen: »Junge! Schnell! Komm zur Presse!«

»Was ist denn los?« Vor Schreck hatte Lucas der Poppine einen Stoß versetzt, so daß sie vor ihnen herrollte, als Melkinthorpe Lucas' Arm packte und ihn hinter sich herzog.

»Dieser blutige Mörder hat es so eingerichtet, daß die Presse wegrutscht... Sie haben sie zu stark geschmiert... Einer von meinen Kumpels, der an der Presse arbeitet, hat's mir erzählt. Bludward hat sie dazu gebracht...«

»Warum?« keuchte Lucas und gab der Poppine einen neuen Stoß.

»Warum? Weil sie's so hingedeichselt haben, daß dein Mädchen heute Flusengreifer is, diese Freundin von dir... darum!«

»Anna-Marie? Flusengreifer? Ich dachte, sie ist im Kämmereischuppen...«

»Nicht mehr!«

Sie kamen an die Presse. Soeben waren die Arbeiter damit fertig, einen großen, blaßgrünen Teppich auf dem Presseboden auszubreiten. Der kleine Fusselgreifer stand am Rand der Treppe bereit, die Greifzange in der Hand. Lucas sah, daß es Anna-Marie war, mit einem resoluten, angespannten Ausdruck im Gesicht...

Und da, als die Männer die letzten zwei Meter des graugrünen Teppichs ausrollten, da lagen mittendrauf nicht nur ein, sondern zwei Klümpchen Wolle. Zwei der anderen Fusselgreifer, die weiter oben auf den Stufen standen, machten ihr Zeichen und deuteten darauf, jeder in eine andere Richtung.

Anna-Marie zauderte kurz, dann sprang sie hinunter.

»Anna-Marie!« schrie Lucas. »Halt!«

Aber es herrschte zu viel Lärm durch das ohrenbetäubende Jaulen der Presse über ihren Köpfen. Sie konnte seine Stimme nicht hören. Sie schnappte das eine Wollklümpchen mit ihrer Zange... wandte sich nach dem anderen um...

Mit einem unermeßlichen Ausbruch an Energie, den er bei sich nie für möglich gehalten hätte, warf sich Lucas hinter die lilafarbene Poppine, drehte sie rechtwinklig zu ihrem Kurs und ließ sie die flachen Stufen hinunterkollern... auf den Presseboden. Keine Sekunde zu früh. In einem schaurigen, unhörbaren Sturzflug – so schnell, daß es aussah, als flöge der Boden ihr entgegen – kam die Presse herunter. Anna-Marie blickte nach oben und wurde weiß. Sie tat einen schwankenden Schritt auf den Rand zu... Nie hätte sie ihn rechtzeitig erreicht! Aber die Poppine war bis in die Mitte des Pressebodens gerollt, als die Presse herabsauste und mit ihr kollidierte... zwei Meter über dem Boden!

Anna-Maries Beine gaben nach, und sie kauerte sich auf den graugrünen Teppich nieder wie ein Rebhuhn, das oben einen Falken vorüberfliegen sieht.

»Paß auf!« schrie Sam Melkinthorpe. »Sie bricht auseinander!«

Ein scharfes, ohrenbetäubendes Geräusch ertönte direkt über ihnen. Lucas warf sich schräg die Stufen hinunter, packte Anna-Marie um die Mitte und raste zurück... in die Sicherheit... knapp bevor die zwei Hälften der Presse, die durch den Aufprall auf die Stahlpoppine genau in der Mitte gebrochen war, langsam zur Seite rutschten und auf dem Boden liegenblieben...

»Großer Gott!« sagte Sam Melkinthorpe schreckensbleich.

Lucas setzte sich knieweich neben Anna-Marie auf die Stufen nieder und legte den Arm um sie.

Aus der ganzen Fabrik kamen Leute angerannt... zu zweit, zu dritt, schließlich zu Dutzenden.

»Seht euch das an!« sagte jemand verblüfft, »durchgeknackt wie'n Sahnebonbon!«

Die Leute umringten Lucas und Anna-Marie.

»Bist du in Ordnung, Mädchen? Bist du irgendwie verletzt, Kleines?«

»Nein... nein... es ist nichts... ich danke Ihnen«, sagte Anna-Marie und rappelte sich in die Höhe zwischen all den helfenden Händen. »Es war bloß... es war bloß... so plötzlich.«

Aber als sie aufrecht stand, da zitterten ihre Knie doch wieder.

»Ich werd dich nach Hause bringen«, sagte Lucas.

»Ja, is besser«, pflichtete Mr. Melkinthorpe ihm bei, »hat 'n bösen Schock gekriegt, die Kleine. Vielleicht, daß es ihr nach 'nem Schlückchen besser ginge, oder so.«

Lucas zog Anna-Marie hinter sich her durch das Getümmel. Sie trottete gehorsam hinter ihm her. Inmitten der Menschenmenge stießen sie auf Mr. Gravestone, den Vorsteher, der sich wütend mit den Ellbogen den Weg bahnte.

»Warst du das?« schrie er und packte Lucas am Kragen. »Bist du der Junge, der eine Wolltrommel unter die Presse gerollt und sie kaputtgemacht hat? Ist dir klar, was es kosten wird, das wieder in Ordnung zu bringen? Tausende und Tausende... Die halbe Fabrik muß stillgelegt werden, für mindestens drei Wochen. Der Eigentümer wird sich an dir schadlos halten... Du wirst das bezahlen müssen...«

Da fing Lucas lauthals an zu lachen. Er fand etwas unwiderstehlich Komisches an Mr. Gravestones rotem Gesicht, seinen roten Haaren und den zornquellenden, blauen Augen.

»In Ordnung«, sagte er schließlich, »schicken Sie uns die Rechnung. Komm, Anna-Marie.«

Aber ein Stück weiter, am Warbelblock in der Weberei, trafen sie auf eine weniger komische Szene.

Dort saß Bludward in seinem Rollstuhl. Seine blassen Augen nahmen ihr Erscheinen ausdruckslos zur Kenntnis.

Vor ihm aber stand Rose Sproggs, schüttelte die Fäuste und schrie: »Is mir doch egal, wer mich hört! Sie war ein gutes Mädchen, und helle obendrein, und das war Mord, Bob Bludward... 'n anderes Wort gibt's da nich für! Du hast das jetzt einmal zu oft gemacht. Jetzt red ich, was Sache is, un wenn's das Letzte is, was ich tu...«

Plötzlich sah sie Anna-Marie, und sie stockte, keines Wortes mehr mächtig. Endlich stieß sie hervor: »Ich dachte, du wärst tot, Kleines.«

»Nein«, sagte Anna-Marie. »Luc...« weiter konnte sie nicht sprechen.

Hinter Rose tauchte Scatcherd auf und blickte Bludward über deren Schulter hinweg an. »Ich hab's dir gesagt, Bob Bludward«, sagte er leise, »ich hab's dir schon mal gesagt... weißt du noch, damals, als Fred Tebutt im Färbebottich gefunden wurde... ich hab gesagt, früher oder später hinterläßt du Spuren, und denn kriegen sie dich. Jetzt bist du zu weit gegangen.«

»Jawohl, das is er!« schrie Rose hysterisch. »Da gibt's nämlich Leute bei der Presse, die werden reden...«

»Ach, halt dein Maul, Weib«, herrschte Bludward sie an. Er schien völlig unbeeindruckt von diesen Beschuldigungen. Er blickte Scatcherd an und sagte nur: »Du willst also mit mir kämpfen, was?«

»Kämpfen? Wer sagt denn was von Kämpfen?«

»Hast wohl Angst, mit 'nem Krüppel zu kämpfen, hä?« meinte Bludward geringschätzig.

»Nee, du, mich nennt hier keiner einen Feigling...«

»Aber ich. Wenn du nicht kämpfst, dann nenne ich dich eine weiche Pflaume. Klar? Also – Bolzengewehre mit Etikettenstiften?«

»Äh... na schön... wenn du unbedingt willst... dann sag ich nicht nein.«

Scatcherd war aus dem Konzept gebracht, das er sich so sorgsam zurechtgelegt hatte. »Wann?... Und wo?«

»Heut nachmittag, drei Uhr... Oben am See im Park Mitternacht.«

»Ein Duell?« schrie Rose außer sich. »So sind diese Männer! Kämpfen! Und wem soll das nützen?«

»Luc«, sagte Anna-Marie mit kläglicher Stimme. »Luc, es tut mir leid, ich glaube, mir wird schlecht. Können wir nach Hause gehen?«

Aber draußen vor der Fabrik fühlte sich Anna-Marie schon ein bißchen besser. Sie waren überrascht, daß es so ein wundervoller Tag war – klar, und sogar ein bißchen warm. Die Sonne schien. Vögel sangen wie in heller Aufregung. Der Schnee perlte leise in glitzernden Tropfen von den Bäumen.

Nahe der Stelle, wo sie vom Milestone Hill abbiegen mußten, überholten sie einen älteren Mann. Als sie ihn erreichten, sahen sie, daß es der alte Scatcherd war.

»Ich geh deine Großmutter besuchen«, sagte er. »Is ’n schöner Tag heut für einen Bummel. Und ich mein, es wird Zeit, daß ich mal rauftapere und die Sache mit ihr in Ordnung bring.«

»Mr. Scatcherd«, sagte Lucas, als sie in seinem Tempo nebeneinander hergingen, »wissen Sie, daß Ihr Sohn Davey heute nachmittag im Park mit Bob Bludward kämpft?«

»Ach, macht er das?« rief der alte Mann in lebhaftem Einverständnis. »Wird ja wohl auch Zeit. Und wie? Mit Holzpantinen geht’s ja wohl nich, wo doch Bludward ’n Krüppel is.«

»Nein«, bestätigte Lucas. Er hatte von den – oftmals tödlich endenden – Zweikämpfen gehört, die die Männer von Blastburn ausfochten, wobei sie keine andere Waffe benutzten als die mit Stahlkappen versehenen Holzschuhe an ihren Füßen. Sie tanzten umeinander herum wie Kampfhähne, die Hände auf den Hüften, bis einem von beiden die Beine unter dem Leib weggetreten wurden.

»Schade«, sagte der alte Mann, nahm seine Pfeife aus dem Mund und klopfte sie gegen einen Baum. »Davey is schnell wie der Blitz mit den Füßen… is Torwart bei den Blastburn Wanderern. Ich nehm an, dann werden’s wohl Bolzengewehre sein, was?«

»Ja, so was haben sie gesagt.«

»Der Bludward is ’n Teufelsschütze«, sagte der alte Mann und verfiel in Schweigen, bis sie das Eishaus erreicht hatten.

Die frische Luft und der Fußmarsch hatten Anna-Marie einigermaßen wiederhergestellt, und das war auch gut so, denn drinnen im Eishaus fanden sie einen weiteren unerwarteten Gast vor – Mr. Throgmorton, den Advokaten, der diesmal durchaus nicht so untadelig, so gepflegt, so grau und proper wirkte wie gewöhnlich.

»Ich komme auf Ihren Brief hin, Madam«, sagte er soeben. »Ich muß gestehen, ich war überrascht, Sie hier einquartiert zu finden. Erstens glaubte ich, Sie seien tot. Und zweitens bezweifle ich, daß Sie mehr als das Recht des Landstreichers auf Ihrer Seite haben, hier Ihren Wohnsitz aufzuschlagen, im Park Mitternacht, der, wie Sie wissen, verkauft worden ist.«

»Dazu kommen wir gleich«, sagte Lady Murgatroyd gleichmütig. »Oh, Mr. Scatcherd! Sie sind genau der Mensch, den ich mir in diesem Augenblick herbeigewünscht hätte! Bitte, nehmen Sie doch Platz, hier, auf diesem Baumstumpf... Mr. Throgmorton – Sie kennen ja Mr. Oakapple schon, und mich kennen Sie auch. Jetzt wären wir Ihnen dankbar, wenn Sie so gut sein würden, uns zu erklären, warum Sie dem jungen Lucas Bell hier – von dem wir beide bezeugen, daß er niemand anders als Lucas Bell ist – das Einkommen vorenthalten haben, das er nach seines Vaters Tod geerbt haben müßte?«

»Nun«, begann Mr. Throgmorton mit gequälter Miene, »...wenn der junge Mann hätte beweisen können, daß er Lucas Bell ist, und wenn er das Testament seines Vaters vorweisen kann, dann, so versichere ich Ihnen, hätte ich niemals die leiseste Absicht gehabt, ihm irgend etwas vorzuenthalten, was ihm zusteht... Ich glaube – äh – es war ein Einkommen von zwanzig Pfund im Jahr... Natürlich nur, nachdem ein ordnungsgemäßer Antrag gestellt worden ist.«

»Ich bin entzückt, das zu hören. Glücklicherweise haben wir das Testament hier... zusammen mit einigen anderen Dokumenten, von denen Ihnen vielleicht nicht bewußt war, daß Sie sie verlegt hatten, Mr. Throgmorton... Einige Quittungen über Zahlungen an diverse Personen...«

Des Advokaten graue Gesichtsfarbe verblaßte ins Grünliche. Er machte vor Entsetzen den Mund auf, als er die Papiere sah, die Lady Murgatroyd in der Hand hielt.

»Lucas und ich werden am Montag in Ihre Kanzlei hinunterkommen, und dann gehen wir gemeinsam mit Ihnen die Kontobücher seines Vaters durch, Mr. Throgmorton«, mischte sich Mr. Oakapple ein.

»Sehr wohl, Mr. Oakapple... das paßt mir sehr gut«, stammelte der Advokat. »Ich bin beglückt, Sie wieder wohlauf zu sehen nach Ihren Verletzungen, Sir, sehr beglückt. Ich wußte gar nicht, daß Sie die Feuersbrunst überlebt haben...«

»Ich hätte wohl auch nicht überlebt, wenn nicht dieser Junge hier, den Sie so seltsamerweise nicht wiedererkannt haben, als Kloakenfischer gearbeitet hätte, um meine Behandlung zu bezahlen«, erwiderte Mr. Oakapple.

»Nun, Mr. Throgmorton«, meinte Lady Murgatroyd freundlich, »noch eine Frage. Diese Zahlungen, die von Sir Randolph an Scatcherd, Smallside, Towzer und Garridge geleistet wurden... wofür waren die?«

Da erhob sich der alte Mr. Scatcherd von seinem Baumstumpf und humpelte näher. »Vielleicht is es jetzt an mir, zu reden, Mylady. Gott weiß, das nagt nu schon seit über zwanzig Jahren an mein' Gewissen... Aber die Zeiten waren hart, und wo ich all die vielen Mäuler zu stopfen hatte... Da ging's doch nicht an, einfach so harte, bare Münze auszuschlagen... Aber wenn ich gleich am Anfang gewußt hätt, wo das alles noch hinführt... ich hätt es nie... niemals gemacht! Bloß so 'n bißchen Spaß wär das, dachten wir damals, als wir einwilligten, wir machen es.«

»Was haben Sie denn versprochen, was Sie machen würden?« Mr. Oakapples Stimme klang sehr ruhig und traurig, als sähe er die Antwort schon vor sich, mit unerschütterlicher Gewißheit.

»Na ja, ich mußte 'n ordentliches Stück Clutterbypastete beisteuern – ich war nämlich 'n Meisterbäcker in jenen Tagen – und Gabriel, der mußte sie in Sir Quincys Schlafzimmer bringen – und Garridge, der mußte den einen Weg durch Canby Moorside reiten, verkleidet als Sir Randolph, und Smallside, der mußte zurückreiten...

Ach, aber wenn ich gewußt hätt, daß Sir Quincy bei der Geschichte sterben und daß der junge Denzil weglaufen und außer Landes ertrinken würde! Und Sie, Mylady… wir haben doch sagen hören, Sie wären auch tot! Sonst hätt ich doch schon längst ausgepackt…

Garridge und Towzer und noch 'n paar andere Burschen, die machten noch weiter und erledigten noch ein übles Geschäft für Sir Randolph… die versuchten nämlich, Sir Denzil am Fortsegeln zu hindern. Einer von ihnen hat das Schiff angebohrt, so daß es unterging. Aber damit wollte ich nichts zu schaffen haben, ich hatte damals die Nase voll. Und die haben sich auch nichts Gutes eingehandelt dabei. Zwei von ihnen wurden nämlich getötet. Und Towzer, der is seitdem nie wieder er selbst gewesen… sein Herz hat ihn verlassen.«

Der alte Scatcherd schwieg und starrte ins Feuer, als sähe er darin ein großes Stück Clutterbypastete.

»Sie sehen also, Mr. Throgmorton«, sagte Lady Murgatroyd, »wahrscheinlich ist der Verkauf von Park Mitternacht null und nichtig, da Sir Randolph das Anwesen durch betrügerische Machenschaften erworben hat. Und falls Sie eine Provision für den Verkauf erhalten haben, wären Sie gut beraten, sie zurückzugeben.«

Jetzt sah Mr. Throgmorton wirklich erschrocken aus. »Ich bezweifle sehr, daß es Ihnen gelingt, dafür weitere Zeugen zu finden…« fing er an.

»Ich glaube, wir könnten den alten Monsieur Towzer heranziehen«, sagte Anna-Marie. »Dem tut es bestimmt sehr leid, was er getan hat.«

»Und Smallside könnte sich auch bereiterklären, uns zu helfen, wenn er wüßte, daß wir die Quittungen haben. Ebenso Garridge…« ergänzte Mr. Oakapple. »Wenn sich allerdings herausstellte, daß auch Sie von dem ursprünglichen Betrug gewußt haben, dann könnte es natürlich unangenehm für Sie werden…«

Jetzt hatte Mr. Throgmorton genug. »Gut, Madam, ich werde mir das ansehen, ich werde mir das ansehen. Ich weiß von nichts.

Ich kann nichts versprechen. Eine sehr komplizierte rechtliche Situation... sehr kompliziert. Ich darf mich wohl jetzt verabschieden.«

Er verschwand in großer Eile und sah aus, fand Anna-Marie, als ob ihm jemand einen Sack voller Schnee um die Ohren geschlagen hätte.

Als er gegangen war, wandte sich Lady Murgatroyd dem alten Scatcherd zu und sagte: »Es war nett von Ihnen, herzukommen, Mr. Scatcherd. Ich bin Ihnen sehr dankbar dafür. Wollen Sie nicht einen Teller Suppe mit uns essen?«

»Ach, danke, Mylady.« Der alte Mann sah auf einmal sehr müde aus. »Da sag ich nich nein. Bin doch nicht mehr so fest auf den Beinen, wie ich dachte. Und ich will ja noch bleiben und bei dem Kampf zusehen.«

»Kampf?« fragte Lady Murgatroyd. »Was für ein Kampf?«

Lucas erklärte ihr, warum die Männer sich duellieren wollten, und wie Rose seufzte er und sagte: »Wem soll das denn nützen!«

»Es gefällt mir ganz und gar nicht, daß sie wegen etwas kämpfen, das mir passiert ist«, sagte Anna-Marie.

»Die hätten das sowieso getan, Mädchen, früher oder später«, sagte der alte Mann. »Die beiden sind sich immer spinnefeind gewesen. Die halbe Stadt steht hinter diesem Bludward – weil er sie in Angst hält mit seinem Hilfsverein –, und die andere Hälfte ist für meinen Davey. Sie nennen sich sogar die Bluddys und die Scatchys. Da wär's am Ende sowieso auf einen Zweikampf rausgelaufen.«

Anna-Marie, die unter die Tür getreten war, rief erstaunt: »Oh, was für eine Menge Leute da in den Park kommen! Und, Mr. Scatcherd, da ist auch Ihr Sohn!«

Sie rannte ihm über den tauenden Schnee entgegen.

»Hallo, Mädchen«, lächelte er. »Kommst du auch mit – beim Kämpfen zugucken?«

»Vielleicht«, meinte Anna-Marie, »obwohl es mir nicht sonderlich gefällt. Davey, Ihr Vater ist hier... wollen Sie nicht reinkommen und ihn begrüßen?«

»Mein Vater? Hier?« Er war sehr erstaunt. Der alte Mr. Scatcherd, der offensichtlich froh war, seine peinliche Beichte hinter sich gebracht zu haben, bevor sein Sohn kam, klopfte ihm auf den Rücken und sagte: »Nun sieh man zu, daß du uns allen Ehre machst, Davey, mein Junge. Ich selbst hab nich immer so richtig und offen und geradeaus gekämpft, nu sieh man zu, daß du das tust. Hau ihn in den Sack, mein Jung'... wir alle gucken zu!«

Lady Murgatroyd erklärte, sie werde bei keinem Duell zuschauen, aber Mr. Oakapple ging mit dem alten Scatcherd hinaus. Anna-Marie und Lucas begleiteten Davey durch den Park bis zu dem Platz, den Bludward ausgesucht hatte. Der See lag in einiger Entfernung von den Ruinen des Hauses jenseits eines flachen Hügelkammes in einer Senke. Auf dem Hügel wandten sie sich um und blickten auf Blastburn hinunter, das dort unten lag, feucht und glitzernd und dunstverschleiert mit all seinen Schornsteinen, die schwarz in den ungewohnten Sonnenschein ragten.

»Tja, is 'n dreckiges altes Nest«, sagte Davey liebevoll. »Is vieles faul da unten, aber lebendig is es! Und es hält dich fest, wenn du da lebst. Luke, Junge, ich möcht dich um was bitten.«

»Ja, natürlich... was?« sagte Lucas.

»Du bist ein guter Kerl, das seh ich... Du und ich, wir könnten wohl Freunde sein. Aber wenn dieser Bludward mich erledigt, dann hoff ich, daß du die Aufgabe übernimmst, aufzupassen, daß der Kerl und seine Kumpane nicht völlig die Zügel in die Hand kriegen in dem alten Nest da unten.«

»Darum bitten Sie mich?« fragte Lucas verblüfft. Und dann sagte er einfach: »Ja, gut.«

»Gib mir die Hand darauf«, sagte Davey, und sie schüttelten sich die Hände.

»Und was ist mit mir?« meinte Anna-Marie.

»Na, dich brauch ich doch gar nicht erst zu bitten«, sagte David und fuhr ihr durchs Haar. »Du bist 'ne geborene Kämpferin. Übrigens möcht ich dir was schenken, so 'ne Art Andenken zum Weitergeben, könnte man sagen.«

»Oh, und was ist es?«

»Meine Mama hat mir erzählt, du hättest 'ne selten schöne Stimme für ein Mädchen deines Alters. Also, meine Großmutter, die stammte von den Zigeunern ab, und die hat mir eine besondere Art zu Singen beigebracht – mit geschlossenem Mund, so, daß die Töne wie von außen zu kommen scheinen. Paß auf, so…« Und er machte es vor.

»Oh, das ist ja seltsam!« schrie Anna-Marie. »Aber ich danke Ihnen. Ich bin sicher, nicht einer unter hundert Leuten kann so singen. Nicht mal *Monsieur Ookapool.*«

Sie probierte es etliche Male ohne Erfolg, und dann plötzlich hatte sie den Bogen raus. »Es fühlt sich an, als ob der Ton durch meine Ohren hereinkommt, statt hinauszugehen!«

»Dann ist es richtig«, meinte Davey zufrieden. »Genauso hat es meine Großmutter gemacht. Wäre mir nicht lieb, es nicht irgendwem weitergesagt zu haben, wie's geht.«

Mittlerweile hatte sich eine große Menschenmenge im Park angesammelt. Offenbar hatte die halbe Stadt von dem Duell Wind bekommen und war zum Zuschauen herbeigekommen.

Lucas entdeckte sogar Mr. Hobday, der sich sofort an ihn heranschlängelte, als er ihn gesehen hatte, und sagte: »Hallo, Luke, Junge, ich hab da was läuten hören, daß deine alte Großmutter 'ne berühmte Stimmgabel besitzt, wo mal Orlando Gubbin gehört hat? Ich kenn da einen Burschen, der wär bereit, Tausende und Tausende dafür zu zahlen, für die Gabel. Wie wär's denn, hä? Meinste, deine Großmutter tät verkaufen?«

»Nein«, sagte Lucas, »das würde sie nicht, da bin ich ganz sicher. Es lohnt sich nicht einmal, sie zu fragen.«

Mr. Hobday schien zwar enttäuscht, sah aber aus, als wolle er es erneut mit seinen Überredungskünsten versuchen. In diesem Augenblick jedoch erblickten sie Bludward in seinem Stuhl. Er wurde von Newky und seinem strubbelhaarigen Bruder Joe durch den Schnee geschoben. Sie rollten ihn an einen Platz, der etwa zehn Meter vom See entfernt war. Und dann beobachtete Lucas, wie Joe in der Menge umherging und Wetten anbot – zwanzig zu eins gegen Scatcherd. Aber nicht viele beteiligten sich. Bludward, so schien es, hatte eine hohe Reputation als treffsicherer Schütze.

Das Feld für das Duell wurde markiert – fünfundzwanzig Meter. Scatcherd stand mit einer kleinen Gruppe von Freunden den überfrorenen Schloßruinen näher; Bludwards Stuhl stand nicht weit von einem großen Kastanienbaum.

Die Sekundanten überprüften sorgfältig die Bolzengewehre. Die bestanden aus einer Art Metallbogen, der durch eine Feder gespannt wurde. Geschossen wurde mit Etikettenspießen, die in der Spinnerei dazu benutzt wurden, Etiketten an den dicken Wollballen zu befestigen. Das waren tödliche Waffen, weil diese Stifte – obwohl nur zehn Zentimeter lang – mit so gewaltiger Wucht abgefeuert wurden.

Nicht eben die Sorte Werkzeug, mit der Mr. Oakapple einverstanden sein konnte, dachte Lucas, der beobachtete, wie sein Lehrer solch ein Ding eingehend betrachtete.

»Also? Fertig?« rief der gewöhnlich so schweigsame Jobson, der das Duell organisierte und Schiedsrichter war. »Wenn ich dies Bündel hier fallen lasse, dann feuert ihr beide los!«

Er ließ ein Büschel Wolle fallen. Jedermann hörte das ›Peng!‹ von Bludwards Bogen und sah Davey zusammenzucken, als sei er gebissen worden. Aber er blieb aufrecht stehen, den unabgeschossenen Bogen in der Hand. Und dann zielte er, sehr bedächtig. Bludward sah es und versetzte seinem Rollstuhl plötzlich einen heftigen Stoß, um sich aus der Schußlinie zu manövrieren.

Der Stuhl schoß rückwärts den leichten Abhang hinunter und geradewegs auf den zugefrorenen See zu, auf welchem eine beträchtliche Anzahl von Zuschauern stand.

Die Menge fuhr auseinander – manche auf die eine Seite, manche auf die andere –, und der Stuhl raste die Gasse entlang, die sich so gebildet hatte. Und dann geschah etwas Schauriges: überdehnt durch den plötzlichen Druck der vielen Menschen, die sich alle auf einmal zur Seite bewegten, brach ein Riß auf quer über die Mitte des Sees. Ein dunkler, sich vergrößernder Spalt tat sich auf... Bludwards Stuhl rollte mitten hinein und entschwand den Blicken.

Schreie und Rufe ertönten, während die Leute sich von dem schwankenden Eis retteten und ans Ufer kletterten. Aber ehe schließlich jemand daran dachte, etwas zu tun, um den Mann im Rollstuhl zu retten, war es zu spät.

Jetzt erst hörten sie das Schwirren von Daveys Bogen.

Anna-Marie und Lucas rannten zu ihm. Er lehnte gegen einen Baum.

»Oh, ist alles in Ordnung?« rief sie. »Hat er Sie nicht getroffen?«

»Doch, Mädchen, ich bin erledigt. Der alte Bob hat mich direkt hier erwischt.« Und er legte eine Hand auf sein Brustbein.

»Warum hast du nicht geschossen?« fragte Melkinthorpe.

»Hab ich ja. Ich hab auf die Kastanie gezielt, und ich hab sie auch getroffen!« erwiderte Davey grinsend.

Der alte Scatcherd kam herbeigehumpelt. »Halt aus, Davey, Junge... hast's ja gut gemacht... komm, halt aus!«

»Nee, ich kann nich, Vater. Der alte Bob hat mich fertiggemacht. Grüß mir Mama... und die Kleinen. Und du... vergiß nicht, was ich dir beigebracht hab, Mädchen...«

»Oh, Sie dürfen nicht sterben!« schrie Anna-Marie.

Aber er starb.

Sam Melkinthorpe und andere Freunde trugen ihn nach

Hause, und der alte Scatcherd ging nebenher. Die Menge verkrümelte sich langsam aus dem Park. Schwarz zertrampelt und matschig blieb der Schnee zurück, und zum ersten Mal seit Wochen schaute stellenweise Grünes hindurch. Lucas ging langsam hinter den Trauernden her.

Anna-Marie sprach mit niemandem. Mit zusammengepreßten Lippen ging sie zum Eishaus zurück, und als sie drinnen war, setzte sie sich auf den Fußboden, schlang die Arme um Redgauntlet und weinte bitterlich... für eine lange Zeit.

»Ich will nicht, daß er tot ist«, schluchzte sie.

Ihre Großmutter und Mr. Oakapple blickten sie traurig und wortlos an.

Aber schließlich – viel später – seufzte sie tief, setzte sich auf und schneuzte sich die Nase. »Also... er ist tot... wie Papa und Sidi. So ist das eben. Aber es ist eine solche Sinnlosigkeit! Er war so nett. Und er ha... hat doch für die Blastburn-Wanderer gespielt...«

»Ja, eine Sinnlosigkeit«, sagte Lady Murgatroyd.

An der Tür ertönte ein Klopfen.

»Darf ich hereinkommen?« fragte ein großgewachsener, dünner Mann im Nähertreten. »Ich hörte ein Gerücht... und da dachte ich, wenn es stimmt, dann könnte ich ebensogut mal herkommen und meine Aufwartung machen... Ach, Eulalia! Du bist das? Was für eine schöne Überraschung. Dann warst du gar nicht tot all die Jahre?«

»Ach, Gus... guten Tag«, sagte Lady Murgatroyd. »Darf ich dir meinen Freund Julian Oakapple vorstellen? Und dies hier ist meine Enkeltochter Anna-Marie. Mein Vetter, Lord Holdernesse.«

Anna-Marie tupfte sich die Augen trocken und betrachtete Lord Holdernesse. Sie entdeckte eine große Familienähnlichkeit zwischen ihm und Lady Murgatroyd. Beide waren von der gleichen hochgewachsenen, knochigen Hagerkeit, beide waren gleichermaßen ergraut. Aber wo sie Festigkeit ausstrahlte, Gedankenschärfe und Entscheidungsfähigkeit, da erschien er wie eine träumerische alte Vogelscheuche. Mit abwesendem Blick schaute er sich um und murmelte: »Das alte Eishaus… tatsächlich. Ich kann mich noch erinnern, wie ich hier Verstecken gespielt habe, als ich acht war, oder neun, mit Quincy und seiner Schwester… wie war doch gleich ihr Name?«

»Gus, ich hab gehört, du hast versucht, Park Mitternacht zu kaufen?« sagte Lady Murgatroyd. »Ich hoffe, es hat dich nicht zu sehr aufgeregt, zu hören, daß der Verkauf nicht gilt. Ich nehme an, du kriegst dein Geld zurück… außer, dieser gräßliche Throgmorton brennt damit durch. Den solltest du mal lieber scharf im Auge behalten.«

»Ach?« sagte er vage, »der Verkauf gilt nicht? Warum denn nicht, Eulalia?«

In diesem Augenblick kam Lucas leise zur Tür herein. Er sah blaß aus, aber gefaßt.

»Warum? Weil Sir Randolph sich das Anwesen durch Betrug angeeignet hat.«

»Ein widerwärtiger Bursche – konnte ihn nie ausstehen. Das überrascht mich überhaupt nicht. Aber wem gehört der Park denn jetzt?«

»Nun – uns, nehme ich an. Uns allen hier. Laßt uns mal hinausgehen und ihn uns ansehen.«

Sie gingen nach draußen, alle miteinander, in den kalten, dunstigen Sonnenschein. Anna-Marie trug Bet auf dem Arm, schmiegte sie fest an sich. Die Rauchschwaden von Blastburn lagen wie ein Kissen über dem Horizont.

»Ja… tut mir nun leid für dich, daß es dir nicht gelungen ist, den Park zu kaufen, Gus«, meinte Lady Murgatroyd, »aber für uns bin ich froh.«

Sie wandte den Blick von Blastburn ab und schaute über das weitläufige, nackte, schmutzige, wundervolle Fleckchen Erde hin... mit seinen rußgeschwärzten Bäumen, seinem zertrampelten Schnee und dem See voller zerborstener Eisschollen.

»Oh, ich neide es dir ja nicht, meine liebe Eulalia... nicht im geringsten! Ich besitze ja immerhin die Spinnerei.«

»Die besitzen Sie, Sir?« fragte Lucas interessiert. »Sind *Sie* die ›Britische Teppich- & Mattenfabrik?‹«

»Richtig, die Gesellschaft gehört mir.«

»Dann wirst du alle Hände voll zu tun haben, die Dinge dort ins Lot zu bringen«, sagte Lady Murgatroyd. »Aber hier ist jemand, der dich beraten kann. Mein junger Neffe Lucas Bell. Er hat sich in der Spinnerei hinreichend umgesehen und weiß eine Menge darüber.«

»Ich werde deinen Rat sehr zu schätzen wissen, mein lieber Junge.«

»Nun ja...« Lucas zögerte, »eigentlich hatte ich ja daran gedacht, Schriftsteller zu werden... jetzt, wo ich die Einkünfte meines Vaters – zwanzig Pfund im Jahr – habe, um davon zu leben...«

Aber dann dachte er an das Versprechen, das er Davey Scatcherd gegeben hatte.

»Natürlich kannst du außerdem ein Schriftsteller sein«, warf Lady Murgatroyd streng ein, »aber ganz unbedingt mußt du Gus beraten!«

›Muß ich?‹ dachte Lucas. ›Weiß ich denn genug darüber?‹ Und ihm fiel ein: ›Industrie ist eine gute Sache, weil es besser ist, in einer Teppichfabrik zu arbeiten, als im Regen zu stehen ohne etwas zu essen.‹

»Tut mir leid, aber ich war gezwungen, die Presse in Ihrer Fabrik zu zerbrechen, Sir«, sagte er zu Lord Holdernesse.

»Ach, hast du das, mein lieber Junge? Das wußte ich gar nicht. Na ja, ich meine, das kann wohl repariert werden.«

»Ich weiß auch gar nicht, ob das wirklich eine gute Methode ist, Teppiche herzustellen, Sir.«

»Nein? Das mußt du mir alles nach und nach erklären.«

»Ach, und es gibt noch etwas, das Sie vielleicht wissen sollten, Sir«, fuhr Lucas fort. »Als ich unten in der Stadt war, da hörte ich zufällig zwei Leute wild drauflosreden. Die sagten, sie würden die Deiche durchbrechen und den tiefer gelegenen Teil der Stadt überschwemmen... Das waren Bob Bludward und Newky«, erklärte er Anna-Marie. »Deshalb ging ich in die Haddock-Street und warnte die Scatcherds und alle übrigen dort. Anscheinend wohnen die Bluddys meist am oberen Ende der Stadt, nach Clutterby zu, und da, meinten sie wohl, seien sie sicher. Aber der alte Mr. Scatcherd sagt, die haben wohl vergessen, daß es im Frühjahr Springfluten gibt, die dann wahrscheinlich die ganze Stadt überfluten. Bob Bludward war schon immer ein dummer Junge, sagt er. Die Scatcherds sagen also allen Leuten Bescheid, daß sie die Augen offenhalten sollen, und ich habe es auch Mr. Gravestone von der Spinnerei gesagt, denn die liegt ja ziemlich tief.«

»Das hört sich ja an«, meinte Lady Murgatroyd, »als ob wir noch alle Welt zum Kampieren hier oben in den Park bekämen. Na, da gibt es viel zu tun. Ein Glück, daß das Wetter ein bißchen wärmer geworden ist.«

»Aber dieser alte Gudgeon!« rief Anna-Marie in plötzlichem Schrecken. »Er ertrinkt doch unweigerlich, wenn es eine Springflut gibt!«

»Den hab ich auch gewarnt«, sagte Lucas. »Ich bin bei ihm vorbeigegangen.«

»An seinem Kahn? *Mon dieu!* Hast du denn keine Angst gehabt?«

»War nicht weiter schlimm. Er schien sich kaum noch an mich zu erinnern. Aber ich weiß auch nicht, ob er wirklich begriffen hat, was ich ihm gesagt habe. Er sagte bloß: ›Das Ende all dessen wird kommen in einer Flut; aber auch Fluten können nicht die Liebe ertränken.‹ Und dann ging er fort, das Ufer entlang, um nach Schätzen zu suchen.«

»Ja, dann...« meinte Anna-Marie, »du hast dein möglichstes getan.«

Lord Holdernesse und Lady Murgatroyd waren zum Hügelkamm hinaufgegangen und blickten auf die Stadt hinunter. Wortfetzen ihrer Unterhaltung schoben sich zwischen Anna-Maries traurige Gedanken.

»Es hat keinen Sinn, den Leuten zu *sagen*, sie sollen sich ändern, Gus. Aber wenn ihr Leben besser wird... Ich glaube, Scatcherd hat einen jüngeren Bruder, der könnte...«

»... das Gespür für Anständigkeit verbreiten, Schulungsgruppen organisieren, ihnen hehre Prinzipien einprägen... all diese schönen Sachen, was, Eulalia?«

›Gruppen! Prinzipien!‹ dachte Anna-Marie. ›Viel wichtiger sind doch die Menschen! Ich bin wichtig, *moi!* Ich werde Melodien erfinden, welche die Menschen Hunderte von Jahren entzücken werden‹.

»Trotz allem«, sagte Mr. Oakapple, der neben ihr stand, als hätte er ihre Gedanken gehört, »wenn du fortgingest von hier, was behieltest du am deutlichsten in der Erinnerung? Doch nicht die einzelnen Menschen, sondern diese große, dunkle Stadt mit all ihrem Elend und ihrer Mühsal.«

»Davey hat gesagt, es sei ein dr... dreckiges, altes Nest. Aber er liebte es.« Sie wischte sich erneut die Augen.

Lady Murgatroyd und ihr Vetter unterhielten sich über Sir Denzil.

»Ja, er war ein eigensinniger, wilder Junge... aber jeder hatte ihn gern. Der hatte eine Art, dich anzuschauen und zu lächeln... Quincy war auch ein ziemlich harter Vater, weißt du, Eulalia. Wenn er etwas verständnisvoller gewesen wäre, dann...«

Lucas sann traurig über das Leben und Sterben des Denzil Murgatroyd nach. Dieser begabte, lebensvolle, erfinderische Junge – welch ein vergeudetes Leben, dachte er. Aber wenn er nun ergeben getan hätte, was sein Vater wollte, wenn er sich der

Fabrik verschrieben hätte, wären die Dinge dann glücklicher verlaufen? Was nützte es denn, daß jedermann ihn liebte? Wenn er und Sir Randolph sich nicht gestritten hätten, wäre dann Sir Randolph ein besserer Mensch geworden, hätte nicht solche Spur von Verwüstung hinter sich hergezogen? Schlägt Anna-Marie ihrem Vater nach? Nein, dachte Lucas entschieden, sie ist sie selbst, kein Mensch ist die Fortsetzung von irgend jemand anders. Und dann dachte er, er könne vielleicht über Denzil Murgatroyd schreiben. Vielleicht konnte er seine Geschichte schreiben.

»Was wirst du denn nun machen mit deinem Park, Eulalia?« fragte Lord Holdernesse.

Die Sonne stand schon tief am Horizont, die Schatten waren lang, und es wurde frostig.

»Ja«, meinte Lady Murgatroyd, »was sollen wir damit machen, meine Lieben? Ein neues, großes Haus bauen?«

»Nein, nein, das wollen wir nicht!« protestierte Anna-Marie. »Außerdem haben wir gar kein Geld. Aber ich hab schon überlegt, was ich tue: Ich sammle Schnecken. Ich habe am Krankenhaus ein Schild gesehen, daß die Ärzte Schnecken kaufen – mit den Schalen – für vier Pennys das Litermaß. Die Leute brauchen sie auch für ihre Käfigvögel. Und ich glaube nicht, daß die Kerle vom Hilfsverein behaupten können, sie hätten das Recht auf alle Schnecken von Blastburn. Die Ärzte wollen auch Frösche, ein Penny das Stück. Und die Männer, die Torf verkaufen, brauchen Würmer. Ich werd mir auch die anderen Fusselgreifer zum Helfen heraufholen. Ich fand nämlich, die sahen nicht besonders glücklich aus. Wahrscheinlich sind sie froh über eine Abwechslung. Und Luc kann mir auch helfen und dabei ganz hübsch verdienen.«

Aber Lucas dankte ihr und meinte, er hätte wohl genug zu tun.

»Und dann werden wir schreiben und lesen, und singen... wir werden eine Musikschule aufmachen...«

»Avec le diapason de Händel, alors!«

»Komm nur und besuche uns, Gus, wann immer du magst«, sagte Lady Murgatroyd, als er den Hut lüftete und sich empfahl.

Sie gingen zurück ins Eishaus, wo ein heimeliges Feuer gloste und einen warmen Duft nach Holzrauch verbreitete. Redgauntlet schlug mit dem Schwanz auf den Boden.

»Ich glaube, heute abend wäre es schön, wenn Sie ein bißchen auf der Geige spielten, Monsieur Oakapple, *n'est-ce pas?*« sagte Anna-Marie.

Bitte beachten Sie auch
die folgenden Seiten

Joan Aiken im Diogenes Verlag

Die Kristallkrähe

Roman. Aus dem Englischen von Helmut Degner

»Als ihr Krimi *Die Kristallkrähe* erschien, verglichen die Kritiker sie mit Patricia Highsmith, Celia Fremlin und Margaret Millar.« *Titel, München*

Das Mädchen aus Paris

Roman. Deutsch von Nikolaus Stingl

Wohin sie geht, zieht Ellen Paget Liebhaber an: den ambivalenten Professor Bosschère in Brüssel, den unberechenbar-eigenwilligen Comte de la Ferté in Paris, ihren Stiefbruder Bénédict. Ihre gebieterische Patin, Lady Morningquest, bereitet einer zarten Romanze ein rasches Ende und schickt Ellen nach Paris...

»Wieder einer der bestrickenden, aufregenden Romane, die Joan Aiken seit zwanzig Jahren zu einem Publikumsliebling machen.«
Publishers Weekly, New York

Tote reden nicht vom Wetter

Roman. Deutsch von Nikolaus Stingl

Jane, Graham und die beiden Kinder sind eine ganz normale Familie. Graham ist Architekt, Jane hat ihre Arbeit bei einer Londoner Filmfirma aufgegeben, seit sie in das neue, teure Haus auf dem Land gezogen sind. Geldprobleme zwingen Jane bald dazu, ihren alten Job wieder anzunehmen und dem finsteren Ehepaar McGregor tagsüber Haus und Kinder anzuvertrauen...

»Joan Aiken präsentiert uns rabenschwarze, schaurigschöne Geschichten.« *Die Welt, Bonn*

Der eingerahmte Sonnenuntergang

Roman. Deutsch von Karin Polz

Lucy reist nach England, um herauszufinden, was mit ihrer alten Tante Fennel und deren Freundin geschehen ist. Was wie ein ganz normaler Verwandtenbesuch beginnt, entwickelt sich rasch zu einem gefährlichen Abenteuer für Lucy…

»Das Beiwort ›unterhaltsam‹ ist für diesen Psycho-Thriller von Joan Aiken schlichte Tiefstapelei. Die Lektüre dieses Buches ist ein hochgradiges Vergnügen.« *Frankfurter Rundschau*

Ärger mit Produkt X

Roman. Deutsch von Karin Polz

Als Martha Gilroy den Auftrag bekam, eine Werbekampagne für ein aufregendes neues Parfüm zu starten, hatte sie keine Ahnung, worauf sie sich einließ.

»*Ärger mit Produkt X* ist der Titel eines herrlich spannenden Krimis, dessen Autorin einen Hang zur Satire hat. Dies macht die Lektüre so amüsant.«
Frankfurter Rundschau

Haß beginnt daheim

Roman. Deutsch von Nikolaus Stingl

Nach einem Nervenzusammenbruch ist Caroline zur Erholung bei ihrer Familie: der Mutter Lad, Trevis, der älteren Schwester Hilda und einer alten Tante. Doch statt zu genesen, wird sie immer verwirrter…

»Das Quartett der vier bösen Damen – Patricia Highmith, Margaret Millar, Ruth Rendell [d.i. Barbara Vine] und Joan Aiken – ist auf dem Gebiet des Psycho-Krimis nicht zu schlagen. Die Damen verbreiten jenen sanften Schrecken, dem Thriller-Fans nicht widerstehen können.« *FrankfurterRundschau*

Der letzte Satz

Roman. Deutsch von Edith Walter

Willkommen in Helikon, dem eleganten Insel-Sanatorium, das seine Gäste vor allen Bedrohungen schützen kann. Außer vor sich selber...

»Dieses Buch ist eine Wonne!« *The Times, London*

Du bist Ich

Die Geschichte einer Täuschung
Deutsch von Renate Orth-Guttmann

Man schreibt das Jahr 1815. In einem feinen Mädchenpensionat in England stellen Alvey Clement und Louisa Winship fest, daß ein einzigartiges Band sie eint. Zwar stammen sie aus sehr unterschiedlichen Gesellschaftsschichten und sind vom Temperament her ganz verschieden, aber vom Aussehen her *sind sie sich völlig gleich*. Dieser überraschende Zufall paßt der verwöhnten Louisa sehr gut ins Konzept.

»Wie Patricia Highsmith versteht es Joan Aiken, eine Geschichte langsam anlaufen zu lassen und sie mit unerbittlicher Hand zum dramatischen Knoten und dessen Auflösung zu führen.« *Die Presse, Wien*

Fanny und Scylla oder Die zweite Frau

Roman. Deutsch von Brigitte Mentz

In ein englisches Spukhaus des 18. Jahrhunderts und das bunt-grausame Indien der Maharadschas führt Publikumsliebling Joan Aiken in ihrem neuen aufregenden Roman *Fanny und Scylla*...

»Joan Aiken besitzt ein seltenes Erzähltalent, in dem sich psychologischer Scharfblick mit der Gabe vereinigt, den heutigen Leser in Spannung zu halten, obwohl die Handlung in eine ferne Vergangenheit führt.« *Die Furche, Wien*

Schattengäste

Roman. Deutsch von Irene Holicki

»Eine Meisterin der Schauerromantik? Mehr noch, eine begnadete Erzählerin, die das Un-Begreifliche, das Un-Faßbare aus vergangenen und modernen Zeiten in mitreißende Geschichten packt, die ohne große Sentimentalität und falsches Spektakel auskommen. Joan Aikens *Schattengäste* ist ein wunderbares Buch über die unheimlichen Dinge des Lebens und wie man über einen Verlust zurück ins Leben findet.«
science fiction media, München

Wie es mir einfällt

Geschichten. Deutsch von Irene Holicki

Ein Reihe gruseliger, romantischer und phantastischer Erzählungen sind mit der gewohnt sicheren Hand und dem makabren Sinn für Humor geschrieben, die man an Joan Aiken so schätzt.

»Joan Aiken erweist sich als Meisterin im Darreichen süßer Pralinen, die mit Arsen gefüllt sind.«
Frankfurter Rundschau

Angst und Bangen

Roman. Deutsch von Renate Orth-Guttmann

Bei Außenaufnahmen auf einem Landsitz in Dorset lernt die Schauspielerin Cat den Besitzer kennen. Die beiden verlieben sich, heiraten und machen eine Hochzeitsreise nach Venedig. Die Idylle scheint perfekt. Doch als Cat ihrem Mann sagt, daß sie sich erinnert, ihn vor vielen Jahren als liebevollen Begleiter eines dahinsiechenden Greises gesehen zu haben, ändert er plötzlich sein Verhalten ihr gegenüber.

»Joan Aikens *Angst und Bangen* handelt von geheimen Untaten, von Habsucht, Verrat und Mord. Es kombiniert geschickt das Genre Liebesgeschichte und Thriller.« *London Review of Books*

Die Fünf-Minuten-Ehe

Roman. Deutsch von Helga Herborth

London, 1815. Als ihre Mutter ernstlich erkrankt, sieht Philadelphia Carteret keine andere Möglichkeit, als ihren wohlhabenden Großonkel Lord Bollington um Hilfe zu bitten. Doch schon kurz nach ihrer Ankunft auf Chase, dem Familiensitz, wird sie in ein gefährliches Ränkespiel verwickelt. Eine Doppelgängerin und andere zwielichtige Gestalten trachten ihr nach dem Leben...

»*Die Fünf-Minuten-Ehe* ist eine Räuberpistole, die mit allen Formen des Kitsch-, Grusel- und Romantic-Romans spielt. Sie hat einen Sog, in dem meine literarischen Bedenken untergehen: Ich muß zu Ende lesen, bis Friede, Freude, Liebe den erwarteten Sieg antreten über Erbschleicher, Komplotte und Duelle.«
Brigitte, Hamburg

Jane Fairfax

Roman. Deutsch von Renate Orth-Guttmann

Jane Fairfax war musikalisch, vielseitig begabt und elegant. Soviel wissen wir aus Jane Austens *Emma.* Aber wie verliefen ihre Jugendjahre als Waise, was war mit ihrer Kinderfreundschaft zu Emma Woodhouse, und – was noch wichtiger ist – was passierte bei ihrem Sommeraufenthalt in Weymouth? Janes Rückkehr als wohlerzogene Gouvernante nach Highbury nährt Emmas müßige Neugier. Ist die Trennung von ihrer Freundin der wahre Grund für Janes Niedergeschlagenheit, als Rachel heiratet und nach Irland zieht?

»Ein sehr unterhaltender Roman im Stil Jane Austens, den auch der versteht, der *Emma* nie gelesen hat.«
Kieler Nachrichten

»Ein Lehrstück, eine Ermunterung für deutschsprachige Schriftsteller!« *Der Standard, Wien*

Anderland

Roman. Deutsch von Ilse Bezzenberger

Ein junges Mädchen, deren Mutter früh an einem Herzanfall stirbt, findet in der Musikerfamilie Morningquest ein neues Zuhause. Sie wächst in diese Wahlfamilie hinein, bekommt durch sie die Kraft, ihr künstlerisches Talent zu entfalten – und verläßt sie schließlich als reife Persönlichkeit.

»Ein episches Ritual des Übergangs: ein großer Wurf, was die Beschreibung der Charaktere angeht, und die Handlung schwenkt von einem kleinen englischen Dorf über das London der 60er Jahre bis schließlich nach Prag.« *Time out, London*

»Im Zentrum jedes der wundervollen ›Unterhaltungs‹-Romane von Joan Aiken steht eine abenteuerliche Liebesgeschichte, die jene unausweichliche Spannung des Wartens, des Verfolgtwerdens erzeugt, die wir aus den Momenten beginnender Liebestaumel kennen... Und am Ende dann, darauf können Sie sich immer freuen, klappt's.« *vogue, München*

Celia Fremlin im Diogenes Verlag

Klimax

oder Außerordentliches Beispiel von Mutterliebe
Roman. Aus dem Englischen von Dietrich Stössel

Eine ganz normale Familie: der Mann manchmal etwas mürrisch, aber man weiß ja, was im Beruf verlangt wird, und die Frau vergöttert ihre zwei Töchter. Eines Tages verlobt sich die älteste mit einem tüchtigen Buchhalter – und langsam zieht ein ganz gewöhnliches Grauen ein...

»Celia Fremlin erzählt so spannend, daß man unter Garantie eine wohlige Gänsehaut bekommt.«
Freundin, München

Wer hat Angst vorm schwarzen Mann

Roman. Deutsch von Otto Bayer

»Kein Anblick konnte dieser Tage mehr Schrecken einflößen als der eines gutgekleideten Mannes mit Notizbuch in der Hand beim Betrachten eines Grundstücks.« So beginnt ein psychologisch ebenso hinterhältiger wie spannender Roman um eine Familie auf dem Land: eine mißtrauische, etwas schwerhörige Großmutter, ihre zu Höherem berufene Tochter Claudia und das Enkelkind Helen.

Die Stunden vor Morgengrauen

Roman. Deutsch von Isabella Nadolny

Nacht um Nacht schreit das Baby, ohne ersichtlichen Grund. Schlaflose Nächte lang beobachtet Louise ihr Baby und hofft auf Ruhe – für sich, ihre Familie und die neue Untermieterin, Miss Brandon. Aber aus ihrem halbwachen Dämmerzustand gibt es kein Entrinnen, sie gleitet hinüber in einen langen, quälenden Alptraum.

»Der Engländerin Celia Fremlin könnte es gelingen, der verehrten Spannungsautorin Margaret Millar den Rang abzulaufen.« *Wochenpresse, Wien*

Rendezvous mit Gestern

Roman. Deutsch von Karin Polz

Milly macht sauber bei anderen Leuten in Seacliffe. Allabendlich kehrt sie müde und allein in ihre Pension zurück. Bei ihr ist nur die Erinnerung an ein ganz anderes Leben, an die Hölle, die Ehe hieß. Doch vor der Hölle flieht man nicht so leicht...

»Eine Psycho-Krimi-Gruselstory von einer Spezialistin für die Abgründe im ganz alltäglichen Hausfrauendasein.« *Frankfurter Rundschau*

Die Spinnen-Orchidee

Roman. Deutsch von Isabella Nadolny

Mit Entsetzen stellt Adrian fest, daß es vorbei ist mit seiner kostbaren Privatsphäre, als seine ›Frau für schöne Stunden‹, Rita, plötzlich bei ihm einzieht. Mit ihr hält auch der Haß Einzug: Adrian beginnt Rita zu hassen, Rita haßt dafür Amelia, Adrians 14jährige Tochter, die seine ungeteilte Liebe genießt, und Amelia – liebt ihren Lehrer. Als Rita eines Tages das Tagebuch des Mädchens, voller erotischer Tagträumereien, findet, sieht sie ihre Chance. Denn etwas muß geschehen – etwas wie Mord zum Beispiel...

»Celia Fremlin säße schon längst im Gefängnis, würde sie nicht schreiben.« *Emma, Köln*

Onkel Paul

Roman. Deutsch von Isabella Nadolny

»Mit *Onkel Paul* übertrifft Celia Fremlin sogar ihren ersten Roman *Die Stunden vor Morgengrauen*. Ihre unheimliche Fähigkeit, die Kleinigkeiten des häuslichen Einerleis, die Langeweile und Enge des Familienalltags mit Merkwürdigem, Makabrem und Katastrophalem zu verbinden, macht ihre Geschichten einmalig.« *Times Literary Supplement, London*

Ein schöner Tag zum Sterben

Erzählungen. Deutsch von Ursula Koesters-Roth

»Eine minutiöse psychologische Studie von subtiler, aber seltener Bösartigkeit.«
Süddeutscher Rundfunk, Stuttgart

»Ein Feuerwerk von gescheiten und spöttischen, bissigen und treffsicheren Formulierungen und Szenen.«
Die Zeit, Hamburg

»Ganz sicher wünscht sich frau, daß noch viele Thriller von Celia Fremlin in deutscher Sprache auf den Markt kommen.« *Emma, Köln*

Gibt's ein Baby, das nicht schreit?

Roman. Deutsch von Isabella Nadolny

Ein verträumtes fünfzehnjähriges Schulmädchen aus ›gutem Hause‹ wird schwanger und ist furchtbar stolz, Mutter zu werden. Da ihre besorgten Eltern aber glauben, daß Miranda gar nicht absehen kann, was es heißt, mit fünfzehn ein Kind zu bekommen, überreden sie sie zu einer Abtreibung. Danach beginnt sie ihre Eltern zu hassen und läuft von zu Hause weg. Fast wie von selbst entsteht durch Mirandas Tagträume eine verhängnisvolle Lüge: Sie behauptet, wegen ihrer Schwangerschaft von zu Hause ausgerissen zu sein. Diese Lüge zieht andere nach sich.

»Eine ausgezeichnete, geschickt angelegte Puzzle-Story, die sich einmal nicht um einen Toten, sondern um eine Geburt dreht. Ein scharfsinniger, witziger Roman.« *The Times, London*

Parasiten-Person

Roman. Deutsch von Monika Elwenspoek

»Celia Fremlins Roman *Parasiten-Person* verknüpft zwei Geschichten: Die Geschichte eines männlichen Parasiten, der eine entsprechende weibliche Person gefunden hat, die sich von ihm gerne, wenn auch unter Qualen, aussaugen läßt, und dann – als zweite Geschichte – die von der ›Psychologie‹, von einer Wissenschaft, welche, wie der Leser bald erkennen muß, bei Fremlin über Leichen nicht nur im übertragenen Sinne geht.« *Franz Schuh / ORF, Wien*

Zwielicht

Roman. Deutsch von Ursula Kösters-Roth

Alice Saunders trennt sich von ihrem Mann und zieht in ein heruntergekommenes Mansardenzimmer in einer Londoner Pension. Bei der Renovierung des Zimmers stößt Alice auf eine Kiste mit Zeitungsausschnitten und Tagebuchnotizen, in denen von der Zerstörung eines Fledermaus-Biotops die Rede ist. Die junge Mary, der die Aufzeichnungen gehören, reagiert panisch auf Alices Fund…

»*Zwielicht*, virtuos erzählt, ist reich an verblüffenden Wendungen der Handlung, plausiblen Details und geistreichen Gags.«
Eckart Krumbholz / Frankfurter Allgemeine Zeitung

Die Eifersüchtige

Roman. Deutsch von Barbara Rojahn-Deyk

Rosamond haßt die neue Nachbarin. Lindy läßt keine Gelegenheit aus, allen Ehemännern zu erzählen, daß sie ein Recht darauf hätten, von einer liebenden, treusorgenden Frau verwöhnt zu werden. Wenn sie, Lindy, verheiratet wäre, würde sie das selbstverständlich tun. Eines Tages ist Lindy spurlos verschwunden…

»*Die Eifersüchtige* kombiniert alle Tugenden einer Erzählung mit der schillernden Spannung eines First-class-Thrillers.« *The Guardian, London*

Unruhestifter

Roman. Deutsch von Monika Elwenspoek

Kathy ist mit den Nerven herunter: Eine gute Gelegenheit für die lieben Nachbarinnen, ihr Beistand zu leisten und sich als Unruhestifter zu betätigen...

»Eine raffiniert aufgebaute Handlung. Miss Fremlin legt das Ganze als sehr hübsches Horror-Crescendo an.« *Julian Symons/The Sunday Times, London*

»Sie spielt in derselben Klasse wie Highsmith und Millar, ganz oben, in der Oberliga der Psychothriller-Autorinnen.« *Gudrun Boch/Radio Bremen*

Der lange Schatten

Roman. Deutsch von Peter Naujack

Imogen, die gerade verwitwet ist, möchte nichts anderes als in Ruhe über ihren Schmerz hinwegkommen. Aber genau diese Ruhe will man ihr nicht gönnen. Nacheinander ziehen der Stiefsohn mit seiner Freundin und die Stieftochter mit Ehemann und zwei Kindern ein. Kurze Zeit später taucht ein Erpresserbrief auf, in dem Imogen beschuldigt wird, ihren geliebten Mann umgebracht zu haben.

»Ein blendender klaustrophobischer Thriller mit einem überzeugenden Schluß; mal wieder echt Fremlin!« *Cambridge Evening News*

Wetterumschwung

Geschichten. Aus dem Englischen von Barbara Rojahn-Deyk, Ursula Kösters-Roth und Isabella Nadolny

Diese zum Teil unveröffentlichten Erzählungen sind nicht nur gespickt mit rabenschwarzem Humor und subtiler Bösartigkeit, sie spiegeln auch die unglaubliche Lebenserfahrung und Neugier einer mit ihrem Werk gewachsenen Autorin wider, der keine Variante des Zwischenmenschlichen fremd ist.

»Geistreich ist die Erzählweise, anregend die Ironie und Komik der Dialoge.« *Neue Zürcher Zeitung*

Gefährliche Gedanken

Roman. Aus dem Englischen von Irene Holicki

Die Wakefields sind ein Paar, das sich schon lange nichts mehr zu sagen hat. Bis Edwin, von Beruf freier Journalist, eines Tages heimlich den Medien eine gewaltige Lügengeschichte auftischt, um endlich im Rampenlicht zu stehen. Ein gefährliches Spiel, das seine Frau ihrerseits auf gefährliche Gedanken bringt...

»Am besten ist Fremlin da, wo sie einfach nur genau hinschaut und dann konsequent weiterdenkt – über einen Alltag, der grausiger und viel naheliegender ist als Mord.« *Der Spiegel, Hamburg*

Sieben magere Jahre

Roman. Aus dem Englischen von Monika Elwenspoek

Ellen Fortescue bewohnt und vermietet das Haus ihrer Kindheit, kümmert sich um ihren alten, etwas exzentrischen Vater und ist mit Leonard verlobt – seit sieben Jahren! Alles ist in bester Ordnung, oder?

»Eine erstklassige, spannende Geschichte. In ihrer unnachahmlichen, brillanten Art gelingt es der Autorin, vor dem Hintergrund eines scheinbar alltäglichen Haushaltes eine grauenhafte Geschichte zu entfalten.« *Everywoman, London*

Charles Dickens im Diogenes Verlag

»Die erste Bedingung für die Popularität eines Autors ist die Liebe, mit der er seine Charaktere behandelt. Deshalb sind die Figuren bei Dickens Freunde der ganzen Menschheit. Sie bilden ein vereinigendes Band zwischen den Menschen in Amerika und den Menschen in St. Petersburg.« *Leo Tolstoi*

»Die, meiner Ansicht nach, mit Abstand beste deutsche Dickens-Übersetzung ist die von Gustav Meyrink. Sie ist fast vollkommen... Die Ausgabe müßte unbedingt wieder erreichbar gemacht werden.« *Arno Schmidt*

Nikolas Nickleby
Roman. Aus dem Englischen von Gustav Meyrink

David Copperfield
Roman. Deutsch von Gustav Meyrink. Mit einem Essay von W. Somerset Maugham

Oliver Twist
Roman. Deutsch von Gustav Meyrink

Bleakhaus
Roman. Deutsch von Gustav Meyrink. Mit einem Nachwort von Hans Hennecke

Die Pickwickier
Roman. Deutsch von Gustav Meyrink. Mit einem Nachwort von Walter Kluge

Martin Chuzzlewit
Roman. Deutsch von Gustav Meyrink. Mit einem Nachwort von Jerôme von Gebsattel

Drei Weihnachtsgeschichten
Deutsch von Gustav Meyrink

Weihnachtslied
Eine Gespenstergeschichte. Deutsch von Richard Zoozmann. Mit Zeichnungen von Tatjana Hauptmann